浣春归

下

烟秾 著

中国华侨出版社

CONTENTS

目录

第二十八章 柔情蜜意

明亮的阳光照在庭院里，一片灿烂。

庭前落英缤纷，全是紫薇花的花瓣，一地的深红浅紫与玫红，纷纷扬扬飘起落下，如花雾般迷人眼。

多年前，赫连毓便命人在这院子里栽了紫薇，只因为她喜欢紫薇花，而且她的名字里有个谐音的“微”字。每当无事可做时，他便会看着那些花朵，仿佛看久了便能看见慕微站在那里朝他妩媚地笑。

“王爷，王妃醒了！”屋子里传来秋月惊喜的声音。赫连毓一听，精神一振，大步向屋里走去。

“恭喜王爷。”

声音娇滴滴的，似乎能滴出水来。赫连毓根本没有留意是谁，头也不回地朝内室走去。秋雨站在那里，怔怔地望着赫连毓的背影，嘴唇翕动了几下，最终没有说出话来。

赫连毓走到床前，见慕微并没有完全睁开眼睛，长长的眼睫毛微微颤动，额头上汗涔涔一片，秋月正拿着帕子在替她擦拭。赫连毓伸手将帕子拿过来，弯下身子细心地替她擦起汗来，见慕微脸上有一丝惊慌痛苦，不由得心中大痛，握住慕微的手道：“微儿，是我不好，让你受苦了。”

慕微慢慢睁开眼睛，方才她做了个很长的梦，梦见燕昊穿着白衣，手中捧满了水，正在为自己洗头发，水从她的头发上溅落，掉到地上，映着阳光，不住地发亮。

他拿着帕子轻柔地替她擦着头发，淡淡的芬芳萦绕在鼻尖，一抬眼便看见燕昊深情的眸。她与他慢慢贴近，彼此都能感受到对方的气息，可就在要贴到一处时，燕昊倏然不见。

“燕昊，燕昊！”她焦急地喊着，在一片白色的雾里奔走，可怎么也找不到他的身影，耳边有焦急的声音：“小姐，小姐，你怎么了？”

有人在替她擦汗，慕微能感觉得到，那般细致，那般轻柔。“是秋月吗？”她轻声问。就听耳边有秋月的声音：“王妃，是王爷在给你拭汗。”

慕微的眼前有一线微光，她有几分想流泪的感觉，赫连毓为何还会这样对她？他分明知道自己与燕昊的感情，任何一个男子都忍受不了自己的妻子心中惦记着另外一个男人，为何他这般容忍？

“秋月，你出去，将门关上。”赫连毓抓住慕微的手，能感觉到她在微微地颤抖，他也忍不住颤抖起来。他不知道慕微为何会颤抖，却知道自己的颤抖是因为那份失而复得的快乐。

秋月应了一声，扯了一下呆呆站在门边的秋雨，两人退出内室，反手将门掩上。内室里只有慕微与赫连毓，还有从窗外射进来的阳光，温暖、明亮。

“微儿。”赫连毓紧张地唤了慕微一声，“你睁开眼睛看着我。”

慕微知道已被赫连毓识破了，只能慢慢睁开眼睛，刺眼的阳光照在脸上，睫毛上如撒了一层金粉：“王爷……”

“别这样喊我。”赫连毓捏紧了慕微的手，眼里充满着渴望，“喊我毓哥哥，或者夫君，如何？”

“夫君？”慕微只觉得这称呼喊出口实在艰难。她与赫连毓拜堂成亲了，他确实是自己的夫君，而她的身子已给了燕昊，她应该喊燕昊“夫君”才是。看着赫连毓关切兴奋的脸，慕微叹了一口气：“我现在还没适应过来，还是喊你赫连毓吧。”

赫连毓有几分失望，只不过这称呼总比“王爷”要好，他笑了笑：“那就先这么喊着，等你习惯了，再喊夫君，如何？”

似乎有什么东西哽在喉里，慕微眼里忽然有了一点儿泪意，她朝赫连毓摇了摇头：“赫连毓，我不值得你这般做，真的。”

“不要说这样的傻话，你是这世上最纯最美的女子，我很小的时候就想着长大后要娶你为妻。你值得我为你付出一切。微儿，这是我的真心话，你相信我。”赫连毓抓住慕微的手，不让她的眼神逃离，“忘掉那个燕昊吧，咱们两人快快乐乐地过日子。”

忘掉燕昊？如何可能？自己这一辈子都不会忘记他！慕微好一阵心痛，压着那沉沉的泪意，她咬着牙对赫连毓道：“赫连毓，我不是最纯最美的女子，我真的没有你说的那样好。”她犹豫着，最后还是说出了那句话来，“我已经不是清白之躯，你不必再拿‘纯’字来形容我。”

顷刻间，赫连毓的脸色骤变，手也松开了。就在慕微以为他会起身头也不回地离开时，就见赫连毓低了头，唇轻轻地在她额上掠过：“你说过的，今后不会再见燕昊，我又何必计较以前的事。微儿，我们将过去忘记，重新开始我们的生活。”

慕微呆住了，看着赫连毓那张执着的脸，不知道该说什么才好。

落日熔金，暮色四合，云彩被夕阳染得金灿灿的。一抹鲜红的晚霞，如美人唇上的口脂，红艳艳的一片。

“让厨房送晚膳进来，我要陪王妃用饭。”赫连毓起身朝外边吩咐了一句，就听见有人细声答应后，脚步声渐远。

“微儿，饿了吧？”赫连毓朝慕微笑了笑，“你放心，有我照顾你，绝不会让你有一丝闪失。”

慕微没有出声，只是望着屋顶。屋里有着淡淡的香味，也不知是花香，还是点了熏香。

不多时，秋月和秋雨两人端了托盘进来：“王爷，王妃，请用膳。”

赫连毓拿起白玉碗，笑着舀出了一些汤汁：“微儿，我先喂你喝汤，这鲇鱼据说是补血的，你中箭失了那么多血，该多喝一些。”

汤汁已经炖得雪白，青葱与姜丝漂浮在上面，格外清爽。赫连毓拿着玉勺放到慕微唇边：“微儿乖，喝汤。”

慕微只觉得脸上发烧，轻声道：“王爷，秋月、秋雨还在旁边呢。”

赫连毓爽朗一笑：“她们在又如何？我照顾我的妻，旁人还会笑话？”

“是啊，王妃，王爷对你这么好，真是好福气。”秋雨艳羡地看着那白玉勺，心中感叹慕微真是身在福中不知福，王爷这般对她，她却偏偏总是冷着一张脸，也不知道昨晚是跟谁逃走了，王爷这般不计前嫌地将她追回来，还下令府中的下人不许再提这件事，看来王爷对她，实在是用情至深。

慕微听着秋雨在旁边附和，看了她一眼，只觉得她今日的眉眼完全不似平常，有一种说不出的谄媚，只是那一脸谄媚，却是对着赫连毓的。

莫非她有什么别样的想法？慕微忽然想到了慕夫人在出嫁前与她说的话：“微儿，男人不一定因为你生得美貌便一心一意对你，你要看开些，若宇文家的七小姐要与你争宠，你只管在自己的陪嫁丫鬟里挑个美貌的给太原王做侍妾，反正侍妾在王府里是不会少的，你主动给他，既能让你的丫鬟帮你固宠，也能让太原王觉得你贤惠。”

慕微当时只是笑了笑，不置可否，她根本没想过要去争宠。宇文如眉将赫连毓霸占了去，她是求之不得，这样自己就有机会独处，可以静静地想燕昊，不会有人来干扰她这一份宁静。

如今，瞧着秋雨那张脸，慕微默默地想，如果她真有那份心思，自己一定会让她满足心愿。要是有人愿意替她分担一部分压力，她会发自内心地感激。

赫连毓与慕微二人用过饭，秋月将净面的水送了过来。赫连毓接过秋月手中的帕子，一点点替慕微擦着嘴，见她唇上滟滟的红光，不由得心中荡漾，只觉得她白玉般的肌肤在烛光的映照下，分外美，有一种说不出的吸引力。

“你们出去吧。”赫连毓极力地吸了一口气，对身后的两个丫鬟道，“将东西都撤走。”

慕微能感觉到赫连毓眼中的变化，她心中咯噔一下，难道赫连毓要与她同床共枕？她只觉得全身都在紧张。

她不愿意，一点儿都不愿意。

她的身子已经给了燕昊，就不可能再容忍另一个男人侵占她的身体。看着赫连毓脸上浮起的红润，她低下头去，不再看他。

“微儿。”赫连毓的声音有几分颤抖，他感觉到自己身子里似乎有一把火，从心底蔓延上来，似乎要燃烧他的四肢百骸。慕微那光洁白皙的脖子、黑亮的一头青丝，无不吸引着他，让他往她那边靠近。

他几乎就要闻到她肌肤的香味，感觉到她温热的呼吸……赫连毓心旌摇荡，伸手将她的脸捧起来，正要将唇落在她的唇瓣上，就听慕微轻呼一声：“好痛。”

赫连毓吃了一惊，赶紧挪开身子，就见慕微皱着眉头，左边肩膀上包扎着的布条上渗透出点点红色：“微儿，怎么了？”

“你碰到了我的肩膀，好痛。”慕微皱眉道，“快喊秋月进来，让她给我换药，重新包扎一下。”

“是我不好，我忘记你肩膀上还有伤……”赫连毓重重地打了自己一拳，“微儿，请原谅，我只是一时情不自禁。”他恋恋地看着慕微的脸，“你好好歇息，等你肩膀上的伤好了，我们再来过这洞房花烛夜。”

赫连毓站起身来，走到门口，朝外边喊了一声：“秋月，快进来服侍王妃。”

秋月有几分惊讶，瞧着赫连毓那样，似乎想与小姐同眠，可为何又改变了主意？来不及多想，她匆匆忙忙地走了进去。秋雨也忙站起来，朝走出屋子的赫连毓行了一礼：“王爷。”

“快去伺候王妃。”赫连毓没有搭理她，背着手走了出去。

天已经黑了，乌蓝的天幕里有一轮月亮。赫连毓站在紫薇花前，闻着那淡淡的清香，惆怅地看了看那茜纱窗里透出来的淡淡烛光，长长地叹了一口气。

他曾向慕微承诺过，会一直守候在她的身旁，用行动感化她，让她彻底忘记那个该死的燕昊。可欲速则不达，自己不能太心急，否则会将关系闹僵。他折了一枝紫薇花在手，轻轻一揉，手中有湿润的感觉，还有淡淡的香味。

“小姐。”秋月走进来见慕微坐在床头，一只手捂着肩膀，不由得有些惊慌，“你这是怎么了？”

“你帮我重新包扎一下。”慕微扯了扯嘴角。方才她见赫连毓似乎有想要亲热的举动，情急之下，她用手将伤处狠狠地抠了一下，这才成功地提醒了赫连毓，她现在有伤在身，不宜侍奉。

“小姐！”秋月吓了一跳，忙去查看，“如何又出血了？”

慕微摆了摆手：“你去打些水来，不必多说。”

秋月忙起身慌慌张张地走了出去。慕微低头，见床边秋雨静静地站在那里，一动也不动。她叹了一口气，道：“秋雨，这里有秋月服侍我便够了，你去王爷那边瞧瞧，看还要不要人伺候着歇息。你是个聪明丫头，自然知道做事要手脚勤快些，为何还呆呆地站在这里？难道你只将我看成主子，便不将王爷看在眼里？”

秋雨惊愕地抬头看着慕微，见她脸色平静，这番话说得也很自然，没有半分勉强的意思，不由得有几分疑心。是不是自己想多了，或许慕微只是让自己去服侍太原王梳洗，并不是要她去自荐枕席，毕竟有谁会在自己还没圆房时就将自己的丫鬟推出去。

“王妃。”秋雨低声答道，“王妃，奴婢不敢，恐怕王爷有自己的丫鬟伺候呢，我去恐怕不大好。”

“有什么敢不敢的？你过去问问，若已经有了伺候的人，那你回来便是。”慕微没有抬眼看秋雨，只低头看着地上的影子。

“怎么，还站在这里做甚？没听见我说的话不成？”慕微皱了皱眉。这秋雨在慕府时没看出她有向上爬的心思，没想到自己刚刚嫁到太原王府，她便有了自己的小算盘。

秋月端着水进来时，正遇着秋雨急急忙忙地出去，她忙问：“秋雨，你去哪里？”

秋雨的脸微微一红：“王妃命我去看看王爷那边是否要人服侍梳洗。”

她的声音不大，却十分清晰，在这暗夜里，如一根针，刺破了一片宁静。

月亮已经往中天爬了几分，旁边的星星在不住地闪烁。秋雨吸了一口气，端着一盆水，朝隔壁的屋子走去，到了门口，犹豫了一下，停住了脚步。

窗户上有一个黑影，秋雨出神地望着那个影子，心里如有一只小鹿在跳。那个身影在窗前晃了一下，很快就消失不见。

“王爷。”秋雨定了定心神，伸出手敲了敲门。

“是谁？”赫连毓的声音从里边传了过来，带着丝不耐烦，还有一些疲倦，听得秋雨好一阵心慌。

“王爷，奴婢是王妃的贴身丫鬟秋雨，王妃让我来伺候王爷歇息。”秋雨的声音有些发颤。她原想说得娇柔一些，可开口完全变了腔调。

“吱呀”一声，门开了，赫连毓的身影出现在门口：“进来吧。”

秋雨将水盆放在桌上，将帕子绞了一把抖开来：“王爷，奴婢给您净面。”

赫连毓一把将帕子拿在手中，很不耐烦的模样：“不用，我自己来。”

三两下将脸洗干净，赫连毓将帕子扔到盆子里，朝秋雨瞥了一眼：“你可以走了。”

秋雨的脸迅速红了几分，她羞答答地走到赫连毓身边，低声道：“王爷，奴婢替您宽衣。”

赫连毓有几分惊讶，挑眉看了秋雨一眼。这个丫鬟可真有意思，难道是想来自荐枕席？以前有个丫鬟想做这件事，被他一脚踢到门外，现在慕微的陪嫁丫鬟居然也起了这样的心思。

他站在那里，将双手平举：“宽衣。”

秋雨见他没有拒绝的意思，心中一喜，低头走了过去，站到赫连毓面前，颤抖着伸出手，将衣带解开，无意间触到了赫连毓的身子，脸更红了几分，只觉得两腿发软，手也抖得厉害。

索性放纵一回吧，她伸出手攀住了赫连毓的脖子，身子也附了上去：“王爷，秋雨觉得有些站不住脚。”

赫连毓冷冷地看了秋雨一眼，见她脸色红润，一双眸子莹莹有光地看着自己，心中升起一种说不出的厌恶。他将她的手从肩膀上扯下来，将她猛地一掌推了出去，只听“扑通”一声，秋雨摔在了地上。

“王爷！”秋雨跌坐在地上，只觉得被摔得全身疼痛，她伸手撑住地，可怜巴巴地望着赫连毓，“是王妃命我来服侍王爷的。”

“王妃让你来服侍我，可没教你动那些歪心思！我与王妃都还未圆房，你这丫鬟倒打起这样的主意来了，谁给你这个胆子？”赫连毓愤恨不已，慕微竟然派她的贴身丫鬟来服侍自己，难道她不知道自己只在乎她，只想拥着她入眠？

看着地上的秋雨，赫连毓心中恼怒，抓起桌子上的盆子，将一盆水全淋在她的头上：“不知天高地厚的东西，还不快滚？休得在这里讨嫌！”

似乎瓢泼大雨从天而降，秋雨闭着眼睛坐在那里，全身被浇透，衣裳紧紧贴着她的身子，将少女美好的曲线勾勒了出来。

“王爷……”见自己成了这般模样，秋雨索性破罐子破摔，娇滴滴地喊了一声，用力将胸往外挺了挺。她便不信，赫连毓这般的少年，正是血气方刚的时候，对着自己这样的身材，如何会不动心！

秋雨今年十六岁了，身材高挑，该隆起的地方如小山一般，腰肢处，细细的，似乎能一把掐断。她知道自己生得美貌，所以才有了非分之想。若被随便配个小子，那不是将自己埋没了？自从皇上给赫连毓赐婚，秋雨便下了决心，一定要成为赫连毓的侍妾，摆脱丫鬟的身份。

她抬起头来，一双眼睛火辣辣地盯着赫连毓，没有半丝畏惧：“王爷，奴婢难道连这样的想法都不能有吗？奴婢比王妃，难道逊色很多？”

赫连毓没有出声，向前一步，抓住她的手，拖着走了几步，然后飞起一脚，将秋雨踢到了门外。她还没来得及爬起来，一只盆子便砸到了她身上：“滚！本王再也不要看到你出现在我面前！”

“砰”的一声，门关上了。秋雨望着紧闭的房门，再看看自己，一阵说不出的悲伤和幽怨涌上心头。她转头看了看慕微的屋子，没有烛光，看来秋月已经服侍慕微睡下了。

这样宁静的月夜，这般动静，恐怕这院里没有睡着的人都听见了吧？秋雨支着身子爬起来，悲愤地看了看自己，身上到处都是水，衣裳也脏了。

小姐是故意的，她明知道现在赫连毓心情不好，还鼓动自己去服侍他，她肯定知道自己的心思，却不点破，只是推自己往赫连毓的屋子去，分明就是想要看着自己被赫连毓羞辱。

秋雨拎着湿答答的裙子，低头慢慢从慕微的窗下走过，眼神怨毒地看了看房门，恶狠狠地咬牙低低地啐了一口。没想到素日里再和气不过的小姐，竟然会这般恶毒，为了看她的笑话，故意给她希望！

月亮已至中天，外边静谧，赫连毓披了一件长袍，从屋里走了出来。他在门口踌躇了一阵，最后还是挪动脚步，悄悄来到慕微的窗下。

窗子紧闭，茜纱窗映着月光，有一种冷冷的颜色。赫连毓伸手轻轻抚摸着茜纱，长长地叹了一口气："微儿，你为何要这般排斥我？"

他心疼她的伤口，自愿不与她同房，可万万没想到，她竟将自己的贴身丫鬟送过来。这，难道是她对自己的弥补吗？赫连毓出神地盯着那扇纱窗，摇了摇头："除了你，我谁都不要。"

燕昊，赫连毓的手紧紧地捏成一个拳头。自从燕昊劫持了她，慕微对自己便改变了态度，以前两人之间那深厚的感情，一日日淡薄下来，直到如今仿佛形同陌路。

他今日放走燕昊，只愿燕昊能信守诺言，不再来大虞。下次他胆敢再来，自己绝不会饶过他，即便是慕微为他求情，也不会放过他。

成亲第二日，本该去宫里拜见太后与皇上、皇后，因慕微受伤，赫连毓派人向宫里递了个折子，说明了情况。高太后看了折子，长长地叹了一口气："墨玉，你说太原王这是怎么了？为一个慕二小姐，人都失魂了不成？不管那慕二小姐病得多厉害，只要是能走，总要进宫谢恩才对，可他倒好，送个折子过来便没了声响，到底有没有将哀家放在眼里！"

墨玉站在一旁赔着笑："娘娘莫生气，太原王不是那种没有孝心的人，定是那慕二小姐伤势严重，否则如何会不进宫来？"

高太后捡起折子又看了看，嘟着嘴没有说话，好半日才道："派人去皇上皇后那边打探一下，看他们有没有什么动静。”

“是。”墨玉应了一声，转身走了出去。

高太后见她的身影消失在门口，皱着眉盯着那漏进来的一线阳光，心中好一阵失落，都说娶了媳妇忘了娘，难道毓儿也是这样？

阳光灿烂，照着一地的紫薇花，五彩缤纷。秋月推开窗，一线金色的阳光照进来，将屋子照得亮堂堂的。

“小姐，今儿可真是个好天气。”秋月趴在窗户上，瞧着秋霜、秋凌在打扫庭前的落花，笑嘻嘻地道，“知道小姐今日回门，老天爷都赏了好天气呢。”

慕微坐在床上，望了一眼外边，她只看见窗外的紫薇花，瞧不见那碧空万顷。但瞧着那金色的阳光，也知道今天天气不错。

大虞的规矩，成亲第三日，新姑爷要陪着小姐回府拜望岳父岳母。昨晚赫连毓已经提了这件事，慕微听说能回娘家，心中很是高兴。

秋月疑惑地望了望窗外：“今日怎么不见秋雨人影？莫非赖床了不成？我去喊她。”

慕微没有说话，坐在床上望着秋月的背影，心中默默想着心事。昨晚，她让秋雨去服侍赫连毓歇息，也不知道有没有被赫连毓留下。她看了窗外一眼，仿佛看见一袭紫衣晃了过去，心中不由得有些慌乱，难道赫连毓过来了？

“微儿，你真让我失望。”她正胡思乱想，就听一阵脚步声，抬头就见赫连毓正站在门口不满地看着她，“微儿，我喜欢的人是你，不是旁人。我有耐心等着你喜欢上我，你不必将旁人推到我们中间来。”

“赫连毓，若我再也不会喜欢旁人，你该怎么办？”慕微摸着枕头，那里有燕昊的画像，是她一笔一笔画的，画了一个多月。每日晚上，她都枕着他的画像入眠，希望能在梦中遇到燕昊。

“不会的，你肯定会喜欢上我的。”赫连毓大步走了过来，一把握住了慕微的手，“微儿，我相信我不会那般没用，我会是一个体贴的好夫君，不会让你受到一丝伤害，你要相信我。你遇见燕昊，不过是做了一场梦，梦醒后就会明白了。”

慕微没有出声，只是静静地看着赫连毓的眼睛，在那里，她看到了一个小小的自己。

“小姐，起床梳洗了。”秋月端着水盆进来，及时将两人之间的沉默打破。赫连毓松开了慕微的手，深深凝望了她一眼，大步走了出去。

“小姐，秋雨真的赖床了，我去喊她，她还睡得迷迷糊糊的。”秋月笑着将帕子拧干，仔细地替慕微擦着额头的汗，“她倒也奇怪，到了陌生的地方反而睡得这般香甜，似乎都不认床。”

慕微有几分尴尬，秋月这说笑是为了让她安心。秋雨哪里会睡得好，自己遣了她去服侍赫连毓，却被赫连毓拒绝，肯定会很难堪吧。慕微靠床坐着，忽然懊悔起来。赫连毓说得对，这是他们两人之间的事，她没有必要将无辜的秋雨扯进来。

刚净了面，秋雨便趿拉着鞋子走了进来，一脸疲惫。她走到慕微面前，没敢抬眼，只随意问了一句安。慕微没有计较，在秋月与秋雨的搀扶下坐到了梳妆台旁。

秋雨手巧，素日里都是她给慕微梳头发。慕微端端正正地坐在那里，通过镜子瞧见秋雨的手似乎没有往常那般灵活，一把青丝握在手里，好半天都不成形状。秋月在旁边看了有些着急，将梳子从秋雨手中夺过来："秋雨，你今日是怎么了？磨磨蹭蹭的，可别误了小姐回门的吉时。"

秋雨涨红了脸，移到一旁。慕微淡淡道："秋月，秋雨昨晚没睡好，你就别多嘴了，帮我梳个如意髻便是。"

秋月嘻嘻一笑："小姐，我也就会梳如意髻。"说着便将头发绾了起来，主仆两人都没看站在旁边的秋雨。因疑心慕微话中有话，秋雨的脸色越发红了几分。

“微儿，来用饭。”慕微刚梳洗好，换上衣裳，正准备往屋外走，就见赫连毓又走了进来，“微儿，我已经问过了母亲你爱吃什么菜式，特地写了一张单子给厨房，今日做的便是你最喜欢吃的。”

秋月看了看他手里的托盘，见上边一个白瓷汤盅里，盛着金丝燕窝粥，旁边有千层玫瑰糕、鹅油酥心卷儿、黄金烧卖，还配了几样开胃小菜和一碗雪白的鱼汤。

“这鱼汤一定要喝，补血。”赫连毓将鱼汤端到慕微面前，“我来喂你。”慕微脸色一红，看了看旁边的秋月与秋雨："我自己来便好。"

“现在你的手不方便，我喂你。”赫连毓执拗地看着慕微。

“王爷，这种事让丫鬟做便是。”慕微有几分无奈，赫连毓这般看着自己，让她仿佛被他困在围城里一般。不得已，她只能又将“王爷”的称呼搬出来，好让自己与他显得有些疏远。

“不行。”赫连毓很是执着，将小匙送到慕微嘴边。

无奈之下，慕微只能张口将那鱼汤吞下去。

慕微只觉得好一阵难过，看着赫连毓那专注的神情，她再也说不出别的话来。

马车辘辘之声在耳边萦绕，慕微静静地坐在马车里，一缕阳光照进来，赫连毓坐在慕微身边，一双手规规矩矩地放在膝盖上，手指却不住地微微动来动去。他很想伸手揽住慕微的肩膀，可又害怕她会对自己恼怒，心中煎熬着。最终那份渴望战胜了怯弱，他慢慢地将手从膝盖上挪开，悄悄地从背后伸了过去。

慕微的身子一僵，感觉到赫连毓揽住了自己的肩膀，她挺直了背，低声道：“赫连毓，我的肩膀还伤着呢。”

赫连毓想到慕微受伤，讪讪地将手放了下来，装作若无其事地看着帘子。

慕微见赫连毓将手放下，也不再说什么，只是目不斜视地坐在那里，心中不由得略显愧疚。以后怎么办呢？她心中有几分慌乱，眼前晃过燕昊的面容，他似乎正悲伤地看着她。

“王爷，王妃，慕府到了。”

赫连毓跳下车，伸手扶住慕微：“微儿，小心。”他留意看了看慕微的肩膀，见她抬起来都很吃力，心中懊悔，自己不该冲动射了那一箭，要不现在的慕微也不会是这个样子。

慕家见慕微回来，都很高兴，慕老夫人看了看赫连毓与慕微，连连点头：“真是一对佳偶。”

慕华寅摸了摸胡须，问道：“太原王，微儿，你们为何第二日没有进宫去向太后娘娘问安？”

微儿成亲那日，有几个人想要劫持喜轿，被两百羽林子抓住了。慕华寅纳闷，皇上与赫连毓是在暗中策划什么？

赫连铖生性凉薄，若没有原因，绝不会做出赐婚这种事来。而且为何在慕微出阁那日，太原王要安排两百羽林子护送？莫非他早就知道有人会来劫持慕微？那这个前来劫持慕微的人又会是谁？

慕华寅盯着坐在一处说话的赫连毓与慕微，心里总觉得有什么不对劲，虽然成亲时女方不能参加婚宴，可手下早将那晚太原王府的异常情况向他一五一十地报告了。太原王出府，又回来向皇上请调了一千羽林子，这里边透着诡异。究竟皇上与太原王在捉拿谁，皇上竟然这般放心地拨一千羽林子给太原王？

自己的女儿好像有哪里不对，总觉得她怪怪的，可又说不出来怪异在什么地方。她依旧是那般浅浅地笑，一双眼睛清澈如水，左顾右盼间，眼波流动。

慕老夫人听慕华寅这般说，吃了一惊："微儿，莫非你们没有去皇宫？"

赫连毓点头道："嗯，没去。"无论如何也不能让慕家人知道慕微受伤。

"怎么能这样不懂礼节？"慕老夫人皱了皱眉，"你们两个莫要久留了，用过午饭便赶紧进宫去吧，但愿太后娘娘会宽宥你们两人不懂规矩。"

金色的阳光在主殿门口留下一方印记，瞧着十分温暖，高太后却觉得很是刺眼。两个人影出现在门口，很快就从那方方正正的阳光印记里消失，出现在她眼前。

"给母后问安。"赫连毓与慕微双双跪在高太后面前，低着头，一副恭顺的模样。

"都起来吧。"高太后声音轻快，仿佛带着极其喜悦的心情在迎接她的儿媳，没有半分芥蒂。

赫连毓扶着慕微站了起来，朝高太后笑了笑："母后，您没有怪罪儿子吧？"

"怪罪你什么？"高太后笑眯眯地望着赫连毓，"你都递了折子说明了情况，母后还能怪你？"她凤目微扬，朝慕微看了一眼，心中暗道，要怪，也只怪这慕二小姐，自己的儿子是天底下最好的，就是遇着这样一个狐媚子，才会将他的心勾了去。

"微儿，我说母后不会怪罪吧。"赫连毓开心地看了慕微一眼，"你快些给母后敬茶。"

旁边一个姑姑捧着一个茶盘站在高太后身边，慕微走过去，双手捧了茶盏跪在高太后面前："太后娘娘请用茶。"

捧着茶盏还不需用力，可将茶盏举起来时，左边肩膀便有些疼痛，那茶盏微微晃动了几下，里边的茶水也微微荡漾。高太后瞟了慕微一眼，脸上有几分不悦，竟连一个茶盏都拿不稳，这究竟是有意还是无意？

高太后将背挺直了几分，漠然问道："慕二小姐，你怎么了？"

听到高太后的声音有几分冷，赫连毓心中一急，忙将慕微手中的茶盏接过来，恭恭敬敬地递给了高太后：“母后，微儿这两日生病了，身子还没大好，还请母后宽宥。”

高太后望着他，闭紧了嘴巴，没想到儿子竟糊涂到这种地步，一心一意维护她。慕二小姐脸色红润，进来时步子矫健，哪儿有半分生病的模样？赫连毓这样说，难道是欺自己老眼昏花不成？

“病了？”高太后轻轻一笑，“什么病？病得连茶盏都拿不起了？”

“这……”赫连毓一呆，没想到高太后会问起慕微的病，“回母后的话，是伤风。”

“伤风？”高太后低头看了慕微一眼，冷冷地哼了一声，“伤风的人，脸色会这般好？且她气息均匀，眼睛清亮，哪儿有半分伤风的样子？”

慕微跪着没有抬头，红色的衣领里露出一段白皙的脖子，几根头发从发髻处钻了出来，贴在脖子上。赫连毓一只手将慕微拉了起来：“母后，毓儿没有骗您，微儿这两日确实是伤风了，她身子才好了些便要进宫来拜见母后，您可别错看了她的一片心。”

见赫连毓一副急吼吼的模样，高太后忽然笑了：“毓儿，母后是和慕二小姐开玩笑呢，你倒当真了。”她笑着将茶盏接过来，浅尝了一口，“这媳妇茶的味道可真不差，都甜到心里去了。”

搁下茶盏，她朝慕微招了招手：“慕二小姐，你过来。”

慕微迈步走到高太后身边，见她伸出手握住她的一只手：“从今日起，哀家便喊你微儿，咱们可是一家人了。”

高太后手指冰凉，且用了几分力气，面上却笑得和蔼：“以后你便是太原王府的女主人了，可要好好替毓儿打理王府，要替他开枝散叶，多生几个孩子。”

慕微静静地站在那里，一阵疼痛从手掌处传来，她望着高太后笑得风轻云淡的脸，实不知她会有这样的举动。旁人提起高太后，全是赞美的话，都说她举止得宜，雍容大度，将当年才六岁的赫连铖抚养长大，视若亲生，这都是大虞百姓津津乐道的事情。

可今日慕微见识到了一个新的高太后。她这般做，或许是以为自己抢走了赫连毓，所以心中不忿？原来，再大度的女人，与媳妇之间总会有一些敌对的态度。

“太后娘娘安好，太原王安好，太原王妃安好。”外边走进来一个人，半躬着腰，声音尖细，“皇上请太原王与王妃过朝凤宫一趟。”

来人是赫连铖身边的江六，高太后一怔，旋即笑起来：“一家人，自然该见见面，毓儿，微儿，你们去吧，给微儿的见面礼哀家会派人送到王府里。”

慕微听到“皇上”两个字，心中一颤，那日的事又浮现在眼前，赫连铖步步逼近，她看到他那血红的眼睛。他的手张开，直扑扑地朝她伸过来，寒光一闪，她的刀划过他的手背，几滴血落下来，落在地面，如一朵殷红的花。

她不想见赫连铖，一点儿也不想见他，可他是皇上，她只能与赫连毓一道过去。高太后凝视着慕微的背影，嘴角出现一丝笑意：“墨玉，这事越来越有意思了。”

“娘娘，您的意思是？”墨玉姑姑看着那两人的身影，并肩走在一处，风将慕微红色的裙袂吹起。

“你难道不觉得皇上有些奇怪？他竟派了江六来传话，江六可是他的贴身内侍，如何是做这种事情的人？”高太后眼里有一丝狡狯，“我想这里头定有什么缘故。”

“或许……”墨玉姑姑沉吟一声，“难道皇上是怕娘娘留太原王与王妃在万宁宫里不放？”

高太后点了点头：“皇上十分宠信江六，到哪里都带着他，除非是遇到大事，不想让别人去做才会让江六出面。故此哀家觉得有几分诧异，平素他想找毓儿，随便派个内侍过来说一声便是，今日派了江六来，也就是说……”

高太后脸上的那抹笑变成了冷笑，声音也沉了下去：“红颜祸水，果然是红颜祸水！”

第二十九章 姐妹对决

正殿里坐着两个人，皆穿着明黄衣裳，身旁站着内侍宫女，殿内有一种说不出的甜香气味，也不知道熏香炉里点的是什么香料。鎏金铜兽壶嘴里，一丝丝白色烟雾正往外飘散，墙角的立地黑底金漆瓶子里插着几枝硕大的牡丹花。

牡丹，国色天香，富贵无比，正合朝凤宫里皇后娘娘的身份。

慕微与赫连毓一道下拜，抬起头来，触到了慕瑛的目光。她的眸子阴冷，有一种说不出的奇怪，似乎一只嗜血的动物正在打量猎物。慕微将头慢慢低下去，她不想看见慕瑛这样的表情，她的眼神里没有丝毫姐妹之间应有的亲近，有的是疏离与冷漠。

“皇弟，你本该昨日进宫，怎么挨到了今日？是不是辛劳过度啊？”赫连铖带着一丝狡邪的笑望着赫连毓，“虽说是新婚燕尔，可也该克制着些。”

赫连毓的脸瞬间红了，讷讷不能言，一副手足无措的模样。这让赫连铖心中大悦，捉弄赫连毓真是一件快意之事。从小到大，他都爱捉弄赫连毓，每次见他满脸通红说不出话的模样，他便觉得开心。

“给太原王与王妃的见面礼可准备好了？”赫连铖转脸看了一眼慕瑛，“快些拿出来。”

“是。”慕瑛轻轻一抬手，旁边的宫人便捧着盘子走上前来，跪倒在地，将盘子高高举起。慕瑛朝着慕微招了招手：“太原王妃，你且过来，本宫有赏赐。”

她的声音是那般冰冷，没有半分起伏。慕微慢慢走过去，在慕瑛面前站住了身子，就听她说道：“跪下。”

慕微有几分愕然，方才高太后给她见面礼都没让她跪下，为何慕瑛却要自己跪下？莫非她要享受自己在她面前低头的感觉？慕微站在那里，有一分犹豫，就见慕瑛眼中闪过不快的神色：“我让你跪下，难道没听见？”

皇后娘娘的命令，怎能不听？慕微弯了弯膝盖，正准备跪下，就听赫连铖道：“都是一家人，不用如此，太原王妃不必拘礼。”

慕微已经弯下的膝盖又站直了，垂头站在慕瑛面前，任由她拉着自己的手，将一对翡翠镯子套在自己的手腕上：“皇上说了不用跪，那便不跪吧。”

慕瑛的手指上戴着一套护甲，点翠鎏金，她很是用力，那护甲硌在慕微的掌心，虽刺不破皮，可还是有几分痛。慕微没有说话，只是静静地站在那里，任由慕瑛握紧了她的手，脸上却有着淡定从容的笑。

赫连铖朝两姐妹看了一眼，笑着对赫连毓道：“皇弟，咱们到外边园子里说话，让皇后与你的王妃在这里叙叙姐妹情。”

“太原王妃，你且坐下。”慕瑛指了指旁边的一张椅子，心中翻江倒海，很不是滋味。赫连铖竟然为慕微说话，免去她的跪拜礼，这让她不由得想起那日的事来，她将慕微骗进宫来，没想到最后赫连铖却放过了她。

更重要的是，她拿匕首刺伤了赫连铖，他竟然没有发怒。她原本以为，赫连铖会勃然大怒，像以前那样，用各种法子折磨慕微，可万万没想到，他竟然让慕微出宫了。就这样从容不迫，没有多说半句话，到最后，承受苦果的却是她。她被赫连铖用鞭子抽打，绑在床上折磨了很久，身上全是伤痕。

慕瑛将手放在膝盖上，虽说事情过去了将近一个月，可她身上的伤痕依旧在，手指轻轻抚过，依旧还能感觉到丝丝疼痛。她抬起眼来看了看慕微，见她眼观鼻、鼻观心地坐在那里，沉静不语，就如一幅精美绝伦的画，看得慕瑛止不住地忌妒起来。

赫连铖为何不惩处慕微？难道就因为她生得美貌？似乎有什么东西在心中涌动，一点点将她的心吞噬，慕瑛觉得有些坐不住。

“陈姑姑，你们出去，本宫有些体己话要与太原王妃说。”

陈姑姑看了慕瑛一眼，带着几位宫女走了出去，又将门关好。屋子里瞬间暗了下来，刚刚还是灿灿的金色，忽然就被一种说不出的灰暗替代，深沉得让人触目惊心。

“慕微，你看着本宫的眼睛。”慕瑛的声音响起，依旧是那般冰冷，就如什么东西落在地面，叮叮咚咚地响着。

慕微依言抬起头，静静地望着她：“皇后娘娘，可是有什么话要交代慕微？”

“本宫想告诉你，若想保住你的这条小命，最好少到宫里来。”慕瑛咬了咬牙，“虽然本宫恨你，恨慕家，可你毕竟是本宫的亲妹妹，本宫还是要照顾一二。”

“皇后娘娘说的照顾，是指上回用懿旨召了慕微进宫，暗地里却算计的事？”慕微嘴角浮出一丝笑，“皇后娘娘，你可真让慕微开了眼界，一边说着不要进宫，一边却又召我进宫，慕微真不知道要说什么才好了。”

“你！”慕瑛眼中闪过一丝凌厉，“你不要以为皇上纵容你，你便这般肆无忌惮！本宫实话告诉你，皇上是个没心的人，他根本不在乎任何人，包括你！”

慕微只觉得有几分莫名其妙，怎么扯到皇上纵容她了？难道是因为皇上方才没让自己跪下接赏赐，所以她才有这样的想法？她冷冷地回敬了慕瑛一眼：“皇后娘娘，我想你错了，慕微从来没有这样觉得，也不希望皇上在乎我，你大可不必这般紧张。”

“是吗？但愿你说的都是真心话。”慕瑛从椅子上站起来，缓缓地走向窗边，眼睛里有一种说不出的悲伤。

“慕微，你提前两个月出生，是因为本宫踢了慕夫人一脚。”慕瑛没有用“母亲”来称呼慕夫人，眼神依旧是那般冰凉，“那个时候，本宫才六岁，可慕华寅要将本宫送进宫里当棋子。本宫去找慕夫人求情，她丝毫没有替本宫考虑，只是一味地劝本宫，要本宫以慕家为重，说什么本宫是慕家大小姐，自然该为慕家出力……”

说到此处，慕瑛的眼睛里流露出一丝悲凉，她出神地看着窗上的雕花，脸上露出怪异的笑容：“那时候本宫才六岁，他们知道这宫里乃虎狼之地，可依旧要将本宫送来，完全将本宫的生死置之不顾！”说到此处，慕瑛咬了咬牙，眼睛里有泪光闪动。

慕微坐在那里，听着慕瑛悲凉的话语，喉头一阵哽咽，说不出话来。她知道慕瑛是家里的棋子，也同情过她的遭遇，可只有在遇着当事人的时候，听到她这般凄凉的声音，才更觉得震撼。

慕瑛靠在窗户边上，那娇艳的牡丹花似乎不能给她增添一分颜色。慕家的人个个俊美，慕瑛也不差，可是她现在的容颜却已经让慕微看不到美艳，只有憔悴。

“娘娘，以前的事都过去了，您现在贵为皇后，母仪天下，还有什么不满意的？上回娘娘手铸金人大典，若是没有慕家相助，恐怕也难以成功。”瞧着慕瑛那失落的神色，慕微忍不住出声提醒，“娘娘，现在一切都好了，娘娘也该将心结放下。”

“慕家帮本宫手铸金人成功？”慕瑛摇了摇头，“本宫命中注定是要做皇后的，这跟慕家有什么关系？本宫对慕家只有恨，不会有半点儿感恩。告诉你，本宫进宫前的那晚，因气愤不过，一脚踢到了慕夫人的肚子上，于是，你就出生了。”

原来自己的出生还有这样的故事，可母亲从来没有告诉过自己。

“本宫恨慕家，最恨的是慕华寅。”慕瑛望向窗外，透过淡绿色的轻纱，她看到外边草地上有两个人影，嘴角的笑意更深，“这宫中虽然黑暗，但本宫还是喜欢待在这里。然而……”她转过头来看着慕微，“你还是不要再来了。”

赫连铖对慕微的那份与众不同让她心里有一种说不出的恐慌，虽然她不能断定赫连铖究竟有没有想法，可她还是担心。

赫连铖宠幸别的妃嫔，她一点儿也不忌妒，因为赫连铖看她们的眼神没有一丝真心喜爱，但对慕微，慕瑛觉得他总是有些特别之处，这让她心中很不踏实。

她必须护卫自己得来不易的幸福，谁也不能夺去，哪怕是她的亲妹妹。

“皇弟，那燕昊后来可曾出现过？”赫连铖盯着赫连毓，似乎不容他逃离，“你向朕借了一千羽林子，搜了一整个晚上，竟然有没有搜到他？”

赫连毓没有回避赫连铖的目光，声音洪亮：“皇弟惭愧，本来一心想捉了燕昊，也好替皇兄分忧解难，没想到燕昊那坐骑实在是宝马良驹，竟然让他给逃脱了！”

“宝马良驹？”赫连铖有几分将信将疑，“真是如此？”

没想到那燕昊竟为了慕二小姐来了大虞，这厮也真是胆子不小。赫连铖将目光投向了主殿，门已经关上了，窗边站着一个人，从姿势来看，似乎是慕瑛，可又有些像慕微。慕家两姐妹长得有些相似，只是慕瑛要消瘦一些，如春日里的柳枝，柔弱不堪。

“皇兄。”赫连毓见赫连铖沉默不语，望了望那扇紧闭的宫门，鼓起勇气道，“我不想娶宇文小姐，你能不能下旨将她另外赐婚？”

“另外赐婚？”赫连铖愣了愣，旋即哈哈大笑起来，“皇弟，你是想要朕让母后难堪不成？朕已经抢先赐婚，让那慕二小姐做了正妃，母后为此已是不满，你还要让她气出病来不成？皇弟，这男人三妻四妾是常事，你多娶一个王妃又如何？咱们的叔叔临江王，除了一个正妃两个侧妃之外，府中还有差不多百余姬妾，夜夜笙歌，实在是快活！”

赫连毓没有说话，看来自己是非娶宇文如眉不可了。

“皇弟，听说慕二小姐的嫁妆值若连城，你可真是有福气，人财双收！”赫连铖笑着拍了拍赫连毓的肩膀，“朕都没你这般福气，皇后进宫时根本没带什么东西，她手铸金人成功，当了皇后，慕家送进宫来的贺礼，只怕连慕二小姐嫁妆的零头都没有。”

“慕乾不是从南燕替皇兄押送了一批金银珠宝回来？这也算得上是慕家给皇兄的大礼了吧。”赫连毓见赫连铖似乎话里有淡淡的不满，赶紧笑着回话，“皇兄，那批金银珠宝比微儿的嫁妆要丰厚多了！”

赫连铖笑了笑，没有说话，看那主殿的门已经打开，便背着手转身走了回去：“时候不早了，你们也该回府了。”

第三十章 燕昊归来

山脚下绿意盎然，微风吹拂，一片稻浪如水波一般，起起伏伏。

一阵嘚嘚的马蹄声传来，田埂上的几个人抬眼望去，只见有几匹马正往山上跑来。跑在最前的那个，一袭白衣。

“是太子殿下回来了！”陆凝香惊喜地喊道，飞奔着迎上去，“太子殿下，太子殿下！”

“柳大人，陆小姐。”燕昊翻身下马，走到柳润声与陆凝香面前，“这秧苗已经种下了？”

“早就种下了！”陆凝香哽咽一声，抬着泪光闪闪的眼睛望向燕昊，“太子殿下，你已经走了十八日了。”

“有这么久？”燕昊一挑眉，有些惊讶，“我自己都记不清了。”

陆凝香看着燕昊默默流泪。她如何能不记得燕昊走了多久，她在田间的石块上画了那样多的道道，每一道就表示一日。她站在田间地头，不住地望着山脚下的方向，希望能看见燕昊早日平安归来——一定是菩萨听到了她的祈愿，将燕昊送了回来！陆凝香细细地打量着燕昊，心中充满了一种无言的喜悦。

这些日子她设想过很多结局，燕昊为了去见慕微，被大虞人抓住关了起来，或者是燕昊找到了慕微，带着她远走高飞，不再回到这凤凰山来。还有一个晚上，她梦见燕昊被人杀害了，一支白羽箭扎在他的胸口，鲜血几乎将他淹没。陆凝香大叫一声醒过来，伸手一摸，额上全是汗珠子，全身都湿透了。

“不会的，不会的，太子殿下不会遇着危险的。”陆凝香擦了擦汗，一颗心扑扑直跳，就听外边李妈妈在问：“陆小姐，你怎么了？”

陆凝香定了定神，隔着门板喊了一句：“我没事，你且去歇息，我方才做噩梦了，缓缓神儿再睡。”

那个晚上，月光从窗户透进来，陆凝香抱着膝盖坐在床上，想了很多。她宁可燕昊带着慕微逃走，也不希望他遇到任何危险，她要他好好活下去！

陆凝香握住手上的翡翠手镯，月光照着它，仿佛有光影流动。除了去云州卖野味，这个手镯从没离开过她的手腕。这是萧皇后给她的，是她的信物，她希望自己能够嫁给燕昊，替她好好照顾他。

可是……她宁可拿了给慕微，让她好好照顾他，唯一的希望是让燕昊好好活下去。陆凝香握着手镯，不住地转动着，脑子里乱成一片，回想着方才梦中的一幕，她依旧觉得难受。

过了几日，陆凝香与李老爹一道去云州城卖野味，李老爹跟着伙计去了后院称重量，她绕到如意大酒楼那边想打探下消息。在门口，就看见甘老板半靠在门上，正与前来吃饭的食客们说着闲话：“哎哟哟，可真是胆大包天，竟然敢去抢新娘子！”

“可不是？太原王可是皇上最喜欢的弟弟，慕二小姐乃大司马的掌上明珠，出阁那般重大的事情，如何没有防备？”一个食客摇头晃脑地说着，仿佛亲历了现场一般，“就见羽林子刀光闪闪，那几个虽然身手好，可依旧没有逃得过两百羽林子的围攻。”

“两百羽林子！”有人惊呼起来，嘴巴都合不拢，“太原王成亲，那大虞皇上还派了这么多羽林子去保护，看来确实疼爱这个弟弟。”

“那也怪不得，大虞皇上是太原王的生母——高太后一手拉扯大的，两人自小一处长大，感情肯定深厚，派两百羽林子保护又算得了什么。”那个食客转过身来看见了脸色苍白的陆凝香，“姑娘，你怎么了？是不是生病了？要不要找个大夫看看？”

“大叔，我是被你的话吓到了。”陆凝香勉强笑了笑，“当真会有人去抢新娘子？他们都被抓起来了？”

“可不是？都说慕大司马家的二小姐温柔贤淑，又是皇上赐婚，不知哪个不知死活的会去抢新娘。只不过那几个人也没好下场，全部被抓起来了，有一个被剥了皮，还有一个被用了剐刑，听说一刀刀地将肉割下来，割了三百多刀才死呢。”说话的人忍不住打了个寒战，“大虞皇上实在是暴虐！”

“你看看云州派来的刺史就知道了，就连原先柳大人的一片衣角都比不上！”有人摇头叹气，“大虞人都是些心狠手辣的。”

“嘘，别说这样的话，要是让刺史大人听见就糟糕了。”旁边有人小声提醒，“咱们进去喝酒，别在这里说话了。”

陆凝香站在门口，几乎要倒下去，她伸手扶住门槛，才站稳了脚跟，耳边传来甘老板关心的话语：“李姑娘，你这是怎么了？要不要找个大夫看看？”

“没事，昨晚打猎，今日又起得早，有些想歇息了。”陆凝香朝甘老板笑了笑，“多谢老板关心。”

结账时甘老板特地多算了半两银子：“李老爹，带着你闺女去找个大夫看看，脸色有些不对。”

李老爹看了看陆凝香，发现她脸色有些苍白，问道：“陆小姐，怎么了？是不是身子不舒服？”

陆凝香忍住泪，用手捧住了头：“可能昨晚吹了夜风，有些不舒服。”陆凝香觉得心里翻江倒海般难受，可又不能说出来。

“那咱们赶紧回凤凰山，让顾大夫给你弄点儿草药煎了，喝上几碗就好了。”李老爹见陆凝香脸色不好，也慌了神。

那个去抢新娘的人不会是别人，只有燕昊，自己差点儿害死他。陆凝香躺在那里，觉得全身都失去了力气。桌上一个小小的梳妆匣，里边有翡翠手镯，是皇后娘娘赐给她的，她要戴上。

陆凝香哆哆嗦嗦地去摸那个翡翠手镯，发现手抖得厉害，额头上不住地有汗珠子冒出来。“真是没用，竟然真生病了。”陆凝香恨恨地骂了自己一句，一只手支撑着身子，一只手伸长了去拿那个翡翠手镯。

一点点挨近，终于够到了，手指尖一挑，那手镯便挂在了她的食指上。正准备缩回手，就见一道绿光闪过，手镯竟然从手指上掉了下去。

她来不及抓住，眼睁睁地看着手镯摔在地上，发出了“叮咚”一声脆响。

陆凝香蹲下身子，将摔成几截的翡翠镯子捡起来，泪珠吧嗒吧嗒地落在碎玉上。

“太子殿下。”陆凝香无法抑制自己的心情，任由眼泪放肆地从脸颊滚落。燕昊很吃惊。他自小便认识陆凝香，知道她是个豪放的女子，从不会忸怩害羞，为何今日会泪流满面？这不是他认识的那个陆凝香。

“陆小姐，你怎么了？”燕昊看了看一旁的柳润声，“有谁欺负她了？”

柳润声真不知该如何回答，太子殿下约莫是在装傻，难道看不出来陆小姐是因为他平安归来喜极而泣吗？见燕昊望着自己，柳润声摇了摇头：“我也不知道，太子殿下与陆小姐说说话吧。”

柳润声转身离开，燕昊本想喊住他，可见柳润声走得坚决，再看陆凝香一脸期盼，想了想，还是留了下来。

“太子殿下，你能平安回来真好。”陆凝香哽咽了一声，泪珠簌簌地流下来，“我做了好多梦，见太子殿下你……”她望了一眼燕昊，很想扑到他的肩膀上好好哭一场，可她没那个胆量，只能站在那里，恋恋不舍地望着他。

“那只是做梦而已，何必当真？我还以为是别人欺负了你，原来只是做了噩梦。没事的，我这不好好的吗？”见陆凝香显出柔弱的一面来，燕昊倒也不好再像平常那般对她不理不睬，朝她笑了笑，“天色晚了，快些回去吧。”

陆凝香见燕昊转身要离开，再也顾不得什么脸面，一步跨了过去，抓住了燕昊的手：“昊哥哥……”

她已经很久没这么称呼他了，自从燕昊警告她不要再这么喊，她就只能在一个人独处时对着那堵土黄的墙轻轻喊给自己听，眼前仿佛浮现出燕昊的面容，似乎正在朝她微笑。而方才，燕昊转身的一刹那，她忽然失去了对自己的控制，不顾一切地抓住了他的手，喊了出来。

“我不是交代过不要这样喊我吗？”燕昊的眼神冷了几分，“你又忘记了不成？”看来不能对她露出一丝示好，才稍微退让，陆凝香马上就逮着机会得寸进尺了。他用力地将手抽出来，不悦地盯着陆凝香：“看来我不能与你说太多话，说多了，你脑子便糊涂了。”

“太子殿下，”陆凝香眼中闪过一丝不甘，她追上去，大声喊道，“我与慕二小姐相比，究竟差在哪里？她不能帮你种田，不能帮你筹集军队开销所需的银两，甚至不能在你身边安慰你，为何你还要这样固执？”

虽然知道提起慕微可能会触发燕昊的怒火，可陆凝香还是喊了出来，她真是不甘心，凭什么慕微轻而易举地就俘获了燕昊的心？除了美貌，她还拥有什么？陆凝香捏着拳头站在燕昊面前，脸色有些发红。她实在想不通，自己与燕昊多年的交情，竟然比不上他与慕微相处的短短一个月。

"没有什么别的原因。"燕昊没有如陆凝香想象中那样发怒，相反，他嘴角露出了一丝笑容来，"只因慕微是我心尖儿上的那个人。无论旁人多么能干，可依旧比不上她，自看到她的第一眼开始，我便没办法再喜欢旁人。"

第一次遇到她，是在小树林里，她从马车上跳下来，指挥着家丁与自己的手下厮杀，发现没办法逃脱时，竟不顾自己的性命，拿刀架在自己的脖子上，威胁他们。她站在马车边，全身散发着一种说不出的魅力，让他不由自主地想接近，想了解她的内心，想关心爱惜她。

带着她从大虞逃到南燕，每过一日，对她的喜爱便加深一分。当到达云州城的时候，他已经将她的身影装在了心底。

这一辈子，没有哪个女子能让他这般动心，除了她。

燕昊抬眼看了看流泪的陆凝香，摇了摇头："你何必这般傻，这般固执？我已经和你说过了，我的心只容得下一个人，不会再有旁人，你又何必这般钻牛角尖？世上比我好的人有很多，你完全能找到一份属于自己的感情。"

"可慕二小姐已经成亲了，她已经嫁给了太原王，你又何必这般钻牛角尖？"陆凝香伸手抹了一把泪，"你喜欢她，不正如我喜欢你？"

"不，你错了。"燕昊摇了摇头，"你并不喜欢我，你只是将我当兄长看待，我对于你，只是一种虚无的影像，若我真的与你成亲了，你会发现，原来，我根本不是你喜欢的那个人，你喜欢的，只是对以前的怀念。"

"太子殿下，你到底在说什么？我听不懂。"陆凝香可怜巴巴地抬眼看着他，"你能说得简单一些吗？"

"那好，我且问你，你告诉我慕二小姐要与旁人成亲，亲眼看着我骑马离开，心里肯定也知道我要去大虞。"燕昊盯着陆凝香，"你若真心喜欢我，定会追上来阻拦我，即便阻拦不了，也会随我一道前往大虞，情至深处，不该是生死不离？但你看着我离开，却没有任何举动，只能说明我在你心里并不是那么重要。"

慕微苍白的脸在他眼前一晃而过，她为他挡了赫连毓的一箭，还不知道现在情况怎么样，想到这里，燕昊一颗心隐隐作痛。他义正词严地用生死不离来说服陆凝香，自己却没有做到生死不离。

思念慢慢从心底蔓延开来，如一张大网，将他困在中央。他望着那暮色苍茫的原野，默默地站在那里，耳边仿佛能听到心头滴血的声音。

暮色将陆凝香的脸藏了起来，她站在那里，似乎是一道剪影，一动不动。

唯有晚风将她的衣角吹起，不住地翻飞，如一只蝴蝶扇动着翅膀。

泪已经慢慢干了，她怔怔地看着燕昊远去的背影，伸手抹了抹眼睛，慢慢朝山上走去。

以前每日在这山路上走上走下，都有一种说不出的快意，可今日忽然没了那种期盼。燕昊安全回来了，自己不用再惦记他的安危，本该是件好事，可他说的那些话，却让她迷惘。

自己真的并不爱燕昊？她的手紧紧地抓住衣袖一角，心中慢慢升起了疑问。

“你若真心喜欢我，定会追上来阻拦，即便阻拦不了，也会随我一道前往大虞，情至深处，不该是生死不离？你看着我离开，却没有任何举动，只能说明我在你心里并不是那么重要。”燕昊的话还在耳边幽幽回响，仿佛一把锤子，正不住地捶打着她的心。

自己为什么没有追上去？陆凝香自己也想不明白。燕昊说得仿佛有道理，若自己真心喜欢他，自然会不顾一切地追上去，可自己只是眼睁睁地看着他走，也许燕昊在自己心里真的不是自己以为的那么重要。

她回想着这些年来自己所经历的一切，很是迷惘。她原本以为自己是深爱着他的，没想到只是一种表象。很小的时候，燕昊便拜在父亲身边学武，每个月，他由人护送到自己家中，父亲让自己喊他师兄。

燕昊第一次来的时候，陆凝香便觉得迷惑，她不知道为什么那么多人都对他毕恭毕敬，大家的眼里充满了敬重，在他面前都是行礼再行礼。自己站在他身边，瞧着那些人的神色，也有一种说不出的满足感。

燕昊生得眉目俊秀，那个时候，虽然年纪还小，可已显现出龙章凤姿的英气。父亲常常不住地赞叹：“太子殿下天资聪颖，什么都是一学就会，真是咱们南燕之福啊！”她依偎在父亲身边，仰起脸眨巴眨巴眼睛，看着父亲满脸红光，一副满意的神色，心中便觉得燕昊真是个了不起的人，能让父亲这般赞扬他。

从那一刻起，她便对燕昊有了敬仰之心，就如一颗种子埋在心底，不管多久，总有发芽的时候。她对燕昊有了一种依赖，只要有燕昊在，就没有做不成的事情。后来，她常去宫中觐见萧皇后，每次只要逮着机会就要去见燕昊，即便自己长大了，要避嫌，她依旧不在乎，只是往东宫闯，口里喊他“昊哥哥”。

虽然她发现燕昊似乎不喜欢她这般黏着他，可她没有放手，她知道自己跟他的身份有些差距，若是不努力，恐怕不会如愿以偿。

她已经做好了打算，做不了太子妃，做侧妃也是愿意的。她多次进宫，萧皇后肯定记住了她，就冲着她与燕昊打小一起长大的情谊，挑选太子妃时，萧皇后也该会考虑到她。父亲虽然只是正三品的将军，可门第也不算低，南燕皇朝虽说一般会挑选文臣之女为太子妃，可武将家的小姐做侧妃也不算失了体面。

可是人算不如天算，就在她为自己的将来筹划时，大虞的兵马打了过来，她的生活发生了翻天覆地的变化。本来已经失去了母亲，紧接着父亲又战死沙场，她成了一个无父无母的孤儿，她感觉自己与燕昊之间的距离越来越远。

就在绝望到极点时，她又有了希望，为燕昊送信回皇宫，遇到了被关押在冷宫的萧皇后，她给了自己一只翡翠手镯，亲口许诺自己为太子妃，要她好好照顾燕昊。没想到幸福来得如此突然，一直搁在心底的愿望忽然变成了现实，这是多么大的一份惊喜。

她以太子妃自居，可燕昊再也没有正眼看过她，过去的那种情分，反而生分了。她知道原因，都是因为那位慕二小姐。

她忌妒，可她无能为力。

一夜月明，满地清霜。

山间响起了幽幽的埙声，这埙乐之声很久没有出现过了，今晚忽然响起，大家不由得侧耳倾听："太子殿下又吹埙了，好悲凉的曲调。"

真的很悲凉，陆凝香静静地坐在屋里，听着那曲子，竟然想落泪。那曲调如一只失去伴侣的孤雁，正在哀哀鸣啼。他在回忆着他们美好的过往，又在诉说着此刻的孤单。那埙声忽高忽低，缠缠绵绵地将人笼罩在它的曲调里，如一个囚心的牢笼，怎么也挣脱不开。

陆凝香张开手，那几截断裂的翡翠手镯，静静地发出微光。

皇后娘娘赐的手镯断了，这是不是一个预兆，自己与燕昊的亲事不能成了？这难道是上天的旨意？她握着手镯呆呆地坐在那里，心中充满了惶恐。

外边传来脚步声，陆凝香赶紧将翡翠手镯藏起来，眼睛望向门口。李妈妈挪着肥胖的身子走进来，脸上露出不屑的神色："陆小姐，有些人可真是贱，也不看看自己的身份，就上赶着往上头送！"

"您这是怎么了？"陆凝香有几分奇怪，站起身拉着李妈妈坐下，"为何这般愤愤不平？"

"陆小姐，你可是正牌的太子妃，青莲不过是一个宫女，即便皇后娘娘说要她做太子殿下的侍妾，可太子殿下已将她赐给了御统领，她就该断了念想！”李妈妈说得唾沫横飞，“怎么说，要送东西也该是陆小姐你过去送不是？她倒好，到厨房蒸了些糕点，笑嘻嘻地端着往太子殿下那边去了！”

陆凝香心中一沉，青莲对燕昊有想法，这谁都看得明白，即便她现在已经是御统领的人，可还是在设法靠近燕昊，真是如李妈妈所说，很不要脸。陆凝香有几分气愤：“她也实在太无耻了些。”

“可不是！”李妈妈重重地啐了一口，“一边走还一边扭着腰，跟条蛇似的，我看太子殿下保准会将她扔出来！”

埙乐之声停了下来，李妈妈与陆凝香对望一眼，站起身飞奔出去。李妈妈跑得很快，那速度简直无法与她肥胖的身子联系到一处。两人站在廊上，只见燕昊房门开着，门口站着青莲，妖妖娆娆。

“太子殿下竟然没有将她扔出来？”李妈妈瞪大了眼睛，有些不敢置信。

青莲笑嘻嘻地扭着身子走了出来，手里空空的，那碟糕点没有带回来，该是被燕昊收下了。来到陆凝香面前，青莲朝她笑了笑：“陆小姐，太子殿下将我做的糕点收下了！我见他素日里不吃你送过去的东西，心里还在犯嘀咕，以为他不会收我做的糕点，没想到他竟然收下了！”她的两道眉毛欢快地飞舞起来，直直地插入鬓边，她抿嘴低声一笑，“原来太子殿下只是不喜欢吃你做的东西。”

“青莲，你够了！你难道不记得自己只是一个低贱的奴婢？”陆凝香端着脸站在那里，满脸冰霜，“你只是皇后娘娘身边的宫女，又被太子殿下赐给了御统领，你这样的身份还敢来讥讽我，快滚回你的屋子去吧！”

“陆小姐，不不不，我该叫你太子妃吗？”青莲的一张脸扭曲起来，她恨恨地看着陆凝香，“即便皇后娘娘指了你做太子妃又怎么样，太子殿下喜欢的人不是你！我也是皇后娘娘指了给太子殿下做侍妾的，可他还不是一样转手就将我送给了别人？我们两个都是一样的，别五十步笑百步，更何况……”青莲嘴角浮起一丝笑，“太子殿下接受了我的糕点，说明他开始慢慢接受我了，以后指不定会将我从御统领那里要回去呢！”

她一边说着，一边得意地笑起来，笑得很是肆意。那尖锐的笑声扎着陆凝香的心，让她生出一丝丝的疼痛来。

“呸，得了便宜还卖乖！”李妈妈上前将青莲推到一旁。她很有些力气，才一出手，青莲便歪歪斜斜地倒向廊柱。青莲站稳后，朝陆凝香与李妈妈恨恨地看了一眼，转身走之前，又道：“陆小姐，你发再大的脾气，太子殿下也不会喜欢你的！”

看着青莲的背影，陆凝香的泪珠子忍不住掉下来。燕昊为何会收下青莲送的东西，却对她送的不屑一顾？难道自己真的那般不受他喜爱？她怔怔地站在那里，望着燕昊的屋子，门半开着，有一线灯光漏了出来，暖暖的。

“陆小姐，快些进去，这里风大。”李妈妈推了推她，“别跟她这种人一般见识，怄气只会伤了自己的身体。”

陆凝香点了点头，慢慢地走进屋子里。这晚，她没有睡好，眼前不住地出现燕昊的面容，还有青莲那尖尖的脸。看来燕昊是真的不在意自己，她抓住被子，眼睛盯着黑漆漆的屋顶。既然他这般不喜欢自己，自己又何必强迫他？俗话说，强扭的瓜不甜，即便是燕昊奉了萧皇后的遗愿娶了自己，他也不会开心。

她长长地舒了一口气，翻身从床上坐起。她将那几截翡翠手镯拿了出来，包好，拎起一把小花锄，悄悄地走了出去。

月光如轻纱，将整个大地笼罩在一片柔和的氛围里。陆凝香慢慢地在山间走着，来到一块平地上，那是她素日最喜欢的地方。

陆凝香蹲下来，在秋芙蓉下边挖了一个坑。她拿起那个包看了看，有些不舍地将那几截翡翠又拿了出来。

月光下，翡翠手镯如流水闪动，她眷恋地看着，良久才叹了一口气，将手镯重新包了起来。

“燕昊，你有什么了不起的？你不喜欢我，我也不要喜欢你！”陆凝香将那香包丢到坑里，恨恨地看了一眼，开始用花锄填土。最开始几下，她还慢悠悠的，有些不舍，可到后来，她的动作越来越快，不一会儿便将那坑填平了，然后伸脚在土上踩了几脚，将那地方踩平。陆凝香看了一眼那黑色的土壤，默默地想，我不会再像从前那样傻乎乎的了。一阵风吹来，落叶飘起，便再也不见了痕迹。

“太子殿下，陆小姐将皇后娘娘赐的翡翠手镯给埋了。”御风站在燕昊面前，向他禀报方才看到的一切，“要不要将那手镯挖出来？毕竟是皇后娘娘留下来的东西。”

燕昊点了点头，眼里流露出难过的神色：“肯定要挖出来，我不会让母后的东西被埋在这深山里。”

“是。”御风答应了一声，轻轻走了出去。燕昊走到门口，抬头望了望天边那残缺了一半的月亮，长长地叹了口气。

今晚他让御风暗示青莲给他送吃的过来，就是为了让陆凝香看到自己对她没有半分情意，宁可接受青莲送来的食物，也不愿意享用她的。他想看看陆凝香的反应，若她还是他以前认识的陆凝香，可能以后就不会再纠缠他了。

在山脚下与她说了那番话，见她低头思考，似乎有所动容，现在再添上一把柴，说不定她就会想通了。燕昊瞥了那屋子一眼，一切都很安静，仿佛什么都未曾发生过。

“微儿，你现在过得可好？多希望母后的这只镯子是戴在你的手上。”燕昊望着那半个月亮，一阵伤心，忧愁又一点点涌上来，几乎将他淹没。

第三十一章 得偿心愿

清华宫里一片宁静，帐幔低垂，掩住了里边两个人的身影，低低的说话声从里边传来，却听不太清楚。

赫连铖手中握着茶盏，望着须眉花白的宇文太傅，脸上露出几分深思的神色：“宇文爱卿，你说的这事，可属实？”

宇文太傅点了点头，道：“皇上，一点儿也不假，若皇上不信，可以传几位夫人进宫相询，她们都去过慕大司马府的夸妆会，全部亲眼所见。”

“宇文爱卿，你是不是向朕来替你孙女讨赏赐来了？”赫连铖略微一思索，哈哈大笑起来，“大家都说你是老狐狸，从这件事情来看，你委实狡猾得很！”

宇文太傅“扑通”一声跪倒在地，将头低低地伏在地上，直呼冤枉：“皇上，老臣是为皇上担忧，这才进宫觐见的，皇上又何必这般多疑？那日慕二小姐的夸妆会，有两树红珊瑚，皆有五六尺高，颜色晶莹剔透且枝条繁茂。他们说是连大虞皇宫都没有这般耀眼醒目的红珊瑚树，而且那红珊瑚树下没有落款，所以老臣才起了疑心。”

“没有落款？”赫连铖侧了侧身子，“谁会送这般珍贵的东西却不写名字？这可真是一件蹊跷的事。”他紧紧盯着匍匐在地的宇文太傅，“你能确保慕二小姐的嫁妆里真有这红珊瑚树？”

“皇上，当时这事全城都传遍了，应该有不少人记得，若您不信，我那孙女嫁去太原王府，自然也可以查看王府里是否有那红珊瑚树。”宇文太傅直起身子，眼中露出一丝狡狯的神色来，“皇上，你不是一直想对慕华寅下手吗？这可是个好机会！”

“好机会？”赫连铖拿着茶盏盖子轻轻敲着桌子边，微微沉吟，“他们家竟然有比皇宫还精致的东西，这是不是算欺君了？这种好东西，难道不该进献给朕，还能私自留着？”

“皇上，这红珊瑚没有落款人，着实可疑！再说，这红珊瑚乃南海特产之物，大虞罕有，只有南燕那边才有，宫里的红珊瑚，还是南燕交岁贡时送来的。”宇文太傅花白的胡子抖动着，一双眼睛盯着赫连铖，语气里欲言又止。

“南燕？”赫连铖心中忽然一亮，嘴角露出笑来，“查，朕可得好好查一查。”

宇文太傅恭恭敬敬地磕了一个头：“皇上真乃万古明君！”

“你且起来。”赫连铖笑了笑，“你这分明是推波助澜。扳倒了慕家，你便成了我大虞的权臣，是不是？”

“皇上，老臣只是在为大虞的江山社稷担忧，并无私心！”宇文太傅神色恭敬，“皇上切莫误解了老臣的这份心意！”

赫连铖笑了笑：“宇文爱卿素来忠君爱民，朕心里明白。来人，取两柄白玉如意赐给宇文太傅，明日他的七孙女出阁，权当朕给的添妆礼。再到朝凤宫那边，请皇后娘娘也准备好礼物送过来，你一并带回去。”

“皇上真是有心了！”宇文太傅感激涕零，“老臣一定为皇上尽忠，殚精竭虑，死而后已！”

赫连铖没有回答他，只是嘴角多了一丝笑容。

万宁宫里烧着旺旺的炭火，已经是十一月，天气颇为寒冷。高太后不禁冷，早就让宫女将铜盆拿出来，擦得光亮，添进了银霜炭，将门帘放下来，屋子里便温暖如春。

“太后娘娘，这添妆礼实在太重了些。”宇文大夫人望着桌子上堆满的礼品，有些不知所措。她知道高太后召她进宫是要送添妆礼给宇文如眉，可没想到会送这么多，大大小小的盒子堆在那里，看得她眼睛都有些花了。

每次皇家赐添妆礼不就只有一件两件的？得了赏赐已是天恩浩荡，根本没想到会有这么多。那些锦盒摆在那里，看得宇文大夫人心花怒放，看来太后娘娘十分中意自己的眉儿。

“有什么重不重的，是哀家让宇文小姐受委屈了，算是一点儿弥补吧。”高太后微微一笑，脸上有着和善的光彩，“哀家没想到皇上也会赐婚，而且将婚期定得那般早，真真是措手不及，宇文大夫人莫要见怪。”

听着高太后这热络的话，宇文大夫人擦了擦眼睛说：“太后娘娘说得太客气了，这是我们眉儿的命，也怨不得旁人。”

一想到自己如珠似宝养大的女儿，竟然要给太原王做侧妃，宇文大夫人心中便很难受。这侧妃名字说着好听，放到寻常人家，那也就是个姨娘。虽然名字也记入皇室玉牒，可与正妃相比，待遇可是千差万别。

“你也不要着急，这风水轮流转，究竟以后谁才是正妃，现在谁又能知道呢？”高太后等着宇文大夫人将手放下来，这才笑吟吟地道，“不管怎么说，宇文小姐嫁给太原王，哀家心中很是欢喜。”

“太后娘娘……”宇文大夫人嘴巴张得大大的，似乎不敢相信自己听到的话。究竟谁是正妃现在谁又能知道？这话里的意思分明就是在说，眉儿有可能会当上正妃？这怎么可能？慕微是慕华寅的女儿，慕华寅权势滔天，如何会让自己的女儿屈居旁人之下做个侧妃？她抬起眼，巴巴儿地望着高太后，希望她能说得更详细些，可高太后没有让她如愿以偿，只是微微笑着说：“明日宇文小姐便要出阁，恐怕宇文大夫人还有事情要忙，哀家也就不多留你了，赶紧回府处理事情吧。”

宇文大夫人忙站起来，朝高太后行了一礼后告退，墨玉姑姑喊了几位宫女将添妆礼抱起，跟着宇文大夫人走了出去。

“那位夫人是谁？为何得了那么多赏赐从万宁宫出来？”路上不少宫女侧目而视。

“我猜是明日要嫁太原王的宇文小姐的母亲。”有个聪明的，转了转眼珠子，小声说道，“太后娘娘除了太原王的事情看得紧，其余事儿都不会管。明日便是太原王与宇文小姐大婚的日子，肯定是太后娘娘在给宇文小姐送添妆礼。”

“你说得倒有几分道理，只是这添妆礼也太厚重了些。”一个宫女好奇地看了看那一堆赏赐，羡慕的口吻啧啧有声，“上回慕二小姐嫁太原王的时候，太后娘娘似乎就只赏赐了一样东西，听说来宫里敬茶也没给太多赏赐，看来太后娘娘倒是很中意宇文小姐。”

一阵风吹过，将她们细细的议论声吹进了宇文大夫人的耳朵里，她听了心中甚是得意，挺直了脊背，走得越发端正。眉儿就是招人喜欢，太后娘娘这般中意她，还暗示以后会给她正妃之位，这可是难得的殊荣。

几位宫女将高太后的赏赐送到车上，朝宇文大夫人恭恭敬敬地行了一礼："恭喜大夫人家明日办喜事，大夫人好走。"

宇文大夫人乐得嘴都合不拢，车子走得飞快，不多时便回了府中。她扬扬得意地带着那一堆东西直奔华碧堂，里边老夫人和宇文家另外几位夫人都在，见宇文大夫人气喘吁吁地走来，不由得有几分惊讶："这是太后娘娘的赏赐？"

今日一早皇宫里来人将宇文大夫人召了去，说是太后娘娘要与她说话，宇文老夫人还颇有些担心，生怕宇文大夫人在宫里说错话，现在见她带着一堆东西回来，总算是放了心："看来太后娘娘很看重眉儿。"

"可不是？"宇文大夫人很是得意，朝那几位妯娌瞟了几眼，声音抬高了几分，"太后娘娘还说了，以后眉儿可能还是王妃呢，她说眉儿实在得她的欢心，这般美貌温柔又知书达理的女子，打着灯笼都找不到，迟早会让太原王将眉儿提为王妃。"

宇文大夫人面不改色心不跳地将自己的女儿大肆夸奖了一番，对面几位宇文夫人目光甚是疑惑，可看着那一堆宫里的赏赐，也找不出话来反驳，只好坐在那里，脸上挤出一丝笑容："恭喜大嫂了。"

"我特地将这些添妆礼带进来给大家瞧瞧，毕竟是太后娘娘的恩典。"宇文大夫人站了起来，朝宇文老夫人行了一礼，"母亲，媳妇这就带人将这些赏赐放到外院去，夸妆会才开始不久，那些来得早的该还没有走。"

宇文老夫人点了点头："你去忙吧。"

宇文二夫人望着她的背影，鼻子里轻轻哼了一声："太后娘娘再看重有什么用，太原王不喜欢，还不是白搭？"

宇文老夫人皱着眉头没有说话，望着微微晃动的门帘，若有所思。门帘上，那只七彩锦鸡的尾翎张开，艳艳生光，仿若凤凰，宇文老夫人摇了摇头："毕竟不是凤凰，锦鸡就只能是锦鸡。"

十一月的夜晚，天高风疾，坐在屋子里，能听到外边呼呼的风声。即便生了炭火，听着外边的风声，还是觉得有微微的寒意。

"皇上快要向慕家下手了。"宇文太傅坐在暖炉边，炭火烧得正旺，红色的星子忽然蹿出来，发出“劈里啪啦”的响声，瞬间又没了声息。

“今日皇上召见你了？”宇文大夫人将手拢在狐狸毛的手笼里，朝宇文太傅看了一眼，“今日太后娘娘召见了老大媳妇，赏赐了不少添妆礼给眉丫头。”

“不少添妆礼？多少？”宇文太傅眉头拧了起来，“全是太后娘娘赏赐的？”

“我只瞄了一眼，有十来个锦盒，也不知道里边都是什么东西。”宇文老夫人坐得端正，眼皮子耷拉下来，看着炭火盆里的火苗道，“我想，太后娘娘赏赐这么多，自有她的用意。”

宇文太傅没有出声，伸手摸了摸花白的胡须，眉头紧紧地皱成一个“川”字，满腹心事。宇文老夫人见好半日没有声响，抬头看了他一眼，忽然便笑了起来：“老爷在担心什么？咱们太傅府以后肯定要比大司马府光耀的，我看皇上现在就一心想要对付慕大司马。”

“我不是担心皇上，我是在担心太后娘娘。”宇文太傅看了宇文老夫人一眼，“皇家赐下添妆礼，不都是一件两件吗？为何独独赐了眉丫头十多件？你说说看，这其中是不是有什么蹊跷？”

宇文老夫人没有出声，上回进宫时高太后的话仿佛还在耳边：“宇文老夫人果然是贤良淑德，可不正应该这样？咱们乃后院妇人，不能像男人一般站在前堂说话，只能听听就好。只不过老夫人在宇文太傅耳边稍微提带几句也是可以的。”

高太后话里有话，宇文老夫人一直未能领会其意，不知道她究竟要自己提带什么。赫连毓乃高太后亲生，可能她想为自己的儿子谋更多利益，可太原王已经是极其尊贵，地位仅次于皇上，高太后还想替赫连毓求什么呢？

“或许她是想利用咱们宇文家，替太原王求得去封地的权利。”思来想去，宇文老夫人也只能想到这儿了，“被拘在京城，哪有去封地逍遥自在？”

宇文太傅看了宇文老夫人一眼，若有所思地点了点头：“恐怕就是为了这事儿，可皇上疑心重，如何能放心太原王回封地？要知道太后娘娘娘家的势力不可小觑，她的父兄都是大虞良将，大虞兵马里有不少将领是他们的心腹。”

“老爷的意思……”宇文老夫人忽然眼中有了隐隐的担忧神色，“莫非太后娘娘有心谋逆？这不大可能，太后娘娘若是想谋逆，早就下手了。”

“你想错了。”宇文太傅摇了摇头，“原先没有时机。你想想看，慕华寅在旁边虎视眈眈，太后娘娘的娘家再有势力，也无法与慕华寅抗衡，若贸然动手，只是给慕华寅送了个现成的好借口罢了。”

“也对，若太后娘娘得手，慕华寅就可以打着消灭谋逆的旗号，将太后娘娘与太原王一并扫灭，到时候他再扶一个傀儡上台或自己称帝，就看他的了。”宇文老夫人恍然大悟，“老爷的意思是，太后娘娘是想等皇上将慕华寅除掉以后再动手？”

“有这样的可能。”宇文太傅侧耳听了听屋外的风声，长长地叹了口气，“十一月的天气，就这般寒冷了，明日眉丫头出阁，怕是会挨冻的。”

“挨这点儿冻又算得了什么。”宇文老夫人皱着眉头，有些忧心忡忡，“若是太后娘娘真撺掇着太原王谋逆，那我们太傅府岂不是会受到牵连？怎么着也该想些应对的法子才是。”她看了宇文太傅一眼，“老爷，咱们要站到哪一边？”

“先看看形势再说，现在什么事情都没个影子，不用着急。只是，”宇文太傅停了停，“我看皇上对付犯事之人的手段甚是恶毒，咱们……唉，”他的叹息里有几分沧桑，“到时候说不定得舍弃眉丫头。”

“舍弃了她？”宇文老夫人脸色一变，“老爷的意思是？”

“若是觉察到太后娘娘有确切的举动想要谋逆，那咱们便先去向皇上告发，以表示咱们与太原王划清了界限，没有任何干系。至于眉丫头，就让她跟着太原王自生自灭吧，若怕她受苦，就给她送一剂毒药过去，也不会熬太久。”宇文太傅扶着椅子慢慢站了起来，目光盯着不住摇曳的烛光，“当然，我不希望有这样的事情发生。”

“不会的，不会的，太后娘娘绝不会做这样的糊涂事儿。”宇文老夫人打了个寒战，喃喃自语，“太后娘娘一手将皇上拉扯大，如何会谋逆？是咱们想多了。”

“但愿是咱们想多了。”宇文太傅摆了摆手，“不多说了，时辰不早了，早些歇息吧。”

上京城里昨日下了一场大雪，今日早上一起来，就见外边白茫茫一片，屋顶上、园子里，全是一眼的白，偶尔露出了一点点绿色的底子，被阳光一照，有些闪眼。

今日正是花月佳期。

宇文如眉穿着吉服坐在那里，脸上已经细细妆点过，花容月貌，头发披在双肩，黑油油的一背，瞧上去如绸缎一般。

“夫人，小姐，全福夫人来了。”喜儿快活地喊道。宇文如眉抬头一看，就见淮南郡王妃在众人的拥簇下慢慢走了进来。

宇文夫人本来想请南安王妃做全福夫人，可她推说身子不好要静养，不能来给宇文小姐梳发了。宇文大夫人听了只觉得气闷，谁都听得出来这是托词，南安王妃分明是想着已经给慕微梳妆过，不大好再来给自己的女儿来梳发。宇文大夫人无奈，只好请了淮南郡王妃来给宇文如眉梳发。淮南郡王妃有一个儿子两个女儿，也算是儿女双全，只是淮南郡王后院姬妾成群，郡王妃活得也不大自在。

"请全福夫人为新娘梳发。"两个穿着红色衣裳的喜娘站在一旁高声喊起来，屋子里众人屏声静气。就见淮南郡王妃拿起了梳子，一手握住宇文如眉的头发，玳瑁梳子轻轻落下，那青丝便从梳齿间慢慢溜出来。

"一梳梳到眉，举案齐眉夫妻恩爱……"淮南郡王妃一边梳着头发，一边唱着赞词。宇文如眉坐在那里，心里美滋滋的，一想到终于要嫁给赫连毓成为他的王妃了，满满的都是欢喜，嘴角的笑怎么也掩不住。

"娘娘，娘娘！"外边传来一阵焦急的声音，众人回头一看，就见一个婆子由宇文府的丫鬟领着过来。

淮南郡王妃瞄了那婆子一眼，正是自己的贴身嬷嬷，瞧她一脸焦急，也不知道出了什么事，心中一紧张，那梳子便被盘了一半的头发钩住，怎么也拉不出来，稍一用力，原本盘好的一半头发陡然就散了。

屋里的人都大吃一惊，这全福夫人盘发盘到一半，竟然将头发盘散了，这事可真是糟糕，不是吉兆！

淮南郡王妃也意识到自己犯了大错，脸涨得通红，拿着梳子的手微微发抖。

"新娘来了！"只见那边鼓乐喧天，一支队伍正往这边蜿蜒而来，太原王府门口的人欢呼起来。站在寒风中迎接喜轿，冻得手脚冰凉，都希望喜轿快些过来，可偏偏事与愿违，越等，便越觉得难挨，终于看见白色的一片里出现了红色的影子，众人都长长地舒了一口气。

宇文如眉被喜娘扶着下了喜轿，抬眼一望，没看见赫连毓，心中咯噔一下。迎亲不来也就罢了，都到王府门口了，他都不能纡尊降贵出来一下吗？

刚才上喜轿的时候，大哥差点儿与迎亲的人争执起来——赫连毓没有亲自来接她，只派了王府的管家，这让宇文家顷刻间觉得脸上无光。宇文如眉的大哥拦着她不让上轿，可她一心想要嫁赫连毓，也只能含恨上了花轿。

可是，到了太原王府，却依旧不见他的影子！

满眼都是白色的雪，如一片琉璃世界，这一分白里衬着艳艳的红，如雪地里开出一片红色的梅花来。宇文如眉颤抖着身子，望着高高的台阶，心中很不是滋味。赫连毓不出来，那谁来背她过门？谁带着她跨过那象征着红红火火的炭火盆？

“侧妃娘娘。”一个管事婆子笑着迎了上来，“王爷让我在这里候着，您穿上木屐便不会被积雪湿了鞋子。”

一双精巧的木屐托在她的手中，那婆子笑得眉眼都挤在了一处：“这是王妃亲自找出来的木屐，她说与您在闺中便是密友，很熟悉您脚的尺寸。”

宇文如眉脸上微微一红，幸得有薄纱挡住了脸，看不清她的神色。她木然地将脚伸出来，喜儿与乐儿扶着她，那婆子蹲下身子，替她穿上了木屐：“侧妃娘娘走走看，可还稳当？”

“走吧。”宇文如眉的声音有几分冷。赫连毓，你是为了慕微故意羞辱我不成？她望着那层层石阶，忽然全身都没了力气。喜儿与乐儿也明显感觉到她的身子软塌塌地靠了过来，两人心中都有几分着急：“小姐，你要撑住，你不是一心想嫁太原王吗？现在都到府门口了，如何还能使小性子不进去？”

眼前一阵发花，隔着红色的薄纱看外边，一切都带了微微的红色，那汉白玉的台阶、朱红的大门、黄铜的梅花钉，都在她眼前不住地晃动。宇文如眉吸了一口气，抬起脚，一步步朝那石阶上踏去。

门口摆着一只火盆，烧得正旺，喜儿与乐儿想到在家中吉服被烧的事情，脸上变了颜色：“麻烦嬷嬷将娘娘的尾披给托起来。”

火盆里的炭红红的一片，一点点火星毕剥有声。宇文如眉低头看了下火盆，心中憋着一股气，迈步就跨过了炭火盆子。一个人过去又如何？自己还是要快快活活的，过得红红火火！

大堂里已经宾客盈门，宇文如眉由喜儿、乐儿扶着慢慢走到了大堂前。主座上坐了两个人，一个是赫连毓，一个是慕微。

赫连毓没有穿吉服，只是随意地穿了一件淡紫色锦衣，而慕微穿着一件白狐大裘，头上插着一支五尾凤钗，流苏垂在鬓边，不住地闪着亮光，红色的玛瑙坠子垂在白狐毛上，如雪地里的红梅，艳丽芬芳。

母亲昨晚与自己说过，侧妃不比正妃，没有拜堂的仪式，相反还要向王爷王妃行跪拜礼。宇文如眉心中一阵发痛，昨晚她还觉得无所谓，笑嘻嘻地回母亲："没什么，不就是忍这么一阵子，行个礼后，一切便好了。"

可她现在瞧着慕微，全然没了昨晚说话时的轻松。赫连毓没有来迎亲，没有来背她过炭火盆，也不跟她并肩站在一处拜堂，这一切，她都能忍受，可她怎么也忍受不了向慕微行跪拜之礼！

"侧妃向王妃行跪拜礼！"司仪的声音扬得高高的，末了还有意打了个弯儿，溜溜地出了口。宇文如眉呆呆地站在那里，喜儿与乐儿轻轻推了推她："小姐，要行大礼了。"

一种屈辱的感觉袭上心头，宇文如眉慢慢地跪下来，低头，两眼盯住了那件白狐大裘的下摆，上边的每一根毛她似乎都看得清清楚楚。

忽然，就听头顶上有轻微的响动，她愕然地抬起头来，就见赫连毓站了起来，一把扶住了慕微，声音很是焦急："快去请大夫！"

这是怎么一回事？宇文如眉呆呆地跪在那里，见赫连毓抱着慕微匆匆出了大堂，脑子里嗡嗡作响。大堂里也响起了议论之声："太原王妃这是怎么了？脸色苍白，好似很不舒服。"

"还不是心病？"有人看着跪在那里的宇文如眉，轻声说道，"太原王侧妃乃太傅府的小姐，身份不比王妃低，恐怕她这是被气得。"

"也许是有意想给侧妃一个下马威，搅了她成亲的好事。"一个四十来岁的男子摇头晃脑，"女人，忌妒起来是很可怕的！"

喜娘站在一旁也是目瞪口呆，这是她们第一次遇见这样的情况，两人对视一番："赶紧将侧妃娘娘送去新房。"两人催促着喜儿和乐儿，"还呆着做甚？快些扶了娘娘进去吧，外边人多杂乱，莫要让旁人看了笑话！"

内室里很暖和，四角都放着鎏金的铜盆，里边烧着银霜炭，毕毕剥剥地响着。慕微躺在床上，眼睛微微闭着，额头上全是汗珠子。赫连毓坐在床边，握住慕微的手，神色焦急："微儿，微儿！"

他看着慕微苍白的脸色，心中很是懊悔，慕微肯定是因为自己娶了宇文如眉，心中有气才会成这副模样。原来她笑嘻嘻的模样都是装出来的，不过是强颜欢笑罢了。早知道她会忌妒，就是抗旨，他也不会将宇文如眉娶进府来。

门帘一闪，寒气从下边钻了进来。赫连毓一回头，看见一个老大夫由管事嬷嬷领着进来。

"王爷，这是上京最有名的孙大夫，回春堂的。"管事嬷嬷弯了弯腰，嘴边冒出一阵白烟，鬓角全是汗。王爷疼爱王妃，王府里的人个个看在眼里，现在王妃病了，自然要赶紧去找最好的大夫过来。

“孙大夫，麻烦了。”赫连毓格外客气，从床边挪开。秋月在慕微的手下轻轻放了一个十样锦的垫儿，那纤细瘦弱的手腕被各色花纹衬着，更显得白了几分。

孙大夫伸出手来诊了一把脉，细细沉吟，心中一喜，这太原王妃乃滑脉之象，看来自己还能赚到几分报喜银子。他站起身来朝赫连毓深施一礼：“恭喜王爷。”

赫连毓呆了呆：“喜从何来？”他望着孙大夫那笑眯眯的眉眼，心中忽然有了一种不妙的感觉，刚想开口制止他说话，就听那孙大夫已经抢先说了出来：“王妃乃喜脉，已有三个月身孕，恭喜王爷明年就要做父亲了。”

孙大夫说完，心里想着太原王会给他多少打赏银子，正眉开眼笑地等着，就听赫连毓呵斥道：“什么上京最好的大夫！我瞧着就不像是喜脉。”

“王爷，这喜脉可不是瞧出来的。”孙大夫笑容可掬地上前一步，对着呆若木鸡的赫连毓道，“王爷若是不信，待小人问问王妃的贴身丫鬟，看看王妃是否有三个月月信不至便知晓了。”

“给他十两赏银，让他出去。”赫连毓摆了摆手，脸上极力维持着淡淡的笑容。

管事嬷嬷心中暗自好笑，王爷这反应还真特别，该是听着有喜脉高兴得失常了。等一群人出去，赫连毓转过身来，看着床上躺着的慕微，全身冰凉，一句话也说不出来。

秋月站在床边，将慕微挡住，她真害怕赫连毓会冲上来将慕微一把掐死——这孩子分明不是赫连毓的。慕微嫁过来三个月，还未与赫连毓同过床，作为慕微的贴身丫鬟，她知道得比谁都清楚。

赫连毓一步步朝床边走来，秋月咬着嘴唇，眼睛死死盯着赫连毓：“王爷，有话好好说，王妃她……”说到这里，她再也说不出别的话来，毕竟是慕微错了，自己不知道该怎么为她开脱。

“你，竟然怀了他的孩子！”赫连毓咬牙切齿地看着慕微，喉间哽住，再也说不出一个字来。

北风呼呼地在外边响着，凄厉的声音尖锐地刺着人的耳朵。慕微一脸苍白，她努力地睁开眼睛，将秋月推开了一点儿："王爷，是慕微不好，做下了这般不知廉耻的事情，让王爷蒙羞，还请王爷赐慕微一纸休书，让慕微出府去吧。"

她说完这句话，便觉得有些喘不过气来，一只手压着胸口，一只手拽着秋月的衣裳："盆子，快！"

秋月见慕微的脸白得跟纸一般，心中难受，赶紧端了个盆子过来放到慕微面前。慕微一只手抓着被子，一只手抓着秋月的胳膊，头微微前倾，吐出了一堆酸水。

赫连毓看着慕微那狼狈的模样，心中忽然升起几分不舍。他大步走到床边，一手将盆子接过来，看了秋月一眼："赶紧让人送热水进来给王妃洗脸，顺便让厨房做些好吃的，王妃吐了这么多，肚子里一定空了。"

秋月见赫连毓黑沉沉的脸忽然又明朗起来，眼里没了方才那犀利冷锐的神色，瞧他坐在床边，专注地看着慕微，一手拿着盆子，一手轻轻地拍着慕微的背，那温柔的神色让秋月心中一阵发颤，赶紧抬腿走了。

王爷对王妃实在是太好了，即便知道那不是他的孩子，可看见王妃受苦的模样，他的心又软了。王爷应该不会将王妃赶出王府吧？若真按王妃所说，王爷给她一纸休书，王妃又该去哪里容身？这世上的人又该如何看她？

秋月轻轻叹了一口气，掀开门帘朝站在外边的几个丫鬟道："快些去打热水来给王妃净面，再让厨房煮些好吃的送过来。"

"王妃到底怎么了？"秋雨疑惑地往内室看，透过那一线缝隙，她看到赫连毓正温柔地拍着王妃的后背，脸上的神色让她看得心中暗暗忌妒起来。

"看什么，还不快去！"秋月有几分不满，秋雨自从进了太原王府，就越发不会做事了，有时候傻呆呆地站着，要提点她几次才恍然大悟般回过神来。以前在慕府，慕微便不大将事情交给她去做，现在王妃越发不信赖她了。秋月站在门口，瞧着秋雨慢慢远去的背影，想起了那个晚上，盆子落地的声音，还有赫连毓的叱喝声和一个女子细细的哀求声。

她竟然动了那样的心思，秋月摇了摇头，难道她是瞎的不成？看不见王爷眼中只有王妃一个人？只是王妃……秋月有些难过地低下头，终究还是负了王爷。也不知那位南燕太子有多好，竟让她这般念念不忘，不惜跟他私奔，不惜为他丢了贞节，还怀上他的孩子。

王爷会怎么做？秋月的手紧紧地将织锦的门帘攥成一团，有些紧张地侧耳听着里边的动静，心中暗暗祈祷，但愿不会有大风大浪。

“微儿，你怎么能这样狠心？”赫连毓将手中的盆子放下，从床头拿起一块帕子，轻轻地给她擦着嘴角，“我为你做了那么多，你便一点儿都不感动？宁愿这样想着他，宁可被我休了？”

慕微没有说话，面对赫连毓的一片真情，她真的不知道该怎么办才好。怀上燕昊的孩子，对她来说，是上天赐给她的礼物，她一定要将孩子生下来。可赫连毓会同意吗？慕微摇了摇头。即便是再大气的男子，恐怕也无法面对一个不是自己的孩子口口声声喊自己“爹”吧。

若不知道也就罢了，可赫连毓心里清楚得很，这个孩子不是他的。慕微心中很是愧疚，她不知道赫连毓此时是什么样的心情，但她现在只想从他身边逃开，躲到一个安静的角落，将孩子生下来，独自将他抚养长大。

孩子……她伸手摸了摸肚子，那里还很平坦，没有一点儿变化。里边真有一个孩子吗？慕微的眼睛忽然亮了起来，如夜空里的星星，蓦然璀璨。

“微儿。”赫连毓看着慕微，心中百味杂陈，她是在庆幸她怀上了燕昊的孩子？他紧紧地抓住床边，似乎要将那木板给捏断一般，指节泛白。

“王爷。”慕微迟疑地答应了一句，瞧着赫连毓那复杂的眼神，她也好一阵纠结，犹豫着该不该继续提起休妻的话题，“王爷，我知道你很生气，但你也知道，我心里始终有燕昊，我从来没有忘记过他，王爷又何必一定要将我拘在府中？”她停了停，有几分犹豫，“今日王爷不是娶了宇文小姐吗？她那般心悦于王爷，只要王爷肯伸出手，她自然愿意走到王爷身边，倾心照顾王爷，做王爷最好的伴侣。”

“你不要再说了！”赫连毓忽然暴怒，他猛地跳起来，站在床边，死命地盯着慕微，“你不要再三来挑战我的耐心！”他的眼底升起浓浓的忧伤，眼底闪闪发亮，或许是眼泪，或许是锐利的眼神，看得慕微也难过起来。

“我总是想着，若我真心对你，总有一日你能被我焐暖，可现在我才发现，原来我做的一切都是徒劳，他在你心中，根深蒂固！”赫连毓上前一步，伸手将慕微的头捧住，轻轻用了一分力，慕微觉得耳边发痛。

慕微睁大眼睛看着赫连毓，没有一丝反抗。他打算将自己杀掉吗？他的耐心已经消耗殆尽，他已经不想再这样等待下去，他想要自己彻底消失在他眼前？慕微看着赫连毓压得越来越近的脸，没有半分反抗的力量，或许这便是她应得的下场，只可惜了肚里的孩子，要跟她一道离开这个世界。

“微儿，我该拿你怎么办？”在慕微还没有意识到怎么一回事的时候，赫连毓忽然将脸贴近，嘴唇压住了她的唇，舌头霸道地挤了进来。

“不！不要这样！”慕微含含糊糊地喊着，用手拼命推挡赫连毓的进攻。可她愈是推挡，赫连毓仿佛便愈是兴奋，他肆无忌惮地吮吸着，就如在品尝糖果的孩子，不住地舔着那甜蜜的源泉。

“微儿。”赫连毓吻得着迷，这是他第一次亲吻一个女子，他惊奇地发现，这感觉实在是太好了。她的唇如花瓣般柔软，还带着醉人的芬芳，让他沉迷其中，几乎不愿意与她的唇瓣分离。

一阵冷风旋转着飞进来，慕微忍不住打了个哆嗦，赫连毓也清醒了几分，他离开了慕微的唇，转过来看着站在门口的秋月与秋雨，怒吼一声：“退下！”

秋月与秋雨慌慌张张地从内室退了出来。秋雨很不满意地嘟囔了一声：“秋月，你怎么不看看里边在做什么就让我进去？”

秋月没有答话，脑海里浮现着方才看到的一幕，心中不住地翻腾着。王爷这般举动，是不是意味着已经原谅了王妃？愿意让她继续留在王府，愿意接受她肚子里的孩子？

不，不可能，有哪个男人会宽宏大量到这个地步？秋月有些担忧地看了看庭院里白皑皑的积雪，一阵寒风呼啸着吹过来，枝头的积雪被吹得从树枝上掉下来。

正胡思乱想着，就听身后一阵脚步声，是秋雨娇滴滴的声音：“王爷，你要去哪里？难道不留下来陪王妃用饭？”

赫连毓冷冷地看了秋雨一眼，秋雨吓得打了个哆嗦，不敢再多说话，静静地低下头，看着那一角紫色衣袍从身边飞快地离开。

秋雨抬起头来，看到秋月带着几分讥讽在看着自己，她有一种被看破心事的尴尬，轻声道：“今日可是王爷娶侧妃的好日子，是我多嘴了，王爷该与侧妃娘娘一道用饭才是，如何会留在咱们院子里？”

秋月白了她一眼：“将水端进来，伺候娘娘净面。”

这寒冬的夜色死沉一片，因为天气寒冷，外边没有什么人走动。

宇文如眉坐在灯下，已经卸了妆容，素白的一张脸在暖黄的灯光照映下有了莹莹的光泽。她望着那一对大红龙凤花烛，无言沉默。

“小姐，王爷还没有过来。”喜儿从外边进来，抖落了一身的雪花，“奴婢让乐儿去主院那边打听消息了。”

"嗯，你去加点儿炭，这屋子里头怎么这般冰冷？"宇文如眉皱了皱眉，一颗心慢慢地下沉。屋角的沙漏显示已经快到子时，为何赫连毓还不过来？难道他想让她新婚之夜独守空房？

喜儿夹了几块木炭慢慢添进去，用小钳子细心地将木炭扒拉开些，好让火苗蹿出来，才扒拉了两下，就听见外边有急快的脚步声传来。

"小姐，小姐！"乐儿奔了进来，不住地喘着气，"听说王妃有喜了，王爷今日一直待在主院，还没出来过，想必是在照顾她。"

"有喜了？"宇文如眉觉得自己仿佛瞬间从高空落下一般，震惊得不敢相信这个消息，"他们成亲才三个多月，怎么就会有喜了？"

"小姐，这也很正常不是？我听我娘说我姐姐就是成亲那日怀上的。"乐儿点了点头，似乎她是行家里手一般，"王爷成亲三个多月了，瞧他那般喜爱王妃，定然是夜夜……"还没有说完，就见一只茶盏朝她飞了过来，乐儿惊叫一声赶紧避开，那茶盏便在她脚边落下，变得四分五裂，热水溅出来，将她的裙角溅湿了一大块。

"小姐！"乐儿惊呼了一声跪下来，战战兢兢，不敢抬头看宇文如眉的脸。

"你起来吧，去打些热水来，给我净面。"出乎意料，宇文如眉并没有她想象中那般恼怒，她只是有气没力地看了一眼门帘，"今晚王爷该是不会过来了。"

这慕微怎么这般好命！宇文如眉呆呆地坐在床边，心里有说不出的苦涩。即便她被流民掳去，也改变不了她鲜花着锦般的命运，赫连毓依旧珍爱她。现在她又有了孩子，那自己还能从赫连毓那里分得一丝关注吗？

忽然，宇文如眉有了几分泄气，她开始怀疑自己嫁给赫连毓是不是一个错误。那个时候，她心心念念地要嫁给他，可这才第一日，她便觉得兴味索然，就如小时候想要一样东西，千方百计想要得到，可到了手，她便一点儿都不珍惜，随意丢弃在一旁，积满了灰尘都没有再看过一眼。

可这件事似乎比小时候要东西更可怕，她一心要嫁赫连毓，可等她嫁过来后，还只是成亲的当日，她便失去了那种执着，仿佛已经被慕微打败了，再也没了斗志。

"小姐，歇息吧。"喜儿服侍着宇文如眉梳洗后，将她扶上床。

宇文如眉望着不住摇曳的烛光，心中那种说不出的苦涩慢慢散开来。这一日从清早到现在，都没有安生过，但愿这龙凤花烛能有一个好兆头，双双一同熄灭。

宇文如眉抱着被子翻了个身，正默默想着心事，忽然“噗”的一声，屋子里瞬间暗淡了不少。

宇文如眉惊骇地转过脸来，看到桌上只有一根蜡烛亮着，而另外一根，已经灭了。

赫连毓觉得自己几乎要发疯了，他实在不知道该怎么来处理这件事。

他不想当燕昊孩子的爹，一定不能。赫连毓握紧了拳头，一定要想法子，不动声色地将这个孩子弄掉，不能让旁人看出来这孩子不是他的，他必须假装出一副欢喜的神色，这样旁人才不会对慕微说三道四。

怎样才能将孩子弄掉？赫连毓开始思考这个问题。

他望了望窗外的一点儿光亮，长长地叹了一口气，想到他亲吻慕微的瞬间，心中又是一丝甜蜜，他真希望每个晚上都能抱着慕微，看着她如花的脸，闻着她身上传来的幽幽清香，这么想着，忽然觉得身上有什么不对，就像有一把火在慢慢烧起来，有一种说不出的焦渴不安。

不好，这感觉又来了。赫连毓蹬了蹬脚，极力想驱赶那种躁动，可于事无补，那种感觉越来越强烈。他翻身坐了起来，抹了抹额上细细的汗珠，这种感觉隔三岔五就要来一回，让他很不舒服，有时候晚上都睡不好觉。

他不知道自己怎么了，或许是得了一种什么病。赫连毓咬着牙，捏住被子一角，手不住地发抖。明日一定要去药堂看看，请个大夫把下脉，看自己究竟得了什么病，为什么会有这般奇怪的感觉。

他从床上翻身下来，走到窗边，伸手将窗户推开，寒风立刻灌了进来，让他不由自主地打了个哆嗦，身上那种燥热的感觉总算是慢慢褪去了。他透过窗户往天上看去，乌蓝的夜幕上有个圆白的月亮，很大，很亮，但又显得那般孤单。

园子里有几盏暖黄的灯影正在往这边移动，细碎的脚步声轻响着。走在最前边的是两个粗使丫鬟，每人手中提着一盏气死风灯，后边喜儿、乐儿扶着宇文如眉，在她们身后，还跟了几个婆子，手中捧着一堆东西。

廊下站着几个丫鬟，见宇文如眉来，赶紧行礼：“侧妃娘娘安好。”

“你们家王妃呢？是否已经歇下了？”

“回侧妃话，还未曾睡下。”秋雨走上前，讨好地朝宇文如眉笑了笑，

“侧妃可是来看望我家王妃的？”

“正是。我昨日进了府，还没来得及与王妃说话，她却病倒了，我心中不安，特地过来看望。”宇文如眉一边说着，一边心中直冒酸水，她本意不是来看慕微的，只是想来问问赫连毓，明日陪不陪她回门。

成亲三日回门，这可是规矩，指不定家中还办了回门宴，如果赫连毓不跟着回去，那宇文家可是颜面扫尽。宇文如眉想了想，这才决定借着来看慕微，亲口问一声赫连毓。

宇文如眉跨上台阶，心中有几分忐忑。以前在游宴里见到赫连毓时，他是那般和气，没想到成亲后变了个人似的，弄得她现在都有些害怕，不知道赫连毓会不会答应她的要求。

秋雨将宇文如眉领到慕微内室门口，掀开帘子往里边瞅了瞅：“王爷，王妃，宇文侧妃过来了。”

他果然在这里。

宇文如眉有几分安心，又有几分忌妒，伸手将头上的簪子扶了下，这才低头从门帘下走过去。一进屋，便觉得全身暖和，抬眼看去，赫连毓正坐在慕微身边，看得宇文如眉有几分发酸。

“王爷，王妃。”宇文如眉上前，朝赫连毓抛去一个眼波，脸上有着淡淡的笑容，“听闻王妃有了身孕，我很是欢喜。知道王妃身子弱，特地带了些补药过来，顺道也给王妃道声恭喜。”

她的眼睛落到慕微的肚子处，此时那个地方还很平坦，可过不了多久，那里就会高高隆起。一想到这件事，宇文如眉恨不得将眼神化作无数把小刀，嗖嗖地飞过去，扎在慕微的小腹上。

赫连毓听了这话很是烦躁，不满地看了宇文如眉一眼：“将东西放下，出去。”

宇文如眉有几分错愕，惊讶地看了赫连毓一眼：“王爷，如眉还有事要和王爷商量。明日是回门之日，如眉是想提醒王爷莫要忘记了，我们辰时出发可好？”她将脸抬起了几分，眼里带着殷切的希望。

“回门？”赫连毓哧哧地笑了一声，“你自己回去便是，我为何要跟你回去？”

“王爷，这回门是姑爷陪着回娘家，第一次去看望岳父岳母，王爷为何不去？”宇文如眉的心一沉，眼里瞬间是泪，几乎要掉下来。

“你也知道是姑爷去看望岳父岳母。”赫连毓嘴角有一丝讥讽，“莫非我还有几个岳父岳母不成？宇文如眉，你又不是没有念过书，自然知道规矩。”

宇文如眉呆呆地站在那里，简直不敢相信自己的耳朵，赫连毓竟然只承认慕微？那她算什么？她可是太后娘娘亲自给赫连毓挑选的妻子，不是他的侍妾，无论如何也不能让他这般羞辱！“王爷，我可是太后娘娘赐婚的！”宇文如眉有些不甘心，挺直了脊背，一双眼睛幽幽地望了过去，“难道王爷连太后娘娘也不放在眼里吗？”

“王爷，你便跟宇文侧妃一道回门吧，我身子很好，不劳王爷挂念。”慕微有些于心不忍。她能理解宇文如眉的心情，也想帮她一把。她伸手抓住赫连毓的衣袖：“王爷，莫要让太后娘娘心里不舒服。”

她又想将自己推给旁人！赫连毓有几分焦躁，看了一眼宇文如眉，脸上如结了寒冰一般：“你明日一个人回门，我是不会跟你去的。速速回自己的院子去，莫要打扰了王妃歇息。”

宇文如眉呆呆地看了赫连毓一眼，他的话那般冰冷，将她的心刺得千疮百孔。

“还不快些走！”赫连毓有几分不耐烦，“还等着我亲自送你不成？”

宇文如眉屈辱地看了赫连毓一眼，转身飞快地走了出去。

是慕微，全是慕微搞的鬼！宇文如眉大口地喘着气，心里憋屈到了极点。慕微是故意的，她故意替自己求情，分明是想看自己的笑话。

她怎么可能真心替自己求情？分明是恃宠而骄，在试探赫连毓会不会跟自己回去！宇文如眉站定了身子，回头看了看内室的灯光，心中愤怒屈辱的感觉怎么也抑制不住。

总有一日，我会让你好看！宇文如眉咬了咬牙，朝身边的丫鬟说道：“咱们走！”

几个丫鬟大气也不敢出，扶了宇文如眉慢慢地走了出去。雪地上，只留下几行凌乱的脚印。

夜渐渐深了，丫鬟们也都各自安歇去了，整个主院只有一处灯光。

“微儿。”赫连毓颤抖着双手，端起了桌上的一碗药汁。

慕微看着赫连毓一步步逼近，心中有一种慌乱的感觉。今晚，赫连毓坐在她身边不言不语地看了她很久，让她怀疑他是有什么话要对自己说。

宇文如眉过来才将这沉默打破，赫连毓莫名其妙地发了一阵脾气，让慕微很是不安。她认识的赫连毓，从来不会这般暴躁，今日他的举动实在异常。

直到看见他端着药过来，慕微才忽然明白赫连毓要做什么。

他想杀了她的孩子，她与燕昊的孩子。

慕微的心一点点地提起来，她惊骇地睁大了眼睛，望着赫连毓的脸，连连摇头："不，赫连毓，你不能这样做！"

这是她与燕昊的孩子，她要全力保护他，不管多么艰难，她也要将他生下来，这是上天赐给她最好的礼物。她撑着床站起来，腿却有些发软，瞬间便擦着床边倒了下去。

"微儿！"赫连毓脸上变色，把药碗朝小几上一放，一把将慕微扶住，"微儿，你怎么了？"

"我头晕。"慕微有气无力地看向赫连毓，脸上露出痛苦的神色，"赫连毓，我求求你，让我将这个孩子生下来，只要你答应我，以后你让我做什么我都愿意。"

"将他生下来？"赫连毓的脸有几分扭曲，"你想让燕昊的孩子喊我爹不成？"

"我们可以将他送给一户没有孩子的人家，他以后不会在你面前出现。"慕微抓住了赫连毓的手，苦苦哀求，"赫连毓，你不是说过要宠着我，不论我做什么事情，你都会宽容我，你会等到我回心转意的那一日……"慕微的泪水掉下来，从赫连毓的手背滚下去，"赫连毓，我求你了。"

看着慕微痛苦的神色，赫连毓有了几分动摇，可瞬间又回过神来，一想到那日看到燕昊与慕微的情景，不由得有了几分愤怒："你让我这些日子如何面对你？我总会不由自主地想到那日！你穿着大红的嫁衣，却与他在山洞里春宵帐暖，将我这个夫君丢到九霄云外，微儿，你可对得住我？"

赫连毓伸出手，将慕微的脸捧住，他的眼中闪着暴躁与愤怒，这样的赫连毓，是慕微从来也不曾见过的。她有些害怕，仰头避开，可赫连毓紧紧地控制住她，让她没有半分逃脱的机会："微儿，喝了这碗药，孩子就没了，以后咱们两人快快活活地过日子，不要再想那个燕昊了，好吗？"

慕微摇了摇头，眼里落下一颗颗豆大的泪珠，看得赫连毓瞬间又暴怒起来："为何你到现在还想着他？我究竟哪里不好？微儿，难道你要我将心掏出来给你看不成？"

"不是这样，赫连毓，你很好，可我忘不了他。"慕微呜呜咽咽地哭起来，“赫连毓，你别逼我恨你一辈子！”慕微的手狂乱地挥舞着，想要逃脱赫连毓的控制，可一切都只是徒劳，她无法从他的掌控里逃离。

“微儿，别挣扎了。”赫连毓一只手抓住她的双手，一只手将药碗端起来，送到慕微嘴边。他瞪着慕微，声音里有说不出的决绝：“喝下去，喝下去一切就好了，什么事情都解决了。”

慕微闭紧了嘴巴，死命地盯着赫连毓，那眼神如一把锋利的刀子，似乎要将他刺穿。赫连毓颤抖着，举起药碗，表情很是痛苦：“微儿，你难道就不能为我做一件事情？”

“赫连毓，求你放过他。”她伸手护住肚子，泪水簌簌而下，“只要你放过他，我什么都愿意。”

门帘一晃，秋月冲了进来，“扑通”一声跪在赫连毓的面前：“王爷，难道你不知道喝落子汤会死大人吗？这落子汤都是大户人家的夫人用来对付姨娘的，药性猛烈，很多身子弱的都挨不过，王爷难道忍心看着王妃受这种折磨？”

赫连毓呆呆地站在那里，手中的药碗掉到地上，“咣当”一声，那碗便四分五裂，药汁四溅。

“妇人落子，极是痛苦，不可能有那种没有疼痛就将孩子弄掉的。公子想想，要在人身上割一块肉，痛不痛？”他去抓药时，大夫曾对他这般说过。赫连毓心中一惊，看着脸色苍白的慕微，身子也颤抖起来。

他不要失去她，哪怕是她做下再大的错事，他还是会原谅她，只要她能在自己身边便好：“微儿，对不起，是我不好，我不该这般逼你。”

看着秋月跪在地上清理地面，慕微的一颗心总算是放回了肚子里。赫连毓对她实在宽容，宽容得让她无法面对。她不敢看赫连毓深情的眼睛，只是将头扭到一旁：“王爷，是慕微不好，王爷不必自责。若王爷无法面对这件事，慕微自愿出府。”

“出府？”赫连毓嘴角浮出一丝冷笑，“微儿，我已退让了这么多，你却还在坚持自己的意见，你为了燕昊的孩子要离开我？那我告诉你，再怎么样我也不会让他出生，我宁可喊人将落子汤灌下，也不愿意让你离开我身边！哪怕是你恨我，我也只能这样做。”

慕微颓然地坐在那里，只听赫连毓在耳边故作轻快地道：“微儿，你好好歇息，不要多想，只要你答应不离开我，一切都好说。”

“王爷，你回去歇息吧，我累了。”慕微已经没有办法再说话，她慢慢地闭上眼睛，“我真的累了。”

赫连毓心疼地看着慕微失神的模样，一把抱住了她：“微儿，都是我不好，以后我不会让你再受这样的伤害了。你将孩子生下来，到时候我们将他送去一户没有子嗣的人家，他们肯定会喜欢，会对他视若珍宝的。”

慕微无力地点了点头：“王爷，我想睡了。”

赫连毓连忙将她扶上床，细心地替她将被子掖好：“微儿，明日我再来看你，你好好歇息。”

“王妃，王爷都这般退让了，为何你还想着那燕昊？”秋月从地上站起来，瞧着窗外闪过的人影，有几分无奈。

慕微将被子拢了拢，温热的气息将她包围。她朝秋月吩咐道：“把灯灭了。”

秋月应一声，屋子陷入一片黑暗。

我要试一试，慕微心中暗暗下定了决心。

第三十二章 布下暗线

马车吱呀吱呀地响着，在雪地里碾出两条长长的车辙。

“喜儿、乐儿，你们觉得秋雨这个人怎么样？”宇文如眉望着侧窗的软帘不住地微微起伏，若有所思。刚刚回府归宁，祖母叮嘱她，务必在慕微的丫鬟里培养出一个自己的心腹来，也好掌握慕微的动向。她仔细想着，有个叫秋雨的，似乎总想贴到自己这边来。

“秋雨？”喜儿沉吟一声，“是个机灵的。”

“我觉得她的心有些大。”乐儿在一旁撇了撇嘴，“昨日我跟厨房的嫂子说闲话，她提到了秋雨，说是她刚到王府便想爬上王爷的床呢，有一晚端了水去伺候王爷梳洗，故意穿得单薄，被王爷给踢出来了。”乐儿掩嘴哧哧地笑，“府里的人都有些看不起秋雨，说她的心实在太大，分明知道王爷宠爱王妃，可还是不识趣地往前凑。”

“还有这样的事？”宇文如眉很是惊讶，心中却一动，“那为何秋雨还在服侍慕微？”

“我也这般问了，可厨房的嫂子说她也不知道，她说可能是王妃心地善良，不想过于严厉处罚下人，又或者王妃觉得王爷会一心一意对她，不会对旁的女人动心。”乐儿摇了摇头，“这事，谁又知道呢。”

“一心一意？”宇文如眉露出一丝讥讽的笑，“男人不都是三妻四妾？有谁真的会一心一意？”

宇文如眉眼里闪过一丝阴冷，那自己可要好好利用这个丫鬟才行。

回到王府，宇文如眉拿出一个赤金手镯来：“喜儿，替我给秋雨送过去。”

喜儿接了手镯应了一声便出去了，到了主院，见主院的门开着，却没见人影，喜儿心中高兴，踮着脚尖便溜了进去。

前院没人，喜儿有几分奇怪，迈过月亮门往里走，便见几个丫鬟趴在第二重月亮门往后院瞅。喜儿有些奇怪，走过去伸着脖子看。后院空荡荡的，但慕微的内室门口站着秋月，双手垂着，望着内室，似乎很是焦急。

喜儿侧耳听了听，实在听不清楚，只好放弃，看了看那一群丫鬟，一眼便看到了秋雨。

拉着秋雨走到角落，喜儿努着嘴问：“那里究竟怎么了？”

秋雨摇了摇头：“我也不知道，听说王爷似乎生气了，刚想听听，就被秋月给赶出来了。”秋雨有些愤愤然，“现在这内院是秋月的天下了！”

喜儿抿嘴笑了笑：“这般细白的手腕，不戴个像样的镯子可惜了。”说罢，从袖袋里摸出那个赤金手镯便往秋雨手腕上套。

阳光照着手镯格外闪亮，秋雨吃了一惊，想要缩手，却被喜儿拉住了：“你别缩，我就是来试试，看这镯子套在你手腕上好不好看。”

秋雨张大了嘴看着喜儿。

喜儿“扑哧”一笑：“这镯子是我们家娘娘赏给你的！”

“什么？”秋雨抓住镯子，想取下来，却有几分恋恋不舍，“娘娘怎么赏我这么好的镯子？无功不受禄。”

“娘娘说了，只要你将王妃这屋里的动静都告诉她，这镯子便是你的了。”喜儿朝秋雨挤了挤眼，“每隔三日，或者是我，或者是乐儿，到湖那边的水榭等你，你将这边的事给我们家娘娘说说就是。”

“只是……”秋雨有几分为难，“现在王妃似乎对我有所忌恨，都不让我靠近内室呢，我只是帮她打理外边的丫鬟，做些粗使活计罢了。”

“话虽这般说，可你毕竟是在内院待着的，多多少少也能听到些旁人不知道的事情。”喜儿按住秋雨的手道，“我们家娘娘是个大方的人，她可不在乎这么个手镯。她要我跟你说，只要你留心注意便是了，有什么紧急情况，你还可以直接去找她，她还额外有赏呢。”

“侧妃娘娘人真好。”秋雨看着那只手镯，“咕咚”一声吞了下口水，

"你回去跟侧妃娘娘说，今日王爷与王妃吵架了，吵得格外凶。"

"我知道了。"喜儿点了点头，"你好生注意着，看能不能找到原因。"

秋雨朝喜儿眨了眨眼睛："知道了，多谢你给我送镯子来。"

喜儿摆了摆手："我得走了，方才过来幸亏没看见守院门的嫂子，否则还要破费些银子才能进得来呢。"

"下回你说找我便是，就说是我同乡，那嫂子也不会怎么刁难的。"秋雨朝月亮门那边瞧了一眼，见丫鬟们依旧站在那里，脸上浮出兴奋的神色，"我去瞧瞧，若知道些什么就会去告诉你。"

内室里一片安静，赫连毓站在那里，冷眼瞧着慕微，手中拿了一张画像。

那是一个男子的肖像，白衣飘飘，丰神俊逸。

"你，竟还这般惦记着他！"赫连毓的手在微微颤抖，几乎不能控制自己。今日从外边回来，听见屋里有低低的笑声。他有一阵子没听见慕微那清脆的笑声了，今日蓦然听到，便有些好奇。

赫连毓高兴地掀起门帘走进去，却见慕微一脸吃惊地看着他，手中一张宣纸飘落在地。

秋月蹲下身子，手忙脚乱地想将那张纸捡起来，却被赫连毓一脚踏住："走开。"

秋月怯生生地看了慕微一眼，慢吞吞地走了出去。赫连毓弯腰从地上捡起那张纸，顿时，心中似有一把火烧起来。

"这是怎么回事？"赫连毓再也无法压制自己，大喊起来，"你怎么还留着这样的东西？"

慕微抬起头来，没有丝毫畏惧地看着他："我答应过你，从此之后不再见燕昊，可没有答应你不再看他的画像。赫连毓，我没有违背我们的约定。"

赫连毓的脸发红，盯着慕微好半日没有说话。他将那画像揉成一团，用力地丢在地上，又用脚踩了踩，喘了一口气看着慕微，心里似乎在滴血："微儿，你不要这样残酷，你可知道我现在内心有多么痛苦！"他走近慕微，眼中有一种说不出的绝望与悲哀，"为什么？我都将自己的心掏给了你，你却依旧这般不屑一顾？"

"赫连毓，你要知道，我原本就与你说过，我对你只有普通朋友之间的感情，若一定要往深处说，我把你当成哥哥，但我没法将你当成夫君。"慕微看着气急败坏的赫连毓，脸上露出悲凉的神色来。

她静静地坐在那里，看着被赫连毓踩在地上的纸团，心中很是难过。那是她画了一个多月的画，是藏在心底最深处的影子，可现在被赫连毓践踏在脚底。

慕微的心一阵抽痛。她默默地看着赫连毓，只觉得全身的力气都被抽干。

“你怎么能这样？”赫连毓终于忍不住，踏前一步，一把将慕微的双手抓住，“你为何要这般残忍地对我？你明知道我心中只有你，你却一次次让我失望！”

赫连毓的眼睛里燃烧着怒火，再也抑制不住暴怒的心情。燕昊，他是什么东西，不过是一个亡国太子罢了，而自己是大虞皇朝除了皇上之外最尊贵的人，难道不值得她爱？赫连毓用力踩了踩那团纸，只觉得仍不解恨，又将那纸团捡起来，将画展开：“微儿，我不能让你再见到他，哪怕只是一幅画！”

瞬间，那幅画便被他撕成了两半。

他回过头来看了看慕微，见她苍白着一张脸，眼里含着莹莹泪水，马上就要掉下来。赫连毓的心有些发痛，可瞬间又硬了起来，她的泪是为了燕昊，不是为了他！粉碎的纸片如雪花般飘扬起来，如一只只雪白的蝴蝶在纷飞。

赫连毓抓住慕微的双肩摇动起来：“微儿，我对你这般好，你却这般狠心！”

慕微没有说话，她不知道自己该说什么，是她不对，住在太原王府，心里想的却是另外一个男人。可她无能为力。

正想着，忽然赫连毓的脸逼近了几分，没等她明白是怎么一回事，他的嘴唇已经狂野地压住了她的，没有半点儿怜香惜玉。

慕微害怕起来，不住地推拒着。

“赫连毓，不要！”当赫连毓的手要解开那盘花纽扣时，慕微惊骇得叫起来，“赫连毓，求求你住手！”

赫连毓没有理睬她，喘着粗气，一只手搂紧了她，一只手在她脖子那里笨拙地摸索着：

“微儿，把你的一切都给我，你的身子，你的心，全是我的！”赫连毓咕哝着，继续费劲地解着慕微的纽扣，好不容易才将第一颗解开，露出里边羊脂玉一般白皙温润的肌肤。他俯下身去，将嘴唇用力地贴在她精致的锁骨上，喃喃自语：“微儿，你真美，你是这世上最美好的女子。”

慕微手脚僵硬，尽管她试图反抗，可怎么也无法从赫连毓的钳制里逃出。

她不住地扭动着身子，可一切都是徒劳。衣裳已经从肩头褪了下来，赫连毓的手已经摸上了那高耸处。

那只手颤抖着，似乎很犹豫，可忽然又像是得了什么鼓励，猛地罩住了那柔软的一处。如一团火在炙烤着肌肤，慕微又羞又气，脑子里忽然一片空白，胸口闷得说不出话来，全身失去了力气。

“微儿！”赫连毓低头一看，只见慕微脸色苍白，双眼紧闭，鼻间似乎没了温热的呼吸。赫连毓惊骇地瞪大了眼睛，忙将慕微平放到床上，冲到门口大喊：“快请大夫，快！”

不多时，一个大夫跟着秋月急急忙忙地赶了过来，把了脉后，从药箱里寻了一枚银针，慢慢地朝慕微的人中扎了下去。

只听“哎哟”一声，慕微的眼睛便缓缓睁开。赫连毓心中一喜，一把拉住慕微的手：“微儿，你可醒来了。”那大夫赶紧将银针拔了出来，站在一旁闹了个大红脸，没想到太原王这般疼爱王妃，看来外界传言不虚。慕微木然地看着赫连毓，方才那一幕又浮现在眼前，赫连毓想与她欢好，想占有她的身子，可这身子，已经属于燕昊，如何能容下第二个人？

“微儿，你说话，说句话。”赫连毓只觉得全身发凉，这样的慕微让他不知所措，他宁可她对自己生气，也不愿意她这般沉默。

“王爷不要着急，王妃这是急怒攻心所致，静养一段时间便好了。”大夫在旁边瞧着两人的情状，忙道。

药方开好，他让秋月递给赫连毓过目，又恭敬地站在一旁，轻声解释：“这些都是安神之药，王妃尽管放心服用，对肚里头的胎儿没有害处。”

慕微听到大夫要她“静养”，心中一动，应该可以趁机提出去别院住的要求了。

“将方子交给我的贴身侍卫齐敏，让他去抓药。”赫连毓将方子交给秋月，“这事必须是你和他过手，不能让别人插手买药熬药的事。”这后院里多了一个宇文如眉，赫连毓忽然觉得有些不放心。

秋月接了方子答应了一声，匆匆走了出去。赫连毓转过身来，问那大夫：“你说王妃要静养？”

大夫弯了弯身子回答：“王妃身子极为虚弱，禁不得旁人打扰，哪怕是一点儿惊吓都会让王妃有不适之感。王爷，这人最重要的便是一颗心，心不跳了，人也就没了。若经常受惊吓，恐怕这颗心也会被弄得虚弱迟缓，说不定哪一日……”

“你胡说些什么！”赫连毓暴怒起来，一种莫名的恐慌将他牢牢抓住。他简直不敢想象再也见不到慕微的日子。

“不行。”赫连毓心中暗道，自己不能再这样下去，一定要克制自己的情绪。他朝大夫看了一眼：“去领诊金吧，这儿没你的事了。”

大夫应了一声退下了。

赫连毓看着慕微，眉毛苦恼地皱在了一处：“我究竟该拿你怎么办？”

“送我去别院。”慕微悠悠地开口，眼里没有半分波澜。

赫连毓站在床边，怔怔地看着慕微。“微儿，你能保证生出来便将他送走，再也不见他？”赫连毓心里有几分焦躁不安。

“赫连毓，我知道你心肠好，不会将我的孩子弄死，你会找一户合适的人家将他送过去，是不是？”慕微抬头盯住了赫连毓，脸上有一种渴盼的神色，“赫连毓，我求求你，让他活下去。”

望着慕微那双期盼的眼睛，赫连毓心中慢慢暖了起来。他坐下来握住慕微的手，极为认真地道：“我答应你，绝对不会将你的孩子杀死，我会将他送去一户心肠好又没有儿女的人家，还会给他们一笔银子，让他们好好抚养这个孩子长大，你相信我，我说到做到。”

慕微的一颗心总算放了下来，她朝赫连毓微微一笑：“我这一辈子都会感激你，赫连毓。”

儿日前的那场大雪已经消融，阳光和煦，照在萧索的园子里，添了几分暖意。

主院的门大开，缓缓走出一群人，几个婆子手里提着大大小小的包裹，婆子们的后边是秋月与李嬷嬷，扶着慕微小心翼翼地往前走着。

“她竟然真的走了？”宇文如眉捏着一个小纸团，这是秋雨丢给乐儿的，刚刚才送到她手上。

究竟慕微与赫连毓之间发生了什么事情？宇文如眉将纸团展开，上头潦草地用画眉毛的黛青写着几句话：不知王妃去别院的原因。嫁妆里有红珊瑚，不知是谁人送的。

“你们说说看，这到底是怎么一回事？”宇文如眉将那纸团揉在一处，“这里头必有隐情。”

喜儿咬着唇想了想："奴婢觉得，王爷该是怕……"她抬头看了一眼宇文如眉，小声道，"王爷可能是怕我们会对王妃不利，索性让她住到别院去，以免有什么不测。"

自家主子不就是这般计划的？要收买王妃院子里的丫鬟婆子，想法子让王妃小产，这样她就有可能生出王府的长子来。喜儿低头看了看脚尖，主子自从喜欢上太原王以后，心肠就越来越狠毒了，只是不知道什么时候会对自己下手，知道得越多，或许活下去的机会也就越少。

"你说得倒也有几分道理。"宇文如眉点了点头，"王爷实在是想得太周到了。"

"可不是？我见是齐敏带着王爷的亲卫护送王妃去别院的，想来一点儿差错也不会出。"乐儿在旁边皱着眉头，看着宇文如眉，"小姐，你那计划，实施起来恐怕会有些难。"

"慢慢等，总会有机会的。"宇文如眉将手中的纸团丢到脚边的炭火盆里。

"晚上去请王爷过来用饭。"宇文如眉快活地站起来。慕微走了，这是她的机会，她要抓住这空当，为自己挣得一分天地。

点点烛光，将屋子染得很是温馨，烛光下的美人脸，虽说不上倾国倾城，倒也十分明艳。

"王爷，你的棋艺真好，妾身是万万不能及的了。"宇文如眉拿起一颗棋子在手里。

赫连毓抬头瞥了眼宇文如眉，这般故作娇柔，实在有些让他心中不快。他朝屋角落那盏沙漏看了看："时辰不早了，歇息吧。"

慕微的棋艺很好，与她对弈两人能下个平手，有时候她还能杀得他丢盔卸甲："赫连毓，你又输了，你还得好好操练才行呢。"

这都是什么时候的事情了？赫连毓望着那黑白交错的棋子，心中忽然涌出一种柔情来。那时候还没有燕昊，他经常去慕府找慕乾玩耍，慕微有时候会跟他们一道出来游玩，亮闪闪的一双大眼睛，让他看得心醉。

那一段时光，是多么美妙，自己与她，还能回到那般快乐的时光吗？

宇文如眉拿着棋子的手停住了，她有些疑惑地看了看赫连毓，他脸上有着一种舒缓的神色，可那目光好像又不是在看自己。难道他是在想慕微？一种忌妒的感觉慢慢从心底升起，她咬了咬牙："王爷说得是，已经亥时了，是该安歇了。"

不管怎么样，赫连毓今晚会睡在这里，宇文如眉的心情有几分雀跃，没想到事情进展得这般顺利，该让喜儿准备一对龙凤花烛才是。

赫连毓站起来，也不看宇文如眉，大步朝外边走去。宇文如眉追上去，拉住了赫连毓的衣袖："王爷。"

赫连毓站定身子，转过脸来看着宇文如眉，就见她一双亮闪闪的眼睛正看着自己，脸上有几分羞涩。

"王爷不是说天色已晚，该歇息了？今晚妾身服侍王爷歇息吧。"宇文如眉的声音越来越小，"王爷，我们已经是夫妻了。"

赫连毓这才明白，原来宇文如眉误会了他话里的意思。他笑了笑，说："我是说让你早些安歇，并没有说要留在你屋里歇息。"他长长地吐了一口气，这辈子，除了微儿，他不会与任何一个女子同床共枕。

"王爷！"宇文如眉吃惊地看着赫连毓，简直不敢相信自己的耳朵，眼里有了一点点泪意，"王爷，不管怎么样，我已是你的侧妃，如何不能服侍王爷？若我不服侍王爷，那孩子又如何生得出来？"

"我只要王妃给我生孩子就够了。"赫连毓扬了扬眉毛，"我的孩子，该是王妃所出。"

"可是……"眼泪再也忍不住了，宇文如眉的声音带了一丝哭腔，"王爷，我是王爷的侧妃，自然要给王爷生孩子，为赫连家开枝散叶。"

"我在与你成亲之前就已经跟你说过了，让你自己提出退婚，可你不听，执意要嫁进王府来，你求仁得仁，应不会有怨言。"赫连毓冷着一张脸，根本不被宇文如眉的眼泪所打动。

"不，王爷！"宇文如眉拉住赫连毓的胳膊，"我已经嫁给王爷了，就是王爷的人，王爷何必对以前的事耿耿于怀？"

"我早就与你说清了这件事，是你自己执迷不悟。"赫连毓朝宇文如眉瞥了一眼，"你又不是不知道，我心中只有慕微，旁的女人，我根本不会为之心动。你自己一定要插足进来，我又有什么办法？"

宇文如眉怔怔地看着赫连毓，见他神色坚定，似乎没有半分妥协的余地："宇文如眉，你不必哭哭啼啼的，你的眼泪不会让我心软。若是你聪明些，就自请和离，我不会阻拦，你要再嫁旁人我也不会有半句怨言，我还会替你说好话，将这和离的原因揽到自己身上。"

"不，我才不要和离！"宇文如眉惊慌失措地看着赫连毓，心中一阵阵发冷。自己好不容易才嫁进来，怎么可能就这样离开？

“你不要和离？”赫连毓面无表情地看了她一眼，“那你便自己一个人待在西院吧。”

既然她一意孤行，那就让她自己承受这苦果便是。赫连毓背着手出了西院，淡紫色的锦服被晚风吹得猎猎作响。

这天，管事的来通报：“王爷，慕将军过来了。”

赫连毓惊奇，慕乾怎么来了？他与慕微的协约是私下定的，没有人知道，怎么慕乾竟然来得这般快？“快些迎进来。”不管怎么说，人来了，也只能去见上一面。赫连毓心里飞快地盘算了下，若慕乾问起慕微为何去了别院，他只能说是她想安安静静地养胎便是了。

来到花厅，慕乾见赫连毓进来，笑着站了起来，说：“赫连毓，我来看微儿了。”

这可真是单刀直入，赫连毓站在那里，只觉得全身有几分僵硬。

“我母亲昨晚做梦，说梦见微儿身子不大爽利，心中挂念，特地让我过来瞧瞧，还给她带了些补品过来。”慕乾指了指桌上堆着的盒子，笑嘻嘻地道，“我知道你们王府里什么都有，可这是我母亲的一片心意，你千万别嫌弃。”

赫连毓点了点头：“多谢岳母大人关心了。”

“还有几样礼物，是给你的。眼看着再过二十多日就要过年了，我提前送点儿节礼给你。”慕乾站起身来，拍了拍赫连毓的肩膀，“兄弟对你可好？”

“如何不好？”赫连毓笑着吩咐旁边的管事，“快将这些重礼收起来。”

“赫连毓，快领我去见见微儿，母亲说梦见她瘦了不少，我说是她想得太多，可她坚持一定要我来看看，她才安心。”慕乾沉吟了一声，“这么多日了，微儿肩膀上的箭伤应该好了吧？”

赫连毓看着慕乾，脸色有些发白，果然，他担心的事情发生了。慕乾要去见慕微，可慕微没在府中，在别院，这如何与他解释？

“慕乾，”赫连毓艰难地抬起头来，眼里有着躲闪与回避，“微儿没在府中。”

“没在府中？”慕乾皱眉看了看赫连毓，带着几分惊讶，“那她去了哪里？”

脑子里蓦然想到了一个人，燕昊。

莫非是燕昊将她劫走了？慕乾心中一紧。燕昊现在是逃犯，如何能给慕微安定的生活？他伸手重重地打了赫连毓一拳："赫连毓，你真没用！"

尽管慕乾打得很重，可赫连毓丝毫感觉不到痛。赫连毓闭上眼睛，长长地叹了一口气："是，我是没用，微儿说要去别院，我便同意她去了别院，没能够将她挽留下来。"

"什么？微儿去了别院？"慕乾瞪了赫连毓一眼，"说话吞吞吐吐的，吓我一跳！"见赫连毓的脸色，慕乾心中有些过意不去，"你别难过了，微儿现在可能还有些没想通，总有一日她会明白你的好的。"

燕昊纵然好，可与赫连毓相比，慕乾自然会选赫连毓做自己的妹夫，首先他是自己的好朋友，打小就玩在一处，知道他的为人，也相信他的人品。再说，赫连毓在大虞可是高高在上的王爷，能给微儿富足的生活，这是燕昊无法做到的。现在的燕昊，如丧家之犬，到处躲藏，如何能让微儿过得惬意？

"你也这般想？"赫连毓惊喜地抬起头来，眼中有几分坚定，"我会让她知道我对她的真心，会等到她心悦于我的那一日。"

慕乾拍了拍赫连毓的肩膀，笑着点了点头："妹夫，你可得加把劲儿，我还等着教我的小外甥骑马射箭呢！"

赫连毓怔了怔，心中犹豫着要不要将慕微有了孩子这事说出来，话到嘴边却没法开口，这事实在太屈辱了，想了又想，赫连毓觉得还是得将这件事隐瞒下来："你要不要去别院看看微儿？我陪你过去。"

"行。"慕乾兴高采烈地往外走，"让我这个做舅子的多替你说说好话。"

两人出了王府，带了贴身侍卫纵马朝别院方向奔去。天气寒冷，路上行人稀少，所以没多久便出了城，再过去些，便看见一线院墙长长绵延。

守门的见是王爷过来，赶紧将他们迎了进去："王妃精神很好，刚刚才沿着院墙溜了一圈。"

"什么？"赫连毓有几分紧张，"她怎么出来吹风了？可穿足了衣裳？"

门房连连点头："王妃穿了狐裘，还戴了手笼。"

赫连毓连连顿足："那也不该在外边溜一圈，半圈就足够了。"他脚下生风，急忙往主院走去。慕乾在旁边听得有几分莫名其妙，自家妹子又不是纸糊的人，怎么在赫连毓嘴里，仿佛被风一吹就会倒了一般。赫连毓也太在意微儿了。慕乾笑了笑，见前边那紫色大氅飘飘，赶紧拔足追了上去。

屋子里燃着两个大炭火盆，将内室熏得暖烘烘的。慕乾跟着赫连毓跨了进去："微儿，你倒是会享受，住到别院来了。"

慕微见慕乾进来，很是高兴，由秋月扶着站了起来："大哥今日怎么过来了？"

"母亲昨晚做梦，说梦见你瘦了不少，特地打发我过来瞧瞧。"慕乾走到慕微面前，上上下下打量了一番，"咦，真瘦了些，可精神头儿倒是不错。"他转脸看了看赫连毓，一拳打在他的肩膀上，"微儿真瘦了！"

赫连毓有几分心虚，匆匆瞥了慕微一眼，不敢多看："是吗？怎么我没有看出来？"

慕微见两人这般情状，笑着给赫连毓解围："大哥，我肩膀上的伤足足三个月才好，你觉得我身子会不会瘦？王爷对我很好，你别埋怨他了。"

听到慕微为自己说情，赫连毓一阵惊喜，抬起眼来去看慕微。慕微回避了他的眼神，只是看着慕乾笑："大哥还是这般风风火火的。"

慕乾哈哈一笑："我也好些日子不见你了，自然想早些见到你。"他疑惑地看了看慕微，又看了看赫连毓，"微儿，你怎么好好的王府不住，住到这里来了？"

慕微见赫连毓脸上尴尬的神色，心里犹豫着，不知道赫连毓有没有告诉兄长自己有了身孕，还没有开口，就听慕乾气呼呼地问道："是不是宇文如眉捣的鬼？我那时候瞧她便是个心眼儿多的，偏偏你却跟她玩得好，现在她也嫁进来了，看看你还能不能与她那般关系融洽，是不是被她气得出来住了？"

"大哥，不必提她。"见慕乾替自己找了原因，慕微稍微放下心来，"微儿只是觉得有些心烦，所以才来别院住着。"

"别和大哥说这些马虎话，她才嫁进来不到十日，你便从王府里搬出来，还不是被她给气的？"慕乾不满地看了慕微一眼，"你放心，大哥不会对她怎么样，可他们宇文家也要当心些，哪日我瞧着不顺眼……哼！"

"大哥，你就别这般嚣张了。"慕微拉住慕乾的手，长长地叹了一口气。现在皇上正猜忌慕家，大哥还是这般飞扬跋扈，少不得更惹皇上猜忌。猜忌到了一定程度，总会爆发的，只怕到了那个时候，就没人能救得了慕家了。

慕微想到了慕瑛，摇了摇头，慕瑛虽贵为皇后，可她对慕家没有丝毫好感，哪怕慕家被满门抄斩，恐怕她也不会皱一下眉头。

"嚣张？我哪有嚣张？"慕乾不以为然地扬起眉来，"我带兵破了南燕，自然是有嚣张的本钱，可皇上只给我提了一级官职，我还正郁闷呢，哪里还敢嚣张？我的手下都是两级三级地升，到了我这儿，只升了一级，这可真真是奇怪，只看年后会不会有旨意过来。”

大虞皇朝的规矩，每年腊月二十四便是年休，官员们不用上朝，到了正月初八才恢复正常。而正月初八，吏部会颁发皇上审批过的调任文书，有平调的，也有上调的，不少官员都在年前就揣测人事调度，伸长脖子盼吏部的文书。

没想到兄长也同那些官吏一样，也在等。慕微瞧着慕乾愤愤不平的模样，微微一笑：“兄长，咱们慕家又不少你那一点儿俸禄。”

慕乾扬起眉毛来，气呼呼地道：“微儿，你怎么戳着兄长的伤疤说话？”

“我说的不是实情？”慕微含笑看了慕乾一眼，“你难道觉得升得快是一件好事？咱们慕家现在已经权势赫赫，所谓功高震主，大哥仔细想一想，父亲之所以没让二哥走你这条路子，坚持让他参加选拔人才的考试，怕也是这个意思。”

慕乾没有出声，只是拳头捏得紧紧。父亲做了高官，位极人臣，为何不为自己这个当儿子的多想想？他虽然年轻，可也盼着早日功成名就。

寒风冷冽，吹得树枝一阵摇晃。虽然南燕地势偏南，可现在是十二月初，已是寒冬，前几日才下过一场大雪，从凤凰山上望去，云州城笼罩在白茫茫的寒气里，能看见一点点白色的屋顶。

燕昊站在山顶上，负手而立，寒风将他的黑色大氅吹起。柳润声与御风陪他站在那里，两人的衣裳上已有了一层薄薄的白霜，可是两人都没有动，只是静静地陪燕昊站着。

这样寒冷的季节，燕昊他们依旧没有放弃操练，刚刚晨练结束，燕昊便一个人登上山顶远眺。他望着山下那一片琉璃世界，心中有着淡淡的哀伤。

昨晚，他又梦到她了，笑容浅浅，双眼里似有一泓清泉。他紧紧地抱住她，在她耳边低声喊她的名字，她热烈地回应着他，双手攀住他的胳膊，撒娇般地将脸在他的鬓边蹭来蹭去。

只可惜幸福是多么短暂，一瞬间，他忽觉怀中一凉，人已不见。他从梦中惊醒，全身已汗涔涔一片。

这真是一种痛苦的折磨！她每晚都出现在他的梦里，当他想要亲近她时，她又消失不见。

“太子殿下，”柳润声只觉得两只脚冻得慌，不住地跺脚，他忽然想起一件事来，“福来客栈生意做得大了些，需要派几个人过去帮忙。咱们这里只有陆小姐与青莲能做些店里的活计，可她们的身份……”

柳润声有几分犹豫，毕竟陆凝香是萧皇后钦点的太子妃，青莲是萧皇后的大宫女，说了是要给燕昊做侍妾的，如何能让她们做这样的事？怎么说都有些不合适，所以他不免有些犹豫。

“让青莲去吧。”御风不假思索地道，“我每日见了她那张脸就难受。”

燕昊将青莲赐给了御风，可她还一心在燕昊身上。上回为了让陆凝香放弃，燕昊特地让御风暗示青莲做了东西送来。没想到经过了那一回，青莲便以为燕昊对她有几分情意，隔三岔五便做些东西送来给燕昊。为了让陆凝香彻底对自己死心，燕昊也只能继续装下去，每次青莲端了东西来，他都来者不拒，只是那些东西全都进了御风的肚子。

“她经常做好吃的给你，难道不好？”燕昊笑着看了看御风，“你就这样讨厌她？”

御风连连点头，毫不犹豫地道：“我瞧着女人缠人就觉得不舒服，这青莲实在是太讨厌了，要是她做的东西好吃倒也算了，可实在难吃，我每次吃了都觉得反胃，好几天都不舒服。太子殿下，您就赶紧将她打发下山去吧。”

屋前的坪里，陆凝香正与李妈妈在熏肉，几个大桶上挂着一排铁棍，上头挂着一排肉，下边的盆子里有锯木灰跟糠糟伴在一处。陆凝香还从山里捡来了松枝，那燃烧的火焰里夹杂着一种说不出的香气。

“快熏完了吧？”燕昊走过来瞧了瞧，看着肉，很是高兴，“今年除夕可得好好办些酒菜，让大家放开肚子吃个够。”

李妈妈让李老爹买了二十多头小猪，素日里在山间放牧，有剩饭剩菜也倒给它们。长了半年，小猪眼看成了大猪，李妈妈便打算分批将猪杀掉，把肉熏了，留着过年时吃。

陆凝香这些日子都在帮忙杀猪熏肉，她已从一个娇滴滴的小姐变成了无所不能的农家女。这几个月以来，她不再像以前那般苦苦纠缠着燕昊，仿佛一夜之间变了个人，她对燕昊的情意，如那被摔断的翡翠手镯，埋在树下，再也找不到。

见燕昊询问，陆凝香抬起脸，朝他笑了笑：“太子殿下，你放心便是，这些猪现在一头有两百多斤，差不多每人能分到一斤呢。”

甩掉了对燕昊的那份情意，陆凝香专心致志地帮柳润声管理着五千人的开销。她心中有一个坚定的信念，一定要将大虞人赶出南燕，为自己的父亲报仇雪恨。

儿女私情算什么！陆凝香抹了一把泪，燕昊不喜欢自己，自己又何必纠缠于他？徒增两人的烦恼。自己最应该做的，应该是协助燕昊励精图治，等待时机将大虞人赶出南燕。

这几个月里，她做了不少事，将士们见了她都恭恭敬敬地喊她一声“陆小姐”，看着她时，脸上的笑容是那般真挚。每次看到将士们欢喜的脸，陆凝香心中便觉得踏实，或许这才是真正的幸福。

“太子殿下。”娇滴滴的声音从旁边传来，不用抬头，大家都知道是青莲来了。青莲带了柳润声府里的几个嫂子管着军营里的针线活儿，不算太轻松，可也不太紧。除了每日做针线活儿以外，她总是盯着燕昊不放，只要燕昊得了空，她便会凑过来说话，或者将炖好的补汤、做好的糕点往燕昊那里送。

“你来得正好。”燕昊直起身子，看着青莲走过来，唇边浮起一丝笑来，“有件事要你去做。”

太子殿下笑起来真好看，青莲心中暗自赞叹一声，忍不住脸上红了一片。听燕昊说有事交给自己去做，更是喜不自胜：“太子殿下尽管吩咐。”

“福来客栈少个浆洗衣裳的，我瞧你手脚麻利，这事由你去做是再合适不过了。”燕昊看了一眼青莲，见她不乐意，淡淡地反问一句，“怎么，你不愿意？”

青莲暗暗揣测，是不是陆凝香在燕昊耳边说了什么闲话，这才有意将她支开？可听着燕昊言语中有不悦之意，心中一慌，赶紧弯腰行礼：“太子殿下，您交代的事情，奴婢自然会去做，如何会不愿意？”

“既然愿意，那明日就下山去吧。”燕昊的话，不容反驳，斩钉截铁。

第三十三章 街边乞丐

“青莲姑娘，走这边。”掌柜挪动着他胖乎乎的身子，青莲一溜小跑跟上，脚踩着地上的积雪，“咯吱咯吱”响个不停。

掌柜将青莲带到她住的屋子，为了保证她的安全，这是从客栈里单门独户划出来的，一堵高高的墙把这屋子与客栈隔开，墙上开了一个小门，方便青莲出入。

进来后，青莲发现这是一个小小的院子，里边有三间屋子，内室厨房杂屋，还有一个小小的院子，麻雀虽小五脏俱全。当街的那堵墙上也有一扇门，比与客栈相通的那扇小门要宽些，看起来是正门了。

掌柜拿了一串钥匙给她，指了指那扇大门：“你可以从这里出去买菜，出门就是后街，方便得很。”

青莲点头笑了笑：“有劳掌柜了。”

“青莲姑娘，等会儿你就来客栈将衣裳浆洗了，每日两次，上午一次，下午一次，干完活儿你便可以做自己的事。”掌柜一脸笑容，十分热心，“这云州城里铺面多，收绣品的也多，若青莲姑娘会绣花，绣了帕子去卖，每个月也能赚几两银子。”

“多谢掌柜指点。”青莲看了看屋子，看得出来收拾了一番，窗明几净，床上的床褥、被子虽不是新的，可瞧着很干净。靠窗有个小桌子，上边放着镜子梳子，还有一个小匣子。

掌柜走后，青莲来到桌子旁，举起镜子看了看，芙蓉粉面，清丽的眉眼，看得她自己都觉得满意：“看来我比那陆小姐美多了，否则太子殿下怎么就只收我做的东西？”

陆凝香比她强的地方，就是会替燕昊挣钱，她可以跟着御风他们出去打猎，然后将野味卖到云州城，也会下田种稻谷。燕昊曾经夸过她，说她做事不比男子差。

我也能给燕昊赚钱，青莲心里想着。在山上没什么事情做，她只能带着那几个嫂子缝缝补补。现在到了云州城，赚钱的门路多，照掌柜说的，即便是绣些帕子去卖，每月也能挣几两银子，这可比在山上强多了。

到时候挣了银子，拿去给太子殿下，他肯定会说自己能干。青莲越想越高兴，当即从随身带来的包袱里翻出一副绣花针来。以前在宫里的时候，她便常常绣花打发时间，现在却派上大用场了。

在云州城里过了几日，对城里的路也熟了不少，青莲跟一家卖绣品的铺子谈好了生意。那老板见她的帕子绣得不错，上边的花花草草格外精致，当即便以一两银子三条手帕的高价收了。

“姑娘，只要你有，我便收。”老板拿着帕子爱不释手，这种针法可真是少见，绣品也实在精致，拿出去卖，别说一两银子，二两银子都有人买呢。等这姑娘多绣几条来看看，若都是这般精美，那便请她绣些插屏屏风这样的大件。

青莲拿了银子，往回走，脸上带着笑，很是高兴，没想到这银子竟然这般容易赚。方才老板一直问她能不能长期供货给他，青莲听了心里直乐，没想到无意间学到的技艺，现在倒成了摇钱树。

她的刺绣技艺是跟着宫里的李姑姑学的，李姑姑是伺候太后娘娘的，太后娘娘衣裳上的刺绣、香房里的观音像，全是她一手绣出来的。大家都夸李姑姑有一双巧手，都想跟李姑姑学刺绣，可李姑姑谁都没有教，唯独教了青莲。

“姑姑，你怎么只教我一个呢？”有一次青莲问了她一句，没想到李姑姑的眼泪吧嗒吧嗒地就掉下来，弄得她好一阵慌神，“姑姑，我说错了，你莫要伤心。”

李姑姑擦了擦眼泪，对青莲道：“我之所以教你，是有原因的，你年纪跟我女儿相仿，两人相貌依稀有几分相似，而且眉间也有一颗小小的红痣。”

青莲有几分惊讶，摸了摸眉心的红痣，轻轻“咦”了一声：“姑姑，我与你的女儿真的这么像？她现在在哪里？”

李姑姑的泪有落下来：“她……十多年前就去了。”

青莲吓得脸色发白，赶紧拿帕子替她擦泪：“姑姑，是青莲不好，不该惹你伤心，你别再想了，说不定她已去了仙界，过着快活的日子。”

李姑姑好不容易才收了眼泪：“但愿是这样。”

青莲犹豫了一下，“扑通”一声跪在李姑姑面前：“青莲自小父母双亡，被叔叔卖进宫里，青莲愿意认姑姑作娘亲，也好在宫里有个照应。”

李姑姑听了猛地一惊，见青莲殷殷地看着她，心中一热：“青莲，从今以后你就是我的女儿。”

自此以后，青莲私下里喊李姑姑“娘”，李姑姑也把她当自己的女儿对待，不仅将绣艺倾心传授，还给了她一块玉符：“这是你爹和我成亲时给我的，十分值钱，你好好收着，以后出宫嫁人当你的嫁妆。”

“爹？”青莲有几分好奇，“他是一个怎样的人？”

“他……”李姑姑眼圈红了红，摆了摆手，“不说了，今生今世我与他再没有见面的机会，你以后也不要再问起他了。”

李姑姑是太后娘娘宫里的掌事姑姑，太后娘娘很是倚靠她，有了李姑姑的举荐，青莲很快就从一个小宫女慢慢爬了上去，后来被送去萧皇后宫里成了大宫女。可谁知一朝风云变，萧皇后被人诬陷去了冷宫，她也跟着被发落。

只不过，倒算得上是因祸得福，她竟然得了皇后娘娘的青睐，将她指给太子殿下做侍妾。等太子殿下复国成功，那她也可以做到一宫主位。

耳边仿佛传来娇柔的声音“娘娘万福金安”，青莲咧嘴笑了笑，心中默默念着，坚持，坚持下去，总有一天，燕昊会领着兵马将大虞人击退，登基为帝，她的苦心也能得到回报。

夕阳慢慢沉下去，落日的余晖照在街口的老槐树上。青莲抬头望了一眼那槐树，心中有说不出的满足感，刚跨上院子的台阶，忽然有人抱住了她的脚，吓得她浑身一抖：“谁？”

门口躺着一个衣衫褴褛的人，脸被黑色的泥垢遮盖，看不清楚，但耳朵上有一个大圈，头上包扎着一块青黑色的毛巾，看起来应是一个异族人。他的一条腿直直地伸着，一条腿弯曲着，伸直的那条腿上破了一个大口子，应该是受伤很多日了，伤口的肉向外翻着，已成了青灰色，还粘着不少泥土。

青莲吓得几乎要尖叫出来，刚刚还在编织绮丽的梦，突然被眼前这狰狞的人吓得坠入深谷。她用力想将他踢开，可那人抱住她的脚让她半分也动弹不得：“救救我……”

他的声音有些颤抖。也许是异族人，说话声音听起来古怪。青莲低头看了看他，见他那般狼狈，心里有几分同情：“大叔，你受伤了，要去看病。”

那人吃力地点了点头：“姑娘，帮我请个大夫过来，银子我还有些，在我背着的包裹里，你自己拿。”

青莲犹豫着弯下腰来，伸手去取那人身上背着的包裹，她与那人正对了个照面，电光石火间，那人眼睛一闪，咧嘴笑了起来。

“大叔，你且等着，我去给你请个大夫过来。”青莲翻了翻包裹，里边只有些碎银子，不过大半两的样子，也不知道够不够请一个大夫，可瞧那人落魄的模样，青莲觉得还是该伸手帮他一把。

那人瞧着青莲匆匆远去的背影，忽然嘿嘿地笑起来，两行眼泪从眼角滑落，口里叽里咕噜地说了一长串别人听不懂的话。

一盏油灯，一块木板上躺着那个异族人，一个老大夫查看着伤情，叹了一口气：“这伤口有几日了，要再晚几日，只怕这条腿要废了。”

青莲听得打了个哆嗦，尽管她不认识这个异族人，可还是希望他不要受这样的痛苦折磨。

“大夫，那他还能好吗？”

“悉心照料，就能好。”老大夫直起身子，看了看青莲，脸上露出了一丝无奈，“姑娘，这人跟你没什么关系吧，难道你出银子给他治病？看他可怜，我虽然可以减免些银子，但总不能不收，毕竟还有一家老小要吃饭呢。”

青莲摸了摸荷包，那里有三两多银子，是她准备拿去给燕昊的。她咬了咬牙，将荷包拿给大夫：“我统共只有这么多银子了，你看够不够？”

老大夫拿着银子掂量了下，叹了一口气：“姑娘，勉强能对付药钱，可他还要吃饭呢，总不能让他饿死吧？”

“这样吧，我每日给他送些饭菜过来，劳烦大夫给他好生治病。”青莲指了指那人，“他不适合住在我这里，若大夫的药堂里能给他挤出一张床板来，青莲感激不尽。”

老大夫摸了摸胡须，朝青莲点了点头：“既然姑娘有这般善心，我自然也该做些好事，我这就让伙计将他抬过去。”

青莲笑了笑："多谢大夫了。"

"青莲，你叫青莲？"等老大夫走后，那个异族人忽然说话了，声音有几分颤抖，"你娘是不是姓李？"

青莲吃了一惊，看着躺在木板上的异族人，有几分惊诧："你怎么知道我娘姓李？"生她的娘姓什么她根本不知道，只知道宫里认的娘姓李，听到这个异族人竟然说出李姑姑的姓氏，心里很是奇怪。

"我刚刚见你那模样，就认定了你是我的女儿，你跟你娘长得可真像，而且你的眉间有一颗红痣！孩子，你娘难道没有跟你说过我的名字？"那个异族人的脸上有几分失望，他微微地叹息了一声，"她还在怨我，还在怨我……"

难道，这人就是李姑姑的夫君？青莲大着胆子打量了一番，见那异族人的五官生得倒还端正，只是眼窝深深，不似南燕这边的人，也不像大虞人。"你是……"她犹犹豫豫地开口，想了想，从脖子上取出那块玉符来，"你认识这个吗？"

那异族人一见到那玉符，双眼便放出光来："孩子，你是我的孩子！快，快叫一声阿爹！"

青莲微哂一声，看来这个异族人真是李姑姑的夫君了。为何李姑姑会嫁一个异族人？她又是怎么进宫的呢？这里边定有一个很曲折的故事。

"我一直在找你们母女，找了十多年了。"那人幽幽地叹了一口气，"是我不好，辜负了你阿娘，她这才负气离开我的。只是她也实在狠心，这么多年都不给我捎个信，害我到处找你们。"

原来这个异族人叫阿拉善，是南诏人士，当年李姑姑被狼心狗肺的舅母卖给人牙子，那人牙子将她卖去了南诏，阿拉善将她解救下来。李姑姑为了感念阿拉善，同时也被阿拉善的真诚所打动，就嫁给了他，夫唱妇随，小日子过得很美满。

"后来我犯了一个大错，她生气了，抱着才半岁的你离开了我……"阿拉善低着头，一阵感伤，"这么多年，我一直在寻找你们母女，都快要绝望了。早两日听人说福来客栈里有个浆洗衣裳的姑娘眉心有颗红痣，我这才抱着试试看的想法过来找你。"阿拉善伸手抹了下眼睛，抬头看着青莲，咧嘴笑了笑，"老天爷总算发了善心，让我又见到了你。"

"阿拉善……"青莲犹豫了一下，想要开口告诉他，他的女儿已经死了，李姑姑原来在南燕皇宫当差，现在生死未卜。可一看阿拉善那快活的神色，又说不出口来，到了嘴边改了内容：“阿拉善，既然老天爷让你好好活下来，你便该要知足，赶紧将腿治好了，好好地过日子。”

“你怎么能再喊我阿拉善？孩子，难道不该喊我一声阿爹？”阿拉善看着青莲，眼中全是殷殷的期盼，“我知道你恨阿爹，让你和你阿娘吃了那么多苦，可阿爹那时候也是一时糊涂，我用了大半辈子来弥补错误，难道还不够吗？快，喊一声爹！”他颤颤巍巍地从怀里拿出一样东西，托在手心，“我的孩子，你瞧，这块玉符与你的那块是一对，很是珍贵，是我的传家之宝，你都拿去。”

青莲小心翼翼地将玉符拿在手里比了比，果然是一对，心中暗道，若明年青黄不接，她将这对玉符卖了，说不定也能换上千把两银子，能买粮食供军队吃上十天半个月呢。

“孩子……”阿拉善又在催促她，“快喊一声阿爹，好不好？”

“阿爹！”这回青莲喊得很是爽快，收了他的东西，也该有所表示，再说自己本来就喊李姑姑“娘”，现在多个爹也没什么，更何况阿拉善本来就是李姑姑的夫君呢。

第二日，青莲就开始给阿拉善送饭菜，药堂里的老大夫见她竟然称呼阿拉善为“爹”，惊奇地睁大了眼睛。这人分明是异族人，怎么就成了这姑娘的爹了？他瞧着青莲，不禁点了点头，这姑娘可真是心善。

青莲认了个爹，很快被福来客栈的掌柜知道了，他皱了皱眉：“快去查查这个阿拉善是什么来头。”

他们在云州城经营客栈，并不是为了赚钱，而是方便联络失散的将士，并且搜集有用的信息，任何一个陌生人出现在客栈周围，都会让掌柜产生警惕，这复国大业丝毫马虎不得，必须小心行事。

过了几日，打探情况的伙计回来，将一张字条交给了掌柜：“这是目前能搜集到的阿拉善曾经做过的事情。”

掌柜瞅了瞅，从那字条上来看，这阿拉善确实是在到处找妻儿，没有什么可疑的地方。他对伙计道：“你看紧点儿他，等他腿好了，就把他弄到咱们客栈来，给他一点儿事情做，也方便监督他。”

桌子上有一张尚未完工的画像。

一个女子亭亭立在湖畔，身边金丝柳轻点水面，湖里一轮圆月，似乎正随湖水摇曳。

那女子窈窕无双，黑色秀发飘逸，一双眼睛澄澈如水，红唇微微上翘，如五月的蔷薇，粉嫩诱人。

“微儿。”燕昊走到桌边，低声喊了一句，“你现在过得好吗？”

没有人回答他，只有炭火盆里偶尔爆出一点儿火星子，那响声孤单而落寞。手指轻轻抚摸过那张画像，心头的思念如潮水般涌来。

他真想见她。

那个晚上，在山洞里，他们相依相偎，耳边低低的话语，那般甜蜜，可没想到却成了永别。

今日是十二月十五了，天空一轮清亮的月亮，照着他的身影，也照着他的寂寞。

燕昊恋恋不舍地看一眼桌上的画像，拉开门走了出去。

“太子殿下。”耳边传来低低的呼唤声，燕昊回头一看，见陆凝香站在那里。

“凝香，你怎么在这里？”自陆凝香将镯子埋掉后，他与她便很少单独相处。陆凝香也不再像以前那般纠缠他，这让他心思安定下来，终于能够坦然喊出她的名字来，而不是像以前那般客套生疏地喊着“陆小姐”。

“太子殿下怎么还没歇息？”陆凝香不再执着，放弃了“昊哥哥”的称呼，跟着大家一起喊燕昊太子殿下。恍然间她觉得这样也很好，一身轻松。

“我睡不着。”燕昊负手站在那里，抬头看了看天上的那轮明月，长长地叹息了一声，

“太子殿下可还是在想着慕二小姐？”

“是。”

“太子殿下，眼看就要到年关，为何不去偷偷看她一次？与其在这里长吁短叹无法入眠，不如见见她，一解相思之苦。”

燕昊有几分心动，陆凝香说的，实在是说到他心坎里去了。可这凤凰山里还有五千人马，寒冬行路艰难，自己这一去一回，恐怕要一个月，自己又如何放心？

陆凝香瞧着燕昊脸上为难的神色，微微一笑：“太子殿下若是信得过，凝香愿意与柳大人一道负起责来，保证这些日子凤凰山里不会出事。”

“让我想想。”虽然燕昊心中跃跃欲试，可还是有些不放心，毕竟这五千

人也不是那样轻易就能抛下的。他朝陆凝香看了一眼，见她眼里全是真诚，不由得笑了："多谢你，凝香。"

陆凝香摇了摇头："太子殿下，这是凝香应该做的。凝香是南燕人，凝香的父亲为国捐躯，凝香自然要帮着太子复国，这不仅是凝香的心愿，也是父亲的心愿，若他在世，定会支持凝香的。"

燕昊明白，陆凝香是不愿再提起跟他之间的感情纠葛了。他笑了笑："凝香，你后来又去看了那埋在秋芙蓉下的手镯没有？"

陆凝香的脸倏然红了一片，她惊愕地抬起头来："太子殿下，你怎么知道我将那翡翠镯子给埋了？"

燕昊笑着道："我自然知道。因那镯子是母后的遗物，所以我又将它挖了出来，准备以后拿去修补。凝香，你不会再要这个镯子了吧？"

"我……"陆凝香有几分语塞，咬了咬牙，"我不会再要了，这手镯就转送给太子殿下吧。"

"很好。"燕昊伸开手，手心里是四截摔碎的翡翠玉镯，"凝香，我谢谢你能放手。"

陆凝香看了看那几截翡翠，心情很平静："太子殿下，不是我的东西，自然就不会成为我的。"

转眼就到除夕，又是忙碌的时节。

万宁宫里，到处白雪皑皑。赫连毓穿着浅紫色的袍子，站在主殿前的玉阶上，犹豫着该不该踏上这一步。

明日晚上家宴，按旧制，慕微是要进宫的，可他一点儿也不想带她过来。天气这般冷，她又有了身孕，若路上吹了风，少不得又会感了风寒，他进宫便是想替慕微告假。

慕瑛陪着高太后在那里说闲话，见赫连毓进来，笑着道："皇弟来了。"

赫连毓先向两人行礼，然后对高太后道："母后，明日除夕夜宴，微儿身体不适，我特来替她告假。"

高太后眉毛一竖，这慕家二小姐也着实娇气了些，竟然敢不进宫来赴宴！她板着脸道："身子不爽利？哀家近来身子也有些不爽利，都不见要推了这除夕夜宴，她从哪里借来的胆，这般藐视我大虞皇室？"

"母后！"赫连毓有几分无奈，"微儿她是……有了身孕。"

“有了身孕？”果然，高太后的脸色缓和了许多，“那她便不必进宫了，有了身孕，自然是要静养的。”

慕瑛坐在旁边，心里忽然有了忌妒之心，上天对慕微实在是太好了些！才成亲半年，就有了身孕，而她，十六岁成了赫连铖的绵福，一直在求菩萨，赐她一个孩子，但到现在，肚子里还是没有动静。这让她实在担忧，一个女人没有孩子，那便不是完整的女人。

一想到这事，慕瑛心里就难过。

高太后却没有注意到慕瑛，只是喜滋滋地道：“那要多给她进补，别吃少了。”她手指上的护甲擦刮着檀木桌面，发出一丝声响来，“这么快就有了身孕，这可是老天爷的赏赐！墨玉，快些准备些进补的东西，让太原王带回去！”

抬眼见赫连毓呆呆地站在那里，高太后笑得合不拢嘴：“母后一想着要抱孙子了，心里头就高兴！改日哀家去瞧瞧，看她情况如何，不亲眼看见她的状态，哀家这心里便不踏实！”

赫连毓见高太后这般激动，有几分心虚，支支吾吾地应着：“母后，那微儿可以不进宫了吧？”

“可以，当然可以。”高太后一脸笑，怎样也止不住，“你带如眉过来，王妃不来，侧妃来了也是一样的。”

赫连毓没有说话。高太后瞟了他一眼：“宇文太傅明日也要来赴除夕夜宴，你带她过来，也好让宇文家瞧瞧，我们对如眉可是十分重视，将她当宝贝一样呢。”

宇文如眉得知要与赫连毓一道赴除夕夜宴，惊喜交加，她并不知道其中内幕，至少，赫连毓带她去赴宴，也就是对外承认了她的位置。

大殿中央铺着大红毡毯，毡毯四角绣着团花牡丹，中央一对凤凰翩然起舞，周围有数张檀木桌子，内侍引着他们来到一张桌子旁，就在主座左边。

太原王在大虞的地位仅次于皇上，自然要坐在左首第一个座位。赫连毓坐下来，看了看主座边摆了三张椅子，那该是赫连铖、慕瑛以及高太后的。

宇文太傅与宇文老夫人来得并不晚，他们坐在右首。宇文老夫人抬眼瞥了一下，见赫连毓身边坐着宇文如眉，暗暗吐了一口气，没想到赫连毓竟然带着眉丫头来了，看来她在太原王府过得不差。

“翠儿，去太原王那边，请侧妃过来一叙。”宇文老夫人瞧着时辰还早，赫连铖与慕瑛都还没有出来，忽然想起上回让宇文如眉调查的事，朝宇文如眉那边望了望，见她正笑容满面地看着自己，心中很是欢喜。

宇文如眉得了翠儿的信儿，赶紧起身来到宇文老夫人身边，娇嗔地抓住了她的衣裳：“祖母，眉儿可想你了。”

“眉丫头，最近过得还好吧？”宇文老夫人笑着看了她一眼，“怎么觉得你瘦了些？”

“祖母，眉儿过得不错。”心中的委屈眼看就要冲口而出，可宇文如眉还是将那些话压了下来，“眉儿现在打理后院，每日都很忙。”

“竟然要你打理后院了？”宇文老夫人挑了挑眉，“那说明我们家眉丫头的本领大，王爷放得下心。”

打理内院不该是王妃的事？即便慕微怀了身孕，可也不至于将打理内院的权力交给眉丫头。宇文老夫人兴致勃勃，根本没想到这是因为慕微去了别院的缘故。她笑着看了宇文如眉一眼：“既然你打理府中内务，有没有见到我上回跟你说的那红珊瑚？”

宇文太傅得了赫连铖的叮嘱，上回在宇文如眉回门时就将彻查红珊瑚的事交给了她，宇文如眉这一个多月便尽力在太原王府里查找。那红珊瑚十分高大，又很是显眼，她得了秋雨的密报，没费多大劲儿便找到了。

听到宇文老夫人提及红珊瑚，宇文太傅的耳朵也竖了起来，虽然没说话，神色却很关注。就听宇文如眉低声道：“祖母，眉儿亲眼看见的，那红珊瑚就在主院的厅堂里，摆在入门的地方，一左一右，很是显眼。”

“传闻果然不假，慕微的嫁妆里还真有红珊瑚。”宇文老夫人看过去，不远处坐着慕华寅，身边有慕夫人，两人正低声交谈。

“慕微今晚怎么没来？”宇文老夫人瞧了瞧那边，“怀孕害喜不成？”

宇文如眉没敢说慕微去别院的事，否则祖母就会知道自己为何得了打理内院的权力，她低头道：“慕微身子弱，有些吃不住。”

“原来是这样。”宇文老夫人吐了一口气，“这是你的好机会，可要抓紧。正室有了身孕，正是旁人的好机会……”她想了想，一把抓住宇文如眉的手，“慕微没有将自己的丫鬟给太原王做通房吧？”

哪里有通房？赫连毓的眼里只有慕微一个。宇文如眉心里愤愤不平，朝宇文老夫人摇了摇头：“没有，王爷他一直不看旁人。”

“那……”宇文老夫人小心翼翼地问，“你有没有与太原王圆房？”

宇文如眉脸一红，心中酸溜溜的，低头不语。宇文老夫人见她这模样，心中已明白：“眉丫头，你在太原王府，可要好好照顾自己，无论如何也要注意身子。你过来，我教你一个法子。”

宇文老夫人在宇文如眉的耳边说了一阵，她大惊失色：“祖母，怎么能用这样的法子？也太……”

“你们是夫妻，这只是增加闺房之乐而已。而且，”宇文老夫人压低声音道，“又不要你放太多，一点儿就行，没什么大碍，祖母让人弄了给你送过去。”

宇文如眉低着头，好半日才道：“眉儿听祖母的。”

第三十四章 夜探别院

开场歌舞即将完毕，各色水袖拖曳在地上，大殿顶上飘飘扬扬撒下点点金箔，就如仙境一般，袅袅白烟缓缓升起，就听一阵琴声铮铮而响，如山间清泉奔流而至。

赫连毓坐在那里，丝毫不觉得歌舞有什么好看，此时心中只有一个念头，他要去昭阳宫折几枝梅花，送给慕微。今晚是除夕，他们本该一起看烟火，现在却是每人一处，着实令人有些想念。

幸而这歌舞时间并不长，结束后，赫连铖站了起来，举起酒杯向群臣敬酒。宫娥们流水般托着盘子上来，衣香鬓影，暖风熏得食客醉。

赫连铖不住地探过身子与赫连毓交谈，见他似乎有些心不在焉，眉头皱了皱，问：“皇弟，似乎有心事？”

高太后坐在慕瑛身边，听见赫连铖发问，也关切地望了过来。她紧紧攥着衣袖内里，若此时坐在她身边的是赫连毓，那该有多好。可这么多年来，她身边坐着的一直是赫连铖。

高太后瞟了瞟右首，那边坐着慕华寅，他正殷勤地给夫人布菜，两人不时地相望而笑，画面温馨而甜蜜。高太后嘴角露出一丝淡淡笑容，慕华寅也不知道还能神气多久，赫连铖究竟什么时候对他下刀子？只有在慕华寅倒了以后，她才可以开始布置该做的事情。

高家的势力也没有旁人想象中那般弱。高太后心中微微一哂，像慕华寅那般显山露水，简直就是自取灭亡。

“回皇兄的话，臣弟并无心事，只是这些日子偶感风寒，有些没精神。”赫连毓勉强朝赫连铖一笑，“臣弟向皇兄告假，可否用过饭便先回府？”

赫连铖看了赫连毓一眼，心里暗道，或许赫连毓是想回去陪他那娇滴滴的王妃。他转脸瞥了慕瑛一眼，她们姐妹俩的侧脸真像。他忽然暗暗生了一股闷气，眼前的食物忽然失去了美味，颜色也不好看了。

“皇兄？”赫连毓低声喊了一句，赫连铖这才惊觉自己还没有回答赫连毓的话。他点了点头：“准。”

赫连毓高兴起来，胡乱扒了两口饭，就准备离席。宇文如眉一把拽住了他的衣袖：“王爷，你不等妾身了？”

赫连毓看了她一眼：“你自己坐马车回去吧。”

宇文如眉呆了呆，坐在那里，怔怔地看着赫连毓大步走出去，鼻子一阵发酸。原以为能与他共度除夕，没想到他竟这样毫不留情地走了。他哪有偶感风寒？根本就是不想与她待在一起。

赫连毓从昭阳宫折了几枝红梅，正骑马往别院去，忽然觉得天空明亮起来，抬头一看，只见一朵牡丹开在黑色丝绒般的夜空，不由得笑了。

明年，他便可以携着慕微的手一起看焰火了。赫连毓心里暖烘烘的，虽然捧着梅花的手冻得有些发冷，心却热烘烘的。“王爷，我去喊门房起来开门。”齐敏赶过来，牵马往前边走。赫连毓喊住他：“不用。”

齐敏与齐木都是一怔，看着赫连毓那认真的样子，不知道他什么意思。

赫连毓脸上有一丝羞涩的笑，他将马缰交给齐敏：“我不想让旁人知道我来了。”

他走到院墙边，纵身而起，飞过墙头。

齐敏叹了一口气：“王爷实在是用情至深。”

赫连毓翻过院墙，偷偷地往慕微住的院子走去。他落地很轻，几乎没有什么声响。

内室里还有着暖黄的灯光，却没听见说话的声音。赫连毓心中一阵激荡，抱着梅花轻手轻脚地朝内室走去。

站在窗下侧耳倾听，秋月在小声说话：“王妃，今晚那焰火好似没有往年那般盛大，也就几朵好看。”

“皇上不是说要勤俭持国吗？可能减了些吧。”慕微柔柔的声音响起。

“秋月，我这眼皮子直跳，不知道会不会出什么事情。”慕微在床上翻了个身。她现在已有四个多月的身孕，肚子也有些显形。

“王妃，你想太多了，现在好好的，哪有什么事情？”秋月走过去，替慕微掖了掖被子，“咱们在别院，没人打扰，清清静静地过日子，多好。”

就在这时，一声脆响传来，主仆二人都吓了一跳。就听赫连毓的叱喝声入耳：“燕昊，你这卑鄙小人，不是说过不再见微儿，如何又赶了过来？”

慕微脸色一白，抓住秋月的手，身子摇摇欲坠：“燕昊，他来看我了。”

后院里白得刺眼的雪地上，站着两个人。

一个是赫连毓，一个是燕昊，这一对仇敌，又一次见面了，在这除夕夜里，在这雪地上。

赫连毓的脚边躺着几枝梅花。方才赫连毓正准备将红梅放到窗台，忽然发现一个一袭白衣的人正站在内室前。

那眉眼，实在太熟悉了，燕昊！赫连毓怒喝了一声。真没想到燕昊竟这般无赖，上回放过他，他却又踏雪而来！

“燕昊，你这个卑鄙小人！”赫连毓将梅花扔下，从腰间将软剑抽出。

“你不是承诺以后不再见微儿了？怎么又来了？”银光一晃，赫连毓将软剑刺了出去，直奔燕昊的面门，“说话不算话，你还是个男人吗？”

“赫连毓，我可没答应过你不见微儿，是微儿答应了你，她此生不再见我。”燕昊闪避躲过了赫连毓的一剑，“微儿没有见我，她信守了诺言，你可不能责怪她。”

“微儿！微儿！”赫连毓气得几乎要发狂，“微儿是你能喊的吗？”他扑上去，软剑哗啦啦地刺过去，已完全不讲招数。

“赫连毓，你何必动气？”燕昊一边躲闪，一边分辩，“我说过了，微儿并没有见我，我那日也没有答应你此后不再见微儿，哪里有违反约定？再说微儿这个名字，我想这么喊，你还能阻止我不成？”

赫连毓没有回答，只是咬牙朝燕昊扑过去。虽然他的功夫比燕昊稍逊一筹，可他管不了那么多。“王妃，怎么办？外边打起来了，要不要去看看？”秋月有些担心，见慕微一张脸已经煞白，急得不知道该怎么办才好。

慕微此时也是心急如焚，她真想冲出去制止两人的打斗，可她已向赫连毓发过誓，不会再见燕昊。她伸手摸了摸肚子，站在那里，六神无主。

“王妃，快想个法子，王爷不知道能不能打得过那个人。”秋月见慕微站在那里，像木雕泥塑一般。

“秋月，你出去告诉他们，让他们去别处打，别惊到了我肚子里的孩子。”慕微坐了下来，手放在微微隆起的肚子上，或许，用这模棱两可的话，能让燕昊与赫连毓停下来。

她不是个好女人，她愧对燕昊，也愧对赫连毓，她在他们之间摇摆着，名义上是赫连毓的王妃，实际却怀着燕昊的孩子。

慕微坐在那里，眼泪簌簌地掉下来。她不愿意看到燕昊被赫连毓拿住，也不想赫连毓受伤。她痛苦地闭上眼睛，心中默念，燕昊，为了我们的孩子，我不能见你，你一定要原谅我。

秋月看了一眼慕微，鼓起勇气喊了一声：“王妃说，让你们到别处去打，别惊了她肚子里的孩子。”

秋月的声音虽然不大，可在这寂静的夜里，直扑扑地灌进了燕昊的耳朵。他的手略微停了停，有几分惊讶：“微儿她……有了孩子？”

赫连毓冷笑一声，看着燕昊惊讶的神色，心里升起一丝快意：“是，这是我与微儿的孩子，羡慕吧？你瞧微儿现在都不愿意见你，还叫你快些走开，别惊扰了她休息。燕昊啊燕昊！”赫连毓也停下手来，“你还有脸过来缠着她？”

燕昊的身子僵住了，他觉得自己是那般可笑，千里迢迢冒着危险来看她，却得到了这样的消息。而且她竟然都不愿意出来看自己一眼，打发个丫鬟出来，那般冷酷地说让他到别处去，不要打扰了她歇息！

“好，我走！”燕昊咬着牙说了一句，火热的心瞬间凉了下来。他抖了抖衣裳：“既然她讨厌我，那我也不会再来打扰她。”抬起手，又朝赫连毓一拱，“太原王，以前多有得罪，还请不要见怪！”

“你走吧，以后不要再来了。”赫连毓瞧着燕昊的脸色，心中暗爽。看来微儿心中已没了燕昊，只要等她将这孩子生下来，他与微儿便能快快乐乐地生活在一起了。

燕昊拔地而起，越过墙头，瞬间便不见身影。

秋月站在门口，张大了嘴巴望着院墙，几乎不敢相信南燕太子的身手会这般好。难怪王妃对他念念不忘，果然是人才。

赫连毓大步走过来，将地上的红梅捡起：“去找个花瓶来，我本想偷偷将它们放在窗下，没想到燕昊那厮过来了，打扰了王妃的清净。”

秋月弯了弯腰：“王妃正准备歇息，还没睡下。”

“那我进去看看她。”

将梅花交给秋月，赫连毓走了进去，看慕微脸色有些发白，额上有一层细密的汗珠，赶紧拿起帕子替她仔细拭去：“微儿，是我不好，没有想到你已歇息，惊了你的清梦。”

慕微笑了笑：“没事，我也刚刚才躺下。”

脸上虽然带着笑，心里却痛到极致。燕昊头也不回地走了，那便意味着他误解了自己，以为肚里的孩子是赫连毓的。抓住身下的床褥，心痛得几乎说不出话来。

“微儿，我真高兴。”赫连毓轻轻地从被子底下伸进一只手，那冰冷的温度让慕微不由得打了个寒战。赫连毓捉住慕微的手，将手从被子里拉出来，贴到自己的唇边：“微儿，你一点儿都不想见燕昊了，这真让我高兴。”

他喃喃地说着高兴，反反复复，慕微强忍心中悲伤，朝他微微一笑：“我说过了，不再见他，怎么能出尔反尔？况且我也说过，只要你允许我将这个孩子生下来，我们以后便快快乐乐地过日子。”

赫连毓听了慕微的话，脸上露出快活的笑容：“微儿，你好好歇息，明日我再过来看你。”

秋月端着一个花瓶走进来，里边插着艳丽的红梅。见赫连毓站起来往外走，秋月有几分惊愕：“王爷，怎么就要走了？”

“我不打扰王妃歇息了，明日再过来看她。”赫连毓步履轻快，掀开门帘，回头看了一眼慕微，脸上带着笑，飞快地走了出去。

秋月将花瓶放到角落，走到床边看了看慕微。

慕微的眼泪慢慢落下来。她没敢哭出声来，可那泪止不住地往外流。

燕昊，就这样走了。他定是对自己失望透了，否则为何不见自己一面，问个明白？

她的哭声很快从无声变成了号啕，一种说不出的痛与悲伤渗透在那哭声里。

她永远地失去了燕昊，他走了，不会再回来了。

皇宫里，参加除夕夜宴的勋贵们纷纷散去，只有冷清的钟鼓之声悠长，仿佛向人报告着旧年已去，新年已至。

清华宫内，赫连铖盯着手中的一份奏折，眉头皱了起来。自他从宇文太傅那里得知了红珊瑚的事，便派人暗中查访慕乾从南燕回来后的行踪。这不是一件小事，若慕家真这般大肆吞噬钱财，定会有他们的用意。

一个多月以来，他派出去的暗卫调查了慕乾在南燕江都所做的一切事情，并细细列了一份奏折送了过来。

慕乾在江都时住进了皇宫，住的是太子东宫。赫连铖沉思了一下，这倒也没什么，总要找个地方住不是？不过住东宫也太奇怪了些。要是真有野心，难道不是住燕铣住的宫殿？

“施行仁政，保护商贸，江都因此依旧繁荣……”赫连铖瞧了瞧这个，长长地出了一口气。慕乾能这样做，真让他有些出乎意料。他原本以为慕乾只知道行军打仗，没想到他治理庶务的能力也不差。

“关于敛财，”赫连铖看到这几个字，马上来了精神。慕乾在江都曾经抄了南燕一百来位重臣的家，从那些府邸里搬出来的东西，车载斗量，数不胜数。

“属下搜查多日，却未找到慕大将军截留了些什么财宝，只是觉得一百多个官员的身家该是十分可观，再说慕大将军也洗劫了南燕皇宫，那里肯定有不少奇珍异宝。”赫连铖见上边列着不少珍贵物品的名目，看得他眼睛发花。

红珊瑚，他想知道这些东西里有没有红珊瑚。今晚宇文太傅向他禀报，语气十分肯定：“臣的孙女亲自看过了，确实有两株红珊瑚，摆在主院的厅堂里，是慕二小姐的嫁妆。”

这么珍贵的红珊瑚，怎么可能不写添妆之人的名字？这实在是蹊跷，况且听说那红珊瑚只摆了一个时辰就不见了，这更让赫连铖怀疑。他拿着单子仔细地看着，可一直没有看到有红珊瑚，心中不免有几分失望。他将那份奏折狠狠地摔在桌上。

赫连毓想了想，又将奏折捡了起来：“不可能，不可能。”他口中喃喃自语。慕乾不可能没有吞没财宝，一百多户人家、南燕皇宫，押送回来的财宝绝不会只有两三百车！

一百多户贪官的家底，每家难道只有两三车的财富？他不相信。若真只有两三车，那只能算半个贪官。南燕皇宫里珍品那么多，为何不见特别精致的？他忽然想起上次慕华寅拿进宫来的九尾凤钗，“去朝凤宫。”

从朝凤宫主殿穿过，后边是寝宫，内室里还有灯光。赫连铖踢了一脚，那门便应声而开，原来她还没有睡。

赫连铖大踏步走了进去，冷风从门帘下灌了进来。他看着坐在床边的慕瑛，脸上露出了狰狞的笑容。

“皇后，今日是初一。”赫连铖大步走过去，一把拎住慕瑛的衣领，“为何你不派人来请朕？初一与十五，朕都该是歇在你朝凤宫的。”

慕瑛抑制住自己的惊慌，极力镇定下来：“皇上，臣妾以为皇上劳累了一日，已在清华宫歇下了。”

“借口，分明是借口！”赫连铖将慕瑛从床边拎起来，一把扔在了地上，“你贵为皇后，竟然不知道这宫中的规矩，是不是该罚？”

慕瑛半支撑起身子，看到赫连铖暴怒的脸，心中揣测，不知道自己又为何得罪了他。方才看焰火时似乎心情还很好，脸上还挂着笑，现在怎么就莫名其妙地恼火起来了？

“皇上，是臣妾不懂规矩，该罚。”慕瑛直起身子，“请皇上责罚。”

赫连铖一把抓起慕瑛，又将她扔到床榻上：“既然是你要求责罚的，那就别怪朕不客气。”

他从墙壁上取下一根鞭子，朝慕瑛走去。她趴在床榻上，玉体横陈，瞧着着实可怜，可赫连铖没有半点儿怜香惜玉。他粗鲁地将鞭子挥舞起来，猛地抽打在她身上，就好像抽打慕华寅一般。这让他异常兴奋。

火辣辣的疼，一阵又一阵，慕瑛含泪匍匐在那里，不敢挪动半分，只向赫连铖求饶：“皇上，饶了臣妾，饶了臣妾！”

“想要朕饶了你，那等会儿你便要叫出声来！要叫得外边的宫女内侍都听得清清楚楚，要让他们知道，平日高高在上的皇后娘娘是怎样的一个贱人！”赫连铖得意地拿鞭子指着她，“怎样？答不答应？”

慕瑛含泪点了点头。她不顾一切地喊叫出来，声音嘶哑，如受伤的小兽。

赫连铖很是得意：“就是这样，大声些！”

她放肆地叫了大半个晚上，赫连铖停歇的时候，她顿时感觉空虚下来，那被鞭打的地方生生地疼。刚刚没感到什么，等静下来，就恢复了正常的知觉。

两人都沉默下来，死一般的寂静蔓延，黑夜如一只大手扼住了两人的喉咙，让他们几乎喘不过气来。

天亮了。

外边的阳光金灿灿一片。慕瑛睁开眼睛，看了看身边躺着的赫连铖，羞耻得快要哭出来。昨晚的一幕在她眼前不住地晃动，让她无法平静。

自己还有脸走出这个寝殿吗？慕瑛爬起来，摸索着自己穿上了中衣，正准备爬过赫连铖的身子，却被他一把捉住了手臂："你哭了？"看着慕瑛的眼泪慢慢滚下来，赫连铖有几分好奇，伸出手来摸了摸她的脸，"哭什么？"

他从来没有这般温柔地对她说过话，慕瑛本来还是默默流泪，忽然似是得了指令，放肆地哭了起来，哭的声音越来越大："皇上，臣妾没脸见人了！你让臣妾去死吧！"

"没脸见人？"赫连铖不解地看了她一眼，"为什么？"

"昨晚、昨晚……"慕瑛鼓起勇气，可还是没能将话说出口，只是在那里哭哭啼啼。

"你是担心那些人会到处乱说？"赫连铖坐起来，一把将慕瑛的手抓住，"朕叫人去杀了他们。"

"不！"慕瑛心中一惊。紫菱与紫萱做她的贴身宫女好多年了，她怎么能看着她们无辜被杀？她赶紧收了眼泪，一副可怜兮兮的模样看着赫连铖："臣妾不再想这件事情了。"

"很好。"赫连铖笑了起来，朝外边吩咐，"来人。"

外边传来低低的应答声，不多时，紫萱与紫菱便捧了盆进来，两人的脑袋都低得不能再低。

"你们两人昨晚可听到了什么不该听的？"赫连铖由紫萱与紫菱伺候穿衣，问道。

紫萱与紫菱都吓得浑身发抖："没……没有，奴婢先去睡了，根本没听到什么不该听的。"

赫连铖转身捏住慕瑛的下巴，笑道："你听清楚她们说的话没有？她们什么都没有听到，你却在这里扭扭捏捏，在做给谁看？"

此时，赫连铖心中有了几分愤怒，好像是对自己，为何自己对这慕家的贱人忽然有了同情之心？难道他不应该厌恶她、讨厌她？

他的手越捏越紧，好像要将慕瑛的下巴捏碎。慕瑛痛苦地挣扎了一下，赫连铖这才松开手，平静地看了她一眼，一言不发地走了出去。

第三十五章 无迹可寻

昭文殿里一片沉默，赫连铖靠在龙椅上，眼睛微微闭着，前边站着宇文太傅，正低头看着一份奏折。

“皇上，这暗卫调查出来的结果……”宇文太傅捻了捻胡须，“着实可疑。”

赫连铖坐直了身子，饶有兴味地看了看他：“可疑？宇文爱卿且说说看，究竟哪里可疑？”

“从南燕掳掠了这么大一宗财宝，登记的时候少一样两样，本也正常。”宇文太傅脸上露出一丝捉摸不透的笑意，“可是暗卫呈上来的单子却与慕大将军呈上来的一模一样，难道不可疑？”

宇文太傅看过慕乾送进宫的财宝清单，上头一共一万六千七百二十八件奇珍异宝。而暗卫调查回来的结果，也是这个数目。

这怎么可能？他不相信慕乾没有贪下一件，领着大虞兵马踏了南燕，他能不为自己谋求私利？他一点儿都不相信：“愈是做得天衣无缝，就愈是有问题！”

“哪里天衣无缝了？”赫连铖将手拍在桌子上，用力很重带着丝丝沉闷。

“皇上的意思是……那两株红珊瑚？”册子里没有红珊瑚的记载。虽然并没有确凿的证据说红珊瑚是慕乾送的，可这般大手笔，这样的红珊瑚，除了从南燕掠夺来，还有谁会不留姓名做添妆礼？

“红珊瑚是一回事。”赫连铖脸色阴沉，“他曾经送了一支九尾凤钗来，现正戴在皇后的头上，可这个册子里也无记载。”

眼前仿佛出现了那一支九尾凤钗，金色的翅膀，华丽的尾翎，宝石闪闪发亮——赫连铖重重地吸了一口气，慕华寅，大虞慕家！慕家的男女都不是好人，男的有野心，女的全是妖精！

他本想虐待慕瑛，可现在发现自己对慕瑛有了怜惜之心；他本想将慕二小姐的清白毁去，可她划了自己一刀，自己反而将她放过。慕家的小姐，个个都不是寻常人，她们是修炼成人的妖精，在蛊惑着他，让他的意念动摇。

“九尾凤钗？”宇文太傅的脸上露出一丝疑惑，旋即便笑了，花白的胡须不住地颤动，“皇上，这可是个好借口。”

慕华寅真是蠢笨，也不知道避风头，他们慕家把持朝堂好几代，最开始的慕国公慕熙对皇家忠心耿耿，日月可鉴，可经过了几代，慕家人还是不是那般忠诚，就很难说了。特别是遇到一个猜忌心重的皇上，慕华寅可是在劫难逃。

赫连铖猜忌慕华寅，最主要是他有兵权，大司马的职责可是重中之重，自己若帮着赫连铖将慕华寅扳倒，说不定大司马就会落到自己头上。宇文太傅摸了摸胡须，极力压制着心思，到时候兵权到手又身兼太傅之职，那些见风使舵想要来巴结的，可要将自己的门槛踏破。

只要自己认清形势，不与皇上对着干，这份荣华富贵还不是能世世代代延续下去？宇文太傅心中已经开始想着修家书时要添上一笔，若要保得万年富贵，绝不能轻举妄动，不可有野心。

“宇文爱卿也觉得这是个好借口？”赫连铖的脸上露出了兴奋之色，他轻轻敲打着桌面，脸上露出深思的表情来，“宇文爱卿，你支持朕的决议，自然觉得这是个好借口，就是不知道能否服众。”

宇文太傅一拱手，朝赫连铖行了一礼：“皇上，您贵为天子，何须顾虑能不能服众？莫说是有了一个借口，即便没有，君要臣死，臣不能不死，天下之人再议论又如何？”

赫连铖低头想了想，脸上露出一丝快活的神色来：“好，宇文爱卿所说极是！朕这就着手去安排！”

宇文太傅瞧着赫连铖满脸的兴奋之色，也跟着高兴起来，仿佛看到了宇文府那块金字招牌又换了，“大司马府”四个鎏金大字闪闪发亮。

“江六，摆驾，朕要去万宁宫。”

万宁宫里很是热闹，高太后正拿着一些绣品在看，身边站了司珍局的几个绣娘，在向她解释：“太后娘娘，奴婢们不用织锦这些面料是有讲究的，婴儿皮肤嫩，织锦却很硬，容易将婴儿的肌肤划伤，所以奴婢们这才用了棉布做襁褓的里子。”

一个绣娘拿起一件红色的小衣裳抖了抖，里边是白色起三棱纹样的高支棉布：“太后娘娘，您摸摸，这里边是不是比外边要软和？”

高太后伸手摸了摸，这才脸色稍霁：“原来是这样，哀家错怪你们了。”

绣娘们总算是将提着的心放下了。高太后让她们赶制出一批婴儿用的襁褓和贴身衣物，她们不敢怠慢，几日就绣出了一批，送来给高太后过目，却被她沉着脸骂了一通，只说她们不肯用最好的料子。

“母后，这是在给谁做小衣裳呢？”赫连铖笑着踏进主殿，瞧着一堆小衣裳，拿起一件瞅了瞅，“母后真是的，孙中式与李椒房那边的衣裳都够多了，母后怎么又给她们弄出一堆来？”

墨玉姑姑笑着走过来，将那些衣裳一一拿起：“皇上，您只惦记着自己的孩子，太后娘娘要惦记的可多着呢，有些还在肚子里，要好好准备了，免得到时候手忙脚乱。”

“还有谁怀了孩子？”赫连铖奇怪地看了高太后一眼，“莫非是……皇后有了身孕？”若慕瑛有了身孕，那他该怎么办？原先总盼着她有孩子，便将那个孩子立为太子，然后趁机以子贵母死的旧制将她斩杀，可现在他忽然有些不愿意，一想到慕瑛怀着他的孩子，竟然有一丝惊喜。

“皇上。”高太后瞧了赫连铖一眼，摇了摇头，“你猜错了。”

慕瑛侍奉赫连铖这么多年都没有怀上孩子，怎么会忽然有了孩子呢？高太后微微一笑，慕瑛这辈子，怕是没有子女福缘了。

“猜错了？”赫连铖愣愣地看了高太后一眼，忽然想起什么来，“啊，朕知道了，是皇弟的王妃有了身孕？”

高太后点了点头，笑道：“皇上这次没有猜错。”

赫连铖坐下来，心中有一丝失落，为何旁人都怀上了孩子，慕瑛到现在还没有动静？他瞅了一眼站在那里的绣娘，沉声道：“全部退下。”

众人应声，低头默默退了出去。

“皇上，你有事情要与哀家说？”高太后瞥了赫连铖一眼。

“母后，是好事。”赫连铖紧紧地握着手，“朕想拿慕华寅开刀，将慕府满门抄斩！”

高太后吃了一惊：“敢问皇上，理由是什么？”

“谋逆。”赫连铖嘴里轻轻吐出两个字。

“谋逆？”高太后重复了一句，轻轻摇了摇头，“谋逆，总该有罪证吧？如何能这般草率地说他谋逆？如何能让天下人心服口服？”

“朕想做的事，何必考虑天下人的感受？”赫连铖傲慢地一笑，挺直了脊背，“慕华寅再嚣张，也只是一个臣子，可坐在龙椅上的人，是朕，不是他。”

“皇上，既然你意已决，哀家也不便多说。”高太后端起茶盏，慢悠悠地喝了一口。

赫连铖终于要对付慕华寅了，这是她盼了很久的事情，确实应该高兴。

特别是赫连铖拿这种莫须有的罪名来对付慕华寅，这让高太后更加高兴。这般莫名其妙地斩杀慕华寅，将慕府抄家，那死忠于慕家的人自然会心中不服，到时候只要有人跳出来反对赫连铖，那些人自然会闻风而动，揭竿而起，这大虞的天下可就不一定是赫连铖的了。

“我就知道母后会支持朕。”赫连铖很是开心。高太后对他，实在是太好了，简直比对自己的亲生儿子赫连毓还要好，这让他感激得无以复加。

赫连铖永远记得自己被立为太子的那一日，生母被赐死，父皇一道圣旨，他就被送到了万宁宫，由高太后抚养。母妃死之前将他叫到跟前，一脸温柔地看着他，伸手摸了摸他的脑袋，长长地叹了一口气：“铖儿，母妃要走了，你可一定要好好地活下去。”

那时候他才五岁，还不知道自己被立为太子，他的母妃就要为他去死。瞧着母妃脸上的愁容，他拉着她的手问：“母妃，你要到哪里去？带铖儿一起去吧。”

“不行，母妃去的地方，你去不了，你还小，小孩子是不能去那里的。”赫连铖的母妃唇角有一丝凄楚的笑。孩子还小，还不知道人心险恶，高太后瞧着总是一脸和气，可谁又知道她会不会腹中鬼魅？

“铖儿，你就要去皇后娘娘的万宁宫了，可要处处小心！吃的用的都要自己留意，吃菜要跟着皇后娘娘夹，她吃什么你就吃什么，茶水也不要乱喝。”她拼命地想着还有什么要叮嘱的，皇宫里的那些鬼蜮伎俩，恨不能用一支笔写下来，让赫连铖背下记在心里。

“母妃，为什么要这样？”赫连铖有些不解地问。

“铖儿，皇后娘娘自己有儿子，她肯定会想着将你害死，把她的儿子扶上龙椅，所以，你千万要小心。”母妃含着泪在他耳边说着，“你可要记住，千万要记住！”

他听了母妃的话，对高太后处处设防，全身戒备，每次吃饭都不敢多吃。高太后笑眯眯地夹了菜给他，他推托不掉，饭后必然跑到金水湖那边，用手指伸到喉道里使劲乱抠，将那吃进去的东西全吐出来。

因吃得少，他迅速瘦了下来，高太后看在眼里，急在心里，请了大夫过来给他看病：“你们一定要将太子的病因找出来，若太子好不了，你们便跟着陪葬！”

当时他被高太后抱在怀里，赫连毓站在一旁拉着他的衣角哭个不歇：“皇兄，皇兄，你快些好起来，咱们一起去玩。”

他能感觉到高太后温暖的体温，他听到她温柔的话语：“别吵着了你皇兄，他现在要好好歇息。定是你素日里总是吵他，害他睡不好，身子也就不好了。”

“没有，我没有……”赫连毓在一旁抽抽搭搭，“毓儿没有吵皇兄，毓儿喜欢皇兄，才不会想要皇兄生病呢。”

“毓儿说得对，你应该尊敬皇兄，他以后会是一国之君，到时候你要辅佐他，好好守住大虞的江山，让咱们赫连家世世代代把这皇位承继下去。”高太后轻轻拍打着他的背，嘴里哼着他不知道的小曲，让他感到十分暖心，仿佛觉得母妃又回来了，正在哄他入睡。

从那次开始，他就慢慢改变了对高太后的看法。不久父皇驾崩，高太后与太皇太后扶持他登上皇位；父皇的棺椁被送入皇陵，她立即召来顾命大臣，商议他的登基大典，没有半分犹豫。

她若想要自己的儿子赫连毓登上皇位，那时候正是最好的时机，宫里乱成一团，她只要随便找个人出手，对付一个六岁多的孩子，是翻手之间的事情。只要他死了，以她皇太后的尊贵，自然是赫连毓登基，可是她什么都没有做，只是尽心竭力地将自己扶上了龙椅，笑着看他成了新皇。

为了感激她对自己的照拂，他将大虞最尊贵的王爷封号给了赫连毓，同时也给了他最肥沃的封地——青州、崇州、并州。在外人看来，他们母慈子孝，其乐融融，是幸福美满的一家，大虞后宫平静温暖，没有半分凶险。

可是，在晚上，他经常会做梦，会梦见母妃临死前皱着眉头叮嘱他，醒来后他全身汗涔涔的——高太后，他几乎已经把她看作自己的亲生母亲，难道她真的会杀害他，将赫连毓扶上龙椅？

不，不会的！赫连铖摇了摇头。要想做这种事情，很早之前她就可以动手了，何必等到现在？他擦了擦汗，那个梦便被抛到角落，不再去记起。

高太后看着赫连铖的笑容，也微微笑了起来：“皇上要做的事，哀家都会支持。哀家只希望皇上过得高兴，哀家也就高兴了。”

赫连铖得了这话心中酣畅，脸上的笑越发深了。这时，就听高太后的声音传来：“皇上有没有考虑过慕华寅的免死金牌？”

慕华寅有三道免死金牌，是先皇赐给他们慕家的，见天不死，见地不死，见兵（器）不死。正是因为有了这三道免死金牌，慕华寅才会如此肆无忌惮。头顶蓝天，脚踩大地，如何会不见天不见地？

“母后不说，朕倒是给忘了。”赫连铖想起这事，也很是懊恼。他看着高太后一脸平静，心中一动：“母后莫非想到了什么好方法？”

高太后笑了笑，指着屋顶道：“皇上，此时你可看见天？”

赫连铖顺着高太后的手指看过去，看到了一排雕梁，雕梁中间有一个天窗，阳光从天窗漏下来，温暖而明媚。

“母后，朕看到了，从天窗可隐隐看见白云。”

“若将这天窗堵上，那还能看到吗？”高太后笑着看了赫连铖一眼。

高太后的话犹如一道亮光闪过，赫连铖心中一喜。果然妙计，若将天窗遮挡了，自然看不到天。他下意识地低头看了看脚下，水磨青石的地面光滑平整，这可怎么遮挡才好？

“这地上全铺满毡毯，那就见不到地了。”高太后的声音很冷，“至于见兵器不死，那更好办，调来几个力气大的内侍，将慕华寅捉住，白绫、毒酒，不拘什么法子。”

“母后妙计！”赫连铖心中高兴，起来朝高太后深施一礼，“母后真是心较比干多一窍，朕佩服之至！”

高太后淡淡一笑：“哀家也只不过是看皇上着急，想替皇上分忧罢了。”除去慕华寅，便将赫连毓前边的障碍扫清，这不仅仅是为了赫连铖，也是为了自己的毓儿。

只是……高太后忽然想起慕瑛与慕微来。这慕家两姐妹，一个嫁给了赫连铖，一个嫁给了毓儿，赫连铖会怎么处置她们？慕瑛是个苦命的孩子，六岁进宫，在这万宁宫里陪着她，一住就是十几年，高太后觉得慕瑛对自己来说，不仅仅是皇后，还是自己的媳妇。而那慕微，虽说对她谈不上什么好感，可她毕竟怀了毓儿的孩子，怎么能让她跟着命赴黄泉？

“皇上，哀家有个请求。”高太后心中忽然替慕瑛有一丝悲哀，“皇上若要将慕家满门抄斩，那慕瑛、慕微两姐妹，该如何处置？”

赫连铖呆了呆，忽然说不出话来。

阳光从雕花窗透进来，在羊脂玉般的脸上投下了一道黑影子。

赫连铖站在慕瑛面前，看着她熟睡的脸，忽然想起多年前自己要纳绵福的晚上。当时，他闯进她的屋子，也不知道要做什么，只想要她替自己脱去身上的衣裳，只想要她搂住自己的身子，或许在那时他就已经对她有了好感。

可是，她是慕华寅的女儿，被送进宫来就是让他虐待的，为何要对她有好感？为何要对她怜惜？他弯下腰，伸手一把抓住了慕瑛的衣领，将她猛地一提。受了这突然的刺激，慕瑛睁开眼睛，吃惊地看向赫连铖。

“皇上！”她惊呼起来，“臣妾失仪，还请皇上恕罪。”

赫连铖盯着慕瑛的脸，就是这张脸，显得那般柔弱无助，让他受了蛊惑。他伸手将慕瑛的脸捧住，微微用了几分力气，慕瑛的脸顿时变了形状。

“朕要告诉你一件事。”赫连铖看着慕瑛那惊骇的眼神，呵呵笑了起来，“你们慕家就要完了！”

慕瑛觉得脸很疼，可赫连铖带来的消息实在突然，让她忘记了脸上的疼痛。她吃惊地说道：“皇上……慕家要完了？”

赫连铖一松手，慕瑛倒在了美人榻上。她摸了摸脸颊，好痛。

“你头上戴着的九尾凤钗，可知道是从哪里来的？”赫连铖盯住了慕瑛头发间的那道金光，笑得格外舒心，“这可真是一件宝贝，朕可真喜欢它。”

他伸手抓住九尾凤钗的头部，用力一拔，那凤钗就钩着慕瑛的头发，被拉扯出一团，发髻立刻变了模样。慕瑛疼得发出一声叫喊，赫连铖却没有管她，只是将那九尾凤钗用力一扯，攥在手中。

“这九尾凤钗，是你弟弟从南燕皇宫里弄来的。”赫连铖看着捧着头坐在那里的慕瑛，心中有说不出的得意，“可朕在进贡的册子上并没有看见这九尾凤钗的记载，就是说这是他偷偷摸摸拿出来的，根本没想要交给朕。”

慕瑛有些不解，清了清嗓子道：“皇上，现在这九尾凤钗不还是戴在臣妾头上了？怎么能说慕乾没有打算交给皇上呢？或许是誊录的人漏写了而已。”

“慕华寅拿这九尾凤钗进宫找朕，是逼朕立你为皇后。”赫连铖的脸上露出一丝鄙夷的笑来，“朕想着，或许他只是拿它来试探朕，他可能本来是想将这凤钗戴在他夫人的头上。慕家好大的野心，竟敢私自将九尾凤钗扣下！”

“皇上，不是这样的，若我父亲真想扣下这凤钗，如何还会进献给皇上？”慕瑛心里有一丝苦涩，她也不知道自己为何要替慕华寅求情，他本是自己最痛恨的人。

“进献给朕，肯定有他的用意，若真心想进献，定然会先造册，然后让秦冕押送回京，又怎会自己拿着盒子闯进昭文殿，逼朕立你为后？”赫连铖将那九尾凤钗拿在手里转了转，地上璀璨的光影跳跃得更厉害了。

慕瑛呆呆地望着那支九尾凤钗，心里一阵发凉，看着赫连铖满脸狰狞的笑，小声问道：“皇上是不是想将慕家流放，驱逐出京？”

“流放？驱逐？”赫连铖逼近了慕瑛，脸上露出一种奇怪的笑容，“你以为朕是那般仁慈的人吗？”

“皇上！”慕瑛惊叫一声，匍匐在那里，身子簌簌发抖，脑海里迅速浮现出那些被赫连铖处置的人，有些被做成人彘，有些被剥皮挖眼，有些划开肚子，将里边的东西一样样掏出来，浸泡在酒里，有些被一刀刀将肉切下。她喘着气闭上了眼睛，不敢再想。虽然她一直恨慕华寅，可也不希望他遭受那样的痛苦。赫连铖的手段实在是太残忍了。

“你叫喊什么！”赫连铖贴近了慕瑛的脸，笑得格外放肆，“朕放过你，你应该感到庆幸，难道不是这样？朕让你依旧做你的皇后，朕让你亲眼看着你的父母、你的弟弟在你面前惨死，你穿得华贵体面，他们却死得凄惨，这样总算是满足了你的心愿，不对吗？”

慕瑛没有吭声，眼里渐渐有着难过的神色。赫连铖得意地看了看她：“朕知道你恨慕华寅，你一直在跟你的贴身姑姑说你不想姓慕，朕就让你高兴，朕这是满足你。”他将九尾凤钗扔到一旁，猛地将慕瑛拉到怀里，将嘴唇贴上去，“朕真的很仁慈，你应该感谢朕。朕让他们好好过完上元节，到了十六，朕就下手，让慕华寅一家去阴曹地府。”

他的声音里虽然带着笑，可听起来是那般冷冽。慕瑛打了个寒战，身子僵硬，由着他在自己肩膀上游离，衣裳一件件掉落下来。

暮色渐渐上来了，金灿灿的阳光把最后一抹余晖隐藏在云朵后边，青莲色的暮霭浮在空中。

“侧妃真是聪明，才跟着厨娘学了几日，便会做菜了。”乐儿瞧着穿了一身厨娘装束的宇文如眉，眼睛瞪得溜圆，“王爷要是知道您亲自下厨，还不知道会高兴成什么样呢。”

宇文如眉淡淡一笑：“羹汤，本来也是我应该做的，又有什么值得高兴的？”今日，她派人去与赫连毓说，请他今晚在西院用膳，没想到赫连毓竟然答应了。这可是个好机会，一定要利用起来，若成功了，或许明日赫连毓就能陪她回府送节礼了。

她悄悄摸了摸袖袋里的那个纸包，脸上渐渐透出一点儿粉色来，心中暗暗思量，究竟该下多少才好？最终，她倒出了一半，放在那高汤中。

赫连毓看见宇文如眉的时候，颇感惊奇，宇文如眉竟然穿着厨娘的衣裳，端端正正地坐在那里，不由得想起丫鬟的话来：“侧妃向方嫂学了几样王爷最爱吃的菜，今晚就是她亲自下的厨。”

看来还真是不假，赫连毓朝宇文如眉笑了笑：“你先去将衣裳换了。”

宇文如眉低头看了下自己的衣裳，惊呼一声，赶紧起身去了内室。赫连毓望着她的背影，摇了摇头。宇文如眉不是不好，只是自己心中已经有了慕微，再也容不下旁人。他看了一眼桌上的菜，四菜一汤，虽然不算多，可也算是样样精致，看来宇文如眉的手艺还真不错。

他拿起汤匙轻轻搅拌了下那碗汤，脸上露出了笑容。原来是江瑶柱高汤，用上好的松茸裹了鹿肉做成肉丸，然后将汤与肉丸一起涮煮，这样才会有如此鲜味。

喜儿看到，赶紧拿了碗替赫连毓盛了一小碗汤，那汤乳白色一片，松茸裹出来的鹿肉丸子带着些微红色，瞧着很是醒目。赫连毓端起喝了一口，赞了一声：“味道确实不错。”

赫连毓喝了几口，只觉得鲜美异常。喜儿又给他盛了一碗：“王爷既然喜欢，那就多喝些。”

说话间，宇文如眉已从内室出来了，稍微打扮了下，整个人显得精神奕奕，容光焕发。她坐下来，见赫连毓已经在喝江瑶柱高汤，心中暗自高兴，捧起酒盏朝赫连毓娇滴滴地道：“王爷，如眉先敬你一杯。”

赫连毓笑了笑，举起杯来：“咱们就算先一起过了上元节吧。”

偏厅里，烛火明亮，将宇文如眉的脸照得如白玉一般。赫连毓一边喝酒吃菜，一边打量着她，忽然觉得她那张脸慢慢起了变化，那眉眼不住地在改变，仿佛已经成了慕微的模样。

赫连毓觉得有些奇怪，用手拍了拍额头，总算是镇定了几分，再看那宇文如眉，又回到了她自己的容貌，正殷殷地看着自己。

我这是怎么了？赫连毓觉得全身都热起来，热得他有几分难受，只想将衣裳褪尽，不着寸缕才好。

宇文如眉也觉得身子燥热，她看了看赫连毓，见他脸色潮红，心中一阵暗喜。看来那药确实有效。她悄悄将坐垫挪了挪，朝赫连毓靠近了几分，又向喜儿与乐儿看了一眼。两人会意，悄悄退了出去。

“王爷。”宇文如眉娇滴滴地喊了一声，将身子倾过去，“妾身怎么觉得全身发热？好想清凉一番。”她攀住赫连毓的肩膀，全身颤抖着，痴迷地看着他。

赫连毓用力吞了一口唾沫。这时他的头脑已经有些意识模糊，只希望自己能抱着一个柔软的身子，肆意地虐着，让她在自己身下痛苦出声，连连求饶。

可是，她不是微儿，不是，赫连毓还有一丝理智尚存，他转过脸瞅了瞅伏在肩膀上的宇文如眉。那眉眼虽然一直在他眼前晃动，可他告诉自己，那不是微儿，不是他想要的那个人。

“走开。”他沉声呵斥，宇文如眉身子一僵，旋即又放柔软了身段。祖母说过，这药很有效，只要自己坚持伏在他肩膀上，等药性彻底发作，他非但不会让自己走，还会拉住自己不放。

她索性伸出手将赫连毓紧紧抱住，在他耳边轻轻地呵出一口气：“王爷，为何要妾身走开？王爷夜夜独守空房，这滋味难道又好受？妾身每日里都盼望着王爷过来，每日都在想着王爷……”

她颤颤巍巍地将衣领拉开些，往赫连毓身上蹭了蹭，好让他看到那片白色的肌肤：“王爷，妾身不相信自己就这般无用，你瞧，这柔软白皙的肌肤，难道王爷就不想看一眼，摸一把？”

赫连毓低头瞄了眼那敞开的衣领口子，喉结滚动了下，就听到“咕嘟”一声，他用力吞下一口唾沫。宇文如眉娇笑起来，伸手拉住赫连毓的手，往自己身上摸去：“王爷，为何不试上一试？”

如干柴被点燃了一般，那火热的手掌贴上了宇文如眉的肌肤。赫连毓的理智即将崩溃，他的眼睛里有着赤红的颜色，他现在什么都不想，只想将坐在身边的这个女子占有，让她在自己身子下哭泣，承受他的肆虐。

“王爷，如眉知道你喜欢我，你看，你现在是多么着急。”宇文如眉娇笑起来，随着赫连毓一下一下地爱抚，心中不住地荡漾，“王爷，如眉不会比王妃差，是不是？慕微她……”

“慕微”两个字，如一把利剑，深深地刺进赫连毓的脑海。他心中一紧，眼前浮现出慕微那张绝美的容颜来，再低头看了看半躺在他怀里的宇文如眉。这不是他的微儿，他怎能与她欢好？

他用力推了宇文如眉一掌，宇文如眉从他身上滚落，撞到桌子脚，一阵刺痛让宇文如眉清醒了几分。她的头发散乱地披着，衣裳领口半开着，能看见里边红色的兜肚和若隐若现的沟壑。

“王爷！”宇文如眉痛苦地叫了一声，用手按住自己的腰。她没想到自己才念出慕微的名字，赫连毓便会有这般反应。本来一切都好好的，若不是她得意时提起慕微……她心中充满了懊悔，眼里蓄满了泪水，哀声求道：“王爷，难道你一点儿都不顾念妾身？慕微虽好，可她现在不在府里！”

赫连毓一言不发地站起来，一张脸通红，他感觉到心底的欲念很快就要压制不住，他不能再停留在这里。屋子里温暖如春，他的脚边躺着一个女人，衣裳不整，在诱惑着他。

“不行，她不是微儿，我不能这样做！”赫连毓痛苦地压制着自己的那种念头，迈步想走出去，却被宇文如眉拉住了衣角：“王爷，求王爷怜惜妾身，就在妾身这里过夜吧。”

赫连毓不言语，飞起一脚，将宇文如眉踢到了一旁，伸手去拉门，却没有动静。看来有人从外边将门给反锁了。他伸出脚，猛力一踢，那门竟被他踢开。

出来后，赫连毓纵身腾空而起，从屋檐下折了几支冰凌，塞到自己脖子里。全身打了个冷战，赫连毓清醒了许多。外边寒风冷冽，将他火热的身子吹凉了不少。

赫连毓飞奔出西院，来到后边的水井边，三下两下拎了桶水上来，闭上眼睛，将一桶井水从头上淋了下去。

一切都归于平静。赫连毓心中充满了绝望。他喜欢的人，住在别院，王府里住着一个他不喜欢的女人，千方百计想接近他。

赫连毓的身影消失后，喜儿、乐儿急急忙忙地奔进来，见宇文如眉歪在地上，吃了一惊。两人将宇文如眉扶起，见她一张脸通红，惊慌不已：“侧妃，你怎么了？”

“我热，好热。”宇文如眉喃喃道，伸手抓住喜儿与乐儿的胳膊，恨不能掐进她们的肉里。

喜儿、乐儿忍着疼，将宇文如眉扶到床上。侧妃说热，可她们一点儿也不觉得，这正月天气还很寒冷，怎么会热?

宇文如眉在床上翻滚着，口里喊着热，喜儿、乐儿没有一点儿法子，想来想去，赶紧拿了几块帕子，小心翼翼地包了几根冰凌进了内室。

床上，宇文如眉还在不住地翻滚，口里喊着“好热”，喜儿、乐儿将那冰凌从宇文如眉的衣领塞了进去。

就听一声悠长的喊叫声响起，似乎要将屋顶掀去。

第三十六章 似曾相识

晨光熹微，空气清新。赫连毓睁开眼睛，见外边天色大亮，心里欢喜。今日是上元节，要去别院陪微儿过节。

上元节在大虞是一个很重要的节日。在这个日子里，家家户户张灯结彩，街上挂着各色花灯。到了下午，人们会涌上街头看花灯。京城里还会举办灯谜会，花灯上写着灯谜请人来猜，猜对了，就可以将花灯提走。

宫里晚上也有花灯会，到了子时还会放焰火。那焰火不比除夕夜少，会足足持续大半个时辰，到时候天空一片闪亮，真真是火树银花不夜天。

这是他第一次跟慕微一起过上元节，赫连毓心中有说不出的欢喜。先带着微儿回府省亲，然后去看花灯会，晚上再进宫陪高太后与赫连铖夜宴，安排得妥妥当当。

慕夫人见赫连毓陪着慕微回来，欢喜得很，见慕微微微隆起的肚子，慕夫人擦了擦眼：“年前我做梦梦见你有些不舒服，还让你大哥去看你，没想到却是落在这事上。”

慕老夫人和蔼一笑：“老大媳妇，你也是欢喜得傻了，这般好事哪有掉眼泪的。”她喜气洋洋地看了慕微一眼。这微丫头可真是有福气，才嫁过去就有了身孕，宇文家的那位七小姐可是望尘莫及了。

一家人热热闹闹地坐在一起，慕乾拿着酒壶要与赫连毓赛酒，赫连毓被他逼得没办法，也畅饮了几盏。慕坤比慕乾斯文，没他那般放肆，只是喝了两杯就停了口。

在慕府待到下午，赫连毓便带着慕微告辞：“我们出去看看花灯，然后送微儿回去。”

见赫连毓这般爱护慕微，慕老夫人与慕夫人心中甚感宽慰。看来慕微是嫁了个好夫君，能够方方面面替她着想，真是难能可贵。

赫连毓带着慕微先去了朱雀街，此时街道上已经挂出了不少花灯，走马灯、莲花灯、兔子灯、琉璃绣球灯……各色各样，风一吹，那花灯便转动起来。

赫连毓一手扶着慕微，一手将人群拨开，唯恐有半分闪失。秋月在另一边扶着慕微的手，不住地指指点点。

“王妃，你瞧，那边一盏宝莲灯，真漂亮。”秋月惊呼起来。只见一个屋檐下，挂着一盏硕大的宝莲灯，里边放了数十盏小烛台，映得那粉色花瓣亮闪闪的。慕微望过去，也啧啧称奇。这宝莲灯做得着实精巧。

赫连毓见慕微感兴趣，赶紧拨开人群往那边走去，见一个老者正缩在角落，脚边放着不少灯笼，那盏宝莲灯高高地挂在他的头顶上。“这宝莲灯是你做的？”赫连毓瞧了那老者一眼，指着灯笼道，“多少银子？我买了。”

“这灯，不卖。”老者慢慢抬起头来，看了看慕微和赫连毓，慢吞吞地道，“只要能猜出小老儿灯上的谜，小老儿就将这灯送给他。”

慕微本来站在那里听赫连毓与那老者对话，忽然觉得有目光停在自己身上。她疑惑地看了看那老者，却见他已经转过头去，根本没有看她。

莫非是自己弄错了？慕微有几分疑惑，仔细打量着那老者。他已经站了起来，伸手去取那盏花灯。慕微心中微微一惊，她看到老者耳后那一点点白嫩的肌肤与他的脸和手完全不符。

他准是易容了！慕微仔细打量了那老者几眼，就见他耳郭弯弯，越看越觉得熟悉，莫非他是……慕微吃惊地捂住嘴，一颗心怦怦跳起来。这老者难道是燕昊装扮的？

还没来得及细想，就听赫连毓哈哈一笑：“你这灯谜有什么难的？我一看就知道结果。”他指着上边的几句诗道，“无可奈何花落去，似曾相识燕归来，这两句不该是合着一种惆怅之境界，所以……”

慕微脑子里轰然作响，似曾相识燕归来，难道不是在向她暗示，他已经归来，在这里守望着她？慕微的汗涔涔地渗出来，脸色也有些发白，呼吸有几分急促。秋月在旁边见了大惊失色："王爷，王妃有些不好！"

赫连毓听到秋月的惊呼，赶紧将灯放下，来到慕微身边，伸手搭在她的额上试探："微儿，你怎么了？"

"我有些不舒服。"慕微低声呻吟了一声，只觉得呼吸越来越急促，一颗心揪得紧紧的。燕昊就在眼前，可自己不能与他相认，只能站在这里，绝望地看着他。而且她还不能表现得太明显，万一赫连毓认出来怎么办？那他可就麻烦了。

赫连毓有几分焦躁，冲前边的齐敏、齐木喊道："快去将马车赶到这里来！"赫连毓将慕微抱在怀里，细心地朝一个角落里退了两步，"都是我不好，不该带你来看花灯。肯定是人太多了，你才会不舒服。"

那个老者提着宝莲灯走过来，凑到赫连毓面前："这位公子，既然你已经猜出了小老儿的灯谜，那这盏灯就给你了。"

"拿开。"赫连毓很不高兴，他正抱着慕微，哪有什么空闲拿这盏灯。他看了一眼，见那老者固执地拿着灯站在那里，一动不动地看着他，以为他是想讨几两银子，"秋月，拿个银锭子给他。"

秋月应声，从荷包里拿出一个银锭子往那老者手里一塞："我家王爷赏你的，拿着吧。"刚准备转身，就听慕微低声道："把那盏灯也拿着吧。"

"你喜欢这盏灯？"赫连毓朝秋月点了点头，"快将那灯拿过来。"

慕微想再看看那老者，可赫连毓将她牢牢地抱在怀里。她徒劳地挥动着手，秋月会错了意，将那盏宝莲灯放到她手中："王妃，宝莲灯在这里呢，你别着急。"

她不是要那盏灯，她只是想多看燕昊一眼。可赫连毓这样抱着她，正好将她的视线遮住，她看不见燕昊的脸。

太原王府的马车缓缓过来，不少人看到马车帘幕上的标记纷纷闪躲到一旁："快些让开，太原王府的马车过来了。"

马车停下后，赫连毓抱着慕微上了马车，一手轻轻地拍打着她的背："微儿，我这就送你回去。"

马车慢慢行动起来，从人流中穿行而过，很快就不见了踪影。

那卖灯的老者默默地站在那里，看着太原王府的马车离开，脸色木然。他走到那堆灯笼旁，抬起脚，将那几个灯笼一个个踩扁。灯笼里的烛火摇曳了两下，很快就熄灭了。他的脚下，昏暗一团。

他慢慢地走进人群，身影，显得格外萧索。有人迎上来，压低嗓音问道：“回去？”

那老者点了点头，说话有气无力：“回吧，再久留，也没意思了。”

走到街口，有几个人牵着马过来，那老者接过缰绳，纵身一跃，身手与他的年纪极为不符。他握着缰绳，眼望前方，催马前行，很快就奔到了城外。

回头看看那道长长的城墙，老者叹息了一声，伸手在脸上一抹，揭下来一张薄薄的面皮，露出了一张面如冠玉的脸来。

“太子殿下。”御风追上来，见燕昊在城墙之畔呆呆地凝望，心中不免感叹。为了慕二小姐，太子殿下已经来过上京好几次，可每次都是兴致勃勃地来，一身萧索地回去，这又是何苦呢？

只是这一回，太子殿下应该死心了，那慕二小姐怀了太原王的骨肉。而且除夕那晚，竟然狠心得根本不愿出来见太子殿下一面。那般绝情，太子殿下何必还要执着？

那晚，太子殿下黯然神伤地回来，他们都劝他快些回去，可他口里答应，却始终不肯退掉客栈的房间，每日易容出去，到太原王的别院溜上一圈，日落时分，再伤感地回来，一脸萧索。

今日是上元节，御风觉得再也不能久留了，山里那五千人马、复国、洗刷耻辱，如何还能只在这上京城逗留？

“太子殿下，我们该回去了。”御风单刀直入，“别让将士寒心，莫让南燕百姓空等！”

燕昊看了一眼御风，没有说话。他知道御风是对的，他早就该离开，但他心中不舍，总想多看她两眼，哪怕只能隔着院墙相望，他也觉得满足。

燕昊吐了一口气：“今晚动身吧。”

“太子殿下，走吧，这里没什么好留恋的。”御风在他耳边催促，“今儿是上元夜，咱们快马加鞭，在二十三就能到凤凰山。”

燕昊点了点头：“走吧，这里确实没什么好留恋的了。”

她已经不再惦记自己，她有了赫连毓的孩子，自己又何必再来破坏她的幸福？燕昊催马前行，手指节一片青白，心里一阵疼痛。

微儿，别了，只愿你此生安好。

“微儿！”赫连毓看着怀中的慕微，心里焦急。出来时还好好的，怎么现在就成了这副模样？

赫连毓带着慕微去了京城里的回春堂，大夫把了脉，脸上露出笑来：“公子，尊夫人并无大碍，只因去了人多的地方才引发了不适。”

赫连毓这才放下心来，瞧着慕微苍白的脸，心中很是自责。

大夫摸了摸胡须，道：“这位公子，你也是大意了，妇人怀着身孕，你还带她去看花灯，若被人挤着碰着，该如何是好？”

赫连毓满脸羞愧，连连点头：“确实是我没想周到。”

将慕微送回别院，天色已晚，赫连毓本欲留下来陪着，可被她拒绝：“王爷，你赶紧去宫里吧，免得太后娘娘惦记。”

见慕微关心自己，赫连毓心中一阵感激，伸手探了探慕微的额头，见她已经收了汗，这才放下心来，吩咐秋月：“好生照顾王妃，我明日再来。”

秋月点了点头，将赫连毓送出主院，回屋一看，见慕微已经坐了起来，正怔怔地看着那盏宝莲灯。

“王妃，你怎么起来了？”秋月赶紧走过去，想扶慕微躺下。慕微轻轻将她推开：“把灯笼递给我。”

秋月不知道慕微要那灯笼做什么，忙将花灯提起举到她面前：“王妃，这灯笼只不过是大一些，所以瞧着格外漂亮，其实也没什么了不起的。”

慕微没有说话，只是望着那句“似曾相识燕归来”，鼻子有些发酸。

“出其东门，有女如云，虽则如云，匪我思存”，那般动听的乐曲，可能再也听不到了吧？痛到极处，伤到极处，已经不能用言语来表达。她忽然希望燕昊能出现在面前，伸手拉起她：“咱们一起走。”

她会不顾一切地跟他走，抛下这里的一切，从此，她的世界里只有他。

可是燕昊不会再来了。慕微擦了擦眼泪，心中默默地想着。一切都是自己的错，及笄前的那晚，燕昊问她，想不想与他结庐山间，过着平静的男耕女织的生活，她拒绝了，从那晚开始，他与她之间，这份感情便注定不会有结果。

慕微看了看窗外，她将宝莲灯递给秋月：“将这灯挂到窗外的走廊下，我要它一直亮着。”

秋月微微叹了一口气，提着灯走出去。忽见天边一片明亮，原来皇宫那边放焰火了。

赫连毓站在五凤楼上，陪高太后看焰火，旁边坐着宇文如眉。这让他有些不舒服。他一点儿也不想与她在一处，可高太后派人将她接进了宫：“毓儿，既然王妃有了身孕，不能陪你进宫，自然要有宇文侧妃陪伴，上元节乃团圆之夜，哪有一个人孤孤单单的道理？”

宇文如眉进宫后见高太后对她和颜悦色，感动得很，只因规矩拘着，不能扑到她怀里痛哭一场。再说高太后是赫连毓的母亲，即便她再喜欢自己，也不会为自己伸张正义，所以宇文如眉克制住情绪，低眉顺眼地坐在那里，听高太后他们说话。

“今晚你们便留宿在宫里吧。”高太后眉头微扬，看了看赫连毓满脸不自在，惊讶地问，“毓儿，难道你不想陪母后多待些时间？”她拿着茶盏的手停住，幽幽地叹了一口气，“哀家身子一年不比一年了，也不知道什么时候你就不能再陪哀家过上元夜了呢。”

赫连毓没有出声。高太后的要求让他着实为难，她都拿自己身子不好说话了，自己还能怎么说？他瞟了一眼宇文如眉惊喜的样子，心中实在不欢喜。母后不就是想把他与宇文如眉扯到一起？

高太后看了看赫连毓：“毓儿，怎么了？瞧你有几分不高兴。”

赫连毓摇了摇头：“母后，儿子哪有什么不高兴，只是听了母后的话有些伤感罢了。”

“这有什么好伤感的，人都有这么一遭。”高太后笑着将茶盏放到桌上，一颗心这才落了地。明日，赫连铖就要对慕家下手了，她害怕赫连毓得了消息会给慕家通风报信——他十分疼爱慕微，指不定会为了保护她的家人而泄露消息，而且赫连毓与慕乾的感情实在太好，这让高太后不得不防。

只要过了那个时辰，他爱去哪里便去哪里。因此，今晚高太后特地将宇文如眉接到宫里来，即便知道赫连毓不喜欢她，可也得放一颗棋子在他身边，不能让他偷偷摸摸地溜出去。

高太后看了看赫连毓，又看了看宇文如眉，微微笑起来。

天空绽放着绚丽的焰火，一朵凋谢，另一朵又怒放在乌蓝的天幕里。

在她看来，这些焰火不仅仅是上元夜里表示庆祝，同时也意味着皇上吹响了对慕家举起屠刀的号角。她转过脸去，五凤楼正中央坐着赫连铖与慕瑛，两人都盛装华服，坐得端端正正。

她不知道慕瑛是否已经知道了赫连铖要对慕家动手的消息，不过不知道最好，免得她夹在中间左右为难。虽然她知道慕瑛心里不喜欢慕家，痛恨他们将她送进宫来，可毕竟父女之情、母女之情、兄妹之情乃人之天性，如何会不伤心？

赫连铖答应过她，要将慕瑛与慕微两姐妹放过，但愿他说话算数。高太后有些忧心忡忡，赫连铖有时候凶残得超出她的想象，万一他横蛮起来，一定要将慕瑛跟着慕家陪葬，自己也没法子救她。

但愿赫连铖能说话算话。高太后望向天空，那里依旧繁花似锦，一片盛世荣华，可美轮美奂的焰火下，究竟掩藏着多少腌臜的细屑，谁也不会知道。

焰火已尽，人也纷纷散去，一种曲终人散的凄凉之感淡淡浮现在皇宫上空。焰火的细屑，落了一堆，银灰的尘埃随风而起，慢慢飘零。

高太后由宇文如眉与赫连毓一左一右扶着回了万宁宫，她微笑着看了看两人，点头赞道："真是一双璧人！如眉，你嫁过来两个月，算得上是新婚燕尔，恐怕你们也舍不得分开，哀家特地给你们在万宁宫准备了一间屋子，如今已经夜深，你们且在这里歇息，等明日天亮了再走。"

赫连毓有几分不快，只是极力在压抑。母后的心思他明白，定是宇文如眉在母后面前告状了，想到这里，心里越发恼怒，不满地看了宇文如眉一眼。

听了高太后的话，宇文如眉本来正高兴，忽然瞧见赫连毓抱怨的神色，心中不满，低下头没有说话。

"如眉，你过来，我有话要跟你说。"高太后拉住她的手，脸上有着和蔼的笑容，"既然你已经嫁给了毓儿，自然会全心全意对他，是不是？"

宇文如眉一愣，不知道高太后这话里究竟是什么意思，低声问答："自然是这样。"

"好，很好。"高太后脸上的笑越发深了几分，"以后你要好好照顾毓儿，要做他的贤内助，别让哀家失望。你一定要将毓儿留到明日辰时以后，不能让他出了那间屋子，明白吗？"

"太后娘娘，这又是为何？"宇文如眉想起上回下药的事，觉得很难堪，好像没脸再见赫连毓一般。

"你附耳过来，我有几句话要叮嘱你。"高太后笑得格外慈祥，可那慈祥里带了一丝狠厉。这是蛰伏多年跃跃欲试的一种野心。

门关上了，屋子里两个人大眼对小眼地站在那里，一片默然。

赫连毓盯着紧闭的门，轻轻哼了一声。母后真是做得太过了些，就算是想给宇文如眉帮忙，也用不着采取这样的手段。所谓强扭的瓜不甜啊。见宇文如眉慢慢挨来，他露出一丝冷笑：“你怎么有脸去我母后那里哭诉？”

宇文如眉有几分错愕，她哪有？为何赫连毓总是以最大的恶意来揣测她？她喉头一哽，眼泪从心底而出，眼见就要掉下来。

“你莫要做出这副模样来，我一点儿也不会怜惜。”赫连毓哼了哼，指了指那张宽大的床，“我成全你的心愿，与你在一间屋子里过夜，你睡床上去。”

宇文如眉睁大了眼睛，泪水倏忽便没了。难道……赫连毓看在高太后的面子上，要与她圆房了？她扭扭捏捏地走到床边，正准备去解那盘花纽扣，赫连毓大步走了过来。就听冷冰冰的声音传来：“你安心睡吧，无论如何我也不会碰你的。”他从床上拖过一床被子往旁边走去。

宇文如眉的自尊心受到了极大伤害，坐在那里身子发抖，一句话也说不出来。

见赫连毓开始在旁边宽桌上铺开被子，宇文如眉气愤地上前捉住棉被一角：“赫连毓，今晚你非跟我说清楚不可！”

赫连毓懒洋洋地看了她一眼：“我与你，难道还有什么话好说？”

宇文如眉紧紧地攥住锦被，身子微微颤抖，咬着牙齿道：“咱们是夫妻，难道就不该……”

“即便是夫妻，也没有像你这样的，在饭菜里下药。”赫连毓瞅了她一眼，冷冷一笑。

宇文如眉的泪再也忍不住了，扑簌簌地落下：“那还不是因为你始终不搭理我，我这才会想出那样的主意来？”

赫连毓将被子一卷，翻了个身，背对着她：“别啰唆了，睡吧，没听到那更漏之声，已经过了子时？”

宇文如眉往后退了一步，瞧着赫连毓的背影，气得说不出话来。全是慕微，都是因为她，所以赫连毓心里才没有自己。可是她神气不了多久！

宇文如眉想到方才高太后的话：“皇上明日辰时要对慕家下手，你要留住毓儿，切莫让他去向慕家通风报信！”

哼，慕家，猖狂不了多久了。宇文如眉想到这里，心中才舒畅了些。赫连毓，明日我就要看你哭的模样！

这个晚上，赫连毓睡得很不安稳。这宽桌对他来说，实在有些硬，还小了些。他翻来覆去，只希望天色快些亮起，他也好回去补眠。

或许越是等待，便会觉得时间过得越慢，他躺在那里，听到宇文如眉已经发出均匀的呼吸声，可他还是睡不着。

翻个身，再翻个身，折腾来折腾去，总算是看见灰白的天色了。他爬起来，看了看屋角的沙漏，已经是卯时。这时，正是大臣们准备上朝议事的时候。他是闲散王爷，一般不去朝会，有时候赫连铖召他过去，可很少有开口的时候。

朝会？赫连毓忽然失笑，今日是十六，上元节举国上下有三天假，谁会这么早起来去朝会呢？

他走到门口，拉了拉门，外边传来一阵铁锁撞击木门的声音。赫连毓只好回去，又躺了一个时辰。天色大亮了，他方才扯着嗓子喊道："外头有人否？快开门。"

宇文如眉也醒了："王爷这么早就起来了？"

赫连毓鄙夷地看了她一眼："你这种人，也就只知道睡觉而已。"

宇文如眉看了看沙漏，见已经到了辰正时分，心中暗笑。皇上辰时要对慕家动手，只怕这个时候已经动手了。她快活地瞄了赫连毓一眼，点了点头："是，我只会睡觉，那又如何？有些人不会睡觉，依旧也……"她的嘴角快活地翘起来，那件事在喉间打转，实在想要说出来，可又不敢说。

"依旧怎么？"赫连毓瞧着宇文如眉那得意的神色，心中疑惑，"说话吞吞吐吐的。"

宇文如眉豁出去了道："你只管将那慕微当宝贝一般捧在手心，却不知过了今日她就该哭得死去活来了，你会去替她伤心，替她难过？"她越说越开心。

"你笑什么？"赫连毓走到床前，一把抓住她的手，"你究竟知道了什么事情？"

宇文如眉抬头看了看赫连毓，得意地摇了摇头："王爷，妾身可什么都不知道，只是想笑而已。"她一边说着，一边咯咯笑起来。

"你，说不说实话？"赫连毓手下用了几分力，宇文如眉的笑声顿时止住，痛得眼泪都要出来了："你放手，放手！"

“放手？好，那你跟我说实话，究竟发生了什么？”赫连毓脸上露出冷硬的神色来，“不说实话，那便休怪我无情无义，你这只手……会被我废掉。”

宇文如眉只觉得自己的手腕几乎要碎了，看着赫连毓铁青的脸，有几分害怕，也暗自懊悔，自己不该那般得意。

“我说，我说，你松开。”赫连毓将手劲儿减弱了几分，宇文如眉只觉手腕处的疼痛稍微缓解了些，她挣扎着喘了一口气，“皇上今日要向慕大司马下手。”

门被锁了，窗户也被钉死了。

原来皇上与母后早就有了布置。

赫连毓伸出拳头，朝窗户狠狠地砸去。窗上是织锦，在赫连毓这练武之人眼中根本不算什么。他从洞口伸出手，抓住窗棂，用力一掰，就听“咔嚓”一声，窗户被他徒手掰开，残缺的织锦不住地晃动。

风从窗户灌进来，赫连毓一个飞跃，从缺口钻了出去，手刮了一个口子。他来不及管那伤口，只是飞快地穿过重重院子。就快要看见万宁宫的大门，主殿边闪出一个人影，拦住了他：“王爷，您这是要去哪里？”

“我有要紧的事，要出去。”赫连毓见是墨玉姑姑，高太后得力的掌事姑姑，停住脚步，朝她点了点头，“姑姑，请让开。”

“太后娘娘说了，要王爷陪她用过早膳再出宫。”墨玉微微笑着，伸手做了个请的姿势，“王爷请跟我来。”

“姑姑，本王真有重要的事情，非出去不可，还请姑姑转告母后，就说本王改日再来陪她。”赫连毓看墨玉横在自己面前的手，侧身想走过去，不料却被墨玉一把捉住：“王爷，您不能罔顾太后娘娘的懿旨。”

赫连毓一惊，没想到墨玉姑姑是个练家子，从她的力道来看，修为还不低。他凝神静气，开始与墨玉姑姑格斗起来。墨玉姑姑没料到赫连毓竟会不顾高太后懿旨，而且也没想到赫连毓下手很重，倒是吃了一惊，打起精神全力应对。可毕竟她不像赫连毓那般精于武功，很快就被逼到了角落，没奈何只好撒了手。

“王爷，您这是何苦！”墨玉姑姑长叹一声，“有些事情，是没办法挽回了。”

听了墨玉姑姑这句话，赫连毓脑袋“轰”的一声，似要裂开。听到宇文如眉的话，他还有几分半信半疑，现在，他已经毫不犹豫地相信事情绝对是真的。他心中一急，撒腿便往宫门口跑，就听传来一阵争执声："你不能进去。"

"不，我要进去，我要去见太原王！"有一个清脆的声音叫着，似乎很是着急。

赫连毓飞快地跑过去，见门口有两个宫女正拦着一个穿红色宫衣的年轻女子，那宫女是皇后娘娘身边的，他曾经见过。皇后娘娘找自己，自然是为了慕家的事，赫连毓心中雪亮："可是皇上要对慕大司马动手？"

"正是。"红衣宫女点了点头，"皇上今日辰时遣了内侍去慕府宣旨，召慕大司马与慕大将军进宫议事。"

"进宫议事？"赫连毓脸色凝重，"是哪座宫？"

"奴婢也不知道。"红衣宫女有几分焦急，"王爷快些去慕府报信，晚了可就来不及了！我家娘娘派我出去，可到了后宫门口，那些军士不让我出宫，说皇上的旨意，今日朝凤宫的人一个也不让出去。奴婢想了想，王爷昨晚留宿万宁宫，所以特地过来请王爷去通知他们。"

赫连毓脑海里忽然闪过慕微的脸来："我的王妃，可否安全？"

"王妃没事。"红衣宫女点头道，"太后娘娘已经请皇上开恩，对王妃网开一面，说她已经嫁给了你，便跟慕家没有关系，况且她还怀着王爷的骨肉，万万不能动她。皇上已经答应了，我家娘娘与王妃都没事！"

赫连毓听了这话长长地松了一口气，他朝红衣宫女点了点头："多谢皇后娘娘替本王留意王妃，本王这就出宫去慕府。"

红衣宫女急道："王爷快去吧，那宣旨的内侍已经出宫有一刻钟了。"

赫连毓听了，也不再多话，双足点地，整个人如一支利箭般飞了出去。

"紫萱，你回来了？"正在门口张望的陈姑姑看到紫萱气喘吁吁地跑过来，一脸惊诧，"到慕府该有一段时间，你怎么可能这样快！"

"姑姑，我出不了宫门，那军士见我拿的是朝凤宫的腰牌，不让我出去，说皇上已经下了旨，咱们朝凤宫的人，今日一个也不让出去呢。"紫萱喘了喘气，对陈姑姑道，"娘娘现在怎么样了？"

陈姑姑叹了一口气："娘娘素日里总说恨慕家，可真到了紧要关头，心里还是向着娘家的，哪有眼睁睁地看着被满门抄斩的理儿？"

紫萱沉默地点了点头。

今日，慕瑛很早就醒了，翻来覆去睡不着，整个人都在不住地发抖。宫女问她想要什么，她也想不出来自己究竟要做什么，只是愣愣地坐在那里，不言不语。

一想到赫连铖的话，慕瑛便不由自主地颤抖起来。今日，慕家就要灭门，她的面前仿佛出现了一片血红的颜色，不少人在哀号，耳边全是凄厉的呼喊。

她仿佛看见慕夫人那悲伤的眼神，正责备她："瑛儿，你为何这般狠心？明知慕家要遭劫，却坐视不管？"

瑛儿，这一声呼喊，让慕瑛忍不住打了个寒战。小时候，慕夫人曾慈爱地拍打着她的背，嘴里轻轻哼着一些好听的曲子，而且总是用一种怜惜的眼神看着她，轻柔地喊着："瑛儿，瑛儿。"

回忆忽然就鲜明起来，慕瑛只觉得喉间哽咽，不能成言。慕夫人、慕老夫人，哪怕是慕华寅，那时候都对她很好，只是一切在她六岁的时候发生了改变。她被送进宫来，受尽赫连铖的凌辱，可慕家人却享受着由她带来的富足安定的生活。

后来，她母仪天下，成了后宫最尊贵之人。可那份尊贵也是慕家给她的。赫连铖承认，他并不想让她成为皇后，是慕乾派人将铸造金人的金砂换成了高纯度的瓜子金，否则她一辈子也别想爬上皇后的宝座。

慕家，并没有抛弃她，是她自己远离了慕家。

慕瑛心底一阵绞痛。慕夫人逢年过节总会递牌子进宫来看她，可她每次都是冷冰冰的。慕老夫人也是因为自己过分疏离才不想再进宫来。她口里埋怨慕家不关心她，其实造成这一切的是她自己。因为自己的那份不开心，从六岁起一直延续到现在，她便选择忽视了娘家，甚至痛恨自己的姓氏。

可如今，到了紧要关头，她如何能够见死不救？

慕瑛拉扯着自己的头发，只觉得头皮一阵发痛。紫萱、紫菱见她那副几乎发狂的模样，赶紧跪下来："娘娘，奴婢做错了什么事，您只管打骂便是，千万别让自己不舒服。"

慕瑛停住手，泪眼婆娑地看着镜中的自己。原来，听到慕家即将遭到不测，自己也会难过，也会伤心。她怔怔地看了好一阵子，心里挣扎了很久，终于下定决心，不管赫连铖得知了是她通风报信，会对她施以怎样的惩罚，她也要派人出宫通知慕家。

“紫萱，你快拿腰牌出宫去。”慕瑛咬了咬牙，“去慕大司马府，晚了可就来不及了。”

这可真是速去速回，听到紫萱说皇上已经吩咐守宫门的军士不让朝凤宫的人出去，陈姑姑的脸色一暗：“怎么办？信送不出去，娘娘该要着急死了。”

“姑姑莫急，我见出不去，就想到太原王昨晚留宿在万宁宫，就去找了他。”紫萱道，“太原王已经赶去慕府了。”

陈姑姑长长地舒了一口气。太原王的王妃是娘娘的亲妹妹，据说太原王十分宠爱她，他也与慕大将军交好，定不会袖手旁观。想到这里，陈姑姑释然道：“走，赶紧去向娘娘回话。”

第三十七章 英雄一世

昭文殿前，秦冕弯着腰，眯眼看着走得愈来愈近的慕华寅，脸上是得意的笑。

“慕大司马，进去吧，皇上正等着呢。”秦冕迎上前，说话十分轻柔，也有几分心虚，不敢看慕华寅的眼睛。

这昭文殿利用春节重新装修了一番，为了怕慕华寅从窗户逃出，全部用铁条吃死，外边依旧糊着织锦，也不知道慕华寅有没有注意到这细微的变化。

“秦公公，你对皇上可真是忠心。”慕华寅笑了笑。他还想等慕乾一起进去呢，今日可得给慕乾讨个封赏才是。慕乾去年攻打大虞立下汗马功劳，却只升了一级，寻常的副将都比他升得快。今日皇上若想要他再去打鞑靼，自然要谈谈条件，慕乾可不能白白地出去流血流汗。

今日皇上让秦冕来传旨，传他们父子二人进宫，他心里估摸着就是这件事。又想马儿跑得快，又想马儿不吃草，哪有这样的好事？赫连铖想要慕家为他拼命，那也得给些好处才行！

慕华寅有几分得意地看向躬身的秦冕，这阉人就是阉人，这般诚惶诚恐，若自己做了皇上，才不会要秦冕这般人在自己左右。

秦冕伸手擦了擦额头的汗：“慕大司马，先进去吧。”

羽林子已经出发去包围慕府，慕乾插翅也飞不掉了。秦冕脸上露出了一丝笑。他去慕府传旨的时候，慕乾竟然去外边酒楼吃早点了。

其实皇上本意只是传慕大司马一人进宫，因慕大将军武功实在太好了些，在内侍里精挑细选只挑出了十来个力气大的。昭文殿不大，若站十来个内侍，只怕慕华寅会起疑心，所以思来想去，只留了四个，然后又点了四个宫中卫士藏匿在昭文殿内侧。

八个人对付慕华寅足够，但对付父子俩，说不定就做不到了。秦冕心里想着，那慕乾左右是跑不掉的，不如先干掉这个老的，小的自然有羽林子去收拾。

被秦冕催着，慕华寅也没站多久，转身就朝昭文殿走去。秦冕总算是松了一口气，抬手擦了擦额头的汗，跟着走了进去。

赫连铖坐在龙椅上，看着慕华寅走进来，脸上浮出一丝笑容："慕爱卿，快些请坐。"

慕华寅有几分奇怪，赫连铖什么时候这般热络了？他朝赫连铖拱了拱手，刚在一旁椅子上坐下，就听"吱呀"一声，转脸一看，昭文殿的门已经关上了，屋子里顷刻间便暗了几分。

"敢问皇上是什么事，竟这般机密？"慕华寅心里生出几分不妙的感觉。几个内侍将昭文殿里的蜡烛点亮，照出赫连铖一张满是笑容的脸。那笑容在飘忽不定的烛光里，竟有几分狰狞的感觉。

"这事不得不机密。"赫连铖笑着看了看慕华寅，一只手按上了桌子，"慕爱卿，你那好儿子从南燕回来，进贡了一批财宝给朕，可朕怎么觉得他还私藏了些呢？"

慕华寅听赫连铖问起这件事，心里稍微安定了几分："皇上，我慕家对皇上一片忠心，怎敢藏私？皇上是听谁说的？也未免太可笑了吧。"他心中暗自琢磨，将财宝运进山里的那些士兵，都已被灭了口。这财宝的事只有他与慕乾知道，就连慕老夫人他也没告诉，赫连铖又是从哪里得了消息？

"秦冕，你给慕大人说说。"赫连铖看了看秦冕，努了努嘴。慕华寅很快就要死了，从今往后，再也不用受他的束缚了。卧榻之侧睡着一只老虎，自己又如何能安下心来？只有将这只老虎除掉，才能安心。

"是，皇上，老奴就与慕大司马说说这事儿。"秦冕转过身来，笑眯眯地看了看慕华寅，"慕大司马，咱家可是监军，一路陪着慕大将军南去的。哎哟，这南燕可是花花世界，大好河山，南燕皇宫里的金银财宝，那可是堆积如山，数不胜数……"

“秦冕，少说废话，拣要紧的说。”赫连铖不快地皱起眉头。

“是，是，是。”秦冕听见赫连铖的声音不快，吓得抖了抖身子，“慕大司马，慕大将军在南燕洗劫了一百多户官员的家，还将南燕皇宫清洗了一遍，却只送回三百车财宝，你说说看，谁会相信这个数字？”

“那财宝有多少，有册子登记。”慕华寅鄙夷地看了秦冕一眼，“就凭你的推测，莫非想治慕乾的罪不成？”

“慕大司马，你可别着急否认，你还记得那九尾凤钗否？”秦冕的声音很轻，笑得也十分阴柔，“那九尾凤钗，册子上就没见记载，还有慕二小姐出阁时，嫁妆里有两株红珊瑚，是来自南燕皇宫的珍品，为何也没有誊录？”秦冕笑得十分得意，“慕大司马，你可还有别的话要说？”

“阉竖，你非要挑拨我与皇上的关系不成？”慕华寅拍了一掌，猛地站了起来，一把扼住了他的脖子。就听“咔嚓”一声，秦冕的脖子被他折断，顿时没了气息。

“皇上，这秦冕胡言乱语，企图挑拨我与皇上的关系，臣一时气愤，下手有些重，向皇上赔不是了，让皇上受惊了。”慕华寅朝赫连铖拱了拱手，“皇上若没有别的事，恕臣告退。”

“慕华寅，你也太嚣张了！”赫连铖指着地上的秦冕，手有些发抖。这慕华寅的武功真不一般，竟然这般容易就将秦冕的脖子给掐断。亏得他现在年纪已经大了，若放到年轻时，还不知道能不能对付他。

“皇上，你还想要怎样？为了一个阉人，就要将我革职不成？”慕华寅瞟了一眼赫连铖，“我想皇上也不会这样做吧。”

“慕华寅！”赫连铖举起桌上的酒杯，用力往地上一掷，“真是岂有此理！你竟然连臣都不肯称了，必有谋逆之心！”

这掷酒杯是一个暗号，藏在昭文殿一侧的四个人马上冲了出来，与站在赫连铖身边的四个内侍一起朝慕华寅扑去。慕华寅倒也不怕，哈哈一笑：“几个阉人，能奈我何？”他伸手抓住一个内侍的胳膊，却觉得有些不对劲，这内侍的胳膊不像一般的内侍那般细弱，很是强壮。

“皇上，原来你早做了准备！”慕华寅恨恨地说道，随后与那八个内侍打斗起来。

昭文殿里立刻充满了紧张的气氛。因那些内侍暗卫都没带兵器，只是徒手与慕华寅搏斗，所以进展有些缓慢。赫连铖坐在龙椅上，瞧着慕华寅与那几个人搏斗，心中充满激情。

赫连铖对自己的体力一直很自信，可看到慕华寅，他才觉得天外有天。几个内侍围着慕华寅不住地在转，而那个暗卫高高跃起，对慕华寅进行攻击，却还暂时不能占到上风。

难怪先皇如此重用慕华寅，身手确实了得，也很会行军布阵，乃大虞一员猛将。可他的野心也越来越大，若还是这般任由他胡作非为，到时候死的便是自己了。赫连铖瞅准一个空当，抄起砚台便往慕华寅身上砸去。慕华寅一个低头，砚台擦着他的额角飞出，就听“咣当”一声，那块紫心砚台摔在地上，四分五裂。

慕华寅顾不得这些，这时，一个暗卫已瞅准他分神的一刹那，伸手揪住了他的头发，他眼前一花，几个人冲了上来，如叠罗汉一般将他压倒在身下。

八个人压着他，拼命将他按住不动。赫连铖见慕华寅被制住，这才露出一丝笑来。他走到慕华寅身前，抬起一只脚踩到慕华寅背上，得意地狂笑起来：“慕华寅，慕老儿，你也有落在朕手里的一天。”

慕华寅喘了一口气：“赫连铖，你很早就想杀我了吧？”

“没错，我很早就想杀你了。”赫连铖弯下腰来，一只手摸上了慕华寅的脖子，“我很想用力将你的脖子折断，就像你刚才折断秦冕的脖子一样。今日，我总算是了了心愿！”他哈哈狂笑起来，那笑声格外肆意，听上去甚至有些恐怖。

“赫连铖，我可是有三道免死金牌的。”慕华寅挣扎着说道，“先皇赐我见天不死，见地不死，见兵器不死！”

“那你瞧瞧看，现在这昭文殿里可能见到天？可能见着地？”赫连铖哈哈一笑，“你的免死金牌又有何用？”

慕华寅努力地抬眼看了看，屋顶上的天窗已经不见了，被封得一丝光也透不进来，身下是柔软的毡毯，见不到地面。显然，这是早已预谋好了的，将昭文殿布置成这样，为的就是要对付他！

乾儿，你可千万不要来！慕华寅心中闪过一丝恐慌。但愿他没有被秦冕的手下寻到。慕华寅闭了闭眼：“赫连铖，既然我落到了你的手里，那我也不多说，动手吧。”

“好！慕大司马果然有气概，死的时候都这般硬气，竟然不求情！”赫连铖拿出一条长长的白绫，笑着走到慕华寅面前，“慕华寅，这见兵器不死，恐怕也没有违反吧？”

慕华寅睁大了眼睛，见赫连铖拿着白绫一步步走过来。赫连铖将白绫套到他的脖子上，慕华寅左右挣扎。

“快按住他的头！”赫连铖有几分不耐烦。暗卫腾出手来，按住慕华寅的脑袋。赫连铖这才将白绫绕到慕华寅的脖颈上。

就听慕华寅喉间咯咯作响，暗卫与赫连铖谁也不敢松手，拼尽力气往两个方向拽去。开始慕华寅还奋力抗拒着，渐渐地，便没了动静，身子也软了下来。一个内侍伸手探了探慕华寅的鼻子：“皇上，慕大司马已经没气了。”

赫连铖心中一阵雀跃，伸脚踢了踢慕华寅的尸身，得意地笑起来：“慕华寅，你也有今日！”

内侍低声问：“皇上，这尸身怎么处置？”

“将他的尸身做成干尸，悬在京城墙头，曝尸十日。”赫连铖脸上露出狰狞的神色，一道嗜血的目光闪过，“去外边瞧瞧，慕乾是否已经来了。”

他站在那里，脸上露出一丝笑：“斩草岂能不除根？”

京城的街道依旧那般繁华，似乎没有一点儿异样。庆丰楼前围了一大群人，大家都在抢三鲜包子。慕乾托着一袋包子走出来，四处张望了下，然后翻身上马，飞快地朝家奔去。

“慕乾，慕乾！”耳边传来呼唤之声，慕乾转头一看，见赫连毓带着齐敏、齐木正骑马朝他飞奔而来。赫连毓像是刚刚睡醒，披头散发，慕乾“扑哧”一笑：“都说太原王最是爱惜自己的容颜，没想到也有这般狼狈的时候。”

赫连毓跑到慕乾面前，喘了一口气：“慕乾，你速速逃命，赶紧逃出京城，不要再回来了！”

“逃走？什么意思？你这是怎么了？”慕乾觉得有些奇怪，眼前的赫连毓穿着一件紫色大氅，里边的衣裳却有些褶皱，头发散乱，“你难道刚刚睡醒不成？怎么急着要我逃跑？”

赫连毓心中一急，拉住慕乾的手道：“我皇兄要向你们慕家下手了，你父亲此时应该已经被他杀了。”

“什么？！”慕乾瞪大了眼睛，不敢置信，“我要进宫去救我父亲！”

“你进宫又能做什么？”赫连毓制止了他，“我皇兄肯定布置妥当，你进宫就是送死，快些逃命要紧！”

赫连毓说得真诚，慕乾一时没了主张。赫连毓叹了一口气：“慕乾，只愿你别因为我皇兄责怪我，你快些逃，逃得越远越好，微儿我会尽心照顾，不让她吃一点点苦，你放心吧。”

慕乾眼睛发红，紧紧抓着缰绳，一脸倔强：“不，我现在回府去救我的祖母、母亲，还要去书院通知慕坤。”

“我这就去救慕老夫人与慕夫人，你赶紧走！”赫连毓依稀看到街角有盔甲的亮光闪过，那是羽林子来了。慕乾也看到了，知道事态紧急，便朝赫连毓拱了拱手：“大恩不言谢，我先走了。”

“齐木，你去慕家后门候着，见慕老夫人与慕夫人出来便护送她们去青州的宅子；齐敏，你去书院通知慕二公子。”赫连毓吩咐道，然后翻身上马，朝慕家走去。

门房自然认得他，笑着作揖道：“太原王怎么今日过来了？”

赫连毓没有与门房啰唆，一溜烟儿地跑进去。

看门的见赫连毓走得又快又急，不由得摇头叹气：“太原王定是遇着什么难办的事情了，要不怎么是这般模样？”

“什么？”慕老夫人大吃一惊，颤巍巍地扶着丫鬟的手站起来，“皇上要查抄慕家？今早他派内侍来传旨……”她的脸忽然变得煞白，手也抖起来，“太原王，我那孩儿可否已经遭殃？”

赫连毓不敢看慕老夫人的眼睛，也不知道该怎样安慰她。慕夫人冲到赫连毓身边，声音发抖：“乾儿呢？乾儿怎么样了？”

今早皇上来传旨，要慕华寅与慕乾即刻进宫，慕乾出门没在府里，不知道能否逃过一劫。慕夫人抓着赫连毓的衣袖，觉得全身都失去了力气。

“岳母大人，我方才遇到了慕乾，已经告诉他这般变故，让他逃出城去了。”赫连毓扶住慕夫人，劝慰道，“我已经让人去书院通知慕坤了，想来也能逃过此劫。”

慕夫人长长地舒了一口气，眼中泪光闪闪：“多谢王爷。”她双腿发软，几乎要站不稳身子。

慕老夫人见赫连毓没有回答慕华寅究竟如何了，心中一沉，知道儿子多半已遭不测，心中一阵绞痛，捂着胸口便倒了下去。丫鬟们赶紧拥到她身边，连声喊着：“老夫人，老夫人！”

赫连毓见情况混乱，自己也救不了那么多人，朝丫鬟吩咐道：“快扶了你家夫人从后门逃出去，我的贴身侍卫在那里等着，他会护送你们到我青州的院子去。”

慕夫人虚弱地摆了摆手：“我不去，我哪里也不去。既然夫君已经走了，我自然要跟他一道去。梅香，你们快些逃了吧，别留在府里受牵连了。”

梅香听了慕夫人的话，“扑通”一声跪倒在地，哭道：“夫人，梅香不走，就在这里陪着夫人。”

赫连毓见主仆二人都不愿意走，急得没法子，伸手朝慕夫人身上一点，将她扛在肩上，就往玉彦堂外走。慕府后门前是一条小巷，很是安静。

看门的婆子正坐在墙边张望，忽听见蹬蹬蹬的脚步声，抬眼一看，就见几个人正朝这边奔来。前边是一个穿着紫色大氅的年轻人，头发凌乱，肩膀上还扛了一个人，后边跟着夫人的贴身丫鬟梅香和荷香。

看门婆子有几分诧异：“梅香、荷香，你们做什么呢？”

“周妈妈，快走，皇上要查抄慕家了。”梅香气喘吁吁，一头的汗，“再不走就来不及了。”

周妈妈揉了揉眼睛，终于看清了穿紫色大氅的年轻公子：“太原王？”

“快开门！”赫连毓叱喝一声，周妈妈吓得全身打战，赶紧将门打开，一辆马车赫然出现在眼前。

赫连毓将慕夫人扶上了马车，梅香与荷香也急急忙忙地跟着爬了上去，马车旁的齐木对那车夫吩咐道：“快走！”

周妈妈怯怯地跟在赫连毓身后：“王爷……”

“快走吧。”赫连毓有几分疲惫，他似乎看到了羽林子手中的刀剑，在初升的阳光下发着点点寒气。

周妈妈听了赫连毓的话，吓得拔腿就往小巷里跑。这时，就听身后有纷乱的脚步声响起：“快追！有人从后门逃了！”

赫连毓站在那里，见一群羽林子跑过来，有两个追周妈妈去了，还有一些人很快便将那狭小的后门给堵住了。

“王爷？”羽林子见到赫连毓，都吃了一惊，领头的赶紧过来行礼，“这大清早的，王爷怎会在这里？”

赫连毓看了他一眼，淡淡道：“这是我岳母家，我为何不能在此处？”

那首领赔笑道：“王爷，我等奉皇上旨意来查抄慕府，还请王爷谅解，让开几步。”

赫连毓没有出声，默默地挪开了步子。那首领笑了笑：“多谢王爷。”

“李大人，逃走的是一个婆子，该是这里看门的。”两个羽林子回来了。她的身体被拖着，身后一条血痕。

她的心口上一个血洞，鲜血从那里不停地涌出来。两个羽林子没有半分怜惜，骂骂咧咧道：“老东西，竟然还想逃！”

赫连毓瞧着地上的血痕，一阵反胃恶心的感觉涌上来。他虽然经常出去打猎，可打野物的感觉与杀人的感觉完全是两样，刚刚还在和他说话的一个人，瞬间就没了呼吸，躺在那里，这实在让他觉得触目惊心。

大群的仆人朝后门飞奔过来，可是没想到等候他们的是无情的刀枪。

“射箭！”赫连毓听见那首领高声吩咐，之后，“嗖嗖嗖”的声音响起。

这些人何其无辜！赫连毓捏紧了拳头，心中实在难受。皇兄也太暴虐了，因忌惮慕华寅，将慕家灭门，可是何必让那些仆人也受牵连？

他抓着马缰站在那里，听着传来的哀号之声，有说不出的凄凉，可是又无能为力。

骑马从小巷走出，赫连毓绕到正门，见慕府门口被一大群羽林子堵住，有不少路人正指指点点：“这是怎么了？怎会有这么多羽林子？”

“莫非是皇上要对慕家动手？”有老者低声道，“功高震主，皇上忌惮慕大司马久矣！”

有人掩嘴小声道：“所谓狡兔死，走狗烹，现在大虞已经将南燕灭了，不再需要慕家了，自然要想法子将慕家给灭了。”

“王爷。”有人轻声喊，赫连毓抬起头来，见是齐敏。

“你可找到了他？”赫连毓催马迎上，低声道，“慕二公子逃走了吧？”

齐敏压低声音道：“我将我的马给了慕二公子，叮嘱他快些逃命。”

“但愿他能逃脱。”赫连毓捏紧了拳头，“府里封锁消息，不能有半点儿风声走漏到别院去！”这时候，他倒觉得将慕微送去别院不失为一个好法子。

别院这边一片寂静，从院墙外边走过，似乎里头没人居住一般。宇文如眉抬眼望了望那长长的院墙，恨恨地咬牙道：“慕微倒是会躲，竟然躲到这个角落来了，我可不能让她如愿静心养胎。”

慕微，你该倒霉了，宇文如眉捏了捏拳头，从马车上跳下来。

门房见一辆有本府标记的马车过来，赶紧笑着迎上来：“这位夫人，您可是来找我们家王妃？”

“放肆，不长眼的东西！”乐儿呵斥道，“竟然连宇文侧妃都不认识！”

两个门房听说是侧妃，吓了一跳。赫连毓娶了宇文太傅家的小姐做侧妃，这事他们知道，可从来没见过这位侧妃，当然不认识。

“侧妃安好。”两个门房赶紧问安。

宇文如眉高傲抬着头，也不看那两个门房，由喜儿、乐儿扶着就往里边走。两个门房互相看了看两眼，不知道究竟是开门还是不开门，皆因王爷吩咐过，不许外人进入别院。

“还不快些开门！”宇文如眉怒喝一声，“磨磨蹭蹭的，什么意思？莫非连我的话都不听？”

两个门房苦着脸，犹犹豫豫。这时，出来一个人，见宇文如眉站在门边，惊讶地“咦”了一声：“侧妃，您怎么过来了？”

乐儿一见，心中大喜：“秋雨，我家侧妃今日带了些好东西过来看王妃，没想到被这两个狗眼看人低的门房给拦住了。”

秋雨笑着走过来，拉了拉门房的衣袖：“大叔，侧妃素来与王妃交好，原来在闺中做小姐时，便是手帕交呢，你就开门吧。”

见秋雨出来说话，那门房这才放下心，将门打开，笑着朝宇文如眉点头道：“侧妃请进，小人也是不得已，得了王爷的吩咐，不能放闲杂人等进去。”

“侧妃是闲杂人等吗？”乐儿气鼓鼓道，正想教训他，被喜儿拉住：“算了吧。”

秋雨笑得格外开心，伴在乐儿身边引宇文如眉往里走。此时天色已渐渐暗了下来，忽然，一个炸雷从天际传来，几个人都吓了一跳。

“好像要下雨了。”秋雨看了一眼阴沉沉的天空，一边走，一边殷勤地问道，“侧妃今日过来，可是有什么好事？”

乐儿微微一笑，低声在她耳边道：“慕府被皇上查抄了，满门抄斩！”

秋雨吓了一跳，颤声道：“慕府……真的被抄了？”虽然她不是家生子，可慕府里有不少下人都是相知的姐妹，乐儿轻飘飘的一句话，仿佛就让那些熟悉的人全部进了坟墓里。

她目瞪口呆地站在那里，有些全身发冷，忽然想到自己，她也是慕府的丫鬟，那岂不是也要没命？她紧紧地抓住乐儿的手：“乐儿，你是来通风报信的？是不是要我快些逃走？”

喜儿见了秋雨这样子，叹了一口气："你慌什么，你的卖身契早就由王妃带过来了，你现在是太原王府的丫鬟，哪里还是慕府的呢！"

"哦，那我就安心了。"秋雨长长地吐出一口气，看了看宇文如眉，只觉得她脸上有一种奇怪的神色。宇文侧妃来别院所为何事？秋雨一想，难道……是想告诉王妃慕家倒了？王妃现在身怀六甲，如何能受此打击？

"侧妃……"秋雨艰难地说道，"这消息，还是莫让王妃知道吧。"

"哦？"宇文如眉扬了扬眉，嘴角露出一丝笑来，"好一个忠心的奴婢，你倒是替你家主子担心上了。可你手上还戴着我赏你的赤金手镯呢，你到底是忠于我，还是忠于你家王妃？"

一道闪电劈里啪啦闪过，血红色的光将秋雨手上的镯子照得亮晃晃的。

秋雨哭丧着脸站在那里，没想到宇文侧妃这手镯真是不好拿。她战战兢兢地道："侧妃，奴婢也是担心王妃的身子。"

"你傻了不成？"乐儿将秋雨拉到一旁，低声道，"慕家倒台了，王妃身份也没那般金贵了，我说呀，你只有跟着我们家侧妃才是！"她将脑袋凑到秋雨耳边低声道，"今日侧妃陪太后娘娘用早膳，太后娘娘亲口答允了，过不了多久，侧妃就要变成王妃了。"

秋雨抬眼看了看宇文如眉，见她昂首挺胸站在那里，一番高傲的样子，不由得也信了几分，赶紧跪倒在地，朝宇文如眉磕了一个头："还请侧妃收留。"

"真是个机灵丫头。"宇文如眉看了看跪在那里的秋雨，冷冷一笑，"你好生看着你家王妃有什么异常举止，或者有什么隐秘的事情，赶紧过来告诉我，到时候我自然会将你收到我那里去。"

"多谢侧妃。"秋雨又磕了个头，这才爬起来，拍打了身上的衣裳，急急跟着往前走，"侧妃请跟奴婢这边走。"

慕微正认认真真地做针凿，以前没做过女红，自从太后娘娘赏下一批孩子的小衣裳，她便对做衣裳有了极大兴致，请了擅长女红的嫂子教她。

"王妃，侧妃来了。"门外传来一声清脆的话语。慕微一愣，那针便扎到了手指尖上，一颗血滴瞬间冒出。

秋雨赶紧递上帕子。

"哟，王妃可真是贤惠，竟然做起针凿活计了。"宇文如眉大步跨了进来，盯住慕微，又看她微微隆起的肚子，还有摊放的各色各样小衣裳，忍不住忌妒起来，"王妃，你可真是聪明，这些事一学就会！"

见慕微拿着帕子压住指尖，宇文如眉一怔，笑起来：“怎么，伤了手？你可要仔细些，这些活，还是请绣娘做吧！”

慕微没有抬眼，只是淡淡道：“如眉，你究竟要说什么？不必这般阴阳怪气的，直接说便是。”

慕微的淡定让宇文如眉有几分恼怒，她觉得自己在慕微面前仿佛成了跳梁小丑。她看着慕微，脸色一变：“你以为我们还能像以前那般好好说话？”

那些日子早已过去，再也不会有了。

宇文如眉站在那里，眼前掠过往昔的情景，心中不免一动。那时，她与慕微还是闺中密友，两人一起嬉闹，度过了多少愉快时光。

往昔如过眼烟云，过去了，便再也不会回来。她与慕微成了对手，她们在抢夺赫连毓，她们共同的夫君。宇文如眉硬起心肠，道：“我今日来，是要告诉你一个消息。”

宇文如眉的声音有几分凝重，慕微不由得抬起头来，看到宇文如眉眼底闪过一丝得意，嘴边带着笑，说道：“你可千万要稳住心神，莫要被惊住了。”

慕微蹙了蹙眉，朝宇文如眉点了点头：“如眉，恭喜你，终于与王爷圆房了，这确实是个好消息。”

宇文如眉气得脸色通红，心中有一种说不出的愤怒。她话里的意思，分明是说赫连毓的心只在她身上，不会再去宠爱别人。

“慕微，你想错了。”宇文如眉咬了咬牙，就连“王妃”两个字都懒得再装模作样地喊出口，“我带来的消息，可是关于你们慕家的。”宇文如眉扬扬得意地看了慕微一眼，“你可要节哀顺变。”

听到宇文如眉这句话，慕微的脸瞬间变得雪白，她抓紧手中的小兜肚，深深吸了一口气，直视着宇文如眉：“究竟出了什么事？你快些告诉我。”

宇文如眉得意地一笑，扬声道：“今日皇上下令……”

她的话还没有说完，就被一个声音打断：“侧妃，不能说！”

门帘一动，齐敏急急地奔了进来。他奉了赫连毓的命令来别院封口，刚到门口，就听门房说宇文侧妃来了，心中不免着急。侧妃与王妃不对付，府里的人都知道，侧妃现在来别院，绝不会有什么好事。

他飞快地奔到主院，刚到门口就听见宇文如眉在说“今日皇上下令”，心中一急，也顾不上通传便闪身进来：“侧妃请回府，莫要在王妃面前胡言乱语。”

“你这个奴才，竟敢这般对我说话！”宇文如眉叱喝道，“快些退下！”

“侧妃，齐敏不是奴才，请不要肆意侮辱齐敏！”齐敏心中有几分恼怒，他本是宫中暗卫，高太后见他身手好，这才命他保护太原王，没想到宇文侧妃竟张嘴骂他奴才。

“你是不是奴才我不管，可你不能拦着我说话。”宇文如眉高傲地看了齐敏一眼，想继续说。齐敏一着急，伸手点了她的穴道，她立刻便失去了声音，张着嘴，却说不出一个字来。

“齐敏，究竟发生了什么事？”慕微看着齐敏的举动，心里觉得蹊跷，为何齐敏要阻拦宇文如眉说话？这里到底有什么玄机？

“王妃，没有什么，只是侧妃心情不好，想来找王妃的不是，你不用管了。”齐敏抓住宇文如眉往外边带，宇文如眉身边的丫鬟乐儿有几分着急。侧妃过来就是想要拿这消息刺激王妃，怎么能就这样被带走呢？

若自己将那消息说出，侧妃回府一定会重重奖赏自己。乐儿见齐敏抓住宇文如眉往外拖，无暇顾及自己与喜儿，便朝慕微大声喊道：“慕府被皇上灭门了！”

这话一出口，齐敏转身便朝乐儿打去。慕微大喊一声：“齐侍卫，请勿动手！”

齐敏的手硬生生停在半空，他看着慕微的脸苍白得像一张纸，叹了一口气，低头恭恭敬敬地对慕微道：“王妃，你莫要听她们胡言乱语，没有这样的事情。”

“没有？那齐侍卫怎么赶来别院了？”

“这……”齐敏一怔，不知道该用什么借口搪塞。他是个粗人，只知道一是一，二是二，要他撒谎，实在没有那般灵活的脑筋。

“齐侍卫，还劳你将宇文侧妃的穴道解开。”慕微轻轻叹了一口气。她被燕昊劫去南燕的时候，也是被他们点中了穴道，一路上想要高声叫喊却半分声音都发不出来。宇文如眉说了一半却发不出声响来，看来也是被点中了穴道。

齐敏有些难过，可他还是顺从了慕微的话，将宇文如眉的穴道给解了，垂手站在一旁，担心地看着慕微，生怕她会出什么事情。

“如眉，你的话没有说完，请你告诉我，”慕微看了宇文如眉一眼，“我想听真话，作为慕家的女儿，我有权知道我家究竟怎么了。”

“怎么了？还能怎么了？”宇文如眉盯着慕微，见她在微微颤动，心中得意。慕微的平静只不过是装出来的。她冷冷地哼了一声："皇上今日下令，将慕家满门抄斩，你父亲已经死在昭文殿，慕家三百多号人，全死了，他们说那血多得连你家门口的石狮子都染红了！"

"不会的！不会的！"慕微摇了摇头，眼神飘忽地看向宇文如眉，"你在骗我，是不是？"她脸上竟露出一丝笑来，"你妒忌我，所以拿这种事来刺激我，想要我肚子里的孩子不得安稳，是不是？"

齐敏听到慕微这样发问，心里很是高兴，连连点头："你说得没错，就是这样。"

"我就知道她在撒谎。"慕微朝齐敏笑了笑，"你说得对，她在胡言乱语。"

"慕微，你就别自欺欺人了，我要是想胡言乱语，早就跑来胡言乱语了，如何还能让你安安稳稳地住这么久？"宇文如眉有几分着急，指着齐敏喊道，"他一个侍卫，如何就闯进你的内室来了？还不是想阻止我将这件事说出来？慕微，你就认命吧，你们慕家已经完了！"

听到宇文如眉这般叫嚣，齐敏大怒，正准备上前将宇文如眉推出去，就见慕微的身子晃了晃，整个人便往下边倒去，吓了一大跳："王妃，你怎么了？"

站在一旁的秋月眼明手快，赶紧扶住慕微，朝秋雨瞪眼喊道："还不快些过来扶住王妃！"

秋雨低头走了过去，见慕微双眼紧闭，一张脸白得没有一丝血色。她朝宇文如眉看了一眼，这才犹犹豫豫地道："王妃这样子，实在有些不好。"

秋月伸出一只手来，用力掴了秋雨一掌，秋雨的脸上瞬间红了一片："什么王妃不好了？你知道什么？别在这里胡说八道！"有些事说着说着就会变成真的，秋月怒目而视，"你这乌鸦嘴，还不赶紧闭上！"

齐敏见情况不对，说了句"我去请大夫"，转身匆匆离开了内室。

宇文如眉笑吟吟地站在那里，瞧着秋月与秋雨将慕微扶到床上，心里有说不出的快活，正准备去看看慕微究竟怎样了，只见秋月转身从墙角抄起一件物事，不顾身份地便朝她冲过来："你敢过来惊扰王妃，我就和你拼了！"

那宇文如眉惊叫一声，赶紧往屋外飞奔，秋月骂道："你再敢到别院来，别怪我打断你的腿！"

她口里放着狠话，心里却想着留在慕府的家人，眼泪成串地掉下来。秋月是家生子，父母兄嫂全在慕府当下人，只有她跟着慕微到了太原王府，如今听说慕府上下三百多口全部被杀，心中难过得快要窒息。

“放肆！你一个丫鬟，竟敢这样跟侧妃说话！”乐儿挺了挺胸，朝秋月道，“你是吃了熊心豹子胆不成？”

秋月听了，发狂一般冲过去，朝宇文如眉和她的两个丫鬟追打过去。见秋月鬓发散乱，眼中血红，宇文如眉吓坏了，转身就跑。乐儿也赶紧其后，边跑边喊：“快来人啊，秋月疯了，要打人呢！”

别院里的下人听到这边如此大的动静，纷纷赶过来，见秋月拿着棍子追着宇文如眉和丫鬟打，脸上全变了颜色。

众人赶紧上前拦住了秋月。宇文如眉得了空当，赶紧逃出别院，回头看到坐在地上的秋月，心有余悸。忽然，别院里传来撕心裂肺的哭声。她忽然露出笑容来，回头看了看身后那扇大门，此时已经紧紧关闭，门口的那两个门房也没了身影。

宇文如眉挑了挑眉毛，心里十分快活，她咬牙道：“慕微，你的孩子快些掉了才好，这样你才来得及追上你的父亲和兄长，免得他们走得快了，你们一家子不能团聚。”

第三十八章 陡然失忆

眼前是一片茫茫白雾，什么也看不清，她穿行在这白色的大雾里，追随着一群人的背影，仿佛就要追上了，可一会儿又不见了踪影。她站在那里，很是彷徨，凄凉地喊着，如受伤的小兽在呼唤自己的父母。

忽然，前边影影绰绰地来了一个人，瞧着正是母亲的模样。她惊喜地喊道：“母亲！”可那人伸手将脸一掀，露出了一张狰狞的脸来，血盆大口里有着白森森的牙齿，张口就要将她吞噬。

“啊——”一声惊恐的呼喊，几乎要将屋顶掀开。赫连毓紧握着慕微的手，心疼地看着她，低声呼唤道：“微儿，别怕，我在这里，我就在你身边！”

慕微吃力地睁开眼睛，看到赫连毓，表情有几分呆滞。赫连毓见她醒来，惊喜地喊道：“微儿！”

“你是谁？”慕微皱眉问道。

赫连毓吃了一惊，几乎不敢相信自己的耳朵：“微儿，你不认识我了吗？我是赫连毓，你的夫君！”

旁边的秋月听了慕微的问话，惊讶得张大了嘴巴，她看着慕微空洞无神的眼睛，低声问道：“王妃，我是秋月，你认不认得我？我是秋月！”见慕微还是没有反应，她拉住慕微的手摇了摇，“王妃，你别吓秋月，你一定会好起来的。”

大夫说王妃受了惊吓，肚里的孩子还不知道能否保得住。齐敏听了心里发慌，赶紧向赫连毓禀报，赫连毓听了赶紧赶过来，见慕微昏迷不醒，气得拳头都要捏碎。

“王爷，王妃现在这样，您就是再去责怪宇文侧妃，也于事无补，不如先好好照顾王妃，等她身子好转再说。”秋月咬了咬牙，凡是对王妃不怀好意的，个个都该死！

“嗯，你说得对。”赫连毓坐下来，忧郁地看着慕微，心中暗暗祈求上天，保佑慕微快快醒过来。

现在慕微是醒了，却不认得人了！不认识自己，也不认识秋月。赫连毓心中一阵发慌。怎么办？难道微儿以后就是这副模样了吗？他颤巍巍地伸出手，手指在慕微的手背上滑过，可她一点儿反应都没有，只是目光呆滞地看着他。

赫连毓心中一酸，哽咽得几乎不能言语：“微儿，我该怎么办？”

“王爷，我瞧王妃这模样，应该是失魂了。”秋月擦了擦眼泪，朝赫连毓道，“不如去请清凉寺的大师过来给王妃收收魂。”

经常有些人受了惊吓，醒来后整个人会神志不清，人们就将这种情况称之为失魂，会请些和尚来收魂。

赫连毓听了这话，起身朝外边吩咐：“齐敏，速拿我的名刺，去清凉寺请方丈过来！”

猫腰躲在窗下的秋雨吓了一跳：“王妃失魂了？”

她从头上拔下一支簪子，悄悄将窗上那层织锦拨了拨，上边便出现一个小小的洞口。秋雨悄悄将耳朵贴上去，里头的话果然听得清楚了一些了。

“王妃，您赶快喝药吧，若不喝药，只怕肚子里的孩子保不住呢。”

“孩子？”慕微忽然有了反应，“我有孩子了？”

见慕微开口与自己说话，秋月心里很是高兴。她拉着慕微的手放到她的肚子上，柔声道：“是呀，王妃，您有孩子了，您就要做母亲了！你不是最宝贝这个孩子吗？你住到别院来，不就是想要保住他？王妃，你可还记得这些事情？”

秋雨听了心中一动，秋月这话里似乎有异样的意思，为了这个孩子，才住到这里？她忽然想起了那次争吵，王爷似乎从来没有那般生气过。王妃有了孩子，王爷应该高兴，为何他会那般愤怒？秋雨紧紧贴着墙壁，手心里渗出汗来——王爷最喜欢王妃，为何会因为王妃有了孩子就对她生气？这里边恐怕另有内情。

难道……这个孩子不是王爷的？这个念头在秋雨脑中一闪而过，她伸手捂住自己的嘴巴，生怕脱口而出。她将耳朵又贴上去，想要听听秋月还会说什么。

“我怎么觉得有好多人要害我肚里的孩子？”慕微伸手护住肚子，愁苦地皱起眉头，“你知不知道哪些人要害他？”

“这事，秋月自然知道。宇文侧妃就是第一个想要害孩子的人，您这次失魂，就是她过来给刺激的。”一说到这件事，秋月就忍不住眼泪，父母兄嫂惨死，自己还不能去给他们收尸，心里难过得似乎有谁在抓着她的心。

“宇文侧妃，她又是谁？”慕微喃喃道，“我什么都不记得了，只记得一个叫燕昊的男人，他是我肚子里孩子的父亲。”

“王妃！”秋月惊呼一声，一把捉住了慕微的手，“别再提燕昊了，若被王爷听见，又要生气了。”

“不，我就要提他。”慕微固执地偏头看着秋月，脸上忽然露出笑来，整张脸都明媚起来，“我记得他带我骑马，我身上还穿着大红嫁衣，我是嫁给他了，对不对？”她忽然爬起来，一把捉住秋月的手，“燕昊去了哪里？是不是你将他藏起来了？”

“没有，没有这样的事。”秋月掩面哭起来。王妃谁都不记得，独独记得燕昊，记得那晚他们逃走的情形。这让她实在感动，又有些担忧，若王爷听到王妃这般惦记燕昊，肯定会暴跳如雷。

她温柔地哄着她：“王妃，快别提他了，王爷听了会不高兴的，说不定他就不会让你将孩子生下来了。”

“为什么？王爷为什么不让我生下孩子？”慕微可怜兮兮地问道，“他肯定是忌妒他，他是不是没有燕昊生得俊？”

秋月听了又好气又好笑，点了点头：“是是是，王妃说得对。”

她伸手摸了摸肚子，脸上露出一丝甜美的笑：“我一定要将我与燕昊的孩子生下来。”

如黑暗里闪过一丝光亮，慕微本来灰白的脸，仿佛瞬间有了光彩，如春日里的花朵，娇艳无比。

风呼啸着，在耳边发出凄厉的呜呜声，还有细碎的雨丝扑面而来，可赫连毓丝毫没有感到寒冷，他握着缰绳，将马赶得飞快，一路狂奔向王府而来。

心里犹如烧着一团火，从心底蔓延上来。真恨不能插上一双翅膀，飞到王府，将那宇文如眉拎出来，责问她为什么要这样做。这种女人，王府势必不能容她！

“怎么办？怎么办？”宇文如眉在屋里走来走去，脸上全是惊慌的神色，“王爷去了别院，见到慕微那个样子，定会大发雷霆的。”

她去别院时还扬扬得意，一心想将消息透露给慕微，好让她肚里的胎儿滑掉。可刚刚听说赫连毓去了别院，她忽然惊慌起来，那个该死的齐敏肯定会将她去了别院的事禀报上去，那个秋月说不定也会添油加醋。宇文如眉心里发慌，不知所措。

“侧妃，若觉得王爷会对您严惩，不如去向太后娘娘求情。”乐儿在一旁小声道，“现在王爷在气头上，什么事情都做得出来，若太后娘娘能帮忙给您说说，等王爷消了气，说不定也就不会与您计较了。”

宇文如眉眼睛一亮：“乐儿你越来越机灵了，你说得对，我们赶紧进宫。”

“宇文如眉！”刚到宁宫门口，就听到身后传来赫连毓的声音。宇文如眉回头一看，惊得脸上失了颜色，再也顾不得形象，撩起裙摆便飞奔起来。

耳边火辣辣的一下，宇文如眉惨叫一声，是赫连毓用鞭子抽到了她的耳朵。她伸手一摸，掌心有些许嫣红。

宇文如眉忍痛往前跑，可赫连毓已经追了过来，挥着鞭子劈头盖脸朝她抽过来。才打了几鞭子，宇文如眉的头发全部散了，身上的衣裳也被抽出几个口子。宇文如眉滚倒在地。

“毓儿，你这是在做什么！”

高太后怒吼道。宇文如眉看见高太后出现，如逢救星，挣扎着喊道：“太后娘娘，救我！”

高太后瞧着宇文如眉狼狈的样子，心中咯噔一下，毓儿竟下如此重手。记忆中的赫连毓，从来没有这般发过火，特别是对一个手无缚鸡之力的弱女子下手，他怎会做出这样的事来？

“母后。”赫连毓将鞭子收了，朝高太后拱了拱手，“我要将宇文如眉休了，从今日起，她便不再是我赫连毓的侧妃。”

“什么？”高太后一听，脸色不悦。自己积极替他拉拢势力，他倒好，竟然丝毫不体谅！高太后皱着眉，问：“我问你，休妻要犯七出之条，如眉究竟犯了哪一条？”

赫连毓一愣。

“墨玉，你背给太原王听。”高太后重重地哼了一声，脸色越发不好看。

宇文如眉见高太后为她说话，心中感激，眼泪汪汪地看着高太后，低声道：“如眉谢母后做主。”她不要回太傅府，若回去，那就成了别人的笑柄。

墨玉姑姑大声地将七出之条背诵了一遍，然后朝高太后点头道：“娘娘，好像宇文侧妃并未犯这七出之条里的过错。”

高太后沉声道：“毓儿，你倒是给母后说说看，如眉犯了哪一条？”

风将高太后的衣袍吹起，也将赫连毓的头发吹起。

“毓儿，母后知道你偏爱王妃，可宇文侧妃也是大家出身的好女孩，你怎么能这般对她？竟然还说出要休了她，实在是太过分了！”

“母后，她无子，当去！”赫连毓却恍若未闻一般，伸手指了指宇文如眉，满脸厌恶之色，“她与我成亲有两个多月了，却还没有身孕，无子当去！”

高太后瞧了瞧赫连毓，双手都在颤抖：“毓儿，你怎么能昧着良心说话？成亲才两个月，你也实在太着急了些！”

宇文如眉在一旁气得涨红了脸，实在想冲口将还未圆房的事说出来，又生怕高太后听了不维护她，只得忍气吞声。

“母后，你不知道她究竟做了什么！”赫连毓心头一急，指着宇文如眉，“今日，她竟然将慕府满门抄斩的事告诉了微儿，害得她差点儿落胎，现在微儿失了魂，若收得回来还好，若收不回来……”他杀气腾腾地看着宇文如眉，“我非她杀了不可！”

“什么？差点儿落胎？”高太后看了宇文如眉一眼，见她躲躲闪闪地往两个丫鬟身后藏，心里不悦。虽然她不喜欢慕微，但她喜欢慕微肚子里的孩子，宇文如眉做得也太过了些，慕微怀着的可是她的金孙呢！

见高太后脸色一变，宇文如眉心知不妙，“扑通”一声跪下来，低声哭泣道：“母后，如眉本意并非如此。如眉与王妃素来交好，在闺中便是手帕交，如何会去害她？只是如眉听了慕府被灭门的消息十分震惊，也没来得及多想，就告诉了王妃，没想到王妃体弱禁不住，竟然昏过去了！如眉知错，还请母后责罚！”

高太后瞥了一眼跪在地上哭哭啼啼的宇文如眉，又看了看怒容满面的赫连毓，稳了稳心神，问道：“现在王妃身子怎么样？孩子可保住了？”慕微失魂不失魂不是重点，重点是她肚子里的孩子。

赫连毓声音迟缓：“大夫说要好生休养。”

“那就好生养着，莫要人再去惊扰了她。”高太后长长地舒了一口气，双手合十喃喃念了几句，然后才睁眼看了看宇文如眉，“既然慕微肚子里的孩子没什么大事，你就不必多计较了。你瞧瞧，下手这般狠！”

宇文如眉听了高太后的两句暖心话，哭泣起来。赫连毓厌恶地皱了皱眉，伸出脚去踢她：“少在母后面前惺惺作态！你与微儿交好？我看你是面善心恶，总想找机会害她！”

“毓儿！”高太后恼怒地道，“难道你连母后的话都不听了？”

赫连毓收住脚，气鼓鼓地看着宇文如眉，终究还是不敢顶撞。

“毓儿，这府中须得一团和气才是，每日里闹个不歇成什么体统？如眉只不过是关心慕微而已，你却这般曲解她的意思，也未免太伤她的心了。墨玉，赶紧将宇文侧妃搀扶起来。你也别闹腾了，回府去吧。”高太后清了清嗓子。现在正是用人之际，无论如何也不能跟宇文太傅府的关系闹僵，“如眉，你先去换了衣裳，好好梳洗了再说。”

没有日光，外边昏沉沉一片。清华宫里，则烛火通明，摇摇曳曳地照出一两个人影。

“臣弟见过皇上，皇上万岁万岁万万岁！”赫连毓一进主殿便跪倒在地，恭恭敬敬地向赫连铖行了一个跪拜大礼。素日里赫连铖让他不必行礼，可今日他毕竟做了让赫连铖不高兴的事，触了他的逆鳞，还是稍微恭敬些好。

见赫连毓匍匐在地，赫连铖一愣，心中有一种说不出的满足感。这个皇弟倒也识趣，知道现在自己对他有些意见，赶紧来讨好自己了。

“皇弟，平身吧。”赫连铖淡淡道，“何必行此大礼？”

他眯了眯眼，看着这个与自己一块儿长大的皇弟，心中在想，赫连毓是否年纪大了，就有了野心？否则怎么总是与自己对着干？上回让他去捉燕昊没有结果，这次又去向慕家通风报信！

“皇兄，臣弟今日做了一件不该做的事，可能让皇兄不高兴了，臣弟特来向皇兄请罪。”赫连毓站起身来，脸上带着一丝懊恼的神色。

“哦？”赫连铖瞧着赫连毓的模样，心中的怒气顿时消了一半，他将玉玺盖在手掌下，淡淡道，“皇弟，你究竟做了什么错事？说来听听。”

“皇兄，你也知道，臣弟对王妃极为喜爱。”赫连毓努力斟酌着措辞，心里想着他会不会对自己有什么别的想法，见赫连钺脸色淡然，这才大着胆子道，“就如皇后娘娘是你的心头好，王妃也是臣弟最钟爱之人，臣弟不能眼睁睁地看着她因为失去亲人而伤心痛苦。”

提到慕瑛，赫连钺心中一紧，他抓紧那个玉玺，似乎上边的棱角要刺到他的心里去，忽然有一点儿刺痛的感觉。

“你……退下吧。”赫连钺若有所思地看了看赫连毓，忽然熄了想兴师问罪的火，他站起来，“摆驾朝凤宫。”

昏暗的天色沉得让人有些心烦意乱，天空里的流云走得又快又急，才眨眼的工夫，便飘去了西边。

赫连钺站在朝凤宫门口，一只手握紧了腰间的封带。

主殿里没有点灯，他皱着眉头，轻声嘀咕了一句：“这么暗的天，怎么不掌灯？”

主殿的门开着，隐约能看见里边站着几个人。主座上趴伏着一个人，一动不动，肩膀偶尔耸动，正在哭泣。

赫连钺踏入主殿，水磨地砖上映出他的身影。他伸出手，一把抓住慕瑛的手腕，将她猛地拖了起来：“你在哭什么？”

慕瑛茫然地看了他一眼，似乎认不出是谁，好半日才瑟缩着身子道：“皇上，臣妾没有哭。”

“没有哭？那这是什么？”赫连钺在她脸上抹了一把，只觉得掌心湿漉漉的一片，他嘴角露出一丝轻蔑的笑，“你不是也痛恨慕华寅吗？你不是说不想姓慕吗？现在朕替你将慕家铲除了，你怎么反而哭了？”

慕瑛咬着牙没有说话。紫萱说，皇上已将慕家上下三百余口灭门，慕华寅与慕坤的尸身被悬挂在京城的城墙上曝尸，慕瑛当时便惊得说不出话来。她怔怔地摇了摇头：“太原王不是去报信了吗？怎么会这样？应该不会的，你听错了。”

“真的是这样，娘娘，大家都这么说。”紫萱也很悲伤，看着慕瑛惨白的脸，实在不知道该怎么安慰她。

慕瑛发出一声尖锐的叫喊，声音又细又尖，慢慢从喉咙里迸发出来，将主殿里的沉默打破。她仿佛是一只离群的孤雁，茫然地瞧着四周，可什么也没有看见。

赫连钺早就和她说过，他要杀了慕华寅，要将慕家满门抄斩，为何她一直没有想着要去给慕家通风报信？等到现在她才发现，一切都来不及了。几百条生命，瞬间消失在这个世间，慕家从此不会再有传承。

是她将慕家害了，她是慕家的不孝女，皇上痛恨慕家，她该在中间调解，该告诉慕华寅，要他退隐，不要再把持朝政，毕竟，活着总比枉送性命要好。可她什么也没有做，只是将自己裹在一个角落里，坚决地与慕家撇开，仿佛这样她就能与慕家撇清一般。

可她怎么哭了呢？不是应该高兴吗？这世上没有人能干涉她与赫连铖，她是他的皇后，是他的妻子，从此，两人不必再互相猜忌。可她，此时却泪如泉涌，号啕的声音都嘶哑了几分。

“你怎么不说话了？”赫连铖伸手捧住慕瑛的脸，心里忽然有一丝怜爱。她的眼睛红肿，脸上的胭脂也被泪水冲刷得七零八落，他却觉得她很美。

慕瑛打了个寒战，她本以为赫连铖会像以前那样，抓住她往椅子上撞，脚往她身上踩，可出乎她的意料，赫连铖的声音格外温柔，脸上带着笑，声音里有一种说不出的轻快：“皇后，以后你就再也没有家人了，你姓不姓慕，都没有关系了。”

他将慕瑛的脸轻轻捧起，捧到自己面前，俯下头，咬住了她的红唇：“以后朕不会再打你了，会好好怜惜你，你就是我的好皇后。”

慕瑛僵硬地任由他的唇在自己的唇上辗转，心里不悲不喜。她不知道究竟该怎样回复赫连铖，是装作快乐，欢欣鼓舞，还是默默无语？她闭上了眼睛，一滴清泪从眼角滑落。

京城的这场雨下了足足三日。

老人说这是春雨，是好兆头，只不过下了三日也太久了些，若再下几日，怕是河水要涨得漫堤了。而私下里有一种说法则广为流传，不少人在议论，这是老天爷在为慕大司马府里被冤杀的三百多人哭泣。

慕大司马虽然权倾朝野，可并没见他有什么异样的举动，皇上根本没有抓着任何谋逆的证据，拿一支九尾凤钗便定了他的罪，实在有些荒谬。

“那九尾凤钗，不是已经送进宫了吗？只不过是没有登记在册，怎么就能说慕家贪下大宗银子，意图谋逆？”有人摇着头叹气，“慕大司马真是死得冤。”

“还好慕大将军逃走了，但愿千万不要被抓到。”有人一脸悲戚，“去年慕大将军才带兵将南燕灭了，这般功臣，皇上竟然也下得去手……”他看了一眼周围，不再说话。

皇上六岁登基，由太后娘娘与太皇太后辅政。等到满十六岁，两位娘娘便将大权交还给他，让皇上亲政。有两位娘娘辅政的时候，天下还算太平，而且施行仁政，老百姓的日子也过得舒坦。皇上一执政，马上发兵攻打南燕，当时南燕皇帝甚为惶恐，赶紧派使者来求和。太后娘娘与太皇太后力主不要打仗，休养生息，这才同意了南燕的请求，签订了合约，南燕每年纳贡。

接下来的五年里，皇上慢慢变了个模样，从两位娘娘施行的仁政变成了暴政。皇上性子暴虐，喜欢换着花样折磨人，抓进大牢的犯人都惶惶不可终日，不知道自己会是一个什么样的结局。

皇上去年又发兵攻打南燕，听说今年还准备打鞑靼、南越，这般穷兵黩武，只怕难过的是老百姓。

大家围着那告示看，上边是慕乾的画像，不知道那画师是没见过慕乾还是笔力不够，上边那个人被画得满脸横肉，目光呆滞，与英俊无比的慕大公子完全不是一个人。

“都说慕家出俊男美女，没想到这慕大将军竟长了这副模样。”有人指着布告摇头，脸上带着一丝嬉笑，“若这样子都算得上俊，那我可是俊得很了。”

屋子里静悄悄的，站着两个人，谁也没有说话。

大虞皇上朝慕大司马下手了，斩杀三百余口，唯独长子慕乾逃出。

这个消息太令人震惊了，燕昊听小虎子跑来告诉他时，震惊得几乎说不出话来：“小虎子，你是怎么知道的？”

“外边贴着告示，要捉拿慕大将军呢。”小虎子恨恨地啐了一口，“活该！他也有今日！那时他耀武扬威地将南燕灭了，我就恨不得能将他剥皮抽筋，没想到大虞的皇帝自己动手了。”

“太子殿下。”御风看了看燕昊，“到了二月，这田里就要下种了。”

“我知道。”燕昊淡淡地说了一声，站起身来，“你别担心，我不会再去大虞京城了。”

御风看着燕昊，见他已经觉察到自己在担心什么，不好意思地笑了笑：“我可没说什么。”

燕昊盯着墙角那缕金色的阳光，笑了笑，仿佛在自言自语：“原来我想去上京，是因为我以为她会像我心悦于她一样等着我。可现在，她心里根本没有我，我又何必再多事去看她？”

御风有几分默然，忽然想起除夕夜那个从内室走出的丫鬟脆生生的话语：“王妃说让你们去别处打斗，莫要惊扰了她肚里的孩子。”

她不肯出来见太子殿下，只打发丫鬟出来说话，而且，竟说得那般冷漠！御风冷冷一笑，这慕二小姐也着实冷酷。

这样的女人，有什么值得伤心的？幸亏太子殿下看穿了她，否则还真不知道该怎么劝他。

跟着燕昊走出去，御风脚步轻松，一颗心也放了下来。走到外边，见陆凝香一袭绿色衣裳站在廊下，笑容明媚：“太子殿下，御统领。”

御风朝她挤了挤眼，陆凝香微微一愣，不知道御风怎么会如此欢喜。燕昊朝陆凝香点了点头：“凝香，种谷准备得怎么样了？”

陆凝香满脸带笑，转过身去，从厨房抓出一把种谷来：“太子殿下你瞧，我与柳大人留的这批最结实饱满，柳大人说这样的种谷种出来肯定会颗粒大，吃起来口感不错。”

燕昊见她眉飞色舞，扯了扯嘴角：“凝香，你都快成种田能手了。”

陆凝香扬眉道：“何止是种田能手，我还是打猎能手、采茶能手……”她嘻嘻笑起来，细白的牙齿露在阳光下，如珍珠般洁白。

燕昊见她笑得开心，也微微一笑，只是嘴角扯动间，又觉得心里苦涩。他在屋檐下站了一会儿，然后默默地往前边去了，那踽踽独行的身影有几分萧瑟，身上的大氅也被风吹得飞了起来。

御风上前一步，笑着朝陆凝香小声道：“陆小姐，恭喜。”

陆凝香有些莫名其妙，不解地问道：“恭喜我什么？”

“太子殿下已经彻底将那慕二小姐放下了，陆小姐自然有机会了。”御风瞧着燕昊的身影，唇边带笑，“方才得了消息，慕二小姐家被灭门了，我问太子殿下想不想去上京，他坚决说不去，还说不会再去打扰慕二小姐的生活了。”

“什么？慕二小姐家被灭门了？”陆凝香眉头紧锁，“真是太惨了，也不知道慕二小姐能不能撑得住。”举目看看燕昊孤单的背影，陆凝香有几分感叹，难怪太子殿下强颜欢笑，原来是心中存了事情。

“陆小姐，你怎么只关心慕家，也不关心你自己？”御风想不通，陆凝香不是一直喜欢燕昊吗？为何此时却对他不屑一顾了？

“关心自己？”陆凝香上下打量了自己一番，有些不解地看着御风，“我怎么了？现在有吃有穿的，身子骨儿又结实，没有什么不好啊。”

御风又好气又好笑：“陆小姐，你就别装了，我知道你喜欢太子殿下，这难道不是个好机会？”

陆凝香看了看御风，嘴边露出一丝微笑：“御统领，若早半年你这么告诉我，我会欣喜若狂，可现在我一点儿也不稀罕了。”

御风摸了摸脑袋，眼里全是懵懂，这早半年与晚半年有什么区别？即便知道太子殿下喜欢的是慕二小姐，陆小姐也一直没有喜欢上别的人，这不是在等太子殿下回心转意吗？现在太子殿下说将慕二小姐放下了，她倒拿乔起来了。哼，这女人真是难伺候，肯定是故意做出这般模样，绝对是！

这时，陆凝香将御风拉到一旁，低声道：“御统领，咱们剩余的银子不多了。”

御风一惊，也不再玩笑，脸色凝重起来：“还剩多少？”

陆凝香伸出一根手指晃了晃。

“一个月？”御风吃了一惊，“上回柳大人不是说能坚持到三月吗？”

“现在是二月初了。”陆凝香话语里充满忧愁，“我刚刚仔细算了算，恐怕只能吃一个半月，不到两个月。”

两人都沉默下来。

“怎么办？”御风皱着眉头道，“要不要告诉太子殿下？咱们一起想法子。”

陆凝香摇了摇头：“告诉太子殿下，只是徒增他的烦恼而已。”她的声音忽然低了几分，“我想了很久，想出一个法子。我听福来客栈的掌柜说，经常有跑单帮的过路客商，别看他们带的东西少，可样样值钱，只要一个小包袱就能赚上一年的嚼用。那些跑单帮的，一般做的都是不合法的买卖，咱们抢了他，他也没法子去官府报案，咱们也不会暴露。”

御风听了先是吃一惊，然后对陆凝香充满了敬佩：“陆小姐，还是你们女儿家心细，想得这般周到！”

“咱们可不能告诉太子殿下，他肯定不会同意的。”陆凝香道，“既然御统领也同意这么干，那我即刻下山，同掌柜说去。”

第三十九章 月夜打劫

各色铺子已经开业，早点铺子的伙计站在门口吆喝：“又大又白的馒头，快来买哟！”

福来客栈的掌柜挺着圆滚滚的肚子，正站在柜台后，见一个浅绿色的身影闪进来，眉毛一动，赶紧出来，将她迎到内室：“陆小姐今日过来有什么事？”

“有机密事与你说。”陆凝香将掌柜扯到一旁，在他耳边细细说了几句。掌柜听了，不住点头：“陆小姐的主意极好。”

“你帮我留心着，若有，就赶紧让伙计送信到凤凰山上来。”陆凝香眼珠子转了转，又添上一句，“一定要落单的那种。”

掌柜的点头道：“那是自然。”他摸了摸圆圆的下巴，眼睛一转，忽然想起什么来，“对了，今日来了个客人，说是要住两日。”

“怎么，难道这就有肥羊了不成？”陆凝香的眉毛都要飞起来，这可真是好运气，才说想要劫财，就有肥羊自动送上门来，看来老天爷都在暗地里助燕昊一臂之力。

“陆小姐，你稍等。”掌柜圆乎乎的身子滚着出去，不一会儿又滚了回来，手里拿着一根金钗，“你瞧瞧这个。”

陆凝香拿在手里一看，眼睛瞪圆，发出一声惊叹：“这钗子不错，怎么说也要上千两银子才能买到，怎么会落在你的手里？”

“上千两？”掌柜吓得变了颜色，“不过是金子做的，上边镶嵌了几颗宝石，怎么会要这么多银子？”

陆凝香叹气道：“这钗子做工十分精细，上边的宝石，大小、纯净程度一看就知并非凡品。若要买，一千两银子可能还说少了呢。掌柜，这金钗是哪里来的？”

“这金钗，就是那个客人给我的，他说身上没银子了，要拿这钗子给我换二百两银子。我不知道这钗子的价格，所以一直犹豫，说要拿去请懂行的人看了才能给他答复。”掌柜笑得眼睛都挤到了一处，“幸得陆小姐是个识货的。”

“换！这买卖合算，若是那人多拿两样来换才好呢。”陆凝香一边说着，一边忽然神色郑重。这人这般大手大脚，一千两的钗子只二百两就卖了，定是个不缺钱的，不如就打劫他？

“掌柜，这人多大年纪？是否背了包袱？包袱里瞧着会不会有贵重物件？”陆凝香越想越对，脸上绽放出莹莹光彩来。说不定宰了这只羊，就不用跑第二趟了。

“这人，十七八岁年纪，生得很是俊秀，腰间缠了个褡裢，出去都带着，看起来里边该是有不少贵重东西。”掌柜回忆了一番，越琢磨越对头，“我瞧着该是值钱的。”

陆凝香长长地舒了一口气，将身子靠在椅背上，手指不住地敲打着桌面：“那他住到什么时候？住哪间屋子？带我去瞧瞧，认个脸儿！”

掌柜点了点头，让陆凝香装扮成客栈里收衣裳的女子到客房转了下。伙计朝一个年轻男子指了指，陆凝香看过去，见一张英武逼人的脸出现在面前，白衣，剑眉星目，腰间缠了个褡裢。

这，就是今晚的肥羊了！

华灯初上，云州城里一片繁华。

慕乾牵着马从云州城的街道走过，无暇看云州城两旁的商铺，心里琢磨着究竟要不要离开云州。

这里是除了江都，他在大虞待得最久的地方，只是他待的地方不在城里，而是城外的香樟岭。他想，那时，燕昊与他对垒云州，可没想到此一时，彼一时，燕昊成了逃犯，如今，他也成了逃犯。

慕乾苦笑一声，往云州城门奔去。很快就要到宵禁的时候了，可要抢先出去才是。云州虽然繁华，可他依旧不敢久留，云州刺史塔巴尔认得他，万一碰见就不好了。

回头望了望云州城，此时，已是黑沉沉一片，城墙上只有几盏气死风灯，微弱的光亮着，如幽幽鬼火。城墙绵延着，现在已经看不清上边的墙垛，只看见乌黑的一线，静默地肃立在那里。

身后有两匹马飞奔着过来，慕乾心中一紧，莫非有人识破了他，追了过来？他一夹马肚，准备往前奔，忽然听到后边有一个清脆的声音："公子，你掉了东西！"

慕乾下意识地停下马来，伸手摸了摸褡裢，发现并没有散开。他有几分奇怪，喊道："姑娘，我掉什么了？"

"我是说你就要掉东西了。"陆凝香赶过来，朝他上下打量一番，"哟，这位公子，穿的衣裳是云锦的，看来家境不错，最近我手头有些紧，能不能借点儿银子花花？"

慕乾哈哈一笑，没想到云州城竟然还出了劫匪，还是一个女的！

他拍了拍腰间的包袱："姑娘，你想要抢东西，行，就看你有没有这个本领！"

陆凝香娇叱一声，飞身而起，朝慕乾的脖子攻来。慕乾瞧她的身手，倒也是个练家子，不敢小觑，打起精神，全力与她周旋。显然，陆凝香不是慕乾的对手，才过了几招，便被慕乾逼得连连后退，全身香汗淋漓。

慕乾戏谑道："姑娘，你这身手，回去练个十年八年的，再出来抢劫吧。"

陆凝香气得顿足，朝那边的御风大喊："快些过来帮忙！"

御风听到，也不敢怠慢，纵身攻了过来。他与慕乾才对了两掌，便觉得他的套路有几分熟悉，再仔细打量了一下慕乾的脸，似乎在哪里见过。难道是熟人？御风眯了眯眼睛，一边出招，一边低声问："公子好本领，师承何人？"

慕乾哪能将自己的来历告诉他，也不说话，只是攻势凌厉，不让陆凝香与御风有半点儿空隙可寻。三人周旋了百来回合，依旧未分出胜负来。

御风心中一急，他与陆凝香两人都不能将这肥羊给宰了，以后还有什么颜面说自己是南燕皇宫里的统领。他眼睛一眯，正准备使狠招，就听身后传来一声叱喝："御风，不得动手！"

明月如霜，公子如玉。

夜风将他宽大的袍袖吹得哗哗作响，一袭白衣在月光下格外打眼，与那白色坐骑仿佛融为了一体。

慕乾愣了愣，忽然喊出声：“燕昊！”

燕昊踱步上前，将手掌摊开：“慕乾，这是你留下来的金钗？”

慕乾看了一眼，点头道：“燕昊，没想到你竟然做了强盗头子！”

“我是来劝阻他们的。”燕昊叹了一口气。今日他见陆凝香与御风鬼鬼祟祟的，心中便起了疑。后来去找柳润声，才得知供给不足，正焦躁，李妈妈却在旁边笑得诡异：“太子殿下，这个事你就别担心了，陆小姐与御统领自有妙计。”

“妙计？”燕昊看了她一眼，“是什么法子？”

李妈妈只是笑：“太子殿下，我听他们说不能告诉你，等他们筹到了银子，你也自然就知道了。”

“筹到银子？怎么筹？”燕昊有些不放心。他赶紧骑马追了出去，到了福来客栈，寻掌柜的一问，掌柜自然不敢隐瞒，就将事情说了一遍。燕昊大吃一惊，没想到陆凝香与御风竟然打起这样的主意来。

再怎么样也不该去抢东西！燕昊心中恼怒，得赶紧制止他们才行。

掌柜将慕乾留下的金钗捧了出来：“太子殿下，陆小姐说这钗子价值千金，你看看。”

燕昊看到金钗，脸上便变了颜色。他将那金钗看了看，看到翅膀内侧，燕昊盯着那几个字，心里百感交集。

“这是那个客人留下的？”他极力压抑着自己的声音，不想让掌柜听出半丝异样，可声音还是有几分发抖。

“是。”掌柜很是惊奇，见燕昊激动的神色，暗自揣测这金钗究竟是什么来历。

这是母后的钗子，平常很少戴，可燕昊依旧记得。方才仔细查看，翅膀里有御制字样，更加肯定这是从南燕皇宫流落出来的，那个客人，定与自己有莫大的关系。

他骑马追来，方发现那人竟是慕乾。这世上的事情可真是巧，今日小虎子才上山告诉他，慕乾被通缉了，没想到这么快就见到了他。

慕乾接过那支金钗掂了掂：“我拿它跟客栈掌柜换了二百两银子，怎么会在你手上？”

“那客栈，是我开的。慕乾，多谢你，将我母后的东西归还给我。”燕昊眼中几欲掉下泪来，“慕乾，听说大虞皇上在缉拿你？”

“是。”慕乾点了点头。

“那你打算往哪里去？”燕昊看着慕乾似乎毫不在意，心中忽然有了一个想法，“不如……你跟我一块儿回去。”

“不行，太子殿下，不能让他跟咱们回去！”就听“嗖”的一声，一根鞭子朝慕乾的面门抽了过来。慕乾赶紧偏头躲开，刚立稳脚跟，另一声响挟着风奔来。那软鞭如一条蛇，来势汹汹，没等慕乾扭身，又突然换了方向抽来。

慕乾看了看，眼前有个绿色身影，衣裳随着夜风飘扬，如开放的花朵，可状若疯狂地用软鞭朝他抽打，那架势，好像不将他抽倒绝不罢休。慕乾躲闪了几下，最后忍无可忍，瞅准一个空当，伸手将软鞭夺在手中，又抓住了陆凝香的手腕，瞪眼道：“这位姑娘，我跟你无冤无仇，你何必如此？”

“无冤无仇？哈哈，慕乾，你说得轻松！”陆凝香哈哈大笑，声音却凄厉哀婉。她恨恨地朝慕乾的手腕上吐了一口唾沫：“我恨不能剥你的皮，吃你的肉！”

慕乾将陆凝香的手扣得更紧：“姑娘，我以前似乎没有见过你。”

燕昊皱眉呵斥道：“凝香，莫要这般唐突！”

陆凝香的笑声止住，换成了细细的哭泣伤心欲绝，看得慕乾莫名其妙。

“凝香，你父亲的死不能怪慕乾。就算不是他带领大虞大军南下，也一样会有别人。”燕昊从袖袋里摸出一块帕子，慕乾抢过，在她脸上胡乱抹了两下。陆凝香哽咽着将他推开：“你走！谁要你来讨好卖乖！”

慕乾没有动，任由陆凝香捶打自己，心中有说不出的愧疚。从燕昊的话里听得出来，陆凝香的父亲死于去年大虞攻打南燕，自己还真是间接的凶手。若是放在往日，他全然不觉得这是一件悲伤的事，军人战死沙场为国捐躯，这也是死得其所，可最近他也死了父亲，家里被灭门，他这才觉得亲人对自己是多么珍贵。

平常里，回去能看见父母的笑脸，能听到祖母细声的话语、家里的下人匆匆的脚步，他都觉得很平常，总觉得这种生活能永远持续下去，可顷刻间，他失去了一切。父亲走了，他的尸身被悬挂在城墙上，被风吹着，不住地拍打着灰暗的砖石。

“是我不好，你再来抽我几鞭子吧。”慕乾叹了一口气，站直了身子，“只不过你父亲真不是我杀的，我想他虽然死了，可九泉之下他会觉得这是一件无上光荣的事情。”

陆凝香咬了咬牙，举起鞭子便朝慕乾抽过来，“啪”的一声，鞭子从他的额头上抽过，将慕乾的发簪抽了下来，一头黑发散乱在肩头，被夜风一吹，凌乱地飘飞起来，额头上出现了一条红色的鞭痕。陆凝香的手微微一滞，瞬间又举起来，毫不留情地朝慕乾挥去。就见一道白色身影闪过，伸手抓住了软鞭：“凝香，够了。”

陆凝香用力抽了抽，燕昊将软鞭握得紧紧的，怎么抽也抽不动。她看了燕昊一眼，索性将软鞭一扔，蹲在地上，呜呜哭了起来。

“陆小姐，快莫哭了。”御风见陆凝香这模样，也是惊得目瞪口呆，原先那种大家小姐的气息完全不见了，在他面前的，只是一个小姑娘，孤单无助地在嘤嘤哭泣。

燕昊叹了一口气：“凝香，慕乾那时是大虞的将军，大虞皇上要他带兵来攻打南燕，他还能抗旨不成？你就别再对他心存芥蒂了。”再转脸看看慕乾，殷切地道，“慕乾，你跟我回山上吧，你这般到处流浪、居无定所也不好，不如跟我一道，到时候咱们起兵将大虞那狗皇帝给杀了。”

赫连铖杀了他的父皇，也杀了慕乾的父亲，他们两人也算是同病相怜。他相信，慕乾定会与他合作，一道将赫连铖给灭了。慕乾行军布阵颇有一手，又有超群的武功，现在他正需要这样的人。

“你想让我和你一起灭掉大虞？”慕乾摇了摇头，“不，我不能答应你，毕竟大虞是我的家园，我怎么能引南燕来攻打自己的国家？”

燕昊有几分惊奇，没想到慕乾到了这个时候还是忠心耿耿。他低声道：“你放心，不如我们来签个协约，咱们一起杀进上京，将赫连铖给宰了，报了父仇以后，我便带兵回南燕，咱们依旧还是大虞、南燕两个国家，世代交好，如何？”

慕乾沉吟了一声，依旧摇头：“不妥，那赫连铖杀我父亲的借口便是说他谋逆，我若引你去攻打上京，杀了赫连铖，天下百姓还不知道该怎么骂我呢。这大虞的皇帝姓赫连，不姓慕，我先祖曾经有遗言，要世世全力扶持皇家，可没有说让我们自己去做皇帝。”

燕昊看了看慕乾，这次他才真的是对慕乾刮目相看了，没想到慕乾竟然这般忠心，许以皇位，他都不为之心动！

“那……若你扶持赫连家族里的人称帝，如何？”他脑子里飞快地闪过一个名字，艰涩地说出口来，“例如，太原王。”

风，似乎静止了，月色变得朦朦胧胧。

慕乾一挑眉，嘴角慢慢漾起一丝笑来：“这个主意倒是不错。”

“那你跟我走？”燕昊有几分惊喜。若慕乾肯帮他，这可是如虎添翼了。

“燕昊，你怎么落到做盗匪的地步了？”慕乾叹了一口气，“你复国缺少银子，难道不会去向那些有钱人家借？对他们许以高官厚禄，只要南燕复国，就得富贵。”

燕昊摇了摇头：“不行，那些富户若出了银子助我成事，到时肯定会加倍将银子收回，那时苦的还不是百姓？我不能。”

“那你只剩一条路了。”慕乾笑了笑，“你只要向一个人去借就行了。”

“谁？”燕昊有几分好奇，“难道他富可敌国，又愿意拿银子助我复国？”

“我。”慕乾笑起来，脸上露出得意的神色。

眨眼间，二月就到了。

虽然上京地处北方，气候要比南方冷，可到了早春二月，天气就已逐渐转暖。每日天亮得愈来愈早，窗外有滴滴答答的声音，冰雪开始消融，仿佛残荷听雨，有一种萧索凄美的意味。

秋月端着一碗药进了内室，瞧着床上的慕微，长长地叹了一口气。

自从上回慕微受了刺激失去记忆后，整个人就变得有些迷迷糊糊的，今日见过的人，明日就会忘记。她日日侍奉在床边，她才记得她叫秋月，是她最忠心的仆人，就连赫连毓，虽然隔一日便会来见她一次，可她依旧每次都还是要抬眼笑着问：“我好像在哪里见过你。”

她的眼神很纯净，如一个不知事的小女孩，就那样瞧着他，小鹿一般无辜。

赫连毓很是苦恼，但也没有办法，只能轻声道：“微儿，我是你的夫君，我叫赫连毓，你记好了，明日来的时候，希望你能知道我的名字。”

清凉寺的方丈很卖面子，接到名刺便急急忙忙地赶到了别院，在这里做了一次盛大的法事。可慕微还是没有一丝好转，依旧不记得人，连自己的姓名都不记得了。

老方丈临走时叹气道：“王爷，这恶灵还盘踞在王妃身边，只怕要等他肯走的时候王妃才会好转，王爷便耐心等待吧，会有那么一日的。”

除了等待，赫连毓没有别的办法，他尽量抽出时间来陪慕微，甚至想搬到别院来，与她同住一屋，只是慕微不答应，她抓着被子，眼中露出一丝惊慌：“不，我不要，我一个人睡，有秋月就很好。”

赫连毓望着慕微，望了很久，望得慕微有些害怕，小心翼翼地问秋月：“我说错话了吗？为何王爷那样看着我？”

秋月瞧着她楚楚可怜的神色，伸手安慰她：“王爷是觉得王妃太美了，所以想多看两眼。”

慕微露出了一丝局促的笑来。

即便生病，即便失忆，可她还是推拒自己，赫连毓有些沮丧。外边阳光灿烂，他心中却是萧瑟不已，回头看了看慕微，重重地叹息一声，走了出去。

秋月望着慕微，心中若有所悟。其实王妃不是不记得，她只是刻意忘记，要不为何她忘了所有人，偏偏记得燕昊？

“我昨晚又梦见一个穿着白衣裳的人了，他会吹埙。”慕微笑着望向秋月。

秋月无奈地摇了摇头：“王妃，奴婢没见过，您先服药吧。”

见秋月对自己说的话一点儿也不感兴趣，慕微满脸失望。秋月往四周看了看，又打开窗户探头望了下，见院子里没人，这才关了窗户对慕微道：“王妃，你有时候说那个人说得太多了，如果王爷什么时候过来听见，又该不高兴了。”

“你是说燕昊？”慕微睁大眼睛看着她，伸手摸了摸肚子，“我知道，你告诉过我，不能再提肚子里的孩子是燕昊的，可我总是梦见他。”

秋月叹了一口气：“可是王妃也不能总是说他，万一走漏了风声，肚子里的孩子保不住了怎么办？”

慕微有几分吃惊，她慢慢摇了摇头：“不会的，王爷不会的，我看他为人很和善。”

“可是，不怕一万就怕万一。”秋月扶着慕微躺了下来。

窗外一侧，趴着一个人，穿着一身素色的衫子，听着屋里没动静了，这才站直了身子，然后轻手轻脚地沿墙根溜了出去。

秋雨往前走着，心里想着方才听到的话，回想着慕微嫁到王府以来的种种，成亲那天的夜里，有人来将王妃劫走，那个人，正是穿着白色的衣裳，应该就是王妃口里的燕昊。第二日清早回来后，王妃肩膀中箭……秋雨仔细想着，一颗心怦怦直跳。

这大虞原本是慕家一手遮天，慕华寅死后，宇文太傅威风赫赫，自己投靠宇文侧妃，该是一个明智的选择。

秋雨望了望眼前的一片新绿，脑子里浮起了一个念头。

“不，不行。”她喃喃自语了一句，轻轻摇了摇头，靠在柳树上想了一阵子，飞快地朝厨房跑去，眼里全是坚定的神色。

一面菱花镜，照出一张美人脸，脸上却有两道疤痕，微微红肿着。

宇文如眉重重地将菱花镜反扣到桌子上，怒视着跪在地上的秋雨：“你来找我作甚？”这几条疤痕这么多日了还不好，让她心情烦闷。

“侧妃娘娘，奴婢有重大事情禀报——”秋雨左右看了看，这才压低声音道，“王妃肚里的孩子，不是王爷的。”

“什么？”宇文如眉“噌”地站了起来，“你说什么？王妃肚里的孩子不是王爷的？”

“是。”秋雨点了点头，“最近王妃失魂，什么都不记得了，可她与秋月说话，却说得很清楚，说她记得一个叫燕昊的人，她肚子里的孩子便是燕昊的。”

“燕昊？”宇文如眉皱眉想了想，这个名字有些耳熟，可又记不起来在哪里听过。

“小姐，燕昊是原先南燕的太子，皇上还派人到处缉拿他呢，老奴见过告示的。”站在一旁的一个婆子忽然开口，“只是不知道为何燕昊与王妃会认识，听起来有些不可能。”

“是真的。”秋雨见那婆子说不可能，心中一急，“侧妃，王妃成亲的那晚，被人劫走，第二日才回来。”

“有这样的事？我只知道她成亲时有人拦劫喜轿，可未听说晚上被人劫走的事。”宇文如眉眼睛里充满兴奋，“你能确定？”

“能。”秋雨见宇文如眉有几分相信自己，心中高兴，“王妃第二日才被救回，肩膀上中了一箭，然后养了三个月，王爷根本就没与她圆房。那日大夫说有喜的时候，奴婢还觉得奇怪。”

“你说的若是真的，这可是了不得的大事。”宇文如眉嘴唇边露出一丝笑来，“快些备轿，我要进宫。”

慕微，你将永世不得翻身了。

到万宁宫的时候，高太后正准备用午膳，听说宇文侧妃来了，高兴得很：“快些请进来，哀家有好多日不见宇文侧妃了，心里头也怪想念的。”

宇文如眉低头进了主殿，朝高太后盈盈跪拜："如眉见过母后，祝母后身体安康，福寿延绵。"

"快些起来，何必行这般大礼！"高太后见宇文如眉乖巧懂事，心里也高兴。

"母后，请将左右屏退，如眉有要紧事禀告母后。"

高太后见宇文如眉说得郑重，也心生好奇，屏退了左右，问道："如眉，究竟是什么事？"

宇文如眉站起来踢了踢跪在那里的秋雨："你快些说，把你知道的都说出来。"

"是。"秋雨点了点头，匍匐在地，不敢抬头，"太后娘娘，奴婢是服侍王妃的贴身丫鬟秋雨。今日随侧妃进宫，是要向太后娘娘禀报一件了不得的大事。王妃肚子里的孩子，不是王爷的。"

"什么？！"高太后听了这话，犹如当头挨了一棒，"王妃肚里的孩子不是王爷的？你怎敢在我万宁宫里胡言乱语！墨玉，将她拉出去，乱棍打死！"

秋雨慌了神，趴在地上连连磕头："太后娘娘，千真万确，奴婢可是有证据的。"

听到秋雨说有证据，高太后喘了口气，刚刚那句话给她的震惊实在太大，可现在瞧着这丫鬟喊冤，似乎真有其事，她皱了皱眉："快说。"

听完秋雨的话，高太后一只手捂着胸口，只觉得有些喘不过气来。这还了得？慕微嫁的不是寻常人家，是太原王，是皇族，若有了污点，自然不能容她。

"也只是一夜未归，你又如何能确定那孩子不是王爷的？"高太后深深地吸了一口气。

"回太后娘娘，王妃回来后受了重伤，三个多月才痊愈，这三个月里王爷并未与王妃同房，太后娘娘心里该明白。"

"好，很好。"高太后咬牙道，"带她下去领赏。"

秋雨听着这话，心中大喜，朝高太后磕了个响头："多谢太后娘娘。"

跟着墨玉姑姑往后边院子走去，刚刚进了门洞，就被墨玉姑姑一把抓住了肩膀，半分也动弹不得。秋雨大惊："姑姑，你为何要抓我？"

墨玉姑姑的脸上没有半分神色，只是一种淡淡的清冷："你难道不知道，知道秘密的人往往是死得最快的？"

秋雨惊骇地瞪大了眼睛：“姑姑，太后娘娘说要你带我去领赏的。”

“我是带你去领赏，没错。”墨玉姑姑瞥了一眼秋雨，“太后娘娘给你的赏，是一杯毒酒，你进屋去自行了断吧。”

“如眉，你千万不能将这消息传出去。”高太后咬了咬牙，“这事就止在你这里。”

宇文如眉有几分不解，又带着几分委屈。为何慕微这般命好，怀了别人的孩子，赫连毓包庇她，就连太后娘娘也这样！

“你别摆这副样子！”高太后见宇文如眉这模样，心知她想不通，“哀家自有安排，你以为哀家会容得下她肚子里的野种？你且放心，你这王妃肯定是跑不了的。”

宇文如眉惊喜地抬起头来，高太后的意思……是要亲自出手将慕微给收拾了？那……自己就要变成王妃了。她的眉毛都要飞起来了。

可是，若将这事抖出去，赫连毓多年积累下来的好名声也会毁了，众人会说他无能懦弱，竟然还想去给别人的孩子当爹，即便以后自己当了王妃，恐怕脸上也会无光。

看着高太后凌厉的眼神，宇文如眉低低地应了一声：“母后，如眉知晓了，绝不会将这事说出去的。”

高太后点了点头，长长地叹了一声。

墨玉姑姑在旁边小声道：“娘娘，您是不是觉得这事不是真的？不如喊王爷过来，问问便知。”

“真不真并不重要，哀家只是在考虑如何将这步棋下好。”高太后唇边露出一丝淡淡的笑，“那丫鬟说得如此笃定，哀家听着该不是假，但未免错伤，还是将太原王找来吧。”

墨玉姑姑远去的脚步声如战鼓在耳边敲响，“毓儿与他皇兄感情好，定不会依从我的话，只有这样，才能达到目的。”高太后站了起来，一张脸绷得紧紧的，仿佛大战在即。

很快，万宁宫门口来了一个人，身着淡紫色的袍子，挺拔的身姿让高太后瞧了很是骄傲。

“毓儿，你且进来，母后有急事问你。”

见高太后的双眉渐渐皱到一处，赫连毓心中有几分疑惑。

“毓儿，你有没有与慕微圆房？”高太后凌厉地看了赫连毓一眼，那眼神，不容他逃避。

“母后，我……”赫连毓被高太后盯得一时没了地方躲藏，脸上红了红，“微儿不是有了身孕嘛，为何还问我有没有与她圆房？”

“母后要听实话！”高太后逼近了一步，“说！”

赫连毓被盯得无处可逃，本想说谎，可那谎始终哽在喉间，说不出来。他闭了闭眼，心里盘想着后果。若说没有，母后定会对微儿下手，不，不行，绝不能让微儿受半点儿伤害！

他咬了咬牙，蓦然睁开了眼睛：“母后，我与微儿已经圆过房了。”

“是吗？”高太后脸上露出一丝笑，“那哀家便放心了。昨晚哀家做了一个梦，梦见先皇说慕微肚子里的孩子不是你的，她根本没有与你圆房，哀家惊醒后就一直心中不安，想找你来问问。既然圆过房了，孩子是你的，那哀家也就放心了。”

赫连毓笑得有几分勉强：“父皇怎么会给母后传这样的话？想来是母后太担心微儿肚子里的孩子，所谓日有所思，夜有所梦而已。”

“是。”高太后笑了笑，“我只是问问你而已，想来你们成亲也有六个多月了，如何还会没有圆房？这怎么可能呢？”

赫连毓低头应了一句：“母后说得没错。”

高太后点了点头，笑眯眯地道：“哀家真是老了，神思倦怠，竟然想到别处去了。”

待赫连毓走后，高太后看着赫连毓匆匆离去的背影，叹了一口气：“墨玉，你看看他，还是这般维护慕微。”

“娘娘，若太原王说的是真话呢？娘娘就不怕误伤了自己的金孙？”墨玉姑姑有几分犹豫，“咱们还得仔细去访访才是。”

“误伤哀家的金孙？哼！”高太后脸色一变，朝墨玉姑姑摇了摇头，“哀家自己的儿子还能不知道？若是真的，哀家问第一句话时他便应该斩钉截铁地应了。”

高太后咬着牙恨恨地啐了一口：“也不知道那慕微用了什么妖法，竟让毓儿对她这般心心念念，即便怀着旁人的孩子，他也愿意维护她。”她低头想了想，“墨玉，你去查查那些参加过太原王婚宴的官员，看看婚宴那日可有什么异常。”

墨玉姑姑应了一声：“老奴这就派宫外的暗线去联系高国公府。”

“一切做得谨慎些，莫要让皇上起了疑心。”高太后想了想，重重地吐了一口浊气，伸手摸了摸胸口，“这慕微可真是红颜祸水！”

“娘娘，请息怒。”墨玉姑姑瞧着高太后震怒的脸，小心翼翼地问道，“娘娘准备怎么做？是叫王妃进万宁宫，在她的吃食里放些什么，还是……”

高太后摇了摇头：“不，哀家还想好好利用她呢。这可是想睡觉有人送枕头，这一切便顺理成章了。”

“娘娘的意思是……”墨玉姑姑犹豫着问。

高太后嘴角噙着一丝笑：“所谓冲冠一怒为红颜，既然毓儿这般喜欢慕微，那我相信他肯定会因为慕微与他的皇兄翻脸。”

“娘娘妙计，奴婢这就去安排。”

第四十章 计谋深重

烛火摇摇曳曳，寝殿里，高太后躺在床上，脸色苍白，额头有汗渗出，嘴唇有些干裂，不时发出低语："皇上……"

赫连铖站在床边，望着高太后憔悴的神色，心里有些发慌。这么多年来，他与高太后感情深厚，已将她看成了自己的亲生母亲，瞧着她这般模样，心中很是难受："母后，您这是怎么了？"

"皇上，哀家梦见先皇了。"高太后盯着帐幔顶端，感觉那里有人在偷窥着她，"先皇说，他在那边过得不好，因为以前征战，造下了不少杀孽，需要做一场法事方才解除。"

"母后，这有何难？朕这就下旨让清凉寺给父皇做道场。"赫连铖按了按高太后的手，"母后就别担心了。"

"不，皇上，哀家要亲自去清凉寺。"高太后有几分执拗地看着赫连铖，眼中有莹莹泪光，"母后许久不见你父皇，也有些挂念，知道他过得不好，心中更是惊慌，亲手给他上香烧纸钱，哀家才放心。"

赫连铖有几分感动，看着高太后苍白的脸色，有几分不放心："母后还是养好身子再去吧。"

高太后吃力地坐了起来，接过墨玉姑姑递过来的帕子擦了擦眼泪："哀家只是想着先皇在九泉下遭罪心中不得安宁，若哀家去了清凉寺，自然就会好了。”她停了停，试探着问道，“既然皇上这般挂念，不如让皇后陪哀家一起去，如何？”

赫连铖点了点头：“甚好，那朕便放心了。”

过了两日，晨曦才散，红日初升，皇宫大门敞开，从里边走出一队仪仗。

车辇里坐着高太后与慕瑛，高太后道：“哀家好久没与皇后这般亲近了，今日好不容易才得了机会。”

慕瑛脸上挂着笑：“母后，瑛儿也是这般想，母后这般高兴，那瑛儿也就放心了。”

高太后点了点头。

这两日她考虑了很多，才决定带上慕瑛一起去清凉寺。墨玉姑姑从暗线那里得到的消息，让高太后下定了决心。她准备用慕微做棋子，逼赫连毓动手。一旦赫连毓与赫连铖反目成仇，那她自然不能再在宫里住下去，只要出了宫，再想办法逃走。

慕瑛也算是她一手抚养长大，与其说是自己的媳妇，不如说是女儿。高太后瞧着这么多年赫连铖如何对待慕瑛，心中对她极是同情，自己逃出宫，如何不带着慕瑛一起？

再说，若毓儿大业成功，自然要杀进宫去，到时候兵戎相见，难免会有误伤，不如提早将她带出宫来，自己也好放心。高太后握着慕瑛的手，瞧着她清瘦的脸，心中暗自叹息，好好的一个美人，却被赫连铖糟蹋成了这般模样。

慕瑛见高太后打量自己，羞涩地一笑：“母后，怎么了？”

“我瞧着你又瘦了几分。”高太后怜惜地看着她，“难道皇上又……”

“没有，没有。”慕瑛有几分慌乱，“母后，皇上对我很好，是瑛儿自己心中存着事，睡不好觉，所以这些日子便消瘦了几分。”

自正月十六那日开始，晚上只要她一闭上眼睛，就看见漫无边际的血色，一波一波地向她涌来，似乎要将她淹没。

自己本来是可以救他们的，但却没有那样做，直到最紧急的时候，才想着要派一个人去报信。慕瑛伸手掩住脸，打了个寒战，或许自己身上也背负着罪孽，怎么也难以洗清。

听到高太后说要带她去清凉寺给先皇做水陆道场，她满心欢喜，也想借着这机会，给慕家那些枉死的冤魂上几炷香，让清凉寺的僧人念念往生咒，也好让那些冤魂早入极乐世界。

“母后，听说要去清凉寺，不知怎么的，我这心里就舒服了几分。”慕瑛眼睛里充满了向往，“我想向菩萨许愿，若能让我生个孩子，我情愿每年捐三千金做香油钱。”

高太后瞧着慕瑛神采飞扬的眼睛，沉默了。慕瑛想要个孩子，这是不可能的事，只是她自己还不知道罢了。她握紧了慕瑛的手：“所谓心诚则灵，你向菩萨许了愿，菩萨自然会赐福给你的。”

高太后嘴里安慰着，心里却有一丝隐隐的不安，她仿佛回到了六七年前，那时候慕瑛刚刚承欢，第二日，慕瑛去万宁宫陪她用早膳，满脸带笑，轻盈跪拜：“太后娘娘安好。”

她的脸颊上有一块青色瘀痕，看来是受到了赫连铖的拳打脚踢，高太后心中生了丝丝怜悯：“瑛儿，哀家让人给你熬了一碗红枣老山参补汤，你赶紧趁热喝一碗。”

慕瑛坐下来，感动得两眼带泪。墨玉盛出一碗汤递到她手中：“慕中式请用汤。”她眼里闪过一丝不明的光，可当慕瑛抬头看她时却只见她眼底有温和的笑意。

“墨玉，这汤闻着这般香，给哀家也盛一碗。”高太后笑着看了看慕瑛，“虽然是哀家备给瑛儿喝的，哀家自己也想尝尝呢。”

墨玉姑姑抿嘴笑了笑：“太后娘娘真是嘴馋，看着慕中式喝汤，自己也要喝，跟小孩子一样。”

高太后笑吟吟地伸手推了墨玉姑姑一把：“快些盛给哀家！”

高太后闭着眼睛，回忆着以前的过往，心中似乎有寒流经过，尽管过去了那么多年，可她依旧记得，且历历在目。

是的，那汤里，她加了一味药，为了不让慕瑛怀疑，她自己也喝了。

她是真心疼爱慕瑛才会这样做，她知道赫连铖不会放过她，若慕瑛有了身孕，那便意味着她的生命走到了尽头。

清凉寺的夜晚很安静，只有主殿里依稀传来低低的梵唱之音。

寺庙后院，高太后默默地站在竹林一侧，身边站着墨玉姑姑。这时，只听外头有几声鸟鸣：“布谷，布谷。”

高太后微微一笑，嘴唇轻启：“快将那布谷鸟儿迎进来吧。”

墨玉姑姑应了一声，撮起嘴“布谷布谷”地应了两声，不多时，一个黑影从墙头越了过来。

“你们明日上份奏折，署上原先与慕华寅不合的几个老臣的名字。”高太后缓缓说道，“就说慕华寅的女儿与南燕亡国太子燕昊有私情，她肚子里的孩子，正是那燕昊的孽子。”

黑衣人吃了一惊：“太后娘娘，这消息可准确？”

慕微虽是慕华寅的女儿，可也是太后娘娘的儿媳，万一弄错了……那黑衣人的额头汗涔涔一片。

“消息自然准确。”高太后点了点头，眼里露出一丝轻蔑，“即便不真，为了大事，牺牲一个儿媳一个孙子有什么问题？等太原王登基称帝，还不知道有多少女子给他开枝散叶呢。”

“是，属下知道了。”黑衣人瞧着高太后的神色，心中很是佩服，都说成大事者必舍亲情，果然如此。

“通知高国公府，一切都要安排妥当，只要皇上朝慕微下手，太原王定会维护，他们两兄弟势必会对立。你让他们安排兵马守着，若见形势不对，便抢了太原王出京奔赴青州，到那时候，太原王即便是不想起兵也没法了。”

“是，谨遵太后娘娘旨意。”那黑衣人低声应了一句，忽然想起一个问题，“太后娘娘，到时要不要派一队人来清凉寺接您？”

“哀家……”高太后停了停，缓缓道，“全力保护太原王，你们拨两百人来清凉寺便是，若哀家不能逃出，那也是哀家的命。”

“娘娘！”墨玉姑姑与那黑衣人都惊叫出声，“怎么样也该为自己打算！”

高太后笑了，眉间神色舒缓：“墨玉，你急什么，这山上的羽林子虽有五百人之数，但大部分是仪仗里的，素日里游手好闲，没有经过正规训练，剩下两百来人，虽说受了操练，但与我们暗地里训练出来的相比，那是天壤之别。”她看了一眼远处的竹影，唇边露出一丝笑来，“再说，若我真是运道不好，身死清凉寺，不也正好给了毓儿一个造反的理由？”

“娘娘！”墨玉姑姑哽咽了一声，“你也太不将自己的性命看得紧了。”

“我的性命有什么要紧的？早在十多年前我就想死了。”高太后幽幽地叹了一口气，想到先皇立太子时，朝廷里不少人支持赫连毓，毕竟高国公府摆在那里，若立了赫连毓，她便得死。

她也做好了死的准备，只等皇上诏书一下，她便可以戴着凤冠，穿着五彩翟衣奔赴九泉。可她没死，没有如意料中那样死在赫连毓入主东宫的时候。

赫连毓拒绝了做太子的提议。

先皇问他："毓儿，父皇立你为太子可好？"

那时赫连毓才三岁，他睁大眼睛摇了摇头："不好。"

"为何？"先皇有几分吃惊。

"毓儿听说，若毓儿做了太子，母后就要被赐死，毓儿不想让母后死。"赫连毓眼中有亮晶晶的泪花，"毓儿唯愿父皇母后福寿延绵。"

后来，先皇立了赫连铖为太子，不久先皇就驾崩了，她挑起了抚养赫连铖与赫连毓的重担。就这样，十多年过去了，他们都长大了，自己也老了。高太后长长地叹了一口气，若没有赫连毓那句话，只怕此时她已是一具白骨了。

"我多活了十多年，现在为了毓儿，哪怕是即刻去死，又有何妨？"高太后朝墨玉姑姑笑了笑。

昭文殿重装了一次，今年已经被动过两次了。

原先装在窗户上的铁棍并没有撤下，赫连铖觉得有了这铁棍，心里安稳了许多，如一个铁笼子一般。他想要惩治的人，是无论如何也不能从这铁笼子里逃出去的。

天窗因捕杀慕华寅，用瓦片全部遮住了，现在又新修了天窗，明亮的阳光从上头直射下来，地上的毡毯也换了，赫连铖满意地看着新换的地砖，那里已经看不见慕华寅的痕迹。他笑了，大虞总算是彻底掌握在自己手中了，不会再有谁用凌厉逼人的语气与他商讨朝堂大事。

"慕华寅，哼，你终究还是死在了我的手里。"赫连铖笑了笑，拿起一本奏折看了起来，才看了几行，眉头便紧锁起来，"啪"的一声，将奏折合在一处，眼睛死死地盯着奏折的封面。

"皇上？"江六赶紧凑过来，心中有几分忐忑，"皇上，要不要喝盏热茶？"

"不必！"赫连铖摆了摆手，又翻开那本奏折，扫了几眼，心中有说不出的烦躁。慕华寅之次女，与前南燕太子有私，新婚之夜被劫走，并有了身孕，而太原王虽明知却纵容包庇。

赫连铖眼前似乎浮现出慕微的脸来，姣美如花。她与慕瑛有几分像，却比慕瑛多了几分果敢坚毅。赫连铖摸了摸手背，那条疤痕已经不见了，可他心里却有了一条新的疤痕。

她宁愿将自己给那卑贱的燕昊，也不愿意侍奉大虞高高在上的君王。自己看上了她，让她侍奉自己，那是给她无上的恩赐，她竟然敢反抗！赫连铖想起那一日，慕微拿着匕首冷冷地看着他的模样，一股无名火从心中升起。

“江六，点五百羽林子。”赫连铖再看了两眼，越发气躁，“噌”的一下站起来，“快去！”

江六看了赫连铖一眼，见他脸色沉沉，不敢忤逆，赶紧出去布置。

很快，一行人便来到了太原王府，几个门房见是皇上过来，早吓得说不出话，跪在那里，哆哆嗦嗦地打着冷战。

“去，将你们府里的管事喊来。”江六看了几个门房一眼，“快些，莫让皇上等久了！”

不多时，太原王府的管家便来了，战战兢兢地跪下：“皇上万岁万岁万万岁！”

…………

“大叔，方才皇上来过了？”好不容易四周清静下来，大门后探出一个丫鬟的脸，门房瞅了瞅，有些面熟，似乎是宇文侧妃身边的丫鬟。

“皇上去别院了。”门房一屁股坐下来，只觉得两腿发软。

乐儿得了这信儿，飞奔着跑回了西院：“侧妃，皇上来找王爷了！”

宇文如眉正拿着镜子打量着那两条疤痕，听到乐儿这般说，心中猛地一惊：“皇上来了？他找王爷做什么？”

“奴婢也不知道，听说去别院了。”乐儿凑近了宇文如眉几分，细声道，“是不是因王妃肚子里的孩子？”

宇文如眉的脸上慢慢有了几分光彩：“太后娘娘果然守信。”

“太后娘娘去清凉寺进香了呢。”乐儿皱了皱眉头，“或许不是这事儿。”

“我说是，那就是。”

乐儿赶紧垂手而立，低头道：“是。”

“等着吧。”宇文如眉将镜子拿起，凑到面前，仔细看着脸上那两条疤痕，“王爷也真是狠心，竟然这般下得了手。”

她怔怔地望着镜子里的自己，想起那日赫连毓抽打她的事，心中一酸。

“总有一日，”宇文如眉捏紧了拳头，“哼！”

到得别院时，日头已升到中天。

“恭迎皇上圣驾，皇上万岁万岁万万岁！”门口赫连毓带人迎接。

“平身。”赫连铖不急不缓地说道。

“皇兄，今日怎么想着来臣弟的别院？”赫连毓迎上前问道。

赫连铖扫视了迎接的人群，没有见到慕微，脸上有些不悦，问道：“皇弟，如何没有见你的王妃？”

“回皇兄的话，王妃身怀六甲，行动不便，所以便没有让她出来。”赫连毓瞅了瞅赫连铖，见他眉头凝起，看上去很不高兴，赶紧低头道，“皇兄息怒，我这就让人喊她出来。”

“着人即刻去喊。”赫连铖的话里有一种不容延缓的坚定。

很快，慕微在秋月、秋霜的搀扶下出来了，她慢慢走到赫连铖面前，吃力地跪下，那圆圆的肚子几乎要贴到地面。

赫连铖盯着慕微，并没有开口让她起来。赫连毓有几分不安，在旁边低声道：“皇兄，王妃有了身孕，不宜久跪，还请皇兄开恩，让她起来吧。”

赫连铖转过脸，紧紧地盯着赫连毓：“有了身孕，哼，可这孩子究竟是谁的？”

赫连毓吃了一惊，额上顷刻间便有了细密的汗珠。他的一颗心立即悬了起来。自从高太后问过他圆房的事情后，他便有几分疑心。回到别院听说秋雨失踪，他更是心惊，这几日一直派人在京城里寻找。

这才过了几日，今日皇兄忽然来了，而且一来便要见慕微，赫连毓心中暗叫不妙。

莫非是高太后将这事告诉了赫连铖，然后自己故意去清凉寺躲避，好让赫连铖来别院发落自己？赫连毓心中一阵悲愤，母后也太防备慕微了些！他直视着赫连铖，坦然问道：“皇兄，可是母后让你来查问的？”

“母后？”赫连铖惊诧地看了赫连毓一眼，摇了摇头，“母后并未提及此事。”

赫连毓呆了呆，不敢相信：“不是母后提及，那又是谁？”

“这你就不必问了。”赫连铖看了看跪在地上的慕微，脸上慢慢有些狰狞，“你们成亲那日，她被燕昊劫走，你向我请调一千羽林子去追，结果无功而返。臣弟，你究竟有没有追到燕昊？”

赫连毓慢慢低下头去，看着自己的脚尖，心里有几分苦涩。那日发生的事情如潮水一般涌现在眼前——慕微身着大红嫁衣，燕昊一袭白衣站在她身边，如一对璧人。

虽然慕微答应跟他回来，可那时，她已不是完璧之身。他不能说出来，若说出来，慕微会没命的。

“皇弟，这有什么好犹豫的？你到底有没有追到燕昊？”赫连铖有几分不耐烦，声音陡然提高了几分。

“臣弟没有追到。”赫连毓咬了咬牙，坚决否认，“臣弟只见到王妃流落在山野，然后就将她带了回来。”

“那她为何中了一箭？”赫连铖冷笑一声，“你请大夫来疗伤，大夫说了，伤筋动骨一百日，让王妃好好休养，莫非你忘了不成？”

赫连毓的脸色越来越苍白，他抬头看着赫连铖，见他一副了如指掌的神色，心中不免有些绝望。究竟是谁将这件事泄露了出去？看来今日慕微会有危险。以前她父亲在世，权势滔天，赫连铖少不得要看在慕华寅的面子上，睁一只眼，闭一只眼，可现在她没了靠山，只怕是在劫难逃了。

“皇上！”赫连毓跪下来，低声道，“慕微乃臣弟的妻子，臣弟愿意包容她，还请皇上放过！”

“皇弟，你也太懦弱了，这种不贞洁的女人，你竟然还护着她！”赫连铖生气地踢了赫连毓一脚，“你起来！你这高贵的膝盖，可不是为这个下贱的女人而跪的！”

赫连毓仓皇地站起来，见赫连铖向慕微逼近了几分，心中害怕，下意识地跟在赫连铖的身边。赫连铖踏前两步，看了看跪在那里的慕微，吩咐道：“抬起头来！”

慕微依言将头抬起来，看上去很是娇柔可怜。赫连铖深深地吸了一口气：“慕微，你肚子里的孩子究竟是谁的？说！”

赫连毓心中一松，慕微已经失魂，根本不认得任何人，自然想不起燕昊这个名字来，她若说是自己的孩子，只怕赫连铖也没法子。

“我孩子的爹，是燕昊。”慕微一直暗地里与秋月谈起燕昊，今日见人问起，心中大为高兴。

“是吗？”赫连铖嘴角翘起，看了看一脸煞白的赫连毓，得意地一笑，“皇弟，你可听到了？”

赫连毓全身发抖，不敢相信自己的耳朵。慕微知不知道，燕昊乃南燕的逃亡太子，赫连铖正在下旨缉拿，她竟然这般不知死活地说出来！他额上不住地流下冷汗，朝赫连铖深施一礼：“皇兄，臣弟的妻子现在根本就不是常人，总是胡言乱语，请皇上莫要相信她的话！”

“王爷，我没有胡言乱语，我虽已失魂，不认得你们是谁，可我脑子里总有一个人在告诉我，他叫燕昊，是我孩子的父亲。”慕微的眼睛此时很是澄澈，如一汪清泉。

“王爷，我知道你很是照顾慕微，可慕微心中只有燕昊，你不如放了我，慕微会一生一世感激你的。”慕微一脸真挚地望向赫连毓。

“皇弟，你可听清楚了？”赫连铖哈哈大笑起来，笑声格外肆意狂放。

“微儿！”赫连毓闭了闭眼睛，此刻，如有一把刀子在剜着他的心。难道，今日慕微就要葬身在这别院了？他不敢再往下想。若没了慕微，那他活着还有什么意义！

“微儿，快别乱说！”他急忙来到慕微面前，将她拉起来，盯着慕微的双眸，“快，快些与皇上说，你方才的话都是因为我责骂了你，你心中愤恨才那般说的。”

慕微固执地摇了摇头：“不，王爷，这是慕微的心里话。”

“皇弟！”赫连铖的笑声止住，上前一步，站到慕微面前，看了看她的肚子，脸上露出狰狞的笑容，“慕微，那时朕让皇后将你召到朝凤宫，可你竟然拿刀子刺伤了朕，还说宁死都不愿意侍奉朕，为何又低贱地去侍奉那个燕昊？”

赫连毓大吃一惊，瞪眼望着赫连铖，皇兄他……也想染指慕微？突如其来的消息，犹如当头一棒，让赫连毓几乎回不过神来。

“那时候朕见你刚烈，放过了你，还以为你是个冰清玉洁的女子，没想到你竟这般下贱，与敌国罪人通奸！”赫连铖吼了一声，捉住慕微的一只手。

“皇兄！”赫连毓心头一惊，看着赫连毓抓住慕微的手，绝望地喊道，“皇兄，臣弟求你放过微儿！”

赫连铖转脸看了他一眼：“皇弟，这种不贞洁的女子，你为何还要护着？”

赫连毓连连点头，眼泪汪汪：“皇兄，即便她怀了燕昊的孩子，臣弟还是喜欢她。”

赫连铖盯着赫连毓的脸看了一阵子，摇了摇头：“皇弟，你也太执拗了！这样的女子人尽可夫，哪里还值得你宠爱？”看着赫连毓痛苦的表情，赫连铖哈哈一笑，一只手搭上了慕微的肩膀，“皇弟你看着，我是怎么处置这下贱的女子！”

慕微惊叫一声，双手护住了肚子，楚楚可怜地望着赫连铖：“你、你不能这样做！”

秋月与秋霜脸色发白，不由自主地往前走了一步，想要护住慕微，可被赫连铖那阴鸷的目光盯得不敢再往前移动半步。

“退下！”赫连铖叱喝一声。秋霜有几分畏缩，悄悄往后挪了一步；秋月依旧勇敢地站在那里，不肯让步。虽然她心中恐惧，可还是发抖着说：“皇上，奴婢是王妃的贴身丫鬟，奴婢会挡在王妃面前，尽奴婢所能，不让她受半分伤害！”

赫连铖瞥了她一眼，伸脚朝秋月的肚子踢去。慕微将秋月拉住，喊道：“秋月，你让开，不要为了我搭上一条性命！”

赫连铖一脚扑了个空，好不容易才立稳了身子，显得有几分狼狈。他愤恨地看了一眼慕微，大吼：“快拿刀来，朕要破开她的肚子瞧瞧！”他揪住慕微的衣裳，用力一撕，慕微的外袍便应声落下。

门外的羽林子应声，有一个进来，手里拿着刀，朝赫连铖靠近。赫连毓飞身从他手里夺过刀，一个翻转，在众人还没有看清是怎么一回事时，钳制住赫连铖，将刀背抵在赫连铖的脖子上。

“不好，太原王要弑君！”跟来的羽林子纷纷亮出武器。

“皇兄，让他们将兵器放下，放臣弟的妻子走！”赫连毓咬了咬牙，他也不想这样做，可他不能眼睁睁地看着慕微死掉。

“你们都将刀放下！”赫连铖惊呆了，没想到从小一起长大的弟弟竟会为了一个女人对他下手！他感觉到脖子处传来的凉意，心中也有几分胆战心惊，若赫连毓一时惊慌失手，只怕自己性命不保。

“王爷！”慕微看着这般变故，惊得目瞪口呆。

“齐敏！”赫连毓大喊一声，“赶紧护王妃出城，要保护她的安全！”

齐敏看着赫连毓，却没有动弹，王爷挟持了皇上，要想脱身，只怕困难，在这危险的时候，他怎么能离开？赫连毓朝他瞪了一眼，目眦欲裂：“齐敏！”

齐敏听到赫连毓这般声嘶力竭，知道他已下了决心，只得答应一声，飞奔回后院。

不多时，齐敏就拉着一辆马车从后院出来。

“微儿，快上车！”赫连毓见慕微不动，心中大急，“秋月，赶紧扶王妃上车！”

赫连毓环视四周，心中盘算着，齐敏本是宫中暗卫出身，功夫好，人也机灵，定会想出法子护送慕微，保她平安无事。

想到这里，赫连毓长长地舒了一口气，就听赫连铖冷冷道：“皇弟，你的王妃已经离开，你是不是将刀松开？”

赫连毓的几个贴身侍卫伸手将赫连铖的胳膊抓住，夺走赫连毓手中的刀：“王爷，你快些走，这里有我们，你赶紧离开！”

赫连毓眼圈红了红，刚想说话，“王爷，你快走！”齐木急道，“速速离开此地！”

赫连毓心中难受：“这是我犯下的错，你们不必替我，赶紧逃命去吧！”

“王爷，我们的命就是王爷的，你快些离开才是正经！”

赫连毓朝他肩膀上拍了拍，转脸看几个侍卫骑着马站在那里。他含泪从护卫身边离开，翻身上马，朝后边那群丫鬟婆子道：“你们也尽快逃了吧。”

一时间，马蹄声、脚步声纷乱一片，羽林子刚想动，齐心便将刀紧了紧：“谁敢轻举妄动？”

赫连铖觉得一只强劲的手抓着自己的胳膊，比赫连毓的力气大得多。这时他才有了几分恐惧，一颗心不由自主地发颤。

院子里慢慢安静下来，那些丫鬟婆子也逃了个干净，只有赫连毓几人骑着马立在别院门边，往赫连铖这个方向看着。

齐心咧嘴笑了笑：“皇上，让你受惊了！”他一把拖住赫连铖，一边往外慢慢走，羽林子们眼睁睁地看着他挟持着赫连铖，手中有刀，却不敢轻举妄动。

齐心挟持赫连铖，又暗自打量赫连毓是否远走，在他分神的一瞬间，有个靠前的羽林子大着胆子出击，只听“咔嚓”一声，齐心的胳膊便被卸去了半边。

“王爷，快跑！”齐心声嘶力竭地喊道。

齐木见情形不对，伸手在赫连毓的马屁股上拍了一掌，那马儿受惊，飞奔而起，几个护卫拥簇着赫连毓飞快往前跑去。

众人如潮水一般涌上来，很快，齐心便一身是血地倒地。赫连铖怒喝一声：“速速去追！让各州县贴出告示，缉拿赫连毓！还有，派人去清凉寺！赫连毓不是至孝之人吗？难道他不想去看他的母后？”赫连毓今日虽是被自己逼迫，不得已才做出如此举动，但焉知他心里不是早就想这么做，昔日推拒太子，是他年幼不懂事，心中想着高太后，可如今年纪大了，谁又能保证他没有异样的心思？自己绝对不能放过他。

赫连毓他们骑马一路狂奔，忽见前方烟尘滚滚，赫连毓心中一惊。

当那队人马越来越近，最后终于看清带领兵马的人。赫连毓吃惊地问道：“君泽，你怎么来了？”

来人是赫连毓的表哥，高君泽。

“王爷，别问了，快些跟我走！”高君泽接到了赫连毓，心里一块石头才落了地，“赫连铖举国缉拿你，你赶紧回封地去。”

“回封地？”赫连毓有几分不解，“回封地就能躲过此劫不成？”

“你别管这么多，我这支人马就是护送你回封地的。”高君泽道，“王爷，有些事，你还不知道。”

第四十一章 清凉兵变

山间小路上，车辇内。

“瑛儿，你六岁时便来到宫中，仿若昨日，才这么一阵子，你就长大成人，成了大虞的皇后了。”

慕瑛微微垂下脸，低低地叹息了一声：“若不是母后护着我，恐怕我已被皇上折磨得不成人形了。”

“那，”高太后微微顿住，“你恨不恨皇上？”

慕瑛抬起头来，有几分惊愕地看着高太后，轻轻摇了摇头：“回太后娘娘话，瑛儿不恨，一点儿都不恨。瑛儿只恨自己命不好，生在了慕家，让皇上见了我便觉厌烦。”

“可皇上将慕府灭了门，难道你也不恨？毕竟那都是你的亲人，你的父母兄弟，这杀父杀母的仇，你便一点儿都不记得了？”高太后感觉到慕瑛的手有一丝颤抖，深深地吸了一口气，不解地看着慕瑛。

“母后，你就别问了。”慕瑛的眼泪唰唰地流下来，“是瑛儿命不好，遇着了皇上，这是瑛儿命里的劫难。瑛儿虽然也恨皇上对慕家动手，可瑛儿始终恨不起皇上……”她哽咽着，“就如方才，瑛儿听说皇上病重，心里便急得不行，想着要赶紧回去守着他，亲自给他捧汤药伺候他。”

高太后深深地看了慕瑛一眼，没有说话，周围顷刻间沉默起来。慕瑛咬着嘴，好半日才说了一句："母后，是瑛儿不争气，可皇上，他毕竟是皇上，他下的命令，瑛儿还能反抗不成？"

话音刚落，就听有叱喝声传来："什么人？"

慕瑛挑起软帘看了看，隐隐看见前边站着一排人。

一道道身影飞奔过来，路边的树枝荆棘不住地晃动。慕瑛惊恐地回头，就听耳边有人大喊："保护太后娘娘要紧，快些将这些人都做掉！"

她听到了刀剑撞击的声音，还有人发出惨叫声，随着微风和马匹的嘶鸣传来。没容她细想，从帘幕那头就伸出了一只手，拽住了高太后的胳膊："娘娘，快些下车！"

高太后看了一眼呆呆的慕瑛，招呼道："瑛儿，快下来，跟母后一起逃走！"

慕瑛缩在角落里，一脸仓皇。来人是抓高太后的？难道是皇上派来的？只要自己出去，便与赫连铖再无相见的时日。她紧紧抓着帘幕，脸色苍白。她想留下来，不想跟着高太后逃走，她希望能日日见到赫连铖，哪怕他对自己拳打脚踢。

"瑛儿，怎么了？快些下来！"高太后见慕瑛那副呆呆的模样，心中焦急，"你是被吓住了不成？"

"母后，人各有志。"慕瑛艰难地吐出一句话来，"瑛儿想留在皇上身边，母后自己走吧。"

墨玉姑姑听了这话，举起了手掌。慕瑛闭上眼睛，自己死了也好，一了百了，再也不会有良心上的谴责，一切都会成为过往。

"墨玉，住手。"高太后呵斥道，"皇后说得是，人各有志，算了，咱们快些走，不用为难她。"

慕瑛长长地吐了一口气，睁开眼睛一看，高太后与墨玉姑姑已经不在。慕瑛看着高太后的身影，眼中泪水簌簌而下。她知道今日便是永别，以后再也不会在万宁宫里见到高太后了，她慈祥的面容、温柔的言语，只能在梦中出现。

外边的打斗声逐渐稀落，慕瑛偷偷挑帘一看，见那些黑衣人已经慢慢支撑不住，倒在了地上，到处是断臂残肢。

"娘娘，娘娘！"后边传来气喘吁吁的喊叫声。慕瑛转脸一看，见陈姑姑带着紫萱、紫菱，后边还跟着羽林子，正往这边奔来。慕瑛心中大喜，挥了挥手："姑姑、紫萱、紫菱，我在这里。"

"娘娘，您凤体安好真是万幸。"陈姑姑见慕瑛一切如常，喜极而泣，"老奴还以为您被太后娘娘挟持了。"

慕瑛问道："究竟发生了什么事？"

"太原王谋逆。"陈姑姑低声道，"听说是与太原王妃有干系。"

又是她！慕瑛掐着自己的手心。不用说，皇上定是贪图她的美色，却被太原王撞破，冲冠一怒为红颜，所以才会谋逆的吧。

慕瑛有几分绝望地看着天空，那阳光似乎没有那般刺眼，可泪还是流了下来。

"皇后娘娘，可知太后往哪边逃了？"一个头领模样的羽林子朝慕瑛拱了拱手，"属下奉皇上之命来捉拿高太后。"

慕瑛指了指右边的树林："太后娘娘与她的贴身姑姑从那边走了。"

"快追！"那头领挥了挥手。

慕瑛心惊，她怎么能将高太后的行踪泄露呢？她对自己有恩，若自己不报答，那还是人吗？

那头领走到左边，从一根树枝上拿下一根金色的丝线："我想，这丝线显然不是车帘上的。"

慕瑛的脸一点点变白，她绝望地瞧着那些羽林子将左边的树枝砍落，瞬间便砍出一条路来。"太后娘娘真是从右边走的。"慕瑛带着哭音喊起来，"天知道这是谁衣裳上的。"

"皇后娘娘，属下不能放过一丝可疑之处。"他朝身后的羽林子喊道，"快下去，搜！"

清凉山上树木丛生，很是繁茂，墨玉姑姑和高太后飞快地在树丛里穿行。由于灌木丛很多，墨玉姑姑拿着刀不停地砍着。

"娘娘，到了河那边就好了，只要沿着河往下走，很快便能走出清凉山了。"墨玉姑姑回头一看，见高太后额上汗涔涔一片，脸上还有几道伤痕，是被灌木划伤的，神色也很疲倦，正不停地喘气。

"墨玉，哀家怎么觉得出不去了呢？"高太后喘了一口气，脚下绊到了一根藤，差点儿扑倒在地，"哀家觉得挡在前边的羽林子绝不是跟我们上山来的那一批。"

墨玉姑姑抿了抿嘴，奋力拉着高太后往前走："娘娘，先不管这些，我们先下了山再说。”这清凉寺现在着实不是个太平的地方，羽林子定是将这里包围得严严实实，只能另辟蹊径了。

“娘娘，您瞧，前边就是溪水！”墨玉姑姑惊喜地指了指前边。

主仆二人往那山涧奔去，那涧水清澈见底，还能看到水里一尾尾不停游动的小鱼。高太后笑着伸手去捧溪水，忽然一道黑影过来，张嘴便将她的手指咬住。高太后尖声喊道：“墨玉，这是什么？”

墨玉赶紧跃到前边，见黑色的东西灵活地随着溪水游了下去。

高太后的手背上留下了一个细小的印痕，印痕四周，开始隐隐有了黑气。“是有毒的水蛇。”高太后闭上眼睛，脸上露出无奈，“没想到哀家今日要命丧在这里，看来是老天爷要收我回去了。”

墨玉抓着高太后的手，鼻子一酸，眼泪吧嗒吧嗒地掉下来：“娘娘，您别自己吓唬自己。”

“墨玉，哀家没有说假话，哀家已经有了预感。”高太后抬头看了看树林，眼睛眯了眯，“你瞧，那边的鸟儿都飞了起来，你觉得我们还能逃得出去吗？”

墨玉姑姑抬头往山上一看，果见半山腰处，一群鸟儿正在展翅高飞。墨玉姑姑心中一紧，不用说，定是那些羽林子搜寻下来了。她抓紧了高太后的手，勉强安慰她：“娘娘，不打紧，指不定是高国公府派来接应的人呢。”

“墨玉，别自欺欺人了。”

“娘娘。”墨玉姑姑哽咽一声。

高太后将一支翠玉发簪拔下来，旋转了一下发簪的顶端，就见那发簪一分为二，里边竟是空心的。高太后将发簪竖起来摇了摇，就见一个小小的管子落在了手中：“墨玉，这是哀家早就准备好的毒药，吃了这个，用不了半盏茶的工夫便会丧命。”

墨玉姑姑抓着高太后的手，哽咽道：“娘娘，您切勿这样想不开，天无绝人之路。”

高太后环视了四周，长长地叹息了一声：“话虽如此，可哀家今日真的已经走到尽头了，你看，右边也下来人了。”

墨玉姑姑一瞧，就见那一抹翠绿里，有一些穿着盔甲的人从山上下来，刀剑枪寒亮，闪着她的眼睛。

“墨玉，你想想，皇上整治人的手段何其残忍，你我落到他手中，还不知道会是个什么下场。”高太后横了横心肠，咬牙道，“与其让他折磨，不如自行了断。再说，毓儿仁善，若单单因为慕微得罪了皇上，或许躲藏几日又会想着去找皇上请罪。只有袁家死了，他才会一心一意地举兵造反。”

“娘娘！”墨玉泪如雨下。

高太后将墨玉的手甩开，将药丸倒出来，一仰头，那几丸药便进了嘴巴。“墨玉，你也自行了断吧，免受折磨。”这时，几个羽林子飞快地跑过来，拿着长枪戳进高太后的身子。一股鲜血从高太后的胸口喷涌而出，眼睛还没闭上，又有支长枪扎进了她的身体。

墨玉姑姑大声喊道：“娘娘！”她将刀横放在脖子上，用力一拉，一股血雾顷刻间模糊了她的眼睛。她慢慢地倒了下去，眼睛瞧着天空，上边有一个金色的太阳。几个羽林子朝她走过来，她看得模糊，慢慢地，便什么也看不见了。

林间惊起一群鸟儿，几片白色的羽毛旋转着落在了高太后的身体上。

大牢门口，宇文如眉站在那里吸了一口气，就见宇文府的管家走上前，朝她行了一礼：“七小姐，老奴来接你了。”

宇文如眉鼻子一酸，娘家还是没有放弃自己，尽管太原王府因为谋逆被抄，他们还是想尽办法将她救了出来。

她心中空落落的，好像再也没有奋斗的目标。

赫连毓，已不在京城。

宇文如眉回了宇文府，先去了华碧堂，宇文老夫人与大夫人都在，两人抱着宇文如眉落了泪：“眉丫头总算是回来了！”忙吩咐丫鬟快些来给小姐梳妆，“快些去梳洗一下，去去晦气。”

几个丫鬟一齐动手，宇文如眉愣愣地坐在那里，由着她们捯饬。浅草举着铜镜在宇文如眉面前晃了晃：“小姐瞧瞧，这镜中的美人依然很美。”

宇文如眉撇了撇嘴，没有说话，起身，就听宇文老夫人说道：“这一次咱们可得好好挑挑，再也不能由着她的性子了。”

宇文大夫人恭恭敬敬地回答：“可不是？自然得让母亲帮着把关，看仔细些。”

宇文如眉一听，“扑通”一声跪倒在宇文老夫人的面前，声音里带了几分哽咽：“祖母，如眉心里只有太原王，再也容不下其他人。”

“胡说！”宇文大夫人急忙呵斥道，“现在大虞哪还有太原王？只有一个谋逆的赫连毓！你祖父亲自求了皇上，许你与赫连毓的亲事无效，你可另行再嫁，好不容易才得了这个准许，你莫要执迷不悟！”

宇文老夫人见宇文如眉趴在自己膝盖上哭泣，她摸了摸宇文如眉的脑袋，长长地叹了一口气：“眉丫头，你暂且别想这么多，去歇着吧，以后再说这件事。”

宇文如眉抬起脸，看见宇文老夫人眼中虽有怜爱，却还有一副坚毅神色，她心中越发悲戚。喜儿与乐儿上前一步，将宇文如眉扶住：“小姐，先回去吧。”

大虞皇宫一片萧瑟，充满沉闷压抑的气氛，内侍宫女脚步都极轻，生怕踩重了便会让盛怒的皇上暴起。

这几日，宫中因皇上生气而被处置的宫人已有数十人。就连廊下的鸟儿也是一片沉寂，仿佛知道此时不宜开口。

后宫里静悄悄一片，除了清华宫里传来的暴怒吼叫。

“你，为何没有拉住她？”赫连铖盯着缩在一角的慕瑛，脸上有压制不住的愤怒，“你就眼睁睁地看着她走掉了？”

慕瑛战战兢兢地抬起头看向赫连铖，低声道：“皇上，臣妾那会儿被吓坏了，根本不知道要做什么。”她擦了擦眼泪，眼前浮现高太后匆匆离去的身影，树枝摇摇曳曳。

赫连铖一把抓住了慕瑛的衣领，双眼恶狠狠地盯向她：“是你！是你故意这样做的，是不是？听说，你还阻挠羽林子去寻她，你究竟包藏了什么样的祸心？”

高太后的尸身被运了回来，赫连铖看着她那惨烈的形状，双腿一软，不由自主地跪倒在她的尸身前，低着头，不想让旁人看见他眼中的泪，心里有一种说不出的难受。

虽然他猜忌她、怀疑她，可她毕竟与自己相依为命了十多年，她那温柔的话语、慈祥的眼神，已在他心里留下了深深的印记。这几日，他也曾想过，赫连毓谋逆，自己究竟要将高太后怎么办，可他万万没想到，高太后已经做出了选择。

她死了，而且死得那般惨，胸口有一个大洞，嘴角有一丝黑血。他扶着桌子站起来，朝外边大喊：“究竟是谁去找的太后娘娘？快些让那些人来见我！”

几个羽林子欢欢喜喜地进来，以为皇上要奖赏他们，没想到，皇恩浩荡，圣旨下，竟是赐死。

慕瑛一听，不由得打了个寒战，还没弄清怎么回事，拳头便落了下来。她只觉得左边的脸热辣辣地痛，嘴里有几分咸腥。

“皇上！”慕瑛哀求地喊了一声，“是臣妾无能，不能劝太后娘娘一道回宫，皇上要责怪臣妾，臣妾无话可说，还请皇上爱惜自己的身子。”

赫连铖飞起一脚将慕瑛踢到角落里：“没用的东西！”慕瑛从角落里爬起来，哭喊道：“母后，母后！皇上其实根本不会将你怎样，你又何苦？何苦啊！”

赫连铖望了慕瑛一眼，大声叱喝：“谁说朕不会处置她？她的儿子谋逆，她这个做母亲的还能逃脱？”

“不，皇上！”慕瑛听到赫连铖的话，吓得全身发抖，“你不能这样对太后娘娘，太后娘娘根本没有参与谋逆。”

“没有参与？赫连毓就是她生下的，若不是她，如何会有谋逆的人出来？”慕瑛一把抱住赫连铖的大腿，哭喊着：“皇上难道忘了，是太后娘娘将你一手抚养长大，即便没有生恩，也有养恩啊！皇上年幼时，是太后娘娘临朝称制，才将大虞维持了稳定，皇上难道就不想想她为你做的吗？”

“朕不想！”赫连铖大喊起来，“朕不想被任何人左右！你闭嘴！若再多说，就陪着她一起去死！”

慕瑛的身子瘫软下来，就听赫连铖大声吩咐：“将高太后的尸身随便找块地埋了，不许进皇陵，名字也从皇室名册上勾掉。”

“皇上，你真狠心。”慕瑛绝望地看着赫连铖，心中凄然。将高太后的名字从皇室名册上勾去，不入皇陵，那高太后就成了孤魂野鬼，以后无人祭祀，只能在阴间飘荡了。

月色阴沉，天地间一片宁静。慕瑛带着陈姑姑、紫萱和紫菱沿着宫墙往万宁宫走去，走到门口，见一扇门正在不住地晃动，众人吓得心中一颤，不敢伸出脚去。陈姑姑上前一步，猛然用力，将那大门推开，就听“吱呀”一声，一阵冷风扑面，将紫萱手中的灯吹得团团转。

“太后娘娘回来了！”紫萱惊叫一声，差点儿把手中的灯笼扔掉。

慕瑛倒是很镇定，一步跨了进去，朝着空中那轮残月拜了拜：“母后，若是你回来看瑛儿了，还请现身！”

没有人回答她，四周仍是一片寂静。刚刚台阶，就见主殿里亮起了灯火，主仆四人皆大吃一惊，谁也不敢再往前一步。主殿里传来细细的哭泣声，慕瑛心中一阵阵发凉。

“母后，母后！”那细细的哭泣声越来越大，中间夹杂着含混的喊叫，声音是这般哀戚。慕瑛听着那哭喊的声音，心中渐渐明白。

在里边哭泣的人，正是皇上赫连铖。

第四十二章 风起云涌

此时的青州城里一片混乱，家家户户关门闭户，谁都不敢探头看看外边的情况。街道上只有零星几家店铺挑出了帘子，随风不住地在摇晃着。

青州、崇州、并州等地都是太原王的封地，除了上京，这里乃大虞最繁荣的地方，商业发达，土地肥沃，每年交到太原王库房里的赋税都是车载斗量。有人开玩笑说，太原王库房里的钱财，不会比皇上私人库房里的少。

青州、崇州与并州三地，其中有不少河流星罗棋布，交通十分便利，日子一久，南来北往的客商就多了，这里也就成了繁华富庶之地。

可是转眼风云变，前不久太原王与皇上闹翻，带着一队人马跑回青州，将青州刺史挟持，威逼他举兵造反。刺史不从，被太原王的手下砍杀，青州百姓听到这个消息，个个脸上都变了色。

“莫非又要打仗？”有人在唉声叹气，“兵荒马乱的日子什么时候是个头儿啊！”

太原王府，门口两只石狮子，威风凛凛，朱红大门上一排排锃亮的黄铜梅花钉，映着阳光不时地闪耀。

“王爷。”有人匆匆进来，双手呈上一封信，“京中急件。”

赫连毓接过信，才看了两眼，便变了颜色。

母后去了！赫连毓脑里嗡嗡作响，只回响着这句话。“王爷，怎么了？”

大堂里的人见赫连毓脸色发白，赶紧围拢过来，“京城里出了什么事？”

“太后娘娘，薨了。”赫连毓将拳头握得紧紧，脸上是愤怒的神色。他出京时，母后还好好的，为何会无缘无故薨了？不用说，定与皇兄有关！他恨恨地盯着大堂外的天空，眼里似乎能滴出血来——赫连铖，你也太狠心了！

赫连毓由表兄高君泽护送着从上京逃出，一路狂奔到青州，刚到这里，表兄就催促他整顿军队，举兵造反，他还有一丝彷徨：“方才在上京那是不得已为之，等皇上想清楚了自然不会再与我计较。”

毕竟他与皇上一起长大，感情自然与旁人不同，他相信赫连铖不会为了这事与他生气太久。他并不想谋逆，拿刀挟持赫连铖只是迫不得已，赫连铖定不会为了这个给他定死罪。

可是没想到高君泽是个性子暴烈的，听他说不举兵，只是在青州躲几日，避避风头，便去将那青州刺史捉了来，他还没来得及求情，那青州刺史的脑袋便与身子分了家。

他挟持了皇上，杀了朝廷命官，如今，再也没有退路了。赫连毓无可奈何，只能由着高君泽四处联络，商量举兵之事。但在这件事上他始终是被动的，心中十分犹豫，总觉得自己举兵谋反实在是有悖伦理。

赫连铖是先皇指定的太子，也做了这么久的皇上，自己仅仅因为想保护慕微就要与他为敌，实在说不过去。今日得了这封信，赫连毓无论如何也忍不住悲伤，眼泪唰地流了下来：“母后！”他跪倒在地，心里的悲伤蔓延开来。他趴在地上，哀哀地哭起来。

“王爷，节哀顺变！”高君泽跪爬几步，挪到赫连毓身边，“王爷，太后娘娘的死，定与皇上有莫大关系！”他抬起手，擦了擦眼睛，“姑母温柔和善，哪里会想到得罪了皇上！”

赫连毓只是哭泣，连连用头撞地。

高君泽忙伸手抱住了赫连毓：“王爷，您一定要保重身子，太后娘娘肯定不希望看见王爷如此折磨自己！”

赫连毓挣扎着，可高君泽是横下了心要阻止他，身边的侍卫也赶紧过来抱住他：“王爷，您要想想活着的人！若您死了，那这青州的百姓、王妃、慕夫人，她们势必更不能活！”

“王妃……”他喃喃道，心中绞痛，“不知她现在怎么样了，齐敏有没有保护好她。”

“有王爷庇佑，王妃肯定福大命大。”高君泽讨好地说了一句，“王爷，节哀顺变，咱们该想想如何替太后娘娘报仇才是。”

“还能怎么报仇？”齐木狂喊一声，“王爷，杀去上京，把那暴虐的皇上从龙椅上拉下来！这种暴君，难道不该死？太后娘娘死前还不知道被他折磨成什么样子！”

赫连毓的手捏得越来越紧，他想到了那些被赫连铖惩罚过的犯人，没有一个是死得痛快的。他又想到了信里的内容：“太后娘娘薨时，身上有数处伤口，胸口有大洞，嘴角有黑血，手背高高肿起……”

肯定是赫连铖对她用了重刑！赫连毓心如刀绞，眼里全是泪水，眼前几张脸模模糊糊的，再也分不清高君泽是谁，齐木又在哪个方向。

“王爷。”高君泽哽咽了一声，又道，“太后娘娘没有入皇陵。”

“什么？”赫连毓不敢相信地睁大了眼睛，“怎么能不入皇陵？”

“确实如此，不仅没有入皇陵，而且在皇室册子里被勾掉了名字，过年过节享受不到祭祀。”高君泽一脸悲愤，“王爷，您还能期待这暴君做出什么仁义之举吗？”

“即刻举兵！”赫连毓沉着声音道，眉间有一种说不出的悲伤。

幽云低垂，雁断声声。

燕昊带着柳润声在田埂上站着，忽见慕乾气冲冲地扯着李妈妈跑了过来：“燕昊，为何李妈妈说陆凝香是你的妻子？你不是说喜欢的人是微儿吗？”

慕乾在山上数日，一心一意想让陆凝香原谅自己，不由得对她多有奉承，即便她捉弄自己、责骂自己，他也好声好气地受着，没想到今日李妈妈横了他一眼，道：“慕公子，陆小姐可是我们太子殿下的人，你休想打歪主意。”

听到这话，慕乾心中酸溜溜的，忽然想到燕昊说喜欢慕微的事，便一路跑过来找燕昊理论。

“慕乾，你别听李妈妈胡说，我与凝香只是师兄妹，并不是她说的那种关系。”燕昊摆了摆手，“李妈妈，以后莫要乱说了。”

李妈妈有些不服气，可又不敢反驳燕昊的话，只得低下头，口中嘀咕道：“我只知道皇后娘娘给了陆小姐一只翡翠手镯，说她就是太子妃。”

“妈妈，母后的话是她的意思，我自有主张，你不用再提了。”燕昊听到李妈妈提到死去的母后，心中一阵悲凉。

御风看了慕乾一眼，冷冷一笑："慕乾，李妈妈不敢说，可是我敢！你妹妹将我们太子殿下弄得神魂颠倒，可她倒好，嫁给了太原王，小日子过得舒舒服服，现在又有了身孕，可你瞧瞧，我们家太子殿下现在过着什么样的日子，喜欢的人嫁给了旁人，他孤家寡人一个，每日还在在默默思念！"

"御风，够了！"燕昊深吸一口气，将那痛彻心扉的感觉强压下去。

他长长地吐了一口气："御风，你又知道什么，喜欢一个人，也不必一定要将她拘在身边，只要她过得好，我就心安了。"他朝慕乾笑了笑，"微儿过得好，我很开心。"

"燕昊！"慕乾走过来，拍了拍他的肩膀，心中感慨万千，却不知道怎么说出口。原先他觉得赫连毓对慕微才是真真正正的喜爱，现在看来，换了燕昊做他的妹夫，似乎也不会太差。唉，可惜世间只有一个慕微。

两人默默相对，仿佛都明白了对方的想法，相视一笑。燕昊意味深长地看了慕乾一眼："慕乾，凝香父亲的死让她很伤心，你不要与她计较，她并没想害你，只是想给你些苦头而已。"

"我知道。"慕乾的眼神变得柔和，"她怪我将她父亲杀了，那我将自己赔给她便是。"

御风在旁边诧异地挑了挑眉毛："你去年带兵南下，杀了多少人，难道你都要将自己赔给他们的女儿？你可真是狡诈，还想娶多少个老婆？"

"我只愿意将自己赔给她，就赔给她一个。"慕乾叹了一口气，"那天晚上她打劫我，我觉得这姑娘实在与众不同，就对她有了好感，后来知道她父亲死在去年的战争里，我又很愧疚……"

燕昊拍了拍慕乾的肩膀："慕乾，努力。"

几个人正说着话，就见远处奔来了一个瘦小的身影，他跑得飞快，与众人的距离越来越近。燕昊睁大了眼睛看了看，奇怪地"咦"了一声："小虎子今日怎么过来了？"

"太子殿下，太子殿下！"小虎子瞅见了燕昊，兴奋地飞奔过来，"我听到了一个了不得的消息！"

燕昊朝小虎子笑了笑，温和地道："你且喘口气儿再说。"

小虎子"呼哧呼哧"地喘了一口粗气，这才用手擦着额头的汗说道："大虞内乱了，听说有个王爷举兵造反，要打去上京城杀皇上呢。"

"有个王爷举兵造反？"慕乾吃了一惊，"是哪个王爷？"

"听他们说叫什么……"小虎子挠了挠头，极力回想着，最后还是摇了摇头，"我忘了，只是他们说是太后娘娘的亲生儿子，因为太后娘娘被皇上杀了，所以才举兵造反。"

慕乾大惊失色："什么？高太后被皇上杀了？太原王起兵造反？这究竟是怎么一回事？"

小虎子嘟囔道："我也不知道，传来的话都是这般说的。"

几个人互相看了一眼，脸上渐渐浮现出一种说不出的兴奋。燕昊点了点头："柳大人，速速与几位将军联系，我们先合计合计。"燕昊有种压制不住的激动，一只手握成了个拳头。

"太子殿下，下官认为现在还不是发兵复国的好时机。"柳润声摸了摸胡须，皱起了眉头，现在这五千人马还有一个月不到就要断粮了，哪来的银子举兵？

"我们先要有银子，士兵们吃饱穿暖，才会有斗志，否则冒冒失失地冲出去，后果不堪设想。"

慕乾朝柳润声摆了摆手："柳大人，银子的事不成问题，这个你无须考虑，咱们回屋去，我给你们看几样好东西。"

屋内，包裹被解开，里面的东西光彩夺目，宝光熠熠，几乎耀花了人的眼睛。

"这、这、这……"柳润声张大了嘴巴，不敢相信自己的眼睛，"慕公子，这么多金银珠宝……都是给我们太子殿下的不成？"

慕乾拿起一颗夜明珠，笑了笑："你不觉得这些东西很值钱？若不够，我还能随时提出十袋八袋来。"

这些本来就是他从南燕掳过来的，现在用于燕昊复国，也只不过是将东西还给燕昊罢了。他现在手里没有军队，只能寄希望在燕昊身上。他出银子，燕昊出军队，两人各取所需，到时候燕昊复国，他去杀了赫连铖，为自己家人报仇。

"若慕公子这般仗义，我们就可以与几位将军商量举兵之事了。"柳润声看了看燕昊，"太子殿下意下如何？"

燕昊沉吟了一声，看着慕乾手中的那颗夜明珠，缓缓道："我想咱们还可以缓一缓。"

"为何？"御风有几分焦急，"既然慕公子愿意出银子，咱们赶紧举兵，将南燕那些狗官都赶回大虞去！”见慕乾这般大方，御风已经主动将慕乾的称呼变成了慕公子。

“我们先等着大虞内乱一阵子，兵马疲累时再发兵，这样既能保全我们的实力，又能在敌人最弱的时候发起攻击，这样也能避免我们不必要的损伤。”燕昊淡淡地看了御风一眼，“现在大虞驻扎在南燕的军队应该还未动，等他们动了，咱们再发起攻击。”

慕乾点了点头，表示赞成：“燕昊说得没错，赫连铖派了不少精锐驻守在南燕，就是怕你们会谋复国之事，只有等他支撑不住，将兵马撤去，咱们再挑时机举兵，打他个措手不及！”

陆凝香瞥了慕乾一眼，这次她没有出言反驳。慕乾瞧着她笑了笑：“你不是喜欢趁着夜色打劫钱财吗？不如跟我去一趟大虞，打劫些金银珠宝回来。”

“哼！”陆凝香朝他一瞪眼，脸转到了一旁。

慕乾朝燕昊一拱手：“我先去准备了，等会儿我即刻动身，去大虞那边运些值钱的东西回来，顺便打听打听消息。”

“你真要回大虞？”陆凝香听到这话转过脸来，瞪着慕乾，“你该不会要去通风报信吧？哼！你就是个小人，信不过的，我必须跟着你，免得你半路溜走！”

慕乾心中得意，哈哈一笑：“那行，你来监督我，咱们马上动身。”

“太子殿下，我也要投军！”小虎子热切地喊起来，“我要为家人报仇！”

“小虎子，你继续在丐帮里待着。”燕昊摸了摸小虎子的脑袋，温和地一笑，“你看，你每次都能抢在来福客栈前边给我送来消息，这可是给我帮了大忙！”

小虎子眼睛一亮：“真的？太子殿下，你没有骗我吧？”

“真的。”燕昊点了点头，“到时候我还要借助你们丐帮的力量呢。”

他朝小虎子点了点头：“你替我与你们舵主说，帮我留心消息，南燕复国，我少不了他的好处。”

“我们舵主一直想赶走大虞人呢。”小虎子拍了拍胸脯，“太子殿下，没事，有我在，保准帮你传来最新的消息！”

燕昊朝小虎子笑了笑：“那你就帮我继续打探消息，我想知道太原王……”

“没问题！”小虎子眼睛一亮，“能给太子殿下做事，王虎心中快活！我马上就去青州，保证让宝儿他们将太原王的动向给太子殿下送来！”他与大杂院里的那些孤儿都受了燕昊的救济，一心想替燕昊做事，个个都巴不得快些长大，好加入到凤凰山上燕昊的大军里来，现在听到终于能派得上用场，高兴得很。

“不止是太原王的动静。”燕昊的声音低了低，“也要替我留心太原王的王妃，看她现在究竟如何了。”

“王妃？”小虎子眨巴了下眼睛，有些不解，“太子殿下，这王妃跟咱们南燕复国有什么关系？干吗要留心她的举动？”

“因为……”燕昊沉吟了一句，“你还记得给你金钗的那个慕小姐吗？”

小虎子点了点头：“见过她的人自然不会忘记她的模样……太子殿下，难道王妃便是慕小姐？”他见燕昊的脸色有些难堪，心中渐渐明了。

“你去吧，记得我交代的事情。”燕昊伸手摩挲着小虎子的头顶，“遇到危险要赶紧离开，千万不要逞强，知道吗？”

“我知道了。”小虎子朝燕昊磕了个响头，“小虎子定不会让太子殿下失望的。”

早春三月的晨雾有些稠密，几乎看不到几丈外的人影。“吱呀”一声，房门被推开，一个黑影从屋里走出来，站在门口张望了一下，口中发出几句听不清的话，这时，旁边的一扇门也开了，从里边走出一个人来。

“齐敏，你怎么起得这般早？今儿雾大，你就多歇息片刻。”秋月拿着一件衣裳朝齐敏走去，“现在才三月，你穿得有些单薄了，我赶着给你做了件衣裳，你赶紧披上。”

齐敏接了衣裳在手，闷闷地说了一声“多谢”，再也没有开口。

秋月感觉到齐敏的冷淡，有几分尴尬，只不过她很快找借口掩饰过去：“我去瞧瞧王妃醒了没有，你再回屋歇息一下吧。”

她转身退回了屋里，那扇半开的门也被掩上。齐敏拿着衣裳，不知道是该听秋月的话回屋去，还是继续在外边待着。他站在那里想了又想，最后还是退了回去，将桌上的油灯点上，仔细看了看手里的衣裳，长长地叹了一口气。

那日他护送慕微从别院出来，一路狂奔出了城，后来，到了一个渡口，他们便弃了马车，雇了一条船，准备前往青州。可是没想到在船上才坐了一阵子，慕微肚子便疼得厉害，那船老大害怕，只得将船靠岸，让齐敏与秋月扶慕微上岸：“你赶紧给夫人请个大夫看看，孩子可是金贵，千万别因为忙着赶路将孩子耽搁了。”

听到船老大的话，慕微的脸色一阵苍白，抓紧了秋月的手：“快，救救我的孩子。”

秋月朝齐敏看了一眼，扶着慕微便往岸上走，齐敏追上来，秋月冷冷道：“齐敏，难道你忘记王爷是怎么吩咐你的吗？必须护得王妃安全无虞！”

齐敏没有吱声，默默地跟在秋月身后，到了附近一个村子，雇了一辆骡车将慕微送进城里的药堂就医。

大夫一把脉，眉头皱起：“这位夫人是动了胎气，若不养胎，定会导致小产，现在孩子还不到七个月，肯定活不了。”

慕微一听，脸色惨白，望着齐敏乞求道：“我们住一段时间好不好？”

齐敏没有吭声。秋月白了齐敏一眼，搀扶起慕微：“你快些去找一套小宅子来，怎么着也要等王妃生了孩子再说。她现在这样，若孩子掉了，她肯定也不会活了。”

就这样，他们在这个叫密州的地方落了脚。密州离上京差不多有六百里之遥，与青州也有一百多里。虽然与青州挨得近，可这地方并不富庶，一套独门独院的小宅子也只用了五十两银子便租了三个月。

因出来得匆忙，齐敏身上只有一张一百两的银票，租宅子便花去了五十两，先前租船也用了不少，现在身上就只剩下三十两。慕微与秋月都没带银子，全身值钱的就几样首饰。虽然慕微的首饰样样精致，可拿去当铺，指不定会被人发现行踪，齐敏决定，他出去打工来解决三人的生计。

齐敏寻了一份在码头扛东西的活儿，这很适合他，他力气大，搬起东西来一个顶俩，雇主都愿意请他，工价也高些。

为了不被人怀疑，三个人改了称呼，齐敏与秋月以夫妻相称，而慕微则变成了秋月的妹妹，名字叫秋微。虽然齐敏年纪比秋月要大十岁，可旁边住着的邻居也没起疑心，毕竟齐敏看上去不显老。

一眨眼三人便在这密州住了十来日，齐敏每日都没空闲，日日都能赚些铜板回来交给秋月，让她去筹划伙食。秋月瞧着齐敏尽力，心中感激，见他的衣裳破了，所以连夜赶了一件出来。

齐敏瞧着这衣裳，脸上有几分动容。或许是街坊邻居都把他看作是秋月的夫婿，在外边见到秋月，大家一开口就是齐家小娘子，听得久了，似乎秋月便真的成了他的娘子。

外边有人喊他："齐敏，起来没有？还不出去干活？"

"来了，来了！"齐敏答应着，将那件衣裳披在身上匆匆出去。门口站着一个瘦小的年轻男子，名叫李大胜，住在隔壁，平素也是在外边寻些短工的活计，齐敏这份差事，还是他帮着找的。外边的大雾已经散了些，两人一道往外走，见街道上已经依稀有了马车，李大胜带着齐敏往早点铺子里走："先去吃几个馒头，填饱肚子再说。"

齐敏点了点头，跟着李大胜进了小棚子，两人要了热乎乎的馒头，配了两碗白米稀粥，伙计手脚麻利地送上一小碟子咸菜："两位，慢慢吃！"

他们刚坐下来，就听身后有人说话："太原王真真是可惜了。"

"可不是！"又传来长长的叹息声，"好端端的一个王爷，竟然被逼着举兵造反！"

齐敏的背挺直了几分，将耳朵竖了起来，就听背后那人继续在叨叨："这事儿原也怪不了他，谁知道皇上会那般做呢……"

"皇上……怎么了？"齐敏转头看过去，一个书生模样的年轻人正唾沫横飞地说话。他拿着馒头放在嘴边，装出憨实的模样问道："难道京城里又有什么消息？"

"你还不知道？皇上将太后娘娘给杀了，还不让她的棺椁入皇陵，而且还将她的名字从皇室名册上勾去了呢。"书生轻蔑地看了齐敏一眼，见他穿着一件粗布衣裳，有些瞧不起他，"你不过是个做体力活儿的，问这些干什么？"

齐敏没有出声，只是转过身来，心中有说不出的惊讶，王爷竟然举兵造反了！

秋月正在厨房里忙着，她一手拿着柴火往灶膛里送，一手拿着扇子扇风，红红的火苗舔着锅底。

"秋月，我得了个了不得的消息。"齐敏有几分迟疑，方才还想着要去追随赫连毓，可此时见秋月一个人在忙活，忽然那心思又熄了几分。他走了，秋月一个人照顾王妃，怎么照顾得过来？

王妃身子本来就弱，现在又有七个月的身孕，走路都有些迟缓了，他若走了，要是有人欺负她们，又该如何？耳边响起赫连毓的叮嘱，齐敏又犹豫起来。

"你怎么了？"秋月将水煮蛋捞出来，放到碗里晾着，一边快手快脚地将肉扔到滚水里，撒上几颗盐粒，再扔几根青菜叶子起锅，慕微的早餐算是煮好了。

齐敏没有出声，只是接过秋月手里的托盘，替她端到慕微的房门口，听了听里边似乎有细微的动静，他将托盘交给秋月，眼神郑重地望着她："王爷举兵了。"

"啊！"秋月惊呼一声，托盘险些掉了，"王爷举兵……那王妃该怎么办？她现今这模样，根本不能挪动。"

"我回来，是想带你们一道去青州找王爷。"齐敏低下头，心中有几分痛恨自己。

"这怎么行？"秋月急忙道，"王妃这样子，如何能长途跋涉？怎么着也该等她生了孩子再说。"她看了一眼齐敏，有些赌气地说，"齐敏，你想走，那你便走吧，我不勉强你，我一个人也能将王妃服侍好。"

听到秋月的话里颇有几分怨气，齐敏有几分着急，赶紧道："王爷是怎么交代我的，我都记在心里，这不是来找你问问，看你愿不愿意嘛。你别急，我会遵照王爷的吩咐保护王妃的。"

秋月抬眼瞧了齐敏一眼，脸忽然红了几分，低声道："我要伺候王妃起床梳洗了，你想怎么做，自己想好了便去做，反正我是要与王妃一处的。"

她推开门，轻手轻脚地走进去，将托盘放在桌上，然后透过门缝往外看。齐敏还站在外头，一动不动。秋月脸上的红晕又深了几分，她一眨不眨地看着齐敏那高大的身子，直到他转身离去，这才长长地叹了一口气，端着托盘走到慕微床边。

"秋月，你在看什么？"慕微靠在床上，看着秋月，脸上笑意盈盈，"我听见你与齐敏在外边说话。"

秋月的眼里闪过一丝光彩："王妃，你听到了？"

"怎么能听不见，齐敏的声音总是很大。"慕微朝秋月嘟了嘟嘴，"方才你们在说什么？是不是在商量什么时候办亲事？"

"王妃！"秋月耳根子都红了，羞涩地低下头去，"他是回来报信的，说王爷举兵造反了，要杀了那个狗皇帝！"

"举兵造反？"慕微惊得手停在了嘴边。

为了她，他竟然做出了这样的举动！一时间她竟然说不出话来。

慕微伸手在肚子上摸了两下，叹了一口气。这世间，有些人，必将会被她辜负。

她亏欠他太多，只能来世报答了。

但愿他能成功！慕微闭了闭眼睛。好人总是会有好报的。

城内，屋里青莲正忙碌地收拾着包袱，今日有人送信来，说陆凝香外出有事，让她回凤凰山帮忙几日。青莲开心得很，又可以见到燕昊了。

“青莲，阿爹来看你了。”门口传来阿拉善的声音，青莲赶忙迎了出去：“阿爹，这么早你就起来了？”

阿拉善小心翼翼地将手里的一个油纸包打开，献宝一般将葱油饼拿出来：“青莲，阿爹才听说如意酒楼的葱油饼是云州一绝，心里就想着要买些来给你尝尝，今日特地起了个大早，排了一长溜的队……你尝尝。”

“阿爹……”青莲皱了皱眉，“阿爹，你自己吃，我都胖成这样了，再胖下去，都没脸去见他了！”青莲扭了扭身子，将油纸包拨到一边去。

“青莲，你有心上人了？是谁？阿爹去瞅瞅！”阿拉善很是高兴，“阿爹要看看是哪样的男子才能配得上我的青莲！”

“阿爹！”青莲有几分犹豫，该不该将燕昊的身份告诉他呢？不行，千万不能说，万一阿拉善与旁人闲话时将这消息透露了出去，那该怎么办？“阿爹，不瞒你说，原来我与我阿娘都在一个大户人家里做奴仆，我喜欢上了那户人家的公子，可他阿娘给他找了一房媳妇。”

“原来是有妇之夫，那也罢了。”阿拉善看了青莲一眼，摇了摇头，“人家成亲了，你就别去掺和了。”

“可是他们还没有成亲。”青莲有几分不服气，“我不就是身份不如她吗？为何就不能和他在一起？即便是做他的侍妾，我也愿意，只要能陪在他身边。”

“你这孩子，也太死心眼了。”阿拉善看着青莲倔强的模样，心里起了几分怜惜之情。这跟她阿娘的神态真像。

“阿爹，你将这葱油饼拿去自己吃吧。”青莲拿起梳子开始梳理头发，“阿爹，青莲可能要大半个月才能回来了，这些日子你可要照顾好自己。”

“青莲，”阿拉善皱着眉看了看青莲，“那人有这般好？”

“他就有这般好。”青莲的脸上浮出了笑容，仿佛燕昊就站在她面前，“无论如何，我也要和他在一起，哪怕是做最卑贱的侍妾。”

阿拉善的脸色变了变，想了好半日，从身上摸出一个盒子来：“打开！”他的语气有些激动，脸上也有郑重之色，让青莲吓了一跳。

“这是什么？”青莲看了看那个小盒子，比胭脂盒子还要小许多。

“噬心蛊。”阿拉善看着青莲，脸上浮现一丝诡异的笑容，“青莲，难道你阿娘没有告诉你，阿爹我是南诏有名的养蛊世家的人？”

第四十三章 噬心蛊毒

山间的夜晚宁静，天上一弯上弦月。山腰上一排平房，都没了亮光。唯独有一间，透过窗户，还能看见有灯影在不住地摇晃。

青莲专注地盯着自己的指尖，一滴血慢慢地从肌肤里渗透出来。

灰白的小盒子，发出骨化的淡淡光影，里边那肥胖的虫子似乎又大了一些，它正昂着头盯着那滴快要掉下来的血珠，似乎已经急不可耐。

青莲望着那虫子慢慢变得全身通红，似乎还发着一闪一闪的光，它在小盒子里慢慢翻滚着身子，直到那红色淡下来，才躺在那里不再动弹。青莲将盒子盖上，牢牢地攥在手心，心中有些起伏不定。

今日已经是第九日了，阿拉善说喂养九日后，就能下蛊了。她望着那盏飘忽不定的灯，心中忽然有些淡淡的恐惧，若燕昊……因为这蛊虫而丢了性命，那自己又该如何是好？

“他会因此恨我，还是会屈服？”青莲的眼神有些游移不定，她不能确定燕昊中了蛊毒后会如何对待自己。他会不会一剑杀了我？青莲咬着唇，心里有些害怕，她还年轻，心中还有牵挂，她不想死。

最终，她叹了一口气，打开窗户，抓起小盒子就想往后山扔。一阵山风吹来，将桌上的灯吹灭，屋子里瞬间暗下来。她站在窗边，心中惊恐万分，眼前浮现出阿拉善的眼神：“青莲，中了这噬心蛊，只有两种解药，一是要与下蛊之人欢好，另外一种解药，几乎不存在，是要两情相悦之人的心头血。”

心头血！青莲将窗户关上，心中存有一丝希望，哪会有这样的人，愿意将自己心头的血给燕昊？即便是陆凝香，也做不到吧？再说，她瞧着燕昊对陆凝香也并不上心，恐怕根本不是那个两情相悦的人。

青莲躺回床上，手里攥着那个小盒子，暗暗下定了决心。无论如何，自己也要试一试，否则真是无法死心。

第二日清晨，青莲起床后见日头已出了山坳，这会儿燕昊该是操练去了。

她与李妈妈刚将早饭做完，就有脚步声传来。青莲探头一看，见燕昊正往厨房走来。

御风怎么没在他身边？青莲心中暗喜。山上的人里她最怕的就是御风，御风实在是凶悍，总对她吹胡子瞪眼的，让她一见就直打哆嗦。燕昊虽贵为太子，可对人十分温和，除了在云州城的那条暗道里他曾经将自己甩出去。

这可是个好机会，青莲悄悄地握紧了荷包，大着胆子走出去，对着燕昊一笑：“太子殿下安好，怎么不见御统领与柳大人？”

“今日盘点军械，他们两人在后边，马上就过来。”燕昊没有多看青莲一眼，在桌边坐下，拿出一本书看了起来。青莲压制着激动的心情，折回去帮李妈妈将馒头取出，暗地里将盒盖打开。那蛊虫闻到馒头的香味，摇晃了一下脑袋又缩了回去，团在盒子里一动不动。

将馒头端到桌上，青莲走近燕昊身边，轻声道：“太子殿下，趁热吃吧。”一边悄悄将手抬起，趁着燕昊还没抬头，她将盒子向下一倒，那小小的虫子便落到了燕昊的脖子上。

才一眨眼的工夫，那灰白的颜色就没了痕迹。青莲吃惊地睁大了眼睛。这蛊虫真是厉害。

李妈妈已经将汤弄好了：“青莲，快来，把汤端出去。”

青莲瞥了李妈妈一眼，傲慢地抬起头来。等燕昊噬心蛊发作，自己便能心想事成了。到时候，她便是燕昊的侍妾，复国后就可以做一宫娘娘了。她越想越美，端着汤碗出去时一不小心被门槛绊住，整个人扑着往前倒去，手中的汤碗直直地飞了出去。

没有听到汤碗落地的声音，青莲吃惊地抬起头来，见御风站在她面前，手中拿着那汤碗，地上有一摊热气腾腾的汤。

看到青莲满脸的灰尘，御风哈哈大笑：“端碗汤都能将自己弄成这副模样，你也真是够了。”他端着碗往饭桌走去，将青莲撇在一旁。

青莲慢慢站起来，她看着饭桌边的几个人，脸上露出一丝淡淡的冷笑。御风，你现在这般神气，等燕昊蛊毒发作，你自然会来求我。她摸了摸荷包，那头骨做的小盒子还在，可里边已经空了。

御风瞥了一眼站在门口没有动的青莲，心中只觉奇怪，今日她好像有些不一样，究竟是哪里不一样，他也说不上来，只觉得她有了某些变化。

“今日是三月初六，慕乾也该回来了。”算着日子，慕乾与陆凝香去了十来日了，如今应该已经在归途了。燕昊心中有几分焦急，柳润声说过不了半个月，银子就接不上了。

“太子殿下不用着急，没有消息便是好消息。”柳润声端着稀粥喝了个干净，尽力安慰着燕昊，“没有消息，说明大虞那边没有发现慕乾与陆小姐的身影，自然是安全的。”

燕昊点了点头：“柳大人说得是，我们再等等。”

青莲站在门口，听到里面的对话，心中一酸。原来太子殿下是在担心陆凝香，看来他表面不说，心里却是惦记她的。

就看你肯不肯救太子殿下了，陆凝香。青莲嘴角一弯，阴沉地笑起来。

青石砖砌成的路面高低不平，街道也不是很宽，因此平素街上行人不多。

从主街拐过去，有不少小胡同，里边有一些独门独院的小宅子。

秋月扶着慕微，往她们住的宅子走去。方才她们去了药堂，让大夫把了脉，大夫说慕微肚里的胎儿总算是稳定下来，现在可以稍微走走，不用每日在床上躺着了。

慕微用手撑着腰，停下来，回头看了看药堂的招牌，脸上露出一丝笑容：“秋月，真好，我的孩子总算是没问题了。”

秋月也很高兴：“可不是呢，之前都快担心死了。”

熬了这么久，总算是熬过来了。秋月长长地松了一口气，瞧着街上零零星星开着的几家店铺，指着一个绣坊：“秋微，我们过去瞧瞧？”

绣坊外放着一个架子，上边系着五颜六色的手帕。秋月挑了几块棉布，又买了些丝线与绣花针，朝慕微眨了眨眼：“我回去做几个小兜肚给侄儿。”

出来得匆忙，什么东西都没带，现在慕微已有七个月身孕，也该着手准备了。前些日子给齐敏做的大布衫子权当是练手，齐敏穿了只说好，秋月便有了底气，该给慕微的孩子做些小衣裳，这样也能省下一些银子来。

正付钱，就听传来唱《莲花落》的声音，软绵绵的，但很清脆。店主皱了皱眉头：“最近从南方来的叫花子多了些，也不知道是什么名堂。”他快步走过去，摸出一个铜板来，“快些走，快些走，别在我铺子门口，真是晦气！”

那两个小叫花子，看来是兄妹，哥哥十一二岁的年纪，生得虎头虎脑，妹妹只有四五岁，正趴在哥哥背上，手里拿着一个碗，另一只手里拿了一根竹枝，敲打着碗边，口里哼着《莲花落》，唱得很是顺溜。

“哥哥，这位大叔好像不喜欢我们。”宝儿噘着嘴，满眼委屈，“一个铜板还不够买两个馒头呢，大叔，您就多给些吧。”

“哪有多余的钱给你们？”店主朝两个叫花子摆了摆手，“快些走开！”

慕微推了推秋月：“快去给他们两个铜板，瞧着怪可怜的。”

秋月从荷包里摸出两个铜板来：“你们赶紧拿了去买馒头吃。”

见宝儿一眨也不眨地盯着自己看，慕微笑了：“小姑娘，怎么了？”

宝儿本想开口喊出“慕小姐”来，可见她一副不认识自己的模样，愣了，讷讷道：“我是见姐姐生得好看，看呆了。”

慕微笑着摸了一下宝儿的脸：“小嘴儿真甜。”

“虎子哥，你说，那位小姐是不是慕小姐？”宝儿怔怔地望着慕微与秋月的背影，在小虎子耳边轻声道，“我怎么瞧着跟慕小姐长得很像。”

小虎子背了宝儿往前边奔去：“别出声，我们跟上她们瞧瞧。”

秋月扶着慕微进了胡同，推开院门走了进去。树下放着一张椅子，她扶着慕微坐了：“王妃，你且坐坐，秋月去煮饭。”

慕微点了点头，眼神温柔：“你去吧，齐敏等着送饭过去呢。”

齐敏中午不回来，秋月做好饭先给他送过去，然后自己再回来吃。她笑着看了看慕微，见她静静地坐在树下，精神好了不少，这才放心地转身进了屋子。

王妃不记得慕家的事也好，免得伤心，可这孩子生下来以后怎么办？她心里只记得燕昊，可齐敏又怎么肯放她们走？他得了赫连毓的命令，肯定会在这里监视着她们。

齐敏……秋月有几分心烦意乱。她也不知道自己怎么了，一想到齐敏，便心浮气躁起来。

一阵说话的声音从院外传来，秋月抬眼看见方才那两个小叫花子竟然出现在院子里，正和慕微说话。这两个小家伙是赖上了王妃不成？

秋月赶紧侧耳倾听可是声音很小，她没听清。王妃心软，莫要让那两个小叫花子骗了？秋月心里着急，赶紧往灶膛里添了把柴，这才擦了擦手，奔了出去。

“你们怎么跟过来了？”秋月奔到慕微身边，看了看小虎子与宝儿，见两人的眼睛都睁得大大的，显得很无辜，不禁又心软了几分。她将两人拖到一旁，小声道：“要是我们家有富余，定会留下你们，可我们也穷，多两张嘴是养不起的，你们还是快些走吧。”

小虎子看了一眼秋月，二话不说，拉起宝儿的手便往外走。慕微有几分心急，扶着椅子要站起来：“你们等等，我还想问你们一些问题呢。”

秋月一把按住了慕微，朝她摆了摆手：“王妃，你可不能滥施好心。”

慕微怔怔地看着小虎子与宝儿的背影，喃喃道：“秋月，你不能这样赶走他们，真的。”

刚刚这两个小叫花子跑到她面前，一开口就喊她“慕小姐”，这让她十分吃惊。虽然她不记得自己叫什么名字，可从这两个小叫花子的神情来看，他们是认识自己的。

“你们怎么知道我姓慕？”慕微奇怪地看了小虎子与宝儿一眼，“我们原来认识吗？”

小虎子见慕微神色不似作伪，吃了一惊，难道自己与宝儿都认错了？可眼前这位妇人明明就是慕小姐，当年她还给了自己一支金钗，自己肯定不会弄错的。

“慕小姐，难道你不记得我了？我是宝儿！”宝儿没有小虎子那般沉得住气，拉着慕微的手摇了摇，“你还抱过我呢。”

“是吗？”慕微露出歉意的笑容，指了指自己的脑袋，“我失魂了，以前的事都不记得了。”

原来是这样，小虎子长长地舒了一口气。他正准备继续追问，秋月便赶了过来，客客气气地将他们送出了门外。

“虎子哥，我觉得她肯定就是那位慕小姐。”宝儿慢吞吞地往外走着，一双黑白分明的眼睛骨碌碌地转了转，“你瞧瞧她，说话的神态都好像好像的。”

小虎子点了点头：“我也觉得。”

不管她是不是那位慕小姐，先送个信儿回去，让太子殿下派人过来瞅瞅。只不过小虎子心里能够肯定，这位便是送金钗给自己的小姐，不会错。

官道上，慕乾看着路上的行人，心中难过。

身上穿着破烂的衣裳，拖儿带女，老老小小的一群，有些拄着棍子，肩上还背着包袱，一步步地往前挪。

再看官道两旁的稻田，慕乾更是忧心忡忡。这本该是春光明媚的三月，却因为这次兵变而变得萧条。而青州，田地里有大半没看见绿色的秧苗，即便是田里有人劳作，也是老人或妇孺。

“你皱眉毛很难看。”陆凝香转过脸来看着慕乾，“你干吗这样一副神色？”

这一路与慕乾去大虞取金银珠宝，陆凝香逐渐对他没了以前的成见。孤男寡女一道上路，总会有些不一样的感觉，再加上慕乾格外照顾她，便让陆凝香觉得慕乾原来竟然是一个不错的好男儿，所以也不像以前那般针对他了。

“你瞧这地，这般干燥，若不下雨，或许今年大虞会有旱灾。”慕乾叹了一口气，“我瞧着青州这样子，赫连毓起兵未必会成功。”

“怎么不会成功？”陆凝香有几分惊讶，“咱们在京城听那些百姓的议论，可都是想要太原王当皇帝的。”她小心翼翼地看了慕乾一眼，没敢继续往下说。

一路上，他们听说赫连铖凶残，大司马慕华寅被曝尸十日，等将尸首收回去时，已经差不多只剩一个骨架了。又听说慕华寅的二儿子，羽林子捉拿回来的时候便已经死了，可赫连铖还是下令将他施以刮刑。

死者倒也算了，可他连生者都不放过。太原王起兵，就是因赫连铖想要强暴他的王妃，这才不得已挟制了赫连铖，最后举兵造反。

陆凝香脸上一片怜悯，虽然那时她对慕微很是痛恨，可听说这般遭罪，心里也很难过。

“虽然京城那边的百姓心里这般想，可也要等赫连毓有本事打到京城才行。”慕乾握着缰绳，长长地叹了一口气，“现在赫连毓全凭着高国公府给他暗地里训练的一批兵，再加上青州、崇州、并州三处的兵马，也不过五万余人，若想与赫连铖对抗，除非一路招兵买马。”

“五万兵马，是少了些。”陆凝香点了点头，“更何况他还是谋逆。”

“对，问题就在这里。”赫连毓起兵，虽说是挂着要替高太后复仇的名义，可怎么说也是谋逆，朝堂里一些所谓的正义之士定不会站到他这边来。即便有些想站队，也会因赫连铖的凶残而不敢动弹。

瞧着这些老弱病残，慕乾知道，高君泽肯定征了兵，可是那些没经过训练的士兵，又如何能拼得过训练有素的大虞士兵？赫连毓要想成功，唯一的出路，就是多找帮手，如大虞军队里忠于慕家的那些将领，那都是可以利用的力量。

想必赫连毓会这样做，自己也不必操太多心思，当务之急，便是将这一车金银珠宝送回凤凰山去。

慕乾带着陆凝香回上京取金银珠宝，出奇地顺利。两人先是在上京附近的县里买了一辆马车，又到市场买了几箱果子和几个空箱子，然后用自己的马套着马车去了藏宝贝的地方。

来到藏宝的那座山前，慕乾叮嘱陆凝香看住马车，自己去了山洞。暗道机关还是好好的，如他离开时一般。

他们将金银珠宝分开装在几个箱子里，上头盖着一层柿饼果子。陆凝香在过关卡时装成一个身怀六甲的妇人，腰间缚了一包珠宝，棉袍一遮，瞧上去还真是个大腹便便的孕妇。若遇着士兵检查，陆凝香就摸着肚子“哎哟，哎哟”地直叫唤，龇牙咧嘴，露出一副痛苦不堪的模样来。士兵见她是个大肚子妇人，慕乾又塞了些碎银子，也就不多话，装模作样地掀开盖子看了看，爽快地放行了。

这一路到青州，听说到了赫连毓的封地，陆凝香好奇地从马车里爬出来，看着外边这般萧瑟，不由得也感叹了一番，忧心忡忡：“慕乾，你说燕昊复国也会这般困难吗？”

慕乾摇了摇头：“不会。”

“为什么？”陆凝香有几分好奇，“你为何如此笃定？”

“因为燕昊复国是民心所向，只要他一举兵，估计南燕的民众都会振臂响应。”

陆凝香想了想，点头赞成：“确实如此。”

“我们将金银珠宝送去凤凰山，替燕昊操练几日我便回大虞。”慕乾望着满目疮痍的青州，摇了摇头，“现在赫连毓缺的不是银子，是人。”

陆凝香一颗心沉了沉，没有说话。

凤凰山上青翠一片，山风吹拂，树叶发出哗哗的声音。

“陆小姐回来了！”从山上下来了几个人，一路奔来，一起动手推起车子。

燕昊得了通传，与柳润声一道迎了出来："慕乾，凝香，你们可算是回来了，原以为你们早两日就能回来的。"

"我们也想早些回来，只是一路上受了些阻碍。"慕乾皱着眉道，"赫连毓兵变，但形势不是很好。"

燕昊没有说话，脸色有几分苍白。他握紧了手，朝慕乾勉强一笑："所以你想去帮他，是吗？"

"是。"慕乾点了点头，"我与他是好兄弟，如何能不去帮忙？再说，我过去，到时候让他与你南北呼应，也有利于你更快成事。"

"好。"燕昊点了点头，就在低头的瞬间，一滴血落在衣襟。

"太子殿下！"陆凝香惊叫一声。

燕昊嘴角流出一丝鲜血，正顺着下巴滴落下来。

凤凰山上乱成了一团，屋子里不时有人进进出出，很是慌张。

今日可真是大喜大悲。

刚刚将金银珠宝运回，燕昊就出了状况，莫名其妙地口中吐血，而且情况似乎越来越严重。

屋子里压抑得很，燕昊闭眼躺在床上，一张脸通红，嘴唇发紫。

李妈妈拿着帕子使劲儿擦眼泪："这可怎么好？"

屋里没人能回答，都担忧地看着燕昊。床边坐着顾大夫，正给他把脉，双眉皱得紧紧。

"怎么样？"慕乾凑上去看了看，见燕昊的嘴唇上有一种诡异的紫色，瞧着触目惊心。

"太子殿下全身炙热，似是发烧之症，但脉象又无异常，这可真是怪事一桩。"顾大夫摸了摸胡须，"我才疏学浅，恐怕治不了这病，我看还是下山请个大夫过来看看。"

柳润声急道："不可！"

陆凝香在旁边瞧着，心中着急："有什么不可？人都病成了这副模样，难道眼睁睁地看着太子殿下受煎熬不成？"

"凝香，你想想，若走漏了风声怎么办？我想若燕昊醒着，也不会同意去山下请大夫的。"慕乾摆了摆手。

慕乾仔细打量了下燕昊他的面容，紧紧地盯着他的嘴唇，那抹紫色很是怪异，只在中间一线，颜色很深，而旁边却依旧是淡淡的红色。他一言不发，背着手走了出去，御风见他那模样，心中奇怪，赶紧追了出去："慕大公子，你可是发现了什么？"

"我也不能肯定。"慕乾长长地吐了一口气，"这症状，我似乎在三年前看到过。"

"慕大公子，你知道了什么？"见慕乾的眉头越皱越紧，御风心中隐隐有一种不好的感觉，"是不是有人在暗害太子殿下？"

"三年前我曾在西南那边见到过一个与燕昊有差不多症状的人。"慕乾沉声道，"发病的时候，嘴唇中间也是深紫色。"

"那是什么病？吃什么药好？"御风听说，总算放下一颗心来。

"那人……"慕乾说得很是艰难，"死了。"

"死了？"御风呆呆地站在那里，看着慕乾，"慕大公子，你没开玩笑吧？"

"是真的。他不是生病，是中了蛊毒。"慕乾摇了摇头，巫医的话在耳边响起，"你们必须找到下蛊之人，只有他，才知道解药是什么。只要找出是哪一种蛊毒，根据下蛊之人施的咒语找解药，服用了就好，以后不会再犯，与常人无异。"

"中了蛊毒？"御风睁大了眼睛，"谁会下蛊谋害太子殿下？"

"最近可来了什么陌生人？能接近燕昊的？"慕乾想了想，燕昊身边这些人定不会是下蛊之人，不说他们不可能得到蛊毒，就凭他们的那份忠心，也绝不会给燕昊下蛊的。

御风想了想，忽然眼前一亮："是她，肯定是她！"

慕乾有几分奇怪："谁？"

"青莲，以前是皇后娘娘身边的大宫女，皇后娘娘指了她给太子殿下做侍妾。只是太子殿下不喜欢她，打发她下山去福来客栈做帮手去了。这些日子因陆小姐跟你去了大虞，便将她喊了回来帮着李妈妈。"御风目眦欲裂，大步朝青莲的房间走去，"难怪她不出来，定是做贼心虚！"

素日里青莲只顾往燕昊身边凑，现在燕昊得了这般重的病，她竟跟没事人一样，影子都不见，肯定有蹊跷。御风一想到这里便怒不可遏："听说她认了一个爹，是异族人，好像是南诏的。定是他给了青莲什么蛊毒，让她来谋害太子殿下！"

慕乾跟着御风一起往青莲的屋子走，一路叮嘱他："切记不可鲁莽，一定要弄清楚究竟下了什么蛊毒，该用什么解药！”

御风捏着的拳头慢慢松下来，若不是慕乾提醒，他准备冲进屋子，一拳头便将青莲打死。听到慕乾的话，他深深地吸了一口气，但还是抑制不住心头的愤怒，猛地抬脚一踢，将青莲的房门给踢开。

青莲正坐在梳妆台前忙忙碌碌地在给自己上妆。

她穿着一件淡红衣裳，梳着一个如意髻，发髻上除了一支小小的金簪，还别着几朵山上的野花。听见门响，青莲惊讶地望着站在门口的御风与慕乾。

“御统领。”青莲低下头去，继续给另一条眉毛着色，“有什么事吗？”她的嘴角微微翘起来，唇边似有鲜花绽放。

“你还问我什么事！”御风心中大恨，上前一把抓住青莲的手腕，“你竟然还有闲工夫梳妆！你做了什么事，难道自己心里没数？”

青莲抬眼瞥了御风一眼，忽然咯咯娇笑起来：“御统领，你且放手，现在太子殿下的生死可掌握在我的手里呢。”

“果然是你！”御风咬牙切齿地看着青莲，“你为何要害太子殿下？皇后娘娘怎么交代你的？你竟敢违逆皇后娘娘的遗愿！”

“御统领，你说得没错，青莲就是想好好照顾太子殿下，才会这般做的。”青莲挣扎了一下，抬眼愤怒地看着御风，“你放手！”

面对怒气冲冲的御风，青莲忽然镇定下来。

之前她很怕御风，不敢看他那张万年玄冰脸，可今晚她忽然有了勇气，燕昊离不开自己，若没了自己，他便会大事不妙。御风，只不过是一个小小的统领，怎么敢这般凶巴巴地与她说话！

青莲傲慢地站起来：“带我去见太子殿下。”

燕昊已经醒来，只是脸色苍白。见御风将青莲推进来，问：“御风，怎么了？”

“太子殿下，就是她，是她害你成这模样的！”御风气愤地一脚踢向青莲的膝盖弯里，将她踹得跪在地上，“我们凤凰山真是养了一条毒蛇！”

李妈妈大吃一惊，冲到青莲面前，举起手就抡了两巴掌，咬牙切齿地骂道：“你这个贱货，竟敢对太子殿下下手！”

青莲猝不及防，“啪啪”两声，脸颊立即肿了起来。她摸了摸脸颊，委屈地望着燕昊：“太子殿下，我是不得已的，青莲并没有想要害你。”

“你不想害太子殿下，为何太子殿下会吐血？”陆凝香皱了皱眉，她也不相信青莲会害燕昊，因为她太了解青莲的心思，如何会舍得下手害他？

“我只是给太子殿下……”青莲顿了顿，轻声道，“下了一种蛊。”

果然是蛊毒！御风气得眼前发黑，牙齿咬得嘎吱响，将拳头举起来，正准备落下，被慕乾拦住：“御统领，不可造次，且听这位姑娘把话说完。”

“青莲下的蛊毒叫噬心蛊。”青莲抬头看了一眼燕昊，脸上露出凄然的笑，“自从皇后娘娘将青莲指给太子殿下做侍妾，青莲的人与心便都是太子殿下的了。只是太子殿下对青莲不理不睬，让青莲心中实在难受，迫不得已才用了这下策。”

“噬心蛊？”慕乾踏上前一步，“解药是什么？莫非与你有关？”

既然这女子一心都在燕昊身上，定不会真正想谋害他的性命，唯一的解释是，她想通过这种蛊毒，让自己得偿心愿。想来想去，解药定与她本人有关。

“是。”青莲咬了咬牙，既然事情已经到了这份儿上，自己也不必再遮遮掩掩了，“这蛊毒乃青莲义父所赐，青莲用自己的血饲养，便是这蛊虫的主人。蛊虫入了人的身子，九日一发作，到九九八十一日没有解药，就会命丧九泉。”

“你好毒啊！”御风将拳头捏得咯吱响，可又不敢打下来，只怕用力重了，一拳将她打死，就不知道解药是什么了。

“我义父说，这蛊毒有两种解药，一是与太子殿下两情相悦之人的心头血，另外一种就是饲主本人。中蛊之人须与饲主欢好，才能解除体内蛊毒。”青莲抬起头，眼睛一眨也不眨地盯住燕昊，“太子殿下，这解药就在眼前，就看你要不要了。”

燕昊咬着牙看向青莲，灯光下，她神色倔强，脸颊虽有些微红肿，可依旧遮不住青春的容颜。他闭了闭眼，面前浮现出另一张脸来，一双眼睛如清泉。

“将她带出去。”燕昊忍住心头的抽痛，转过脸去，“我不想看见她。”

“不——”青莲慌了，爬到燕昊床边，揪住燕昊的被子，尖声喊道，“太子殿下，难道你就置你的性命于不顾吗？凤凰山的军士不能没有你，南燕也不能没有你啊！”

御风一把捉住青莲的衣领，大声呵斥：“既然你知道南燕不能没有太子殿下，那你为何还要这般肆意妄为？”

两行清泪从青莲脸上流下来，她哭喊着：“太子殿下，青莲长得也不算丑陋，身姿也没那般不堪，为何太子殿下就不肯放下身段屈就？青莲为了替太子殿下解蛊，情愿奉上自己的身子！”

她疯了一样猛地将衣襟上的盘扣一拉，露出里衣。

“将她拉出去。”燕昊的声音极其疲倦，没有回头。

屋子里一灯如豆，青莲呆呆地坐在灯下，不敢相信方才发生的一切。她本以为自己会成功，没想到燕昊却毫不留情地让御风将她带了出去，将她关了起来。

御风将门落了锁，朝里边喝道：“你便这般待着，别想要花样！”

青莲跌跌撞撞地跑到门边，用力拍打着门板：“御统领，御统领！你可要好好劝劝太子殿下，不可任性啊！”

御风脚步一滞，但并未停留多久，继续大步朝前走去。

“太子殿下，你……还是与青莲……”屋内，陆凝香正在细声劝着燕昊，可说到这里，她却无论如何也说不下去了，只觉得脸上微微有些发热，“毕竟保住性命要紧。”

燕昊坐在那里，心头一阵阵抽痛。不，他不能对不起微儿。虽然她辜负了自己，可他依旧喜欢她，没有一个女子能代替她在自己心里的位置。

“太子殿下。”御风大步走进来，“不过是宠幸一个侍妾罢了，有什么好多想的，与她一夜欢好蛊毒就解了，这没什么值得多考虑的。”以后太子殿下复了国，登基为帝，还不知道会有多少妃嫔，难道太子殿下为了慕二小姐，一辈子不要女人了不成?

燕昊坚定地摇了摇头：“我意已决，你不必再多说。”

御风再也沉不住气，朝慕乾发起牢骚来：“慕大公子，你瞧瞧你那妹妹，将我们太子殿下迷得神魂颠倒，她倒好，自己嫁人了，可还让我们家太子殿下念念不忘，便是连自己的性命都不要了！”

慕乾有几分为难，于情来说，他自然希望燕昊心中只有自己的妹妹，可于理来说，燕昊此时解蛊最重要。他朝燕昊摇了摇头：“燕昊，你这样做不对，即便是微儿知道了这事，她也不会赞成你的做法。”

燕昊抓着胸口的衣裳，只觉得呼吸有些困难。他与她一道，曾在那石洞里享受过人间至美，她的一颦一笑、轻言细语，都是那般清晰，让他如何能够忘记！

清晨，燕昊将房门打开，望了望外边有些发白的天空，叹了一声：“今日起得晚了些。”

每日他都会在卯正时分起来，赶去与军士们一道操练，今日竟然睡过了头。

他伸手拉了拉衣裳，胸口还有一点儿疼，可已没有昨日那般疼痛了。噬心蛊？燕昊不经意地笑了笑，他才不相信有这般厉害的蛊毒。

过了小半个时辰，慕乾、御风与柳润声他们回来了，身后还跟着英姿飒爽的陆凝香，几个人手中拿着弓箭，见燕昊站在门口，脸色比昨日好了些，众人都放下心来。

御风朝燕昊一抱拳：“太子殿下，慕大公子整军真是有一手！属下算是信服了，难怪去年南燕败了，果然是咱们实力不及大虞。”

燕昊笑着点了点头。慕乾带兵肯定不会差，去年带领十万大军入侵南燕，那般排山倒海一般压下来，各州县都无法防守，节节败退，任凭他带大军逼到了江都，将南燕给灭了。

燕昊以敬佩的目光看了看慕乾：“慕乾，你可得多多指导才是。”

“我昨日便说过了，我指导十日，便赶去找赫连毓，他那边肯定需要人手。他心思纯善，只怕会着了旁人的道，我得在旁边好好替他把关。”赫连毓不仅是自己的好友，也是自己的妹夫，还是自己的救命恩人，自己一定要拼尽全力帮他。

一只鸽子在他们头顶盘旋，众人抬头一看，见鸽子的脚踝上绑着一个小小的竹筒。

“小虎子送信回来了。”燕昊有几分惊喜，一颗心忍不住怦怦跳起来。他让小虎子留意慕微的动静，有什么事及时送信回来，难道是有了消息？

信鸽落在燕昊肩头，燕昊将竹筒解下，拔开盖子，从里边倒出一张字条来。

是一幅画。燕昊愣了愣，见上边画着一个大肚子的妇人坐在一棵树下，旁边还站着一个人，似乎是个丫鬟。

燕昊看了又看，心头琢磨着，小虎子该是看见慕微了。他将纸条拿给慕乾：“大概是见到微儿了。”

“微儿，她在哪里？”慕乾看着这张画，松了一口气。看来慕微是安然无恙，可她究竟在哪里呢？

燕昊将纸条翻过来，见上边画着一碗白米粥，碗边还撒落着几粒米，旁边还有一道城墙，城墙上有一块白色的匾，一根线从米那里牵过去，箭头直指牌匾的空白处。

“米？白米粥？”燕昊轻轻皱眉，忽然“啊”了一声。旁边的慕乾激动起来：“密州，是密州！”

燕昊拿着那张纸的手微微有些发抖。“太子殿下，要不要我前往密州，将慕二小姐接过来？”御风试探着问。

“不必。”燕昊长长地舒了一口气，“只要知道她安然无恙，我便放心了。”

昭文殿里，一片沉寂，赫连铖铁青着脸在看奏折，心中的怒火几乎无法抑制。

“啪”的一声，他将奏折摔到地上：“怎么会这样！现在离那逆贼举兵快过去两个月了，如何还没有将他歼灭？青州有多少人？你又派了多少人去？”赫连铖望着宇文太傅，怒不可遏，“朕提拔你做了大司马，可你怎么就这般不称职，竟然让赫连毓横行了这么久？”

“皇上息怒。”宇文太傅忙行了一礼，“皇上，赫连毓起兵，事发突然，现在我大虞兵马，有二十万在西北边陲，还有二十万在西南，南燕那边现在也驻守了二十万，兵力较为分散，京城里能派出去的，不过十万而已。赫连毓本身有五万人马，现在又抓了一批青壮年临时训练，只怕也有两万余人。那高君泽自小便是在行伍里混大的，颇有些本领，一时拿不下，也不是什么奇怪的事情。”

“那你有什么妙计？”赫连铖见他不慌不忙，脸色稍霁，“你说说看，究竟有何打算？”

“皇上，老臣有一计，还要皇上配合才行。”宇文太傅没有抬头，“皇上，你将老臣大司马之职给免了。”

“这又是何意？”

“皇上，那高君泽乃好大喜功之辈，而赫连毓又素来心软仁善。皇上可借口说老臣剿灭叛贼不力，将老臣的大司马之职给撤了，老臣才有由头让我的门生去投靠他。”宇文太傅低着头道，“皇上，现在赫连毓已经打到了苍州，苍州刺史郭庆凡乃老臣的门生。”

“你的意思是……”赫连铖的脸色慢慢舒展开来，“让郭庆凡假投降？”

“皇上英明，老臣正是这个意思。郭庆凡假投降，将赫连毓引入城中，先逢迎几日，等其不备，再将他斩杀。擒贼先擒王，那些叛军自然也就散了。”

“好，好主意，就照太傅说的办。”赫连铖点了点头，“来人，替朕拟旨，大司马宇文徵平叛不力，免除大司马一职，罚金三千！”

宇文太傅被免去大司马一职的消息传得很快，不仅大虞上下都知道了，连云州凤凰山里的慕乾也得了消息。

“不好！”慕乾脸色一变，拍着桌子站起来，“此中有诈！”赫连铖免去宇文徵的大司马一职，却没有让人接手，大司马之职空缺，这很蹊跷。现在正是需要大司马调度兵马对抗赫连毓之时，为何要将这个要职空缺下来？慕乾的脸色沉了沉：“赫连铖凶狠之极，残忍暴虐，如何会只将他免职，却不动他的太傅职位，而且也没有殃及他的家人，这里绝对有问题！”

燕昊也是脸色一变，虽然他不大清楚赫连铖的个性，但从他对慕家灭门，如何对待慕华寅的尸体就可窥一斑。他看了一眼慕乾，问：“那你打算现在就赶去赫连毓那边？”

“是。”慕乾有几分歉意，“事态紧急，我恐怕不能待够十日了。”

这时，陆凝香开口道：“慕乾，我与你一同去。”

屋子里瞬间安静下来，众人都看向陆凝香。

这些日子，陆凝香与慕乾几乎同进同出，除了晚上没在一间屋子里歇息，其余时间都在一起。虽然陆凝香依旧与慕乾针锋相对，可大家都看得出来，她已经没了当初那种敌意，只不过是儿女间的打情骂俏罢了。

“凝香，不行，那边危险，你且留下来，帮着燕昊继续操练兵士。”慕乾拿出几页纸，“我写了些阵法与操练之法，你好生看看，按着上边的法子来，与燕昊一道将你们南燕将士的武力值提升上来。”

陆凝香颤抖着手将那几张纸接过来，有些难过地咬着嘴唇，没有说话。慕乾朝她笑了笑：“你这样子难看死了。”

“你才难看死了。”陆凝香忍不住跳起来反驳，见众人都笑着在看她，扭过了身子也不好意思地笑起来。

一条血线沿着燕昊的嘴角流了下来，燕昊的嘴唇中间又出现了深紫色一线。

御风算了算，今日是第二个九日。

一群人围着燕昊，个个脸上都是惊慌。燕昊闭着眼睛躺在那里，脸上是一种奇异的红色，嘴唇中间，深紫的一线触目惊心。

“大人，这可怎么办啊？”李妈妈跟着柳润声走进来，一脸慌张，又咬牙切齿地咒骂起青莲来，“这个杀千刀的小娼妇，竟然用这种法子来暗算太子殿下！”

御风一言不发地走出去，不多时就拎着青莲进了燕昊的屋子，将她用力往地上一掼，大喝一声："脱衣裳！"

青莲战战兢兢地抬起头来，看着御风凶神恶煞的样子，不敢有半句反驳。她看了看躺在床上的燕昊，再看看旁边全是一脸愤怒的几个人，忽然很后悔。她从来没想过会在这样的情况下与燕昊欢好。

"我……"青莲回过神来，才开口说了一个字，御风便狠狠地打断："废话少说，快脱衣裳！"

青莲咬了咬牙，有几分羞辱地低下头去，手却没有半分力气解开纽扣。柳润声看了她一眼，摇了摇头，出了屋子。李妈妈恨恨地啐了她一口，骂了一声"贱人"，也跟着柳润声走了。

陆凝香看着青莲那般为难的模样，鄙视地看了她一眼："早知今日，何必当初！"她看着御风带着血色的眼睛，又看了看跪在那里的青莲，心中即便对她有一点点同情，也瞬间被一种愤恨压制下去。

屋子里静悄悄的，除了御风喘气的声音。

青莲有几分绝望，当陆凝香也走开的时候，她便觉得自己真的孤立无援了。御风是一个粗人，他会不会将自己杀了？直到这个时候，她才意识到自己做了一件多么大的错事。

"御统领。"青莲唯唯诺诺地看了御风一眼，"是青莲无知，还请御统领宽宥。"

御风指着昏迷不醒的燕昊，冷冷一笑："哼，若你的命能将太子殿下换回，我保准手起刀落，将你剁成肉泥！"他气呼呼地抓住青莲的衣领，用力一扯，就听"刺啦"一声，青莲的外衣裳被扯得裂开，露出里边桃红色的中衣来。

青莲双手抱胸，眼中有泪水滚落："御统领，求你放过我！"

"我才不会动你！"御风虽然发现自己有些在意青莲，可他不得不将青莲扔到燕昊的床上去，"你这心思狠毒的女子，我便是杀了你也不会动你！"他将青莲抓起，往燕昊身边塞去，"你老老实实地与太子殿下待在一处，等他醒了，该做什么，你自然知道！"

被御风塞进被子里，青莲才有些安心，伸手摸到燕昊的身子，更觉得心中有几分快活。只是见御风盯着自己，不由得有几分胆怯，将头缩了缩，不敢再看他的眼睛。

"别给我耍花招，太子殿下醒来后，你要尽力侍奉他，知道吗？否则，别怪我不客气！”御风冲青莲大吼了一声，可心中有几分生生的疼。他真不愿意看到青莲与燕昊交颈同眠，可为了燕昊，他没办法。

床上的燕昊似乎动了一下，御风朝青莲威胁般地瞪了一眼，大步走了出去，反手将门给关上。他默默地靠着门，心中满满的不是滋味，手紧紧地抓着衣裳，似乎要将那块布撕烂。

“太子殿下。”见御风走了出去，那种无形的压力才得以化解，青莲小声在燕昊耳边呼唤，痴迷地看着燕昊的脸。

这世间没有一个人能比得上他。青莲伸出手去，紧紧地将燕昊抱住，轻轻地在燕昊耳边吹气：“太子殿下，快些醒来。”

她将自己的心窝抵着燕昊炙热的身体，紧张地看着燕昊，心里盼着他快些醒来。

燕昊觉得自己仿佛被煮在一锅沸腾的水里，他的身子也跟着热了起来，这让他兴奋了几分：“微儿！”

渐渐地，他心里有了一种说不出的渴望，他想要抓住身边那个人，将她用力揽入自己的怀抱。

他伸手将她抱住，享受着软玉温香，忽然，那人娇滴滴地喊了一声：“太子殿下。”

瞬间，燕昊便清醒过来，就见旁边青丝散乱，一张嫩脸红晕一片，雪白的脖子，下边依稀能看见圆润饱满的一处，正紧紧地贴着自己。

为何青莲会在自己床上？究竟是谁给了她这般胆子？

“太子殿下，您的蛊毒发作了，青莲是来给您解毒的。”青莲将燕昊抱得更紧了几分，“太子殿下，您宁可中毒身亡，也不愿意让青莲亲近您吗？”

“滚开！”燕昊气喘吁吁地道，此时他竟连青莲的拥抱都甩不开，这让他觉得有几分羞耻。他瞪了青莲一眼：“你再不放手，我就让御风进来将你杀了。”

“太子殿下。”青莲有几分惊慌，赶紧放了手，豆大的泪珠从眼角滚落。这一刻，她才深深懊悔自己的鬼迷心窍。

第四十四章 寻找解药

御风站在屋檐下，心里很不是滋味。

他并不想让青莲服侍燕昊，可又不得不亲手将青莲送到燕昊的床上。

“御风，御风！”屋里传来燕昊的声音，听那声音似乎有些喘不过气来。御风一怔，一颗心慢慢沉了下去。他走到屋门口，低声问：“太子殿下，有何吩咐？”

“将这个讨厌的女人弄出去。”燕昊皱眉道。

忽然，御风心里一下子轻快了不少，他推门进去，见青莲坐在那里，身上的衣裳没少，丝毫没有他想象中的那种不堪。

燕昊转过脸来，指了指青莲：“她不愿意下去，你快将她弄出去。我早就将她赐给了你，为何还要将她送来？莫非你想违抗我的命令不成？”

御风瞧着青莲神色迷惘的脸，伸手将她抓起来，恨恨地骂了一句：“真是没用。”

青萍被他拖下床，跌跌撞撞地将衣裳捡起披在身上，看了燕昊与御风一眼，一言不发，趿拉着鞋子飞快地跑了出去。

燕昊看了御风一眼：“你不懂，你无法体会我的心情。”

御风怔了怔，自己没有感情吗？那为何总会想起青莲来？他看了燕昊一眼，见他脸色苍白，唇上的颜色虽然浅了些，可依旧还在。

"太子殿下，难道你不解这毒了？"御风有几分焦急。

燕昊闭上了眼睛，摆了摆手："你不明白。"

御风来到外面，将系在树上的缰绳解开，拍了拍马背："咱们要出一趟远门了。"

刚翻身上马，陆凝香走了过来，她见到御风这副模样，不由得一愣："御统领，你这是要去哪里？"

"我要去密州给太子殿下找解药。"御风指了指青莲那间屋子，"看好她，万一我找不到那丸解药，无论如何，即便是用下三滥的法子，也要让太子殿下将这丸药给吃了不可！"

随州刺史府里，大堂里依旧亮着烛光。

"高将军，你怎么看？"赫连毓拿着一个信封，脸上有几分惊诧的神色，"这个郭庆凡，我从未与他打过交道，为何他忽然写信来，要开门投降？"

高君泽手里捏着那几张信纸，不以为然地笑了笑："王爷，你也太小心了些，郭庆凡投降的理由说得实在明白不过了。再说，我也知道他那人，就是胆小怕事、贪生怕死。咱们大军驻扎在随州，离那苍州不过百里，他怎么能心中不害怕？"

郭庆凡在信上说，得了恩师指点，特地来投奔赫连毓，只望将来太原王登基为帝时，能因他拥戴有功，为他加官晋爵。郭庆凡的恩师，正是宇文徵。宇文徵最近被赫连铖免去大司马之职，恐怕心中存了怨恨。高君泽摸了摸胡须，扬扬得意地笑了笑："王爷，你那侧妃，可是宇文太傅的孙女。"

听到高君泽提起宇文如眉，赫连毓皱了皱眉："莫要提她，她与这战事没什么干系。"

"如何没有干系？"高君泽笑着弹了弹那信笺，"郭庆凡说他是得了宇文徵指点，宇文徵肯定是看在自己的孙女是你的侧妃，想着若王爷登基为帝，他自然便是皇亲国戚。正好又遇到赫连铖将他免职，还罚了他三千金，他积怨在心，想要来投靠王爷，这也没有什么不正常的，是个人都会这般想。"

赫连毓依旧有几分犹豫："不行，我们不能轻信郭庆凡的话，拿几万人马去苍州城冒险。"

"王爷，咱们总是要一路打过去的，现在郭庆凡既然愿意开门投降，咱们又何乐而不为呢？”高君泽暗自摇头，太原王也太谨慎了些，现在举兵都两个月了，也陆陆续续攻下了一些地方，原来拼死抵抗的，现在也逐渐归顺，可他还是这般犹豫，实在非大将之风。

行军打仗，他经历得多了，难道还怕郭庆凡不成？他若想假投降，自己也有招，大军先不进城，只带数百亲卫进去受降，将城门与刺史府占了，换上自己的军士来轮防，还怕他郭庆凡会飞到天上去？

“嗯。”赫连毓沉吟了一声，“咱们且将这事放上一日，看看他怎么办。”

“王爷，不管他是真投降还是假投降，咱们都不要怕。”赫连毓身边的齐木突然开口道，“不是有俗话说兵来将挡，水来土掩？我想苍州刺史瞧着咱们来势汹汹，心中害怕，这才来投降的。我觉得高将军说得是，做事情就该勇往直前，不要犹豫。”

高君泽赞许地看了齐木一眼，笑着点了点头：“没想到你倒是个有见地的。”

齐木咧嘴笑了笑：“别人都说我笨得像木头，终于也有被人夸奖的时候。”他朝赫连毓诚挚地说道，“王爷，不如这样，由属下扮成你的模样进城受降，看看那苍州刺史究竟打的什么主意。”

高君泽听了这话更是大喜：“这主意不错。”他抬头看了看齐木，虽然他瞧着要比赫连毓略微高大些，可郭庆凡并没有见过赫连毓，应该认不出来。

“这怎么行？我不能让自己的属下去涉险。”赫连毓摆了摆手，“这不妥当。”

“王爷，如何不妥当？保护王爷乃属下的职责，现在属下假扮王爷与郭庆凡见面，也不一定是什么危险的事情，王爷不必多虑。”齐木诚恳地看着赫连毓，眼中流露出一丝决绝，“属下与齐敏，都是太后娘娘赐给王爷的，既然已经认王爷做主子，自然就要尽心尽力保护王爷。”

“王爷，既然齐木这般忠诚，你也要给他一个表现的机会啊。”高君泽呵呵一笑，“就这样吧，明日我就回信给郭庆凡，咱们接受他的投降，后天就带兵去苍州。”

赫连毓还是有几分不放心，看了看高君泽，见他一脸坚定，也不好再去否定他的决议，只是说了一句：“那还请高将军安排妥当，切勿轻信了郭庆凡信上的话。”

高君泽点了点头：“这个是自然。”

他瞄了一眼赫连毓，见他还是一脸不放心的模样，微微摇了摇头。太原王什么都好，就是太优柔寡断了些，而且也过于谨小慎微。

这日，碧空如洗，苍州城一早便大开城门，郭庆凡站在城墙垛子后，望着那条绵延到山那边的官道，心中有些微紧张。今日，成败在此一举。

从上午一直望到下午，申时左右，终于看见远方有淡淡的烟尘。

“来了。”郭庆凡脸上露出笑容。赫连毓还是上钩了。

一支长长的队伍在远方的官道上出现，旗帜飘扬，上写两个大字：太原。兵马脚步声阵阵，让进出苍州城门的百姓都愣住了，回头望着那迈着整齐步伐的队伍，大家脸上都有些变色。

队伍走到城门前，在离城门约百步之外停了下来。郭庆凡心中一愣，有几分紧张，为何赫连毓不往前边来了？就见一位将军，身穿寒铁盔甲，护心镜明晃晃地在胸前闪亮，催马奔到城前，大声喊道：“郭刺史，我们家王爷说，你若真心投降，还请带着刺史府官员出城迎接，不要站在城墙上候着。”

郭庆凡看了看身边几个刺史府的幕僚，众人脸上都有几分尴尬。这次假投降，他们布置了好几种手段，第一种便是在城墙上设弓箭手，趁赫连毓进城时，万箭齐发将他射杀。

可是没想到赫连毓竟然这般细致，非让自己下城墙去接他，自然是有了防备之心。郭庆凡看了看城墙垛子后埋伏着的弓箭手，眼睛瞪了瞪：“不要轻举妄动，看我的手势，若没做手势，你们不能放箭。”

他带领着刺史府的几位官员走下城墙，往城门走去。

走出城门，郭庆凡看着前边黑压压的一群人，眼睛都有些发花。那群人站得笔直，刀剑在手，映着日头闪着寒光，不免让他有些胆战心惊。抬眼仔细一打量，见旗帜中间拥簇着一位年轻人，坐在高高的车辇上，头戴紫金冠，身穿淡紫色的袍子，腰间系着一块玉佩，看上去气宇轩昂。

听说太原王最喜欢穿紫色衣裳，那这个人应该就是太原王了。郭庆凡朝紫衣男子行了一礼：“郭某出来晚了，还请太原王见谅。”

“哈哈哈。”“太原王”大笑几声，从车辇上起身，一阵风般卷到了郭庆凡的面前，伸手扣住了他的手腕，“郭大人，不打紧，只要你出来就好。”

郭庆凡只觉得手腕处猛然一紧，似乎要喘不过气来。他看着“赫连毓”，脸上挂着谄媚的笑：“王爷气宇轩昂，下官仰望。”

这“赫连毓”确实很高，站在郭庆凡旁边，比他几乎要高出一个头来。郭庆凡低着头，口中谦恭，心里却暗暗叫苦。本来计划要弓箭手放箭，可“赫连毓”将自己拉到他的身边，不就是想让自己当挡箭牌吗？郭庆凡额上滚下豆大的汗珠子，另一只手哪还敢举起来？

“郭大人，你如此诚心，本王甚是感激。”齐木说得很慢。这两日他极力模仿赫连毓说话的神情和语气，唯恐有一点儿差池，现在，他心中还有几分犹豫，生怕自己说出来的话会有哪些地方不妥。

好在郭庆凡也紧张，根本没有听出齐木声音里的异样，只是满脸谄媚地笑着：“这是下官应该做的，还请王爷同我一道进城吧。”

齐木点了点头，朝高君泽吩咐道：“你们在城外驻扎，等交割了苍州的兵权再派一部分人进城。”

他对郭庆凡笑了笑：“郭大人，先将兵权交出来吧，否则，你让本王如何相信你是真投降？”

郭庆凡不由得哆嗦了两下，交出兵权，那不就是真投降了吗？还怎么命令军队进攻叛军？只是齐木扣住他的手腕，仿佛他一开口说个“不”字，就会将他的手腕折断一般。他向旁边的主簿使了个眼色：“快去将我的兵符取来！”

主簿会意，赶紧往城里奔去。大人的意思是要与领兵的指挥卫所说好，否则苍州这一万守军，岂不是白白送给了太原王？

“郭大人果然识相。”齐木哈哈一笑，看了一眼高君泽，“高将军，你就在这里交割兵权，本王先与郭大人进城。”

他攥紧了郭庆凡的手，朝他微微一笑：“走吧。”

苍州刺史府的一个院子里，万籁俱寂。赫连毓靠在床上，没有一丝睡意。他隐隐觉得哪里有些不对劲，在床上翻来覆去，怎么也睡不着。

他又想到了慕微，不知道她现在在哪里，过得好不好。

他长长地叹了一口气，心里酸楚一片。本来一切都好好的，可是没想到，忽然他就失去了一切，家、妻子，还有他的母亲。他从来没想过要背叛赫连铖，他与他是多年的好兄弟，现在却被形势所逼，一夜之间，他成了赫连铖的敌对者，扛起了谋逆的旗帜。

如果能够重来，他会不会任凭赫连铖凌辱慕微？赫连毓打了个寒战，心中默念，不会，他绝不会坐视慕微有悲惨的结局。

睡意慢慢上来，赫连毓躺回床上，闭上了眼睛，只希望能在梦里看见她。

“走水啦！”一声尖叫划破了宁静的夜。

乌蓝的夜幕里，一抹浓烟瞬间蔓延。

晨雾渐渐散去，密州码头一派繁忙景象。

这个时候开过来的船只要上岸，齐敏都会抢先一步，生怕被人抢了先。

今天这船是从苍州来的，因那边战乱，这才决定来密州避难。虽然东西不多，可也够齐敏搬一阵子的。他一边搬，一边与那家的下人攀谈：“苍州那边怎么样了？”

“苍州……唉，不好，要不我们也不会来密州了。”那个下人叹着气，与齐敏一道抬着大箱子往马车上去，“太原王被郭大人设计害死，他的手下发了疯似的，将苍州城围得铁桶一般，幸亏我家主子住在城外，否则连逃都没有机会了。”

“什么？”齐敏的手一松，箱子立刻落地，他看着一脸惊愕的下人，伸手揪住了他的衣领，“太原王……死了？”

“是啊，是被郭庆凡放火烧死的。郭庆凡可真不是个东西。”那个下人点了点头，“他将太原王挂在墙头，听说要悬尸一个月示众呢。”

“那可怪不得郭庆凡，大家都传言是皇上的意思。”旁边有人插嘴，“郭庆凡还没这般暴虐。听说是京城里来的旨意。”

齐敏没有说话，站在那里呆呆地望着江面。“你怎么了？”那个下人气喘吁吁地扛着箱子一角，看了看齐敏，“快些动手搬箱子。”

齐敏看了他一眼，一把扛起箱子，走向马车，将箱子往马车上一扔，拍了拍手：“剩下的你们自己搬吧。”

“哎哎，你这是怎么了？”李大胜刚刚吃力地抬着一个箱子过来，见齐敏要走，一把抓住了他，“好不容易才来了单生意，你怎么不做了？”

齐敏将他的手甩开，大步朝城里走去：“我有事。”

李大胜呆呆地站在那里，摸了摸脑袋：“这人真是奇怪。”

巷子口停着一辆马车，似乎在等人，齐敏没有留意，只是飞快地往自家院子里跑去。门口蹲着两个小叫花子，正低头不知道在说着什么，见齐敏大步走来，都站起身子，怯怯地往旁边挪了挪。

齐敏将大门一脚踢开，几步便走到了慕微面前。

秋月见齐敏回来，颇有几分意外：“齐敏，你怎么回来了？”

齐敏没有说话，只是盯着那张容颜绝美的脸，眼神越来越冷。

“齐敏，你怎么了？”第一次见齐敏这般神色，秋月有些紧张，“怎么脸色这般不好？”

齐敏没有回答她，只是看着慕微，眼中似乎要喷出火来。就是她，就是这一张脸诱惑了王爷，让王爷为她神魂颠倒，甚至不惜与皇上作对！若不是她，王爷又怎么会挟持皇上，举兵谋反？又怎么会命丧九泉？

他紧紧地捏着拳头，极力压制着自己的愤怒，咬着牙，眼中似乎有泪，却极力不想让它掉下来。

“你这是怎么了？”慕微诧异地看着他，轻声道，“可是在码头上受了委屈？”

“你、你……”齐敏咬着牙，再也克制不住自己的情绪，伸手指向慕微，“就是你！你红颜祸水！你害得王爷丢了性命，害得他死后还要受尽折磨！”

慕微与秋月大吃一惊，两人看着齐敏，不敢相信：“什么？王爷他……死了？”

齐敏没有说话，只是踏前一步。秋月赶紧张开双臂，将慕微挡在身后，大喝道：“齐敏，你要干什么？”

“王爷为了你断送了自己的性命，我要你去陪葬！”齐敏眼中露出狰狞的神色来。

“齐敏，你疯了不成？”听到齐敏的话，秋月大惊。

“齐敏，你冷静些！”见齐敏又往前踏了一步，秋月心中一急，伸手便将他抱住，声音里带了哭腔，“难道你没有想过，王爷便是舍了自己的命，也要王妃好好活着，他怎么会要王妃陪着他一道死？你别犯糊涂！”秋月回头看了看慕微，大声道，“王妃，你快些走，齐敏现在糊涂了，你快些走！”

慕微张了张嘴，可看着齐敏凶狠的神色，知道多说无益，只好一手撑着腰，吃力地往门口挪去。

门口那两个小叫花子看见，飞奔过来，扶住了慕微：“慕小姐，快跟我们来。”

慕微有几分疑惑，这两个小叫花子似乎有些眼熟，可又记不清在哪里见过。她正迈步往外走去，齐敏追过来，一手抓住她的衣领，揪着她便往门上撞去。

“王妃！”秋月惊骇地大叫，冲过来抱住齐敏的腰，“齐敏，你不能这样！”

血从慕微的额头上流下来，她的脸色白得有些吓人。小虎子与宝儿见了，也不知所措，两人站在那里，愣愣地看着慕微慢慢倒了下去。

这时，门边闪过一道深灰色人影，他一把扶住了慕微，朝小虎子与宝儿使了个眼色："我们快走。"

秋月抱住齐敏的腰不敢松手，她眼睁睁地看着那个穿着灰色衣裳的人将慕微抱了起来，飞快地朝巷子里跑去。"王妃。"秋月喊道，眼泪忍不住落下来。

慕微似乎从来没有这样难受过，她只觉得昏沉沉一片，想睁开眼睛，可是没有半分力气。她听到有细细的哭泣声："慕小姐，慕小姐……虎子哥，她会死吗？"

用力动动手指，表示她还活着。慕微苦笑，她不知道自己现在什么样子，定是十分狼狈。

齐敏抓住她往门上一撞，她晕了过去，可醒来后，好像模模糊糊发生了一些变化。之前的她，若要回忆过去，只觉得白茫茫一片，什么也想不起来，唯一见到的便是一身白衣的燕昊。可现在，她脑海里多了不少人，有父亲母亲，有兄长姐姐，还有一个紫衣少年。

他是谁？为何会用那样温柔的目光看着自己？慕微有几分困惑，总觉得答案就在前边，可是隔着一层纱巾，而自己无力将它掀开。

再想下去，忽然脑袋疼痛如被火炙烤，她抓住衣袖，长长地吐气，可那炙热的感觉依旧在燃烧。

她听到身边有人在喊着一个人的名字——御风？慕微努力回想着这个名字，好像在哪里听过。慕微苦笑一声，失魂真不是一件好事，很多以前的事情都已缺失。

马车继续往前奔跑，慕微只觉得身子不断被抛起，又重重跌落。她努力睁开了眼睛，看了看旁边的两张脸，低低呻吟了一声："痛，肚子好痛。"

"痛也得忍着，这是你活该受的！"御风冷冷地看了她一眼。就是这个女人，害得太子殿下到如今这样的地步！举头三尺有神明，老天爷不会放过她的！

凤凰山里的屋前，站着一个人，见马车过来，惊喜地迎上去："御统领，你将她接回来了？"

"太子殿下怎么样了？"御风没有回答陆凝香的话，他只想知道燕昊现在的情况，算起来他离开凤凰山已有十日之多，燕昊的蛊毒该发作了。

陆凝香的眉头深深皱起，她忧心忡忡地叹了一口气：“昨日他蛊毒发作，这次比前两次更严重，今天早上才苏醒过来，现在正在屋子里歇息呢。”

“这该死的青莲！真是疯了！”御风恨恨地咒骂了一句，为了自己的私心，竟然做出这样无耻的事情来。

“哪里只是她疯了，她那个认的干爹也疯了！”陆凝香摇了摇头，带着御风往外边走，“她那个干爹竟然闯到山上来，要求太子殿下娶青莲，还说若不娶她，太子殿下就无药可救了。”

“什么？”御风惊诧，“他竟然闯到山上来了？谁告诉他我们在这里的？”

“应该是青莲说的。”陆凝香摇了摇头，脸上露出无奈的笑容，“那人竟然将我看成太子殿下的心上人，见了面拿着刀就朝我砍，说什么杀了我以后，太子殿下就只能娶青莲了，这不是疯了吗？”

“可能是青莲告诉他，你是皇后娘娘指的太子妃，他自然只会砍你。”御风笑了笑，可眉头依然皱在一处，“抓住他没有？”

“我们怕他带着蛊虫，所以打斗时十分小心，最后还是太子殿下出手，这才制伏了他，现在与青莲关在一处。”陆凝香指了指青莲的屋子，“说来也奇怪，虽然是认下的干爹，但那异族人对青莲着实好，似乎将她看成是亲生女儿一般。”

“这世上的事，又如何能说得清楚。”御风走到燕昊屋门口，快步上前，将门推开，见燕昊坐在书桌旁，这才松了一口气，“太子殿下，属下回来了。”

燕昊似乎正在写字，桌上那页纸上，密密麻麻地写满了“慕微”两个字。

这些天，他的心越来越不平静，仿佛有什么事在逼近一般。阿拉善的突然来袭、第三次蛊毒发作，对他来说似乎没任何影响，他只是执着地在想一个人，一种说不出的恐惧与甜蜜交织在一起，在他的心里浮上沉下。

陆凝香说御风是去接她了，能不能找到她呢？他忽然不能自已，一个接一个，那两个字便在笔尖出现。

“御风，你回来了？”燕昊沉声问道，却不敢抬头，他不敢看御风身后，生怕后边空荡荡的，让自己失望。

“太子殿下，我找到慕小姐了。”御风走近，看到纸上的名字，长长地叹了一口气，“正在外边的马车里躺着。”

燕昊猛地抬起头来：“躺着？为什么？”

“因为属下赶到密州时，正逢太原王手下发疯，他听说太原王身死，迁怒慕小姐，说要杀了她给太原王报仇。”御风低声解释。

“她受伤了吗？”燕昊的语气里十分着急，“有没有给她请大夫？”

“她的脑袋撞到门上，昏过去了，后来醒了。”御风看着燕昊，关切地问，“太子殿下，你的蛊毒又发作了？赶紧让慕小姐给你解毒才是。”

“让她给我解蛊毒？”燕昊摇了摇头。阿拉善也说了，解除蛊毒只有两种方法，一是与下蛊之人欢好，另一种是要两情相悦之人的心头血。

两情相悦？燕昊心中一阵抽痛，他想到除夕夜里，自己冒着大雪去上京见她，结果她竟然打发丫鬟出来说了一句让他到现在还不能忘记的话：王妃说，让你们到别处去打，别惊了她肚子里的孩子。

她有了孩子，是她与赫连毓的孩子，她已经变心了，根本不屑出来看自己一眼，她关心她与赫连毓的孩子更胜过自己！燕昊痛苦地捏着衣袖，心头一阵疼痛。

御风张了张口，本来还想说话，却被燕昊的眼神制止：“我知道你想说什么，可是御风你错了，我虽然不能忘记她，可她已经不是那个与我两情相悦的人，她有了赫连毓的孩子，心里如何还能有我？去吧，将她好生安置，等慕乾回来，再将她交给他。”

第四十五章 阴差阳错

暮色慢慢上来了，天地万物，苍茫一片。

这是一张拔步床，虽然燕昊已经没什么银子了，可他还是让人买了这张拔步床，只为慕微能睡得更舒适些。

她是娇生惯养的小姐，怎么睡得惯木头搭起来的床铺？况且她有着身孕。

“太子殿下，这床与梳妆台，放到哪里？”几个手下心中直嘀咕，太子殿下都住一年了，也没嫌床不好，今日怎么便要买床买梳妆台了？

“你们搬去山腰，找陆小姐，她自然会安排你们往哪里放。”燕昊停下了脚步，心中忽然难受。

他想见她，可又害怕见她。

站在山间小路上，心里一阵酸涩。他摸了摸金翼的脑袋，低声问：“金翼，我该怎么办？”

金翼将脑袋低下来，蹭了蹭燕昊的手，发出咴咴的叫声，让燕昊更加伤感。他翻身上马，骑着金翼便往山下冲去，一点儿也不想回山上，他还没想好如何面对她。

一口气奔出十多里，来到他经常吹埙的湖边。翻身下马从怀里拿出那只圆鼓鼓的埙，举起来看了看。

“我要将你的声音装到里边，等我想你的时候便将它放出来。”

燕昊凄然地笑了笑，将埙举到嘴边，开始吹奏起来。

“太子殿下。”身后传来御风焦急的声音，“你何必这般伤神？”

“御风，你不明白，你一点儿也不明白。”燕昊转身看了看御风，“你没有喜欢过谁，自然不会明白我的感受。”

“太子殿下，你错了。”御风一本正经地道，“我喜欢一个人，只是那个人不该是我喜欢的。”

燕昊有几分惊诧，微微一笑：“你喜欢青莲？”

御风的脸瞬间便红了，他摸了摸脑袋，有几分不解：“太子殿下是如何知道的？”

“你的性子我最清楚，若你不喜欢她，早在她给我下蛊时，就一掌将她击毙了，如何还会留着她的性命？”燕昊朝御风点了点头，“那时候我也没细想，今日你说喜欢上了一个人，我才想到那人该是青莲。”

“她是太子殿下的侍妾，属下本不敢想。”御风低下头去，“太子殿下，你责罚属下吧。”

“我为何要责罚你？”燕昊温和地看了御风一眼，“你有了喜欢的人，我很是喜欢。我早就将青莲赐给了你，她便是你的人，跟我有什么关系。”

“可是……”御风吭哧了好半日，这才抬起头来，“只有她，才能解太子殿下身上的蛊毒。”

燕昊怔了怔，仿佛才想起这个问题来，他幽幽叹了一口气：“我是无论如何也不会接受的，你放心吧。”

“可是……”御风的呼吸似乎停滞了，他看着燕昊失魂落魄的眼睛，“可是太子殿下，难道你便不顾自己的性命了不成？”

“御风，谁又能违背天命？”燕昊笑了笑，“你不必担忧，说不定这蛊毒也没那般可怕，你瞧我每次都只发作那么一段时间，转瞬便好了。”

白色的宝马良驹驮着身穿白色衣裳的清俊公子，在银色的月光下疾驰。幽幽的灯光从屋内透出，燕昊站在窗外停留了片刻，他很想伸手将门推开，可还是不敢，一颗心怦怦乱跳。

“太子殿下，不如进去看看？”御风见燕昊站在那里，一动不动，心中有几分焦急。

燕昊摆了摆手，纵身一跃跳上了屋顶，御风张大了嘴巴呆呆地在下边站着，望向屋顶上的燕昊。

“太子殿下实在是奇怪得很。”御风摸了摸脑袋，牵马走回自己的屋里，很是想不通，为何燕昊放着正门不走，却要到屋顶上偷窥。

燕昊出神地望着屋里，慕微坐在椅子上，他看不到她的脸，却能看到她变了样的身形。

“慕小姐，你真的能感觉到他在里边动？”宝儿蹲在慕微身边，好奇地盯着慕微的肚子。

慕微低头看了看肚子，一种骄傲的感觉油然而生：“是的呢，早一个月开始便有了动静，这个月动静更大了。”

宝儿惊讶地睁大了眼睛，有些心疼：“他踢你的时候会不会很痛？”

“会，但我觉得高兴。”慕微将手放在肚子上轻轻地抚摸着，“若他父亲也在，知道他这般顽皮，定会教训他，还是不要让他看见才好。”

“他的父亲？”宝儿轻声惊呼了一声。她想到了外边的传言，太原王已经死了，尸体挂在苍州城墙上呢。她小心翼翼地瞧了慕微一眼，见她似乎没什么悲伤的神色，忽然想起她得了失魂症。

慕小姐失了魂，很多东西都不记得了，宝儿摸了摸慕微的手：“慕小姐，这山间夜里的天气凉，我给你拿一件衣裳过来。”

宝儿打开梳妆台下边的屉子，取出一件衣裳：“慕小姐，你快些披上吧。”

慕微微微一笑，忽然一阵头晕目眩。

她的心跳得很快，慕微不知道自己为什么会有这种感觉，心越跳越快，仿佛就要从喉咙蹦出来。

“慕小姐。”宝儿过来见慕微昏倒在椅子上，急得脸都白了，赶紧奔到门口想去喊人，才将门打开，一个白色身影一阵风般卷了进来，将椅子里的慕微抱了起来。

慕微躺在床上，眼睛闭得紧紧，一张苍白的脸上透出些许红晕。

她呻吟了一声，宝儿赶紧奔过去：“慕小姐，你怎么样了？”

慕微吃力地睁开了眼，方才她一阵心慌气闷，昏了过去，昏迷中，她仿佛做了一个很长的梦。她见到了燕昊，他微笑着，伸手将她搂在怀里。她似乎闻到了花香，一颗心如被风吹得饱满起来的风帆，正在蔚蓝的水面前行。

“方才，是不是有人来过？”慕微抬起头来，看向宝儿。虽然知道只是一个梦，可她希望燕昊真的来过。

“嗯，有人来过。”宝儿点了点头，将茶盏捧了过来，“太子殿下来过。”

太子殿下，又是太子殿下，这个太子殿下可真是神秘，他为何要救她，为何又不愿意露面？慕微有些困惑地眨了眨眼：“你们太子殿下叫什么名字？”

宝儿摇了摇头：“不知道，别人都叫他太子殿下，没听见他有旁的名字。”

慕微呆了呆，不由得笑了。对于一个才四五岁的小姑娘来说，她又如何能知道太子殿下的名讳？自己问她，岂不是强人所难？她笑着点了点头：“你去睡吧，夜深了。”

宝儿点了点头，轻手轻脚地将鞋袜脱了，爬到床的外侧，对着灯用力一吹，屋子里立刻陷入黑暗。

第二日一早，陆凝香便过来看望慕微，她本来要与燕昊、御风一道去军营，可御风将她拉到一旁：“陆小姐，我有个主意。”

“什么主意？”陆凝香有几分莫名其妙，这御风一大早便神神道道的，也不知道在想什么，看他眼睛下边一圈青黑，看来昨晚没有睡好。

“我想，若那慕小姐重新喜欢上了咱们太子殿下，那不是两情相悦了吗？”御风看了看骑着金翼走在前边的燕昊，一脸快活。

陆凝香听了这话，又好气又好笑。她白了御风一眼：“你没见她已经怀着赫连毓的孩子？如何还能喜欢太子殿下？莫要想得太简单！”

“咳咳，你也真是！寡妇就不能再嫁了？”御风显得有几分焦急，拍了拍马的脑袋，“再说了，她不是失魂了吗？咱们就说太子殿下是她的夫君，这样不就好了？”

“这倒是个好主意。”听御风这般说，陆凝香脸上露出一丝惊喜来，“对，咱们就说太子殿下是她的夫君，大家都这么说，想必她也就会这么认为了。”

御风嘿嘿一笑：“你赶紧去与李妈妈和宝儿说好，再去与那慕小姐说，让她信以为真。”

陆凝香点了点头：“好，我这就过去。”

慕微已经起床，脚还没有穿鞋，脚背有几分水肿。陆凝香见了，吓了一大跳：“慕小姐，你这脚怎么了？”

“啊，这个……”慕微有些羞赧地将脚放到鞋子里，低声道，“大夫说有身孕的妇人到七八个月时腿脚就会肿胀，没事的。”

陆凝香在椅子上坐下来，看着慕微的脸，这张脸倒是没肿，反比原来还瘦了些，显得那双眼睛更大了。

“慕小姐，你还记不记得你的夫君？”陆凝香试探着问了一句，见她茫然地摇了摇头，这才定下心来。御风这法子，或许还真的可以一试。

慕微脑袋里迷迷糊糊的，根本想不起来夫君的模样，只是那个齐敏常说王爷什么的，好像她的夫君该是那位王爷。

那王爷究竟是谁？慕微脑子里浮现一个身穿紫色衣裳的年轻公子，满脸微笑地看着她，目光里充满着珍惜与爱慕。难道王爷就是那位年轻公子？慕微揉了揉脑袋，那里有些胀痛。

“慕小姐，你怎么了？”陆凝香见慕微脸色有变，关切地问道，“可是头痛？”

“是。”慕微呻吟了一声，“我怎么也想不出我的夫君是谁。”

“那你想不想知道？”陆凝香抓住她的手，激动地晃了两下，“要不要我告诉你？”

“陆小姐，你知道是谁？”慕微疑惑地抬起头来，脑海里有一个穿白色衣裳的身影正在徘徊。

自她失魂第一日起，她便在怀疑，这位叫燕昊的白衣公子一直出现在自己的梦里，他究竟是谁？如果说他们是夫妻，为何自己身边又会有一个夫君？她伸手摸了摸肚子，眼里露出一丝迷惘。刚刚醒来的时候，她有一种明确的感觉，孩子是燕昊的，可随着日子一天天过去，那燕昊根本没有露过面，这让她不免对这个想法有些动摇。为何燕昊不来看自己？他对自己的孩子也那般不屑一顾？

现在听陆凝香说知道自己的夫君是谁，慕微心中欢喜，她看着陆凝香，静静地等着她的答复。

“你的夫君就是我们的太子殿下，他为了见到你，吩咐手下苦寻大半年，这才将你找到。”陆凝香看着慕微的眼神一点点黯淡下来，知道她不相信自己，不免有几分丧气，“慕小姐，你要相信我，你的夫君真是我们太子殿下。”

慕微摇了摇头：“陆小姐，你不要骗我了，我知道肯定不会是他。如果是他，为何他不来看我？我昨日便到了这里，他却没有露过面。”

陆凝香想了想，不免有几分泄气。慕微说得没错，若燕昊是她的夫君，自然会在她到山上时就赶来看她，可燕昊没有出现，这无论如何也解释不通。她脑子转得飞快，想找出什么理由来说服慕微，可想来想去，竟然觉得无话可说。

“陆小姐，既然你知道我的夫君，还这般信誓旦旦，看来你以前也是很熟悉我的，那我想向你打听一个人。”慕微迟疑地开口，“自从我得了失魂症以后，我就只记得一个人的名字，不知道陆小姐你可认识他？”

陆凝香有几分好奇：“你说说看。”

“燕昊。”见陆凝香嘴巴张得大大的，慕微又羞涩地加了一句，“他会吹埙。”

屋子里静悄悄的，忽然，陆凝香发出一声欢呼，伸手抱住了慕微，眼泪都要落下来：“慕微，慕微……”喉间被热流哽住，陆凝香再也说不出一句话来。

原来慕微心里是记得燕昊的，无论她成了什么模样，她还是记得他的。

陆凝香摸出手帕，擦了擦泪，有些不好意思地看向慕微：“我失仪了。”

见陆凝香如此激动，慕微有些不解：“陆小姐，怎么了？你是不是认识这个叫燕昊的人？”

“认识，认识！”陆凝香用力地点头，“他就是我说的太子殿下啊。”

“太子殿下？他的身份是太子？”慕微吃了一惊。陆凝香点了点头：“没错，你说的燕昊就是我们的太子殿下，难道你不记得了吗？他将你从大虞捉了来，想逼你兄长停战。”

慕微的头又疼起来，陆凝香说的这些，仿佛在牵动着她的神经，扯得她生生地疼。

宝儿走过来拉住慕微的手：“慕小姐，陆小姐说得没错，太子殿下就是你的夫君。”

方才陆小姐交代，大家要异口同声说太子殿下是慕小姐的夫君，这样才能替太子殿下解去蛊毒。

“太子殿下是我的夫君？”慕微疑惑地看了宝儿一眼，“你昨日可没这么说。”

“宝儿也是今日才知道。”宝儿摆了摆手，看来慕小姐还不相信自己呢。

“慕微，我这就去找太子殿下。”陆凝香“噌”地站起来，飞快地朝外边走去。“宝儿，”等陆凝香走了，慕微抓住宝儿的手，盯住了她，“你告诉我，你说的是真是假。”

宝儿被瞧得低下头喃喃：“宝儿也不知道，是方才陆小姐这般说的。她说只要我们都这么说，你就会信了。”宝儿是个诚实的孩子，不会撒谎，她不敢看慕微的眼睛。

慕微叹了一口气，看来宝儿没有骗她，那个所谓的太子殿下根本不是她的夫君。

刚刚还在惊喜，可没想到竟是一场空欢喜。慕微吃力地站起来：“宝儿，咱们出去转转。”

走到屋后没多远，就见一扇窗户打开，从里边伸出一只手来，手上拿着碗，然后“砰”的一声，那只碗便被扔了出去。

慕微吓了一大跳，看了看那窗户，好半日没敢说话。

“谁在旁边？”窗里的人说话了，是个女子的声音。

宝儿有几分好奇，昨晚她与李妈妈一道吃的饭，没见到有什么不认识的年轻女子，这人又会是谁？

“你是谁？”宝儿大着胆子问了一句。

青莲一听是小女孩的声音，不由得有几分奇怪：“我是太子殿下的侍妾，你又是谁？”

“太子殿下的侍妾？”慕微听青莲这般介绍自己，不由得想起陆凝香的话来，她说自己是太子殿下的妻子，不如问问这个侍妾，自己的夫君究竟是不是这位神秘的太子殿下，“那你能不能告诉我，你们的太子妃又是谁？”

“太子妃？”青莲沉默了一下，她想起了陆凝香，心里却愤愤不平，她哪里配当太子妃？瞧她与慕乾眉来眼去的样子，就知道她的心思根本不在太子殿下身上！她冷冷地哼了一声，“我们太子殿下还未成亲，哪里有什么太子妃！”

慕微点了点头，看来这侍妾说的才是真话，那个太子殿下根本没有成亲，自己定不是他的妻子。“你是谁？”青莲抓住窗户，想探头看看外边的女子是谁。她小心翼翼地将头伸出去些，可下边是深深的山谷，不由得有些头晕目眩，眼睛极力往旁边一瞥，只见到一个圆鼓鼓的肚皮。

原来是一个怀孕的女子。

青莲将脑袋缩回来，大口地喘着气，看了看屋里新砌的一堵墙，心中愤愤不平。这间屋子是新近被隔开的，里边关着的人是阿拉善。

若不是阿拉善给她噬心蛊，她现在还在福来客栈里洗衣绣帕子，如何会被关在这个小房间里？每日不能出去，只差没戴上镣铐了。青莲很是郁闷，走到墙边敲了敲，那边传来窸窸窣窣的响声。青莲透过墙上的一条缝看见阿拉善从角落里爬了起来，正往这边挪动身子。

他的手脚上都戴着镣铐，爬到墙边，阿拉善颤声道："青莲，你怎么了？方才是不是摔了碗下去？"他换了说话的语调，有几分沮丧，"好闺女，不管怎么样，饭总要吃的，别饿着了自己。"

青莲捶了捶墙，恶狠狠地道："你瞧瞧，你将那噬心蛊吹得这般神，可太子殿下就是不理我，是不是你那蛊虫根本没什么用，他才会这般肆无忌惮？"

阿拉善贴着墙壁，听着青莲生气的话，心中也是纳闷："好孩子，我也奇怪呢，他怎么就不怕死呢？莫非他有心上人，想着会拿心头血给他解蛊？"

"心上人？他哪里去找个心上人出来？"青莲气愤地坐下来，"你自己也看到了，那陆凝香也在，可她没有拿自己的心头血给他。"

"孩子，你等着，燕昊定会熬不住的，他已经发作三次，第四次很快就要来了，我就不相信他真的会这般不爱惜自己的性命。"阿拉善喘了喘气，"你要有耐心。"

青莲扶着墙，心里升起了一点儿希望。

或许阿拉善说的是真话，有谁会将自己的性命置之不顾？即便燕昊再不看重自己的性命，他的手下也会着急的。想到御风将她拎了塞到燕昊床上的那一幕，青莲的脸上露出了笑容，或许离她心愿达成的那一日不会太远了。

她扶着墙站起来，从缝隙里望过去，只能看见阿拉善的一只眼睛，原来他也站在那边望着自己。青莲有几分感动，阿拉善虽然不是她的亲生父亲，可他对自己，真是比亲生父亲还要好。

青莲早就不记得自己的亲生父母，她只记得从记事起便住在叔叔家里，婶婶对她非打即骂，最后狠心将她卖了，幸亏她运气好，进了宫，没有被卖去那烟花之地，否则还不知道现在会是什么样。

她心头一阵发酸，几乎要掉下泪来。她轻声喊道："阿爹。"

阿拉善在那边听到青莲这一声呼唤，心中更是难受，只能笑着道："青莲，我的孩子，咱们一起等着。"

"你与凝香，又在打什么鬼主意？"燕昊皱了皱眉。这两人神神道道的，也不知道在做什么。

"哈，也没什么。"御风笑了笑，伸手摸了摸脑袋，"我们只是想骗骗她，说太子殿下就是她的夫君。”

“什么？”燕昊有些哭笑不得，“你何苦去骗她？”

“我们只是想让她相信太子殿下是她的夫君，她会将一颗心放在太子殿下身上，到时候她就能替太子殿下解蛊毒了。”御风满不在乎地笑了笑，心中还觉得这个主意真不错，既不用青莲做解药，又能让太子殿下解除蛊毒之苦，一举两得。

“你们真是够了。”燕昊摇了摇头，策马往前奔去，“有些事情，何必强求？”

“太子殿下，太子殿下！”马蹄声响起，只见陆凝香从一旁飞奔而来。燕昊见她一脸兴奋，问道：“你怎么了？一大早便这般快活？”

“太子殿下，我方才问过慕微了，她说她心中只、只有你！”陆凝香高兴得连话都说不连贯，“这难道不是个好消息？”

“什么叫问过她了？”燕昊笑了笑，“分明是你在骗她。”

“不、不是这样的！”陆凝香摇了摇手，“太子殿下，真的是慕微亲口告诉我，她心中只有你，我可没有骗你。”

燕昊看了看陆凝香，摇了摇头：“凝香，我知道你的心情，可你也不能这般蒙骗她。她本来就得了失魂症，被你一骗，自然将我认作了赫连毓，此事休要再提！”

陆凝香睁大了眼睛看着燕昊，觉得自己真是哑巴吃黄连，慕微心中分明就只有燕昊，可他竟然不相信！哼，爱信不信！陆凝香板了板脸，嘴巴翘得老高。

“怎么了？慕微不相信？”御风偷看陆凝香，见她脸色不愉快，心中咯噔一下，“她失了魂，应该好骗，只要咱们反复跟她说，她自然会信了。”他安抚道。

“你们别再打这样的主意了。”燕昊在他们身后出现，一脸严肃，“不许骗她，知道吗？我不想让任何人为了我去欺骗微儿，我的生死，命中早有注定，何必用这种卑劣的手段！”

陆凝香气得横眼看了燕昊一眼：“太子殿下，你若不信，自己亲口去问她便是。”

可燕昊最终也没有去见慕微，他一日三餐都改在军营里与士兵一同用饭，只有在晚上才会回到屋里。而每晚回去，他都要在慕微的屋顶待上一时片刻，看着她静静地坐在椅子上，轻声细语地与宝儿说话，他便有说不出的满足感。

“太子殿下……真是不可思议。”陆凝香望着屋顶的黑影摇了摇头。

“不可思议。”御风也摇了摇头。

御风恨不能一块石头打过去，将燕昊从屋顶砸下来，好让慕微听到响动，打开门第一眼便能见到燕昊躺在地上。

“两人分明就是互相喜欢，为何不说出来？”御风怅然，摸了摸手中的石块，最终还是放了下来，“我真是弄不懂。”

“算着日子，太子殿下快要发病了。”陆凝香低声道，“明日，他们总会有见面的机会。”

“你的意思是？”御风看了看陆凝香鬓边不住飞扬的发丝，忽然领会了她的意思，“你是想让慕小姐去见太子殿下？”

“是。”陆凝香点了点头，“无论如何，咱们总得试一试。若真如慕微所说，她心里只有太子殿下，那她的心头血必然能解去太子殿下身上的蛊毒。”

“好。”御风欢喜地点了点头。

蛊毒又一次发作。

燕昊坐在桌边，白色的衣裳上沾着几滴血，那血的颜色有些偏紫，不是寻常的红色，看得站在一旁的御风心惊。

“太子殿下，你这是何苦！”御风一把抓住了燕昊的手，“你为何不见慕小姐？万一她真是心上有你，那不是刚好？”

“不，我不能那样做，心头血，那岂是一般的东西？”燕昊挣扎着要将御风的手甩开，“你们不要这样自私，若她真的心中有我，我自然高兴，可要她取心头血给我，我是无论如何也舍不得的。”

“太子殿下！”御风急得直跺脚，“这心头血又不一定能致命，一根长针下去，取得几滴便是，你又何必这般固执？”

“长针下去？你说得简单！”燕昊摇了摇头，“不行，我不能看她受苦！”

脚步声沙沙响起，细微的声音不住地在耳边回旋。那脚步声到了门边，却停了下来，似乎踟蹰不前。慕微静静地坐着，听着那愈来愈近的脚步声，心中有几分疑惑，是谁来了？

这几日过得很安宁，有宝儿陪着，与未出世的孩子说说闲话，一眨眼的工夫，日头就到了山后边。

她没怎么出去，每次一出去，那个胖胖的厨娘与她说不了几句话，便会转到太子殿下是她夫君这话题上来。她实在有些厌烦听这样欺骗的话。可自小养成的修养，她只是微微笑着，任凭厨娘继续唠唠叨叨地重复那些谎话。

她后来也见过陆凝香几次，陆凝香似乎意识到了自己知道她在撒谎，每次见到她都是尴尬地笑笑，没再提燕昊就是他们太子殿下这件事。

一个身影慢慢走过来，叹息声就在耳边："慕微，我知道你肯定以为我是个骗子，对不对？不管怎么样，你今日跟我去看看太子殿下，便知道我有没有骗你了。"

"去看他？他在哪里？"慕微有几分怀疑。

"因为他不想让你吃苦，所以躲着你。而我们不愿意他吃苦，所以想让你去见他。"陆凝香上前一把抓住了她的手腕，"跟我走。"

慕微缩了缩身子，摇了摇头："我不去，谁知道你又会怎么骗我？"

陆凝香心中着急，大吼了一声："慕微，你若不去，燕昊就要死了！"

"什么？燕昊要死了？"慕微睁大了眼睛，不敢相信自己的耳朵，"你又在骗我了，他好端端的怎么会死呢？"

陆凝香还没来得及开口，忽然，一阵喧哗声传来，她侧耳听了听，脸色一变，抓住慕微的手便往外拖："慕微，我求你过去看看，即便你不想知道我们太子殿下是谁，你去看看他此时的模样也不是件很难的事。"

旁边屋子里有个苍老的声音嘶哑地喊着："燕昊的蛊毒又发作了？你们还不将青莲放出来？难道要眼睁睁地看着他死掉？"

慕微听到这喊声，怔在了那里。

"燕昊？蛊毒？"她有些困惑地看了看陆凝香，"那人究竟在说什么？"

陆凝香缓下了心神，这才道："我说过我没骗你，我们太子殿下便是燕昊。因有个丫头喜欢他，想做他的侍妾，所以暗地里给他下了一种蛊毒，九日一发作，九九八十一日后便无药可救。"她看向慕微，"你可愿意救他？"

"我愿意！"听说燕昊中了蛊毒，八十一日后便无药可救，慕微心乱如麻，那个总在她梦中出现的白衣公子，难道真的会这样死去？不行，他是自己孩子的父亲，怎么能眼睁睁地看着他死？

"解药是什么？可与我有关？"既然那个御风大费周章地将她从密州接来，定是有什么图谋。慕微立刻想到了这其中的关联。虽然她失了魂，可并不代表她没了对事情的判断。难道……燕昊所需要的解药，在自己身上不成？

“你的心头血。”陆凝香看着慕微，有些为难，“我知道这要求太……”话还没落，慕微已经毫不迟疑地往前走去，“陆小姐，你快些带我去瞧瞧。”

第四十六章 献血解毒

她静静地站在门口，看着屋里的那个人，一句话也说不出来。

白色的身影跃入眼帘，长身玉立，如梦中那般，丰神俊逸。

“燕昊！”慕微的泪止不住地滚下，“陆小姐没有骗我，果然是你！”

燕昊吃力地摆了摆手：“你过来作甚？我去上京寻你，你不是让丫鬟出来说要我走远一些，别惊扰到你肚里的孩子吗？”他往慕微的肚子上瞥了一眼，嘴角浮出一丝苦笑，“怎么，现在赫连毓不在了，你又想起我来了？”

他从来不知道自己竟然也能这般刻薄，心中难受。他不忍心她为了他伤害自己的身体。心头血，那是何等残酷的三个字，他简直没办法想象血从她洁白的肌肤中点点渗出的画面。

慕微的唇颤抖着，燕昊的话如刀子一般割着她的心，她泪眼婆娑地望着燕昊，心疼得几乎说不出话来：“燕昊，你何苦这般来伤害我！”她朝前走了两步，从袖袋里摸出一块手帕，想为他擦拭嘴角的血迹。

“滚，你走开！”燕昊的眼里闪现出一种赤色，就如庙里的鬼怪雕塑一般，凶神恶煞。

屋里没有人说话，只有燕昊“呼哧呼哧”的喘气声。御风与陆凝香静静地站在屋子一角，看着燕昊与慕微。

手帕悬在半空，仿佛要被吹起来。慕微看着燕昊，眼里有几分绝望。

她不记得他说的什么赫连毓，只记得面前的燕昊，他是让她唯一魂牵梦萦的人，是她在失魂以后依旧固执地记得的那个人。

“燕昊。”慕微哽咽了一声，看着燕昊深紫色的嘴唇，恐惧得身子发抖。她不能看着他死，她要倾尽自己的一切力量来救活他！慕微抬手摸向自己的发髻。

谢天谢地，头发里还有一支金簪，锋利的一端足够刺入自己的胸膛。

心头血算什么，只要他能活下去，哪怕是将她的命拿出来，她也不会有半分畏惧。雪白的手腕高高抬起，金色的光芒一闪，直扑扑地朝她的胸膛落下。

“微儿！”燕昊发出一声撕心裂肺的叫声，猛地冲了过去，一把握住了慕微的手，“你不要这样，我宁可丢了性命，也不愿意你为我做出这样的举动。”

慕微的手被燕昊握着，不能动弹。她拼命地扭动着自己的手，眼神急切：“燕昊，你别拦着我，我要救你，你放手！”

“不！”燕昊紧紧捏着慕微的右手，眼睛紧紧地盯着她，“我此生唯一的愿望就是你能安好，若要牺牲你来成全我，那还有什么意义！”

慕微拼命摇着头，泪眼婆娑。

慕微咬了咬牙，伸出左手去抢那支金簪，忽然手上一阵刺痛，她惊呼一声，就见左手手指被划破了一个口子，鲜血从指尖涌了出来。

燕昊心中一痛，张口便噙住了慕微的手指，将鲜血吸吮干净。“燕昊……”慕微哽咽一声，只觉得眼前一片模糊，“我好累。”

“微儿，微儿！”燕昊见她软绵绵地倒下去，不由得惊慌失措。

陆凝香飞快地朝外边奔去：“我去找顾大夫过来。”

御风瞪眼看着燕昊，满是惊奇的颜色：“太子殿下，你、你……”

此时的燕昊，与常人无异，嘴唇已恢复了正常的红色，嘴角虽有血迹，可已凝固，再也没有新的血流出来。

“我怎么了？”燕昊看着御风，有几分奇怪，“怎么这样看着我？”

御风紧张地摇了摇头：“没事，没事，我只是心里高兴。”他小心翼翼地偷眼看了看燕昊，心里暗自寻思，为何燕昊会有这样的变化？慕微并没有刺中胸口，只是指头上出了血而已，难道手指的血也能克制蛊毒？

忽然，燕昊弯下腰来，喉咙间咯咯作响，一张嘴，一条肥肥的虫子便从他口中溜了出来。御风眼明手快，一刀劈下去，那条虫子顿时成了两截，一股血箭直直地喷了出来。

“瞧着虫子这般小，没想到竟含这么多血。”御风惊讶地拭去刀上的血，低头看了看那条被他砍断的蛊虫——约莫三寸长，身子肥硕，还在不停地扭着身子，地上已是殷红一片。

燕昊将慕微放到床上，忽然听到李妈妈的惊叫声："快来瞧瞧，瞧瞧！"

御风伸头往外边一看，就见李妈妈站在青莲的屋子前，惊慌失措："御统领，你快过来看看青莲！"

御风一惊，大步跑过去，还没到门边，就听见阿拉善用镣铐在敲门，发出野兽般的叫喊："快来人，快来人救救她！"

御风透过门洞往里看，见青莲背靠着墙坐在地上，脑袋耷拉在一旁，脸色苍白，口中流出鲜血。他赶紧掏出钥匙将门打开："青莲，青莲！"

他伸手在青莲鼻子底下探了探，还有些气息，只是不知道什么原因无缘无故成了这般模样。"青莲！"他喊了一声。青莲依旧没有动静，只有旁边的阿拉善发疯一般在喊叫。

"你说清楚些！"御风走到关押阿拉善的房间，朝他吼道，"青莲究竟怎么了？为何会无缘无故口中流血？"

"你、你、你们杀了蛊虫，她是蛊虫的饲主，自然也要跟着遭殃！"阿拉善喘着气道，"她快要没救了，没救了……"

御风看着耷拉着脑袋的青莲，忽然心里有一阵空荡荡的感觉。虽然他痛恨青莲给燕昊下蛊，可他并不想她死。"有什么方法能救她？"御风问，"你不是说她快没救了？是不是还有别的法子？"

"法子是有一个，可你们会救她吗？"阿拉善绝望地回了御风一句身子发抖，眼泪大滴大滴落下来，"青莲，我的孩子，是阿爹害了你，没想到真有人愿意用心头血去救他！"

"你号什么号！"御风按捺不住火气，朝阿拉善的屋门重重地捶了一拳，"我在问你，究竟有什么方法可以救青莲？"

阿拉善猛地冲过来，将脸贴到门上的小洞，充满希望地看着御风，哽咽着道："你愿不愿意娶她？愿不愿意？这是唯一的法子了。噬心蛊，需要的是一个人的真心，只有给她一颗真心，她才能活下去。"

御风看了看昏迷不醒的青莲，点了点头："我愿意娶她，只不过她在我心里，依旧不是个好女子。"

两只手紧紧地交握在一处，舍不得松开片刻，燕昊看着床上的慕微，声音哽咽。久别重逢的那一刻，都不如此时两人的手握在一起的感觉。这让他想起了那个寂静的春夜，慕微踏着月光而来，如湖畔的仙子，两人深情对望，几乎忘记了他们之间的距离。

国恨家仇在此刻仿佛都不存在，对她曾有过的恨在这一刻也已经泯灭，现在的她依然是当年的那个微儿。即便她双眼紧闭晕倒在床上，可在燕昊眼中，还是那般娇媚。

“微儿，对不起。”燕昊将慕微的手贴在自己唇边，不住地亲吻。“燕昊……”慕微呻吟起来，眼睛紧闭，眉头皱起，仿佛正在承受着极大的痛苦。燕昊瞧着她的模样，心中怜爱，却又束手无策。

他的手触到腰间，一个圆圆的东西。他将埙拿出来，慢慢吹奏起来。

“出其东门，有女如云，虽则如云，匪我思存。”

曲调悠悠扬扬地响起，如一抹清泉从山间流过。慕微似乎安稳了许多，慢慢平静下来，眉头也逐渐松开了。

“是谁给燕昊解的毒？”阿拉善追着御风问，“好女婿，快些告诉我！”他有些疑心，原先看到那个姓陆的小姐带着一个怀了身孕的妇人过去，过了不久，青莲就被反噬。

若说是那位陆小姐救了燕昊，可她原先为什么不出手？若说是那个妇人，那更说不通了，她都是旁人的妻子了，如何会来解燕昊的毒？

“我正想问你。”御风忽然想起一件事来，“你不是说这噬心蛊需两情相悦之人的心头血吗？为何根本不是，莫非你是在骗人？”

“没有用心头血？”阿拉善也觉得奇怪，忽然叫起来，“我明白了，那个妇人是燕昊的妻子！”

御风摇了摇头：“不是。”

“不可能，只有一种情况下，这噬心蛊才不会用到心头血。”阿拉善执拗地看着御风，神色激动，“我养蛊大半辈子了，如何会不知道？只是这事是我父亲告诉我的，他说他见过一例这样的情况，我却还没亲眼见过。”

“那你说说，这是个什么缘故？”御风见阿拉善这般笃定，也很疑惑。

“我父亲说，若那两情相悦之人有了他们的孩子，且已在肚里成形，那孩子能助其父母分担一二，所以不必是心头血，只要是那人身上的血就可以。只是这孩子也有损耗，会提前出生。他遇着的那个只有五六个月，生下来是一团血块，并未成活，就是不知道你们家夫人的孩子有几个月？”

“原来是这样！”御风大吃一惊，将阿拉善的屋门锁上，飞快地奔去燕昊的屋子，“太子殿下，太子殿下！我有个了不得的事情要告诉你！”

“什么事？”燕昊回过头来，见御风慌慌张张的模样，不由得笑了，“你这个于千军万马之前都面不改色的统领，今日怎么如此慌张？”

“太子殿下，慕小姐怀的孩子……是你的。”御风喘着粗气道，“太子殿下，你就要做父亲了！”

“什么？！”燕昊吃惊地睁大了眼睛，忽然想起那个夜晚，他与慕微在山洞里相拥而卧，两人耳鬓厮磨一直到半夜，红色的嫁衣铺在石床上，汗水滴落在那大红嫁衣上。

“是，我刚刚问过了阿拉善，他是这般说的。”御风平息了下呼吸，将阿拉善的话又重复了一遍，“太子殿下，你自己算算时间，是不是，是不是？”

燕昊的眼睛蓦然亮了起来，他望向躺在床上的慕微，忽然眼中泪水滚落。

清晨的山谷里一片寂静，青莲努力地眨了眨眼，醒了过来。她全身酸痛，骨头好像散架了一般。她犹疑着看了看自己：身上没有穿衣裳，光滑的肌肤如凝脂一般，伸手一摸，旁边还睡着一个人，是个男人。

青莲看了看身边躺着的人，默默地将头扭到一边。她实在不愿再回想昨晚的一幕。身边这个人精力十足，一遍一遍地折磨着她，让她无法承受。

“你醒了？”御风伸出手来，将青莲扣在怀中，低声道，“你别乱动，小心又将我的火勾起来了。”

听御风这般说，青莲的脸不由得变白，规规矩矩地放好一双手。就听他在耳边说道：“你都是我的人了，还折腾什么？就别再想着给太子殿下做侍妾了，太子殿下孩子都有了，慕小姐又那般美，如何会看得上你？”

“你说什么？”青莲吃惊地睁大了眼睛，猛地转过身来，“太子殿下有了孩子？那个慕小姐是谁？”

“若不是慕小姐，太子殿下的蛊毒怎么能解？”御风得意地瞄了青莲一眼，伸手摸了摸她的脸，“你放心，尽管你生得不怎么样，可既然你是我的妻了，我自然会好好待你。昨晚你累了大半宿，今日你先歇歇，等会儿再起，我先去军营训操了。”

青莲没有吭声，只是看着御风从她身边爬起，窸窸窣窣地穿好衣裳。不多时便听见他洗漱完开门出去的声响。

青莲躺在床上，没有半分力气。御风的话，不啻一个晴天霹雳。太子殿下有了孩子？这究竟是怎么回事？

屈辱与伤心交织在她的心头，让她几乎要落下泪来。她失去了贞洁，燕昊是再也看不上自己了，而且燕昊——青莲心里一阵发疼。燕昊就是那个无情冷漠地将自己扔到御风床上的人！她用力踢了踢床板，看看窗外，天色才蒙蒙亮，可她已无半分睡意。

她从床上爬起来，蹑手蹑脚地走了出去。到处一片寂静，除了厨房那边李妈妈在准备早饭，有细碎的响动之声。她抬眼往燕昊的屋子瞧了瞧，见屋里已有了灯火，门半开着，旁边的房间门口蹲着一个婆子，正拿着杯子漱口。

这婆子甚是陌生，她是来做什么的？青莲盯着那婆子看了一阵子，见五十上下，白白胖胖的，有些富态。

婆子似乎注意到青莲在看她，抬起头朝她笑了笑。青莲走过去，瞄到燕昊屋里没人，床上似乎睡着一个人。

青莲有几分疑惑，那婆子却在一旁说话了：“姑娘，你是这家人的媳妇还是闺女？小模样生得可真俊！”

青莲没有回答她，反问道：“这位大娘是来做什么的？”

“我？”婆子呵呵笑了一声，指了指燕昊的屋子，“你大嫂今儿就要生孩子了，我是给她来接生的。”

瞬间，青莲的脸阴云密布，她咬牙看了看那床，原来床上的并不是他，而是一个卑贱讨厌的女人。她有了燕昊的孩子，今日就要生了！她痛恨地看着床上那高高隆起的一团，简直想不出来昨晚燕昊究竟是怎样与她同眠的。

“姑娘，你怎么了？”婆子看到青莲脸上的戾气，不由得有几分吃惊。

“我……”青莲语塞，忽然，她眼睛亮起来，“大娘，你等等。”

青莲提起裙子，飞快地往自己屋里跑去。她的心跳得很快，腿居然软绵绵的，如踩在云端。

她推开门，点亮了灯，在床头摸索着。这时，隔壁传来阿拉善的声音：“青莲，你怎么不多睡一会儿？昨天你新婚，今天多休息才是。”

青莲摸索着的手忽然停了下来，就连阿拉善都知道了她成亲？那这凤凰山里还会有谁不知道？她尴尬得脸发红，一想着自己已被打上御风的印记，无论如何也不能再与燕昊在一处，就觉得有千万把匕首在刺着她的心。

阿拉善透过墙缝看着青莲坐在那里，满脸红晕，手上托着几个银锭子，心中很是高兴："青莲，以后你就跟御风好好过，我瞧他也不错，虽然他只是跟在那位公子身边的，可等着以后外边平稳了，你们回了云州城，指不定那公子感念他在山上照顾周到，还会给你们一笔银子，放你们出府呢。"

在山上居住的这些人，柳润声是老爷，李妈妈是打杂的妈妈，夫人缺失中，说是兵荒马乱中离散了，御风是管事，陆凝香是小姐，燕昊是公子，而青莲自然是丫鬟了。阿拉善对他们之间的关系深信不疑，瞧着柳润声他们个个气度不凡，像是大家庭里出来的，所以到现在他都相信燕昊他们只是逃避战乱隐居在深山的高门大户。

"放我们出府？"青莲哧哧一笑，站起来，走到墙边，看了看阿拉善，目光里有着不屑，"你又知道什么！"

听到青莲的语气忽然冷了许多，全然不似以前那般亲热地喊自己"阿爹"，阿拉善一怔，眯着眼打量了青莲一眼："青莲，我的孩子，你这是怎么了？孩子，强扭的瓜不甜。再说了，你是个丫鬟，能够嫁个管事也不错，何必一定要去高攀那位公子？我瞧着那管事的不错，对你也好，见你被蛊毒反噬，毫不犹豫就答应娶你，这也算是一份真心了……"

话还没说完，青莲便走了出去，走到门口又冲了回来，对着墙壁那边的阿拉善大喊："我恨你！我恨你给我的噬心蛊！"

若没有噬心蛊，她怎么会落到这种地步？一想到昨晚的羞辱，青莲便忍不住颤抖起来。御风是快活了，可他能理解自己的痛苦心情吗？

她朝阿拉善怨毒地看了一眼，拿着银子飞快地走了出去。阿拉善目瞪口呆，没想到青莲对于成亲这件事竟有这般怨念。他追到门边，偏着头从小小的门洞往外看，见青莲飞奔到燕昊的屋门口，正拉着一个婆子躲在角落里说话。

他见她伸出手去，眼前似乎有微弱的银光闪过。阿拉善心中一惊，青莲辛辛苦苦攒下来的这么点儿银子，却拿给那个婆子，她究竟要做什么？

"大娘，只要你肯替我做一件事，这些银子就都是你的了。"青莲将手掌摊开，几个银锭子似乎在闪着光。那稳婆问："姑娘，你想要我做什么？"

"我想要你在接生的时候，将那个女人和她的孩子都弄死。"青莲咬牙切齿地说，眼睛露出凶光。

"姑娘，这银子老婆子可挣不了。"稳婆连连摇头，赶紧将银子推回去，"做我们这行的，最讲究的便是手脚干净，那些收了银子动手的，便是杀生，造了杀孽，以后都不会善终的！"

“你这大娘也真是胆小，有银子都不敢拿。”青莲横了她一眼。没想到这婆子如此胆小。她站在那里，脑子飞快地转着。

“那……”青莲一把拉住转身要走进屋的稳婆，低声在她耳边说道，“若是不让你动手，只要你说一句话，你干不干？”

“只说一句话？”稳婆有些心动，转过脸来，“是不是说那个孩子不是你大哥的？这样也不太好吧，若你大哥生气……”

“不是。”青莲有些不耐烦地打断她的话，心中的疯狂席卷而过，让她全身都热起来，“你下山后，去云州刺史府，向刺史大人禀报，就说凤凰山深处有叛贼，这就够了。”

“凤凰山深处有叛逆？你怎么知道？”

“这你别管，但这事确实是真的。”青莲盯住稳婆，嘴角露出冷笑，“你只去与那刺史大人说，刺史大人定会赏你。”见那稳婆还在犹豫，青莲拿出一个银锭子塞到她手中，“大娘，你若不信我的话，我先给你一个银锭子，等你得了赏可要记得分我一半。”

慕微只觉得自己在一片惊涛骇浪里穿行，被浪潮抛上抛下，时而到达顶端，时而又随大浪跌到谷底，浮浮沉沉里，她似乎望不到岸，只能随着波浪漂荡。

她闭着眼睛，伸出手呼唤：“救我！有谁能救救我？”

凭空里伸出一只手来，将她握住，有个温和的声音在她耳边响起：“微儿，别怕，我就在这里。”

她安下心来，那声音很熟悉，她唇边漾出一丝笑来：“燕昊，我不怕，不怕。”

瞬间，有金色的阳光照过来，她全身顿时充满了力量。她勇敢地睁开了眼睛，看到头顶有一双深黑的眼眸，如深深的潭水。

“微儿，你总算是醒过来了。”燕昊松了一口气，紧紧抓住慕微的那只手慢慢松开，看着她的脸，终于露出了微笑。

一睁眼，慕微便看见了燕昊的脸。

他关切的目光凝注在自己身上，没有半分转移。

“微儿，别着急，咱们的孩子已经出生了。”燕昊笑着转过脸，在那边，陆凝香正抱着一个小小的襁褓。

“慕微，你瞧，这是你与燕昊的孩子。”小小的襁褓落入慕微的怀抱，她低头一看，只见一个小婴儿闭着眼睛，小小的脸蛋白玉一般，一种说不出的柔情涌入心中。她轻轻拍打着他，欢喜得泪盈于睫：“孩子，我的孩子。”

她忆起了当年开满紫薇花的院子；忆起了那个穿着紫衣的少年，抱着红梅站在雪地里朝她微笑；也忆起了戴着面具、将她掳到南燕的少年，一路上对她细心呵护。

穿白色衣裳的，是她一直记着的燕昊，而那个穿紫色衣裳的，她也终于想起他的名字，赫连毓，是自己从童年时便相伴的人。可是……他死了，可以说，是自己害死了他。

她记得清清楚楚，齐敏那血红的眼睛恶狠狠地盯着自己，愤怒地吼叫：“若不是你，王爷如何会挟持皇上，又如何会举兵谋逆！是你害了他，都是你，你就是红颜祸水！”

她不由自主地战栗起来，燕昊的吼叫声还在耳边：“怎么了？现在赫连毓不在，你又想起我来了？”燕昊，他不会承认这孩子的。慕微伤心地抱住儿子，泪水一滴滴落下来。

“微儿，你怎么了？”燕昊温柔地拢住她的肩膀，“咱们的儿子已经出生，你怎么还这样伤心？”

“啊……”慕微抬起头，有几分惊讶，“你为何就能断定这是你的孩子？我与赫连毓成亲那么久，难道你就不……”一想到除夕夜里的刀光剑影，慕微的心中就有些发凉。燕昊误会了她，绝尘而去，在上元夜还故意送宝莲灯给她，为的不就是要讥讽她？

燕昊伸出手，轻轻捂住了慕微的嘴，朝她摇了摇头：“微儿，我知道他是我的孩子，除夕夜里是我发昏了，我不该怀疑你。你是这世上最纯洁的女子，你必不会再将你的心交给第二个人。”

慕微低低地叹息一声，燕昊的话，让她听得心中酸涩，为了维持这份感情，她最终还是伤害了另一个人。那个人，不仅死了，而且死得凄惨，怨不得齐敏会对她如此愤怒。

“微儿，你别叹气，咱们一起好好将晨儿抚养长大。”燕昊低头看着儿子，“你瞧，他睡着了。”

慕微偏头看了看，燕凤晨双眼闭着，疏淡的眉毛微微皱起，不由得轻轻一笑：“他大概嫌咱们话说得太多了。”

凤凰山上的晨雾已经散去，一阵阵马蹄声回荡在山间。

山脚下，阿拉善与御风并肩而立，身边一匹白色骏马。

阿拉善看了看御风，神色郑重：“御风，有件事，我想跟你说。”他犹豫了很久，毕竟青莲是他的女儿，她暗地里做的事情很不光彩，说出来只怕会让御风看不起她。

见阿拉善脸上阴晴莫测，御风觉得奇怪：“干爹，你说，究竟是什么事？若实在为难，指不定我还能帮忙想个法子。”

见御风这般热心，阿拉善心头一热：“唉，就是青莲，我怕她脑筋一时想歪了。你寻了她好好去问问，究竟拿银子给那婆子是为了哪一桩。银子是自己辛辛苦苦挣来的，何必大手大脚地给旁人？”

御风听到阿拉善这般说，心中一惊：“干爹，青莲给那稳婆银子？”

“是。”阿拉善点了点头，将今日看见的事说了一遍，“御风，你回头好好问问青莲，看她究竟做了什么糊涂事，若来得及，赶紧去阻止。”好不容易找了个好女婿，可不能因为青莲的小性子将这好好的生活给毁了。阿拉善看着御风笑了笑，“应该也没大事，不是说你家夫人已经生了孩子？”

御风点了点头：“我家公子一直在旁边瞧着，估计她没法下手。”

御风送了阿拉善，骑马飞奔回山，心中燃着一团怒火。真是想不通，青莲的脑子里装的是石头不成？竟然要稳婆去害慕小姐！即便她是自己的妻子，可也绝不允许这种丑恶的事情发生，非得好好教训她一顿不可！

三步两步奔进屋子，御风看了看，屋里没人，走到青莲房间，也没有寻到。他有几分奇怪，到李妈妈那儿瞅了瞅，李妈妈正在准备饭菜：“怎么了，找人？就这一会子不见，就这样着急？”

御风没有回答，奔到燕昊那边瞧了瞧，还是没看见青莲，他心里忽然有一种不妙的感觉。这时，一阵马蹄声响起，陆凝香回来了。

“御风，你傻站在那里作甚？”陆凝香拿着鞭子在他面前晃了晃，“人家说女人有了孩子便变傻，你是不是结了婚就变傻了？”她快活地看了看燕昊的屋门，脸上有着一抹艳艳的红色，“我看慕微生了孩子后反而聪明了，你瞧，她连失魂症都好了。”

“陆小姐，你快莫要取笑我，青莲不见了，我正想着她可能会去哪里。”御风皱着眉，看了看陆凝香，“你说，她会去哪里呢？”

“青莲？”陆凝香跳下马，“你将事情说清楚！”

御风将阿拉善的话说了一遍："我回来就没看见她的人影。"

陆凝香二话不说冲进青莲的房间，伸手在她的床铺上摸了摸："她常穿的衣裳不见了。"

御风这时才紧张起来，飞奔回屋里看了看，里边根本没有青莲的东西。他站在门口，瞠目结舌："这究竟是怎么回事？"

"不好，她逃跑了！"陆凝香脸色一变，想着阿拉善的话，琢磨道，"若她只是要稳婆去害慕微与燕昊的孩子，此时稳婆没有得手，她也不该逃跑，肯定不是这么简单，咱们快些去追，一定要将她捉回来。"

两人骑马去关卡处问了问，都说没看见青莲出来，倒是一大清早她曾经在这地方转了一圈，似乎想要出去，可后来还是回去了。

御风神色逐渐凝重："追！"

凤凰山地势陡峭，他们的屋子都是贴着后山崖建的，想要从山上下去，只有两条路，一条就是经过关卡，一条是转到后边山里，从中间那条小路经过另外一座山头绕出去。御风与陆凝香不敢怠慢，打马扬鞭，飞快地朝那条路追了过去。

从山上下来，经过一条小溪，小溪里的水清澈透亮。小溪旁边，有几丛秋芙蓉，肥大的树叶在不住地摇晃。陆凝香眼睛尖，见树丛里露出一片微微的淡蓝色，大喝一声："青莲，你给我滚出来！"

御风听到陆凝香的呵斥之声，赶紧折回来，仔细一看，果真有一点儿淡蓝色掩映在其中。他冲过去，将那个穿着淡蓝衣裳的人从里边拖了出来。

本来青莲正奔跑着下山，听见有马蹄声，赶紧躲到了那丛高大的秋芙蓉树后边，没想到陆凝香如此细心，一眼便瞧见了她。

"青莲，你究竟做了什么？"御风怒喝一声，瞧她这副模样，是不打算再回来了。她到底做了什么天理难容的事，才会这般急急忙忙地逃命？"你快些老老实实说出来，否则，小心我对你不客气！"他从腰间将软剑"唰"的一声抽出来，映着青莲的脸晃了晃："快说！"

那软剑就如吐着信子的蛇一般，擦着她的脸。青莲站在那里，几乎麻木，这就是她的男人！昨晚还与她同床共枕，今日便拔剑相对！她冷冷一笑："哼，我要让你们这些讨厌的人全部去死！"

青翠的草地上滚落着两个银锭子，被阳光一照，闪着光泽。

青莲恶狠狠地盯着陆凝香与御风："我上山来的时候，捧着二十两银子想给太子殿下，我是一片苦心，日日劳作才积攒下这点儿银子，你们不要，还嘲笑我，你们有没有把我当成你们中间的一分子？"

她伸手指向陆凝香："为何她打猎卖野味的银子太子殿下就收，我绣帕子挣的银子你们就不要？这分明就是瞧不起我！我只不过是个低贱的宫女，是皇后娘娘指给太子殿下的侍妾，是不是？是不是？"

青莲的声音很大，声嘶力竭。

"我只盼能完成皇后娘娘的遗愿，可你们没有一个重视我，太子殿下待我如草芥，不顾我的意愿，将我许给了你，让你肆意地糟蹋我！"青莲一想起昨晚那一幕，忍不住哭了起来，"我一点儿也不想嫁给你，你可知道我的痛苦？你可知道？"

青莲愤怒地吼叫起来，看着御风的眼神里充满了愤怒。

她的眼神是那般怨毒，看得御风不由得打了个寒战，喃喃道："我不知道你竟这般厌恶我！只是昨晚我们成亲之事，并不是你想的那样。我已经告诉过你，那时太子殿下身上的蛊虫已死，你作为饲主被反噬，必须有人与你成亲才能保全你的性命。"

"哼，你以为这话就能骗得了我？"青莲眼中流露出一丝不屑，"我知道你一直想要霸占我，只不过是找个借口罢了，你与燕昊，都不是什么好人！"她伸手抹了抹头发，忽然笑了起来，"我想要报复你们，不仅仅是燕昊，还有你、你，还有柳润声、李妈妈！"青莲的眼睛扫向陆凝香，笑得前俯后仰，"我就是不告诉你我要那稳婆去做什么了，呵呵，你们休想要我再开口说一个字！"

她将地上的包袱捡起，慢慢拍打着上边的灰尘，又将那两个银锭子拾起来，小心翼翼地吹了吹："这可是我绣了好几个月帕子才攒下来的，你们不要，我自己留着。"

"青莲！"陆凝香觉得有些不对劲，走到青莲面前，就见她的身子慢慢倒下去来，一抹鲜血从她的脖子里流出来。

一支簪子扎在她的脖子上，已经扎进去了大半，只露出花朵在外边，那里，镶嵌着一朵莲花翡翠。

青莲，那就是她的名字。

御风一把将她抱起，忍不住掉下泪来。青莲的手垂下来，软绵绵地松开了掌心，两个银锭子滚了下去。

“青莲，你这是何苦？”御风抱住她拼命地摇晃，简直不敢相信眼前的一切。昨晚，她还在他的怀里，肌肤光洁细嫩，可现在，她气息奄奄，血，一滴滴从她雪白的脖子滴落到草地上。

御风握紧了青莲的一只手，青莲仿佛仍有感觉，竟然将眼睛睁开了一半。御风大为惊喜：“青莲，你会好起来的。”

青莲的眼里似乎有一抹微光闪过，喉间咕哝了一句：“太子殿下，快走，官兵就要来了。”

声音虽低，气息也弱，可这山间静寂，御风与陆凝香都听得清清楚楚，瞬间两人都明白了青莲做了什么。御风双手一松，青莲的身子便滚落到草地上，她躺在那里，脸色雪白，胸口已经染红。

“走。”御风咬了咬牙，翻身上马。陆凝香终究有些不忍心，指着躺在地上的青莲问：“她该如何处置？”

“像她这种大奸大恶之人，不用管！”御风咬了咬牙，催马上了山腰，“我要去与太子殿下商议对策！”

陆凝香看了看躺在那里的青莲，默默地将她拖起来，用力弄到马背上，又替她将包袱与两个银锭子捡起，骑马往山上而去。

李妈妈刚好从厨房走出来，见到青莲，惊得几乎说不出话来：“这……这究竟是怎么一回事？”

“李妈妈，快莫问了，拿把锄头给我。”陆凝香叹了口气，看了看青莲。

她奋力地在屋边一处平坦的地面上挖坑。不多久，御风也拿着一把锄头过来，默默无声地与她一道挖起坑来。

不多时，过来十几个军士，大家虽然吃惊，可谁也不敢说话。大家有的帮着挖土，有的砍下树来做了一口简单的棺木，把青莲的尸身装进去，然后送到坑里，再将泥土填满。

燕昊拿了一块木板过来，看了一眼御风，见他红着眼睛站在那里，低声问：“御风，要不要在这里立个标记？”

御风点了点头，接过木板，又从军士手里拿过一支毛笔。

御风刚想写，忽然叹了一口气：“太子殿下，还是请你帮她写吧。”青莲心中挂念太子殿下，若她知道是太子殿下给她写的墓碑，心中会高兴。

“这……”燕昊有几分为难。但看到御风红红的眼睛，不忍拒绝：“写什么？”

“妻青莲之墓，御风立。”说到此处，御风的泪忍不住又掉下来。

陆凝香看着心中也很难受，摸出一块帕子递给他。

回到屋里，御风收拾好心情，道：“太子殿下，你要拿个主意才行，若稳婆真去云州官府告密，咱们可不能坐以待毙。”

燕昊捏紧了拳头，咬了咬牙：“择日不如撞日，迟早要举兵复国，不如现在，咱们马上起兵！”

第四十七章 良才惊世

高君泽张大嘴巴看着站在面前的慕乾，惊讶得几乎说不出话来：“慕大将军，慕大将军！王爷……王爷……”言语间，已是泪光满眼。

“慕大将军，高某实在不才，慕大将军曾领兵十万灭了南燕，何等智谋，这四万兵马便交给慕大将军了！还望慕大将军领兵直捣上京，将那赫连铖拉下皇位，为太后娘娘与王爷报仇！”

慕乾微微一笑，十万余人灭南燕，与四万人要将赫连铖拉下龙椅，这可不是一件简单的事。姑且不说实力悬殊，就是大虞的兵马与南燕相比，也不只强壮了一丝半点。这四万人要想将赫连铖从宝座上赶下来，还是有些难度的。

只不过世上无难事，只怕有心人。慕乾看着地图琢磨了很久，挑出了几个地方：“高将军，你瞧，这些地方势力较弱，咱们可以不必一直北进，先取了这些地方，形成合围之势，再将那些兵力充足的地方拿下来。”

高君泽有几分犹豫，看了看慕乾指的那几处，摇了摇头：“这般分散去打，不大好吧？应当一路向北，一鼓作气。”

“高将军，我来问你，苍州现在有多少人马？”慕乾盯住了高君泽，嘴角露出一丝笑，“因郭庆凡设计将太原王斩杀，朝廷将附近几个州郡的军队都拨了一部分调往苍州，就是怕你们把苍州拿下，为太原王报仇。苍州现在已有差不多六万人马，咱们堪堪四万，又如何能与六万精兵强将为敌？那岂不是鸡蛋碰石头？”

高君泽一时说不出话来，只要想到赫连毓身死苍州，他就悲伤得不能原谅自己。虽然他知道城墙被曝尸的是齐木，可他也知道，赫连毓肯定是死了，要不为何这么多日，都没他的消息？

“高将军，我知道你的心情。”慕乾将高君泽拉到一旁低声道，“你觉得愧疚，想杀了郭庆凡为太原王报仇，是不是？”

“那是自然。我恨不能将郭庆凡剥皮抽筋，剁碎了喂狗！”高君泽咬牙切齿道，“无论如何，我也要将苍州攻下。”

“可是，在你明知道不能攻下的情况下还要任意为之，那不是勇猛，是傻。”慕乾看着高君泽，鼻子里轻轻哼了一声，“高将军，你没有亲眼看到一个人死，怎么能说他死了？”

听到这话，高君泽惊愕地抬起了眼：“慕将军，你的意思是……太原王并没有死？”

慕乾点了点头：“是，他并没有死，只是受了点儿伤，我已经送他去了一个隐秘的地方疗伤，等他伤势一好就会回来。”

高君泽脸上浮现兴奋的神色，激动地道：“真、真是这样？”

“我何曾骗过人？”慕乾微微一笑，“高将军，你不必如此激动。”

高君泽“扑通”一声跪倒在地：“高某谢过慕将军！”

心头的一块石头总算是落了地，他不用再每日生活在自责中。高君泽此时心情十分激动，被慕乾拉起来后，笑容满面地道：“我要去告诉将士们这个好消息。”

慕乾一把拉住他：“稍等，高将军莫非没有听说过‘哀兵必胜’这句话？”

高君泽愣了愣，停住了脚步，转过身来：“慕将军果然少年英雄，高某万万不及！”到了此刻，他才对慕乾心服口服。以前听旁人夸赞慕乾英武勇猛，善于用兵，他总是有几分不屑，觉得还不是因为他有个大司马的父亲，可今日一见，高下立判，他才明白人与人之间的差距在哪里。

“高将军不必自谦，咱们还是来看看怎样行军布阵。”慕乾走到地图前，伸手指了指他圈出来的几个点，“这几处地方的精兵现在已经调到了苍州，高将军可以继续在苍州指挥兵马与他们对垒，我领五千人马去偷袭这几座城池。”

“什么？只要五千人马？”高君泽有些不敢相信，“慕将军，是不是少了些？我这里还有四万人，你带两万出征，这样心里也有些底气。”

“兵在精，不在多。”慕乾指了指离苍州稍远的一处城池，脸上露出很有把握的笑容，“这密州城的刺史曾是我父亲的手下，我熟知他的用兵套路，他本有两万兵力，可现在已经抽调了一万精兵，剩下的这一万人与我那五千精兵水平相差无几。”

“原来是这样。”高君泽长长地吐了一口气，“那就带一万人过去。”

“高将军，且听我说完。”慕乾继续侃侃而谈，“我估计那刺史多半会真心投降，至于其中原因，我不便与你多说。即便他不投降，我也有办法将他拿下，高将军不必担心。你在这边要做的是找准空隙蓄势待发。”

高君泽点了点头：“慕将军，我明白你的意思了，你去较远的城池，是想吸引那些前来增援的兵马注意，让他们害怕，有些可能会离开苍州赶回自己的城池。”

“对，正是如此。”慕乾点了点头，“若他们赶着回去，你便可在路上拦截。你也可以按兵不动，让他们过去，苍州城没了支援，你可以发动进攻，袭击苍州，捉拿郭庆凡，为那晚枉死的将士报仇。”

“妙哉！”高庆凡连连点头。忽然，他又沉默下来，瞟了慕乾一眼，声音平和下来：“若……没有军队赶回去支援，苍州城里还是六万兵马，那岂不是白白耗费了兵力？”

“如何会？”慕乾心中实在不解高君泽的脑子里究竟在想什么，“若没人回去支援自己的城池，那我便可以带着这五千人一路横扫过来，等我将那几座势力较弱的城池拿下，出去五千人，回来只怕就有五万人了，况且还有这么多城池归顺我们，这，难道不更是形势大好？”

高君泽脸上红了一大片，喃喃道：“慕大将军，果然还是你厉害，这主帅一职非你莫属。”

“现在千万不要换帅旗。”慕乾沉声道，“且等这法子奏效了再说。”

现在若换帅旗，敌人自然会重视，不会以对付高君泽的手段来对付自己，可他要的便是出其不意，慕乾看着地图，眼神坚毅。

慕乾出马，雷厉风行，先去劝降密州刺史龚新文。

此时赫连铖正在大肆捕杀慕华寅同党，龚新文正惶惶不可终日，生怕哪一日就有圣旨到，将自己全家抄斩。听到慕乾来劝，当即便做了决定，开门将慕乾的兵马迎了进来。

“大公子！大公子！”兵马穿过密州街头，就听到人群里传来一阵惊喜的尖叫。慕乾听这声音有些耳熟，转头望过去，见人群中有一只纤细的手正不停地朝他摇晃。一个女子从人群中挤出来，“扑通”一声跪倒在马前，哭哭啼啼地喊着：“大公子，奴婢总算是看到你了！”

慕乾低头一瞧，认出了她：“秋月，你怎么会在这里？”忽然想到那次有人飞鸽传书送去凤凰山的信息，大肚子妇人、密州，他心中一动，“微儿也在这里？”

秋月掩面哭起来：“公子，奴婢无能，王妃、王妃……被人劫走了！”

慕乾大惊失色，翻身下马，一把将她扯起来：“快说，是被谁劫走的？你可看清了模样？”

秋月擦了擦眼泪，吸着鼻子断断续续地将那日劫持慕微的事情说了一遍：“我瞧着那两个小叫花子很是古怪，先前看见过好几次，自从小姐不见了以后，我在密州城里到处找他们，却找不到了。”

“你可还记得那人的样貌穿着？”慕乾听秋月这般说，心中稍稍有了底。那两个小叫花子应是燕昊派在大虞打探情况的，就是不知道来劫持的那个人是谁。

“穿着灰色衣裳，个子很高，紫糖脸，一字眉，宽得像把笤帚……”秋月皱着眉头，努力回想着那人的模样。

慕乾一听，这才将一颗心放回肚子里，这人分明就是燕昊身边的御风。他看了秋月一眼：“你别哭了，微儿没事。”

“没事？”秋月呆呆地望向慕乾，“那王妃会在哪里？”

“我只能告诉你她在安全的地方，等我问过才知。”慕乾翻身上马，“你跟我走，到时候便能见到微儿了。”

秋月羞涩地笑了笑：“好，还有齐敏也在密州，我想去找他。”

齐敏听说慕乾领军进了密州，急不可待，赶紧与秋月一道去了刺史府寻慕乾，见到慕乾，“扑通”一声跪下来：“慕大公子，我要投军，你带着我一块儿打到上京吧，我要去杀了赫连铖，给我家王爷报仇！”齐敏脸涨得通红，咬牙切齿，“还请慕大公子成全！”

慕乾看了一眼龚新文，指着齐敏道：“他是太原王的贴身护卫，身手极好，我们现在正需要这样的人。”

龚新文感慨道：“太原王宅心仁厚，大虞人人皆知，他过世后，不少百姓提起他都长吁短叹，暗地里说太原王比皇上心地纯善。”

齐敏在一旁听到龚新文夸赞赫连毓，忍不住眼圈又红了红。就这样，他被慕乾收为贴身护卫，带着秋月一道在刺史府住了下来。

龚新文带五千人留守密州，慕乾将自己的五千人与龚新文派出的五千人合在一起，便有了一万人，心中又有了些把握。那济州刺史黄逾生本不是武夫出身，行军布阵一窍不通，而且为人懦弱胆小，只怕是听到外边有动静就会好半日爬不起来，这也是慕乾挑济州下手的原因。

黄逾生虽不擅行军打仗，可是擅长溜须拍马，他从九品小官爬到正四品之职，靠的全是关系。他舍得花银子打点，也会说好听的话，像他这种没什么真才实学的，竟也一帆风顺地成了一方刺史。

济州比密州要大得多，守兵有三万余人。前不久抽调了一批兵马去苍州，此时城内还有两万多人，若是强攻，只怕难以拿下，只能智取。

夤夜出发，第二日一早大队便到了济州城外。慕乾喝令大军停驻在离城十里的地方，由齐敏带队待命，他自己则带了十多人先往济州城里去：“你们等我出发有一盏茶的工夫便迅速赶过来。”

“慕大公子，这是为何？要去一起去，属下绝不能让你去冒险！”齐敏抱拳道，“还请慕大公子三思！”

慕乾笑道：“大军一道往那边去，烟尘滚滚，济州城内就知道有异动，定会将城门关闭。我单枪匹马过去，可能会更好，只是不怕一万就怕万一，这才多带了几个人。我骑马经过城门，出其不意将那守城门的军士杀掉，上城楼控制局势，你再大军压进，这样便会让他们如潮水卷沙，一冲即散。”

齐敏知道慕乾的身手了得，默默点头：“慕大公子，一切当心！”

兵马萧萧，大军朝济州城而去，不过半刻钟工夫便到了济州城下。此时城门已经大开，似乎没有半分异样，只是城墙上的旗帜已经换成了“太原王”字样。

齐敏一看便知慕乾已经得手，振臂一呼，大军入城，济州两万守军还没弄清楚怎么回事，就被慕乾带兵包围。不多时，便有人挑起一颗头颅从外边掷了进来：“你们看，黄逾生已经死了，你们是想跟着他死，还是想活？”

那头颅骨碌碌地滚进了辕门，有大胆些的，拿长枪拨拉两下，见果然是黄逾生的首级，这些当兵的谁不想保全性命？众人都大呼道：“我们愿投降！”

大家拥簇着守备徐伟文出来，去与外边的人交涉。徐伟文见是慕乾带兵，当即便归降："徐某听闻慕大将军名声久矣，愿投麾下，供慕大将军驱使。"

慕乾大喜，当即便点了徐伟文暂代济州刺史，也照密州的规矩留了五千兵马给他，让他把守济州城。

从密州、济州两处捞到了两万兵马，慕乾更有信心，一路打过去，到苍州时，五千人马已经增至五万。与高君泽会合后，兵马实力大增，当晚便连夜攻城，准备一举拿下苍州。

苍州本来只剩不到两万守军，后来各州郡支援，有了六万多人。郭庆凡开始很是嚣张，在城墙上对高君泽百般辱骂，说他是无有寸用之辈，太原王的性命就是被他葬送的。

高君泽听着心中憋气，只是发作不得。自己人手少，郭庆凡手中兵马是自己的一倍有余，再说这沧州，可真是一夫当关，万夫莫开，只能等慕乾过来与他会合后才有把握。

万万没想到，慕乾五千人马出去，回来便是五万，与自己的三万五千人马会合在一起，从兵力上来说已经远远超过了苍州守军。慕乾拟了两条进攻路线，与高君泽带兵包抄，而且让将士大声向城里喊话："密州、济州等地失陷！"慕乾还吩咐下去，有亲友在里边的，大声喊出名字，告诉他们，苍州已经没有退路，赶紧开门投降，还有一线生机！

慕乾这一招是帖猛药，那些有亲友的士兵拼命朝里喊话。夜晚宁静，听得很是清楚，忽然火光闪起，马嘶箭鸣，苍州守军乱成一团。郭庆凡在梦里被人喊起，慌慌张张地赶去城楼督战，还没到城墙，便遇到了一队军士的袭击，郭庆凡被捉。

那队人马是密州的龚新文手下，本来就是效忠于慕华寅的，听说外边是慕大公子带兵，而且密州也已经降了，众人一合计，不仅不往城墙那边去，反而奔着刺史府来了。众人动手将郭庆凡拿下，用刀威逼着他，让守城士兵开了城门。

城上城下交战正酣，忽然来了个开城门的命令，众人都有些莫名其妙。此时就见城墙上有人垂下一根长绳，一个黑影抓住绳子攀援而上，一眨眼的工夫，那黑影便飞身上了城墙，一路刀光剑影过去，将正在指挥兵马的守备脑袋砍了下来。

大家惊呼起来，简直不敢相信自己的眼睛。慕乾拿着带血的宝剑朝一旁的军士喝令："快去搜他身上的钥匙，将城门打开！"

当即交战停歇，城门大开，高君泽领着大军进了苍州城。

高君泽站在慕乾身边，见他下巴上长出浅浅的胡须来，不由得笑了："慕大将军忙着指挥打仗，这胡子也想出来看热闹了。"

慕乾摸了一把胡子，笑了："可不是？"

环顾左右，他想到了凤凰山上的燕昊，现在大军推进到了苍州，离上京不过五百里之遥，燕昊也可以行动了，免得到时候赫连铖将南燕驻守的大军调来围攻，那自己这十来万人马也难以应付。

他派了秋月去苍州寻丐帮，齐敏听了瞪圆了眼睛："找叫花子作甚？"

慕乾没有搭理他，只是告诉秋月关于丐帮联络的一些暗语："你让丐帮将这消息速速传回南燕，并且让他们寻一个叫小虎子的叫花子，让他去与南燕太子燕昊报信，就说他可以行动了。"

"燕昊！"秋月惊呼一声，眼睛忽然亮起来，"那我们家王妃是不是在他那里？"

慕乾点了点头："是，你速速将这消息让丐帮放出去，切记要尽快！"

根据他在凤凰山里替燕昊的谋划，当时云州守军五万已经分散去各地，南燕还有别处的守军。若燕昊举兵，必会有人响应，且南燕百姓也定会暗地里支持燕昊，毕竟大虞人在南燕的统治实在是太暴虐了。

齐敏见秋月走开，对慕乾抱拳道："慕大将军，我想亲手将郭庆凡杀死，替我家王爷报仇，还请慕大将军恩准！"

郭庆凡被密州兵马捉住，但并没有杀他，只是将他送到了慕乾这边。慕乾吩咐手下拿铁镣铐将他锁住，关押在牢里，心想等赫连毓来亲手处置他，没想到齐敏一心想要杀了他给赫连毓报仇。

"报仇？报什么仇！要报仇也该是你家王爷亲手杀了他，给齐木还有别的护卫报仇！"慕乾白了齐敏一眼，"你以为你家王爷是那么容易死的？"

齐敏睁大了眼睛："我家王爷……没死？"

"难道你很希望你家王爷死？"慕乾觉得好笑，"他没死，我将他救了。"

齐敏"扑通"一声跪倒在地："慕大将军，齐敏、齐敏……"说到此，他哽咽得说不出一个字。

慕乾一把将他拉起来："男儿膝下有黄金，跪什么跪！过两日我便带你去看他，看看他的伤势怎么样了。"

齐敏擦了擦眼泪，用力点头："是。"

在苍州休整了两日，慕乾将十多万大军重新安排，提拔了一些将士。这批人中有些是他本就了解的，有些是他这些日子里亲眼看到和旁敲侧击了解到的，觉得都是可造之才。

谁不想上进？得了慕乾的提拔，个个心中欢喜，都将慕乾看成是自己的绝对上司，慕乾吩咐的，他们都扎扎实实地做好，从来不敢违背。见将士们都各就其位，慕乾召开了一次副将以上的会议，将今后的作战计划商议了一番。

最后，慕乾才开口道："太原王并未亡故。"

略一沉默，众人皆欢呼起来："太原王！太原王！"

太原王乃太后娘娘亲出，论起资格来，只怕比皇上更有身份，只是太原王年幼时将太子之位谦让了出来而已。大家追随太原王，第一是想要为太后娘娘报仇，第二也是想跟着太原王一起打进上京，到时候太原王登基，他们自然也是拥戴的功臣，能博个封妻荫子。

起先听说郭庆凡用诡计将太原王杀害，悬尸城墙，众人心里既悲愤又有些失望。直到慕乾出来，带领大军势如破竹地攻下了几座城池，这士气才慢慢升上来。此时突然得知太原王依旧活着的消息，自然个个惊喜。

"那日苍州刺史府大火，我赶到时，太原王已经被烧得昏迷不醒，我将他妥善安置，明日我便过去看看他的伤情，这里的事情便拜托给各位将军了！"慕乾看大家士气高涨，心里自然也很高兴，"方才与大家说的，请务必严格执行，不能出了差池！"

"是！"众人异口同声。

夜色茫茫，远处的树丛里有一点点灯火晃动。

有细碎的脚步声传来，拎着灯笼的人如鬼魅一般，宽衣大袖。

那人身后还跟着几个人，大家小心翼翼地在草丛里穿过。不多时，来到一个石洞前。那人伸出手来，熟练地按下石壁上的一个机关。"师父，这洞里还是与以前一般无二。"慕乾笑着与前边提灯笼的人说话，"师父，你可是天底下最有本事的人，不要告诉我没有治好他的伤。"

前边走着的老者须发皆白，江湖人称布衣老人，很有本领，慕乾六岁时便拜他为师，这才练出通身的本事来。

布衣老人雪白的眉毛耸了耸："乾儿，你越发会拍马屁了。"

"本来就是嘛。"慕乾朝布衣老人一笑，"师父，他好了吗？"

“唉……”布衣老人点了点头，“他的伤倒是好得差不多了，可是人……”他忧郁地看了慕乾一眼，“你们过去瞧瞧便知道了。”

几人从暗道里绕了一圈，来到一扇石门前。布衣老人按下机关，石门打开，里边有滟滟的光透出来。

暗室的墙上镶嵌着数颗硕大圆润的夜明珠，即便没有灯笼，里边也能看得清清楚楚。到处堆满了珊瑚树，滟滟之光几乎不能直视。珊瑚长在一个大池子里，有水不断涌动，耳畔能听到水响。

水池中央一张巨大的冰床上，躺着一个人，似乎已经睡着了。

“王爷！”齐敏冲那个人大喊一声，可赫连毓一动不动。

“王爷，王爷！”齐敏又急急忙忙喊了两声，可赫连毓依然没有动静。他心中不由得大为焦急，望着布衣老人问道：“我家王爷怎么了？”

“他是闭心了。”布衣老人摇了摇头，见齐敏一副茫然的样子，解释道，“就是将自己的心封闭，不愿与旁人说，其实他现在是醒着的，能听到你喊他，只是他没有与你交谈的欲望。”

齐敏心中悲戚，跃起往冰床飞去。慕乾喊道：“齐敏，小心！”

话音未落，齐敏已经掉在水中，双手不住地胡乱挥舞。布衣老人笑了笑，将手中的灯笼杆子伸过去，齐敏抓住杆子，这才从水池里爬上来。秋月赶紧拉住他：“没事吧？”

“没事，没事。”齐敏看了看那水池，有几分疑惑，“我见那荷叶是石头雕的，本想借力，怎么就沉下去了？”

布衣老人呵呵一笑：“那荷叶是石雕的不假，却是有阵法排列的。乾儿，你去将太原王扶出来吧。”

慕乾答应一声，飞身一跃便上了一片荷叶，按五行八卦之阵，一路纵跃，到了冰床。他伸手将赫连毓扶起来，狠狠地拧住他的胳膊：“赫连毓，你竟然连我都不想搭理了？”

赫连毓睁眼看了慕乾一眼，那眼神里全是迷茫。布衣老人瞧得好笑：“乾儿，你且将他带过来。”

赫连毓眉间有一种疏离的感觉，完全不是昔日温润如玉的感觉。他站在那里，头发、眉毛上似有寒气，冒着白烟，而他的眼神，也如寒冰。

齐敏跪倒在赫连毓身前，痛哭起来：“王爷，王爷！”

或许是他的举动太突然，赫连毓的眼珠子动了动，但依旧没说话。秋月看着赫连毓，心中一动，看来王爷并没有完全将自己的心封闭，他定是还有个角落能容纳别人的。要想让王爷重新关注外边的事情，须找到他的软肋，现在看来，他的软肋便是王妃了。

秋月也跟着跪倒在地，大声哭起来："王爷，奴婢没用，王妃……不见了！"

这句话如晴天霹雳一般，直直地劈入赫连毓的心里，他手指一动，掉落了一滴水珠："齐敏，我不是让你好好保护王妃吗？如何将她丢了？"

布衣老人"咦"了一声，挠了挠脑袋，这些日子他一直与赫连毓说外边的战况，心想或许他会关心，可他根本不回应自己，没想到这个丫鬟只一句"王妃不见了"，赫连毓便有了回应，看起来自己还是没有把对他的脉。

慕乾见赫连毓终于开口，这才舒了一口气。他朝赫连毓点了点头，说："我还以为你当真谁都不想理睬了呢，原来你心中还是装了微儿的。"

"微儿没有丢，是不是？"赫连毓转过脸来看向慕乾，眼中全是期盼，那种寒冰一般的眼神早已不见。

"丢了，有人将她劫持了。"慕乾没有告诉他慕微可能在燕昊身边，"你难道不准备出去将她救回来吗？"

"被人劫持了？"赫连毓的眉毛皱到一处，厉喝道，"齐敏，你做什么去了？"

"王爷，属下无能！"齐敏跪倒在地，心中惊慌。那一日他还想杀了慕微，若王爷知道了……他不敢抬头看赫连毓的眼睛。

"我要出去。"赫连毓声音响亮，"慕乾，咱们走。"

布衣老人摇了摇头："太原王，你的伤势好得差不多了，但外边这层皮，要想恢复成原来的模样，怎么着也还要在这冰床上待一个月才行。"

"不，我要马上出去。"赫连毓咬咬牙，"一刻也不能等。"

慕乾心中暗自叹气，慕微定是在燕昊身边，赫连毓去找她，如何找？还好慕微还怀着赫连毓的孩子，或许她会看在孩子的分儿上回到赫连毓身边。他笑着拍了拍赫连毓的肩膀："好兄弟，咱们一起去找微儿，你快要当爹了，我也要当舅舅了呢。"

赫连毓的脸色暗了暗，他看了慕乾一眼，沉默好一阵，终于开口："你难道不知道那孩子是燕昊的？"

"什么？"慕乾大为吃惊，"你们……"

“慕乾，不管孩子是谁的，我一定要找到微儿，我不能眼睁睁地看她受苦。”赫连毓的脸绷得紧紧的。

上京依旧一片繁华，宇文府里人来人往，还是旧日光景。宇文太傅贬职之事，似乎丝毫没有影响。华碧堂里，宇文大夫人坐在那里望着款款走来的宇文如眉，两人都是一脸的笑容。

“眉儿。”宇文大夫人笑吟吟地看着宇文如眉，脸上有抑制不住的得意，“有桩天大的喜事要告诉你。”

宇文如眉扶了扶鬓边的小白花，看了宇文大夫人一眼，神色有些漠然：“母亲，怎么了？喜从何来？”

宇文大夫人这才发现宇文如眉鬓边的那抹白色，脸色一变，伸手就要来抢这花：“眉儿，你是疯了不成？我们府里人丁兴旺，哪里有什么丧事！”

宇文如眉一把将宇文大夫人的手拦住，眼神执拗地看向宇文大夫人：“母亲，难道我不是太原王的未亡人？”

“呸呸呸！什么未亡人！别说这些丧气话！皇上都下旨准许你与他脱离开来了，你和他已经没有半分关系。”宇文大夫人又急又气，“眉儿，你不要这般倔强！”

宇文如眉冷笑了一声：“当时，你们不都看好太原王的吗？怎么现在却对这个名字唯恐避之不及？”她眼前似乎出现了一大片杏花，赫连毓穿着紫色华服站在树下。春风微微，千万点绯红零落如雨，花瓣沾在他的衣襟上，又簌簌掉了下去。

他手中捧着一枝杏花，笑得那般温润如玉……只是……宇文如眉惆怅地叹息了一声。他的笑容从来不是给自己的，他始终在对着她微笑。

她有什么好，值得他这般？她忌妒，即便赫连毓死了，她依旧忌妒。她希望他能活转回来，深情地望她一眼，可他已经死了，被烧死在苍州刺史府里，尸体被悬挂在城墙上。

眼泪从宇文如眉的眼角滚滚而下，宇文大夫人瞧着她难受的样子，没有说话。等宇文如眉平静下来，她才长长地叹了一口气：“你还年轻，总还要嫁人的，就别再想着他了。你祖母给你定下了一门极好的亲事，就是大司空家中的长孙，人家不嫌弃你已经成过亲，五十万两白银为聘，礼已经送过来了。”

“什么？”宇文如眉睁大了眼睛，实在震惊。

“眉儿，你且好好歇息，过一个月便要出阁了，快莫戴那丧气的白花了，如果你祖母知道了又要训斥你。”宇文大夫人见宇文如眉没有出声，开始喜滋滋地掰着手指头算起来，“五十万两白银全部给你做压箱钱陪嫁过去，宫中有十万两备嫁，母亲这边还有十万两的私房，加上那些添妆礼，只怕有八十万两呢。”

宇文如眉仿若未闻，宇文大夫人唠唠叨叨的话听起来似乎毫无意义，她现在根本不关心嫁妆的事，只是想着赫连毓，回忆着与他在一起的点点滴滴。

“小姐，快别伤心了。”喜儿看着眼泪汪汪的宇文如眉，劝解道。从华碧堂回来后，小姐的眼泪就没停过。

乐儿递上手帕：“小姐，快擦擦眼泪，别伤心了。”

宇文如眉忽然笑起来，朝她们两人点了点头：“两个笨丫头，我是欢喜得哭呢，本以为找不到婆家了，没想到现在又能出阁了，亲事还定得这么急。快，你们去清理下衣裳，将成色新的给我挑出来，我看看要不要带过去。”

“是。”喜儿、乐儿应了一声，相视一笑，弯腰退了下去。

门被关上，一条白绫从横梁上穿过，宇文如眉一用力，将垫脚的凳子踢开。

“赫连毓，我来了，你且等着我。”她露出一个凄然的微笑，只觉得喉咙处越来越紧，慢慢地，没有了呼吸。

第四十八章 燕昊举兵

四月的天空一片明澈。

“微儿，你跟着凝香躲起来，等我攻下云州再来接你。”燕昊朝慕微笑了笑，“要保护好自己。”

慕微抱着燕凤晨，朝燕昊柔柔一笑：“去吧，若不是刚刚生了孩子，我定要与你一道攻打云州城。”

燕昊摇了摇头：“微儿，我这辈子绝不让你再吃苦。好好保护自己，照顾好儿子。”

慕微低下头，眼里含着泪，看着燕昊高大的背影走远，心中百感交集。

“慕微，你别担心，太子殿下不会有事的。”陆凝香低头瞧了瞧燕凤晨，小小的脑袋贴在慕微胸口，睡得正香。她伸手摸了摸他的小手，小婴儿却伸出手来一拨，疏淡的眉皱了起来。

“你瞧，他还不高兴我摸他！”陆凝香惊呼，第一次看到这么小的婴孩，她实在充满了好奇。

“陆小姐，你别去扰他，都说三个月的睡毛虫，天天要睡的。”李妈妈凑过来看了一眼，眉眼间全是笑。她转身继续收拾着东西，将要清洗的尿片清理出来。燕凤晨来得太突然，她只能找些被单剪了给他做尿片，前坪里搭起了两个竹架，上边挂满了尿片儿，风一吹，高高低低地飞扬着。

“嗯嗯，我知道他要睡，可忍不住就想逗他。”陆凝香觉得此时慕微与她亲近了不少，或许是因为慕乾的关系，她现在不自觉地将慕微看作一家人。

慕微抿嘴笑了笑，点头道：“可不是？”

在凤凰山上，她才感受到家一般的氛围，那时候在上京，无论是在太原王府还是在别院，她都觉得自己只是一个寄居的过客，那里的一切都不属于自己。或许是因为男主人不同的关系。

燕昊领着人马刚到山脚，便看见一个小小的身影飞奔而来，只见他手里挥舞着一张信笺：“太子殿下，太子殿下！”

是小虎子。燕昊心中一动，莫非是慕乾那边有了消息？

小虎子奔到燕昊跟前，将信递给他：“太子殿下，是慕大公子传回来的。”

果然是他。燕昊急忙将信抽出来，看了两眼，脸上露出了笑容。原来慕乾也建议他举兵，这倒是与他不谋而合。他朝小虎子点了点头：“你速速用信鸽将消息传给邓将军、李将军，让丐帮也帮忙送信去各个州郡，若有南燕旧部想举兵，可一起响应。”

小虎子答应了一声，飞快地往回跑去。燕昊转身向将士大声问道：“汝等可愿与我一道匡复南燕？”

“誓死追随太子殿下，匡复南燕！”军士们举起手中的武器，大声喊起来。燕昊不敢怠慢，生怕去晚了那稳婆告密。金翼仿佛知道了他的心事，脚下生风。

到了香樟岭，燕昊望着前边路上隐隐升起了一阵烟尘，心中暗叫不好，反手将背上的弓箭摘下，将金翼赶到路旁树林里隐藏起来。他搭起引箭，双眼盯住赶过来的队伍。

射人先射马，擒贼先擒王。他手一松，那白羽箭便直直地奔先头那人而去。就听“扑哧”一声，白羽箭没入马首，那马当即便跪倒，将马上之人掀翻在地。

军队顿时停了下来，乱作一团。那人狼狈地从地上爬起，刚一抬头，燕昊的第二支箭便到了，直入眉心，刚刚站起又软绵绵地倒了下去。

“塔巴尔大人！”几个副将翻身下马，围着塔巴尔呼喊。见塔巴尔眉心插着一支白羽箭，箭尾还在微微颤抖。众人警惕地看了看周围，不见有什么异动，只是那些高大的香樟树，看上去就像一群卫兵，让他们有几分心惊胆战。

中午时分，云州刺史塔巴尔召集众人，说要亲自去城外凤凰山剿灭叛贼，众人莫名其妙，不知道叛贼从何而来。

塔巴尔道："不管有没有，先去瞧瞧，宁可错杀三千，不可放过一个，先领一万人去，若真有叛逆，斩杀呈报上去，我们便能升官发财了。"

塔巴尔是武夫出身，说话粗鲁直白。他这般一讲，众人皆连连点头。

可是这升官发财的梦还没醒，塔巴尔便死了，众人瞧着香樟岭上青翠的树木，不由得打了个寒战。有个将领小声道："一箭射中眉心，还能射得这么深，此人本领可不小哇。"

话音刚落，"嗖嗖嗖"几声，几支白羽箭从香樟林里飞出，众人乱了阵脚，纷纷闪避。这时，只听官道上响起阵阵马蹄声，似有千军万马正朝这边奔来。

"快撤！"有胆小的拍马便往后逃，他手下的士兵见了，也转身便跑。旁边一个将领气愤地道："你如何能这般落荒而逃？难道不该奋起迎敌？"一伸手，抽出弓箭来，就往那人的后背射去，"逃兵就该是这般下场！"

那人听见背后风响，赶紧偏身，将那白羽箭躲过，回头大骂："你这分明是公报私仇！"他也拉弓搭箭，朝那人射了一箭。两人内讧，士兵也哗变，将他们丢下，纷纷往云州城里跑去。

此时凤凰山的人马已到，燕昊从香樟林里奔出。

塔巴尔带出来的这部分人，主要是大虞人，也有一部分前南燕士兵。听到后边的喊杀声，胆大的望了望后边，有认识燕昊的，欢叫起来："原来是太子殿下来了！"他们将枪头一转，便朝大虞士兵刺去，口中高喊，"驱除大虞，复我南燕！"

香樟岭顷刻间便成了修罗场，燕昊站在那里，看着香樟岭上的惨状，脸上露出坚定的神色："攻打云州！"

攻打云州，对于燕昊来说，并不是一件难事。

香樟岭一役，消灭了塔巴尔部下差不多四千人，有两千人归顺，还有四千残兵败将逃回了云州城。城墙上两个士兵见燕昊带兵过来，大喊道："叛贼，我云州城防坚固，难道你们能从护城河上飞过来不成？"

燕昊骑马站在护城河边，嘴角露出一丝笑容。这护城河，曾经挡住过慕乾，可是挡不住他。

云州城地下的暗道，哪里有出口，他记得清清楚楚，那是他亲自带领云州百姓挖的。他曾拿着铲子，一铲一铲地将泥土挖出。

“柳大人，我从暗道进去将城门打开，你再带将士们杀进来。”燕昊朝柳润声吩咐，“你务必看好，城墙上若旗帜被摘下，那便是我得手了。”

“太子殿下，这事怎么能由您去做？还是派人去吧，这实在危险。”柳润声看了看身后的人，“谁愿前去？”

“我愿意！”燕昊的贴身侍卫都喊道。“你们谁的武艺比我好？”燕昊看了看他们，微微一笑，“你们还需要留在这里保护柳大人。”见众人脸上不赞同，他想了想，“这样吧，我带五个人一道前往，其余的便留在这里与柳大人一道等消息。”

不多时，云州城墙上的“大虞”旗帜被撤下，城中响起了震天的吼声：“驱除大虞，复我南燕！”

福来客栈的掌柜带着伙计，与云州城百姓手拿菜刀、长矛、板凳，跟着呐喊：“驱除大虞，复我南燕！”顷刻间，云州城如一锅沸腾的水，乱了起来。

城门大开，吊桥被放下来，伴随着沉重的“吱呀”声，一匹马飞奔上吊桥，只是马背上没有人。

这一马当先，为头的还真是一匹马！

燕昊站在城墙上看着金翼的英姿，笑了起来：“知我者，金翼也！”

兵败如山倒，燕昊骑着金翼进了城，云州百姓纷纷欢呼起来：“太子殿下回来了！”

“燕昊多谢大家的支持！”燕昊在马上抱拳朝云州百姓行礼，“若大家信得过我燕昊，便可与我一道，将他们从我们南燕赶出去。我燕昊誓死以匡复南燕为己任，若违此誓……”他伸手一弹，不远处一根树枝便应声而落，“就同这根树枝一般下场！”

百姓群情激奋，纷纷喊起来：“誓死追随太子殿下！驱除大虞，复我南燕！”

“不知道燕昊怎么样了。”慕微抱着燕凤晨，担忧地看着屋外，雨下得很大，到处白茫茫一片，什么也看不清楚。

“你别担心，太子殿下此时应该已经将云州城拿下了。”陆凝香低头看着燕凤晨，他已经醒了过来，乌溜溜的一双眼睛正盯着她看。她伸手在他的小脸蛋上戳了戳：“你要知道，若太子殿下兵败，这凤凰山肯定已被人包围了，哪会这般安静。”

第四日，雨小了不少，慕微一早起来便觉得有几分不安：“凝香，今日该会有消息了吧？”

陆凝香点了点头：“我想，不出意外，应该还有小半个时辰就会有人过来报信儿了。”

两人正说着话，就听一阵马蹄声响，两人心里都是一紧，陆凝香站起来，手放到腰间，紧紧盯着门外。

门口出现了一匹马，一匹白色的马，一匹叫金翼的马。

马上端坐着一个人，头上戴着青箬笠，身上穿着绿蓑衣，蓑衣下露出白色的袍子。陆凝香一看见他，长长地吐了一口气，转脸看了看慕微，见她正望着燕昊，眼神如凤凰山里的一汪春水，还有很多她说不上来的意味。再看燕昊，也只紧盯着慕微，那般温润，又带着牵肠挂肚的焦急。

这便是两情相悦。他们之间的这份感情，是不会被任何人、任何事情拆散的。陆凝香默默地转身走到一旁，忽然想起以前做的傻事来，只觉得脸火辣辣的。

幸好她迷途知返，没有固执，否则她也许就会如青莲，不仅得不到燕昊的心，还会落得一个悲惨的下场。幸好她遇见了慕乾，有了一个可以伴在身边打打闹闹的人。

陆凝香低头看着自己的鞋尖，心中感慨万千，慕乾，你这个该死的，怎么就不给我递句话来呢？

“凝香。”正胡思乱想，就听耳畔传来一声呼唤。陆凝香抬起头来，见燕昊带着慕微朝她走来，递给她一张纸，“有人托我带给你的。”

陆凝香脸一红，接过纸，低头匆匆走到一旁，将信纸打开，眼睛瞄到了慕乾的字，心中好一阵甜蜜，也不管慕微惊讶的目光，认认真真地看了起来，恨不能将那些字全吞到肚子里去。

“咦，这陆小姐素日里大大咧咧的，怎么今日却这般害羞？”慕微拉了拉燕昊，“是不是有心上人了？”怪不得这次见面，她对自己不那般横眉冷对，而是笑脸相迎。开始她还担心她会不会暗地里使绊子，可是观察下来，她觉得陆凝香的笑不是装出来的，而是发自内心的，这让她更是吃惊了。

燕昊朝慕微笑了笑，低头将儿子抱起来，贴了贴他的小脸蛋儿：“微儿，你想呢？”

慕微看了看陆凝香，见她一脸红晕，不由得轻声一笑："我看八成就是这样。"

燕昊拉着一边往屋里走，一边在她耳边低声道："我与你说，她的心上人，你认识。"

"我认识？"慕微想了一阵，"御风……好像不对，不是说他娶了青莲？这凤凰山里也没别人，总不至于是柳大人吧？"

"哈哈哈，你想到哪里去了！"燕昊笑了起来，"这人你不但认识，而且还和你有莫大的干系！"

慕微使劲想，也没想出是谁，心中一急，将儿子从燕昊手中抢过来，"哼，卖关子。"

燕昊在慕微身边坐下，将她揽在怀里："算了，不逗你了，凝香有可能会成为你的嫂子。"

"什么？"慕微惊呼一声，"这究竟怎么回事？"

"你兄长来我这里，遇上了凝香，他们两人情投意合。"燕昊简单地解释道，"先不说他们了，说说咱们的事情。"

"咱们什么事情？"慕微愣愣地看着燕昊。

燕昊低头在她唇上辗转，轻声道："咱们两人的亲事。"

慕微怔了怔，她紧紧地抱住燕凤晨，忽然有几分心酸。

是啊，现在她的身份是一个寡妇，赫连毓已经死了。

忽然，她脑海里出现了那个紫衣少年。

他死了，他的死是自己造成的，齐敏的话仿佛还在耳边："若不是你，王爷就不用挟持皇上，也不会举兵造反，更不会死！是你，都是你，你就是红颜祸水！"

燕昊觉察到她的异状："怎么了，微儿？"

"燕昊，我们现在还不能成亲，不能。"慕微的眼泪落下来，她抬脸看着燕昊，声音里有一丝颤抖，"我……我们都对不起赫连毓。"

燕昊沉默下来。他想到自己几次与赫连毓交手，最后他都将自己放了。特别是那一次，他带羽林子搜山，本来只要一声令下，乱箭齐发便能将他射死，可他没有那样做。他一次次放过自己，自己却没有考虑到他的感受，实在是太不仁义了。

"微儿，你说得是，我们都对不起赫连毓。是我鲁莽了。"燕昊低声道，

“只不过你也别太伤心难过，他知道你难受，在九泉之下也不会心安的。”

“怎么样？”坐在椅子上的白衣男子身子微微前倾，显得有几分焦急。他戴着一个金色面具，只余一双眼睛与嘴巴在外边，可眼神里依旧能看出关注的情态。

慕乾看了看手中来信，点了点头：“微儿果然在凤凰山。”

白衣男子长长地叹了一口气。屋子里即刻间便陷入了一片安静。

“赫连毓，她生孩子了。”慕乾苦笑一声，“我做舅舅了。”

慕乾偷眼看了看赫连毓，心中有几分难过。要将这个消息告诉赫连毓，真不是一件容易的事。赫连毓自小便喜欢微儿，为了她，可谓全心全意，可到最后，他还是失去了微儿，只能带着一些残破的回忆，看着她在燕昊身边欢笑。

“这么快就生了？还未足月。”赫连毓默默地算了算，语气里十分担心，“微儿可好？没什么事吧？”

“信里说母子平安。”慕乾低头看了看信，上边的字十分跳脱，不像是女子笔迹，可千真万确，是陆凝香写来的。

“平安就好。”赫连毓站起来，心似针扎着一般。起身推开窗户，一阵花的清香传来。“赫连毓。”慕乾走到他身边，“微儿的事……”

“我不怪她，我只怪我自己。”赫连毓盯住那两株紫薇树不放。慕府里有很多紫薇树，慕微的院子里尤其多，以前去慕府的时候，他常常能看见慕微站在紫薇树下，那飘飘扬扬的花瓣落了她一身，看上去如画中仙子。

“都是我不好，全是我的错。”赫连毓的手慢慢摸到胸口。

要是那个时候知道车上的少女是她，将她截下来，一切或许都不同了。那时候的她还没有喜欢上燕昊，还希望他能救她回大虞，可是他忽视了她的求助，只是漠然地看着那车子进了城。

都怪他太粗心。

“怎么能怪你？”慕乾勉强地安慰着他，只觉得自己的说辞是那般空洞无力，“这或许便是命中注定，你该有这样的劫难。”他长长地叹了一口气，声音忽然低下来，“若是你早些请太后娘娘下旨就好了，哪怕是我出征之前去求呢。”

慕乾领兵出征，慕夫人领着慕微去清凉寺进香，途中燕昊劫走了她，最后她却与燕昊相恋，这一切，好像命运是早已安排好的。

“是啊，要是我早些请母后赐婚，只怕一切就不一样了。”赫连毓声音里充满了悲凉，“所以，一切都是我的错。”

“赫连毓！”慕乾再也忍受不了他这种悲伤，拍了拍他的肩膀，“你还有更多的事情要做，别只惦记着微儿，你还要领兵杀去上京，为太后娘娘报仇呢！明日，我便将你还活着的消息告诉大家，让大家高兴高兴！”

“不！不能说！”赫连毓迅速转过脸来，眼中有一抹慕乾看不懂的神色。

“为何？”慕乾只觉得看不懂赫连毓。这个消息隐藏了这么久，将他从布衣老人那里接回来也有两日了，为何他还坚持着不让别人知道他还活着？

“你不是说过哀兵必胜？或许我死了能刺激他们有更大的战斗力作战。”赫连毓勉强笑了笑，心里却痛得很。

“此一时，彼一时，那时候只有四万兵力，不刺激他们怎么行？现在咱们差不多有二十万大军，占领的城池有十六处之多，势力大增，自然不用再考虑这么多。”慕乾快活地笑了笑，“现在正是需要欢喜的消息哪。”

“不。”赫连毓紧紧地抠着雕花窗棂，“若我还活着，微儿心中就会有顾忌，她或许便不会那般痛痛快快地与燕昊生活在一起了。”

“赫连毓！”慕乾惊讶地睁大了眼睛。慕微，还是慕微，只有她才会让赫连毓宁可自己在世人心中是一个死人！

“心悦一个人，不是应该让她过得更好一些吗？”赫连毓深深吸了一口气，将目光投向窗外，“那时候，我一心只想与微儿在一起，请母后赐婚让微儿嫁给我，我将她拘在身边，可她没有一日真正快活过。”

他想到了太原王府与别院里发生的种种事情，慕微对他虽然客气，可笑容很勉强，似乎从来没有真心笑过。

他只想将她留在身边，留住了她的人，却留不住她的心。现在，她终于与燕昊在一起了，肯定过得比与他在一起快活，自己也该放手了。若她知道自己还活着，依她的性格，定会觉得对不住自己，指不定会因为这事与燕昊闹出什么矛盾。与其让她不快活，不如索性就当自己已经死了，让她没有牵绊地与燕昊生活吧。

“到时候再说，现在能瞒一时是一时。”

赫连毓闭了闭眼睛，一滴冰凉的泪从眼角慢慢滚落。

清晨的凤凰山上一片宁静。

一阵马蹄声从外边传来，陆凝香手持宝剑大步走出，见几匹马飞奔而来，为首那人，紫糖脸，一字眉，身形高大。陆凝香忍不住笑起来："御统领，是来接我们下山的吗？"

御风点了点头："正是。太子殿下已经收复江都，派内侍来接慕小姐进宫。慕小姐，请赶紧收拾收拾，抱了小皇子去与太子殿下团聚吧。"

慕微长长地吐了一口气，点了点头："好。"

陆凝香蹦到慕微面前，伸手牵住她："我陪你一起，莫要让人将小皇子惊扰了。"两人手拉手走进屋，见燕凤晨睡得正香。

其实也没什么好收拾的，燕昊派来的宫女执意要给慕微重新梳洗，慕微摆了摆手："太子殿下又不是没见过我这模样，不必了。"

"娘娘，怎么说也该重新梳妆才显得庄重些。"有个宫女耐心地劝着。

外边停了一乘软轿，慕微坐了上去，几个内侍将软轿抬起。陆凝香骑着马走在软轿一侧，警惕地看着周围，唯恐有风吹草动。一路下山，山脚下停着一队仪仗，华盖銮驾，彩旗飘飘，羽林子手执刀剑站在銮驾前后，神情肃穆。

慕微下了软轿，看见这般阵仗，很是惊讶："为何这般正式？其实来辆马车足矣。"

陆凝香笑着将她搀扶上凤銮："太子殿下愿意这样，你就不用管那么多，坐上去便是，难道还想让小皇子受颠簸之苦？"

慕微伸手接过李妈妈怀中的燕凤晨，点了点头："那倒是，晨儿在銮驾里睡得舒服点儿。"

鼓乐齐鸣，旗帜飞扬，大队人马一路迤逦直奔江都而去。

路上行人见这仪仗不由得个个惊叹："这銮驾上坐的是谁？竟然这般阵仗！"

"听说是太子妃呢。太子殿下云州举兵，太子妃一直藏身凤凰山，这应是接她的。"

有人似乎知道些内情，细声解释："太子殿下是个念旧情的……"

那句话声音虽小，可还是钻进了慕微的耳朵。

"太子殿下是个念旧情的。"

这句话究竟是什么意思？念旧情，那便是说他有了新欢？慕微长长地吐了一口气，可嘴里还是苦，苦得没法说出口。

方才还与陆凝香说这一生一世一双人，没想到转眼太子殿下便有了新欢，难道生在皇家真是身不由己？慕微闭上了眼睛，努力将心情平复下来，还没有见到燕昊，怎么能轻易将他定罪？

御风本来计划三日内赶到江都，可因为燕凤晨的关系，结果四日才到。

驿站里，慕微站在窗边，屋里没有烛光，只有月光从窗户缝隙透进来，窄窄的一线。

外边有两个宫女，无事可做，正坐在屋檐下闲聊。

“你说，是左大人的女儿美，还是史大人的女儿美？我怎么瞧着两人也就那样，还不及你我。”一个宫女哧哧地笑着，“若不是她们的出身，恐怕都没人瞧呢。”

“人家有出身，你羡慕又有何用？”另外那个宫女声音很平和，“我倒觉得，她们都不及咱们太子妃美。”

“太子妃……”前边那宫女开口，声音里有些尖刻，“我瞧她不知道是哪个乡野里钻出来的，或许只是对太子殿下有点儿恩情罢了。你瞧瞧她的穿戴，怎么看都不像是大户人家里的小姐。”

“你小声一些！”她的同伴轻轻嘘了一声，“我瞧着太子妃的神情气度定是大家里出来的，或许是家族没落了而已。你快别说些酸话了，太子妃即便是乡间出来的，也是太子妃，你只能低头服侍她。”

“哼，或许有一日，我也能飞上枝头变凤凰呢。”那个宫女有些不服气，“太子殿下登基后，少不得要三宫六院，只要我有机会……”

“没想到你还有这份心思！”同伴惊叹，“你且先拿面镜子照照自己吧！”

慕微听着两人的谈话也没有动气，她有一种很奇怪的感觉，仿佛那是旁人的事情，与她完全不相干。

她长长地叹了一口气，伸手摸了摸脸颊，上边竟然有点点泪痕。她举起手来看了看，洁白的双手上虽然没有茧子，可有淡淡的褶皱，这是带燕凤晨留下的。掌心里，有几滴亮闪闪的东西，在如水的月色下格外亮眼。

原来，她流泪了。

燕昊还没登基，已经有这么多人惦记，左小姐、史小姐，就连这低贱的宫女，还只是个在她门口上夜的奴婢，都将目光投向了燕昊。

她抓住衣裳，用力将手掌上的泪水擦去。明日进江都城，自己一定要淡定从容——她深深地吸了一口气——她要打扮得艳惊四座，让那些觊觎燕昊的人明白，她们根本比不上她，就连她的一根头发丝都比不上。

第四十九章 艳惊四座

仪仗慢慢地朝前行进，慕微端坐在銮驾里，直视前方。

前边有一线城墙，城门正上方有一块石雕牌匾，上头两个遒劲有力的大字：江都。

城墙边站满了人，燕昊领着文武百官迎出城门。慕微抱着燕凤晨坐在那里，看着燕昊朝自己慢慢走近，到了銮驾旁伸出手来，朝她微微一笑："微儿。"

慕微一怔，不过还是顺从地伸出手来。燕昊一把握住她的手，略微用了几分力气，一种温热的感觉从他的掌心传来，流向她的指尖，流进她的心里。

一路上的怨气随着十指交握的瞬间消失得无影无踪。慕微笑着瞥了燕昊一眼，朝他点了点头。此时江都城门口站着不少官员，穿着各色常服，笑容凝滞，呆呆地看着燕昊骑着金翼，一只手却与銮驾里的太子妃紧紧相握。

这是怎么一回事？太子殿下为何会当众做出这般亲昵的举动？成何体统？成何体统！

"太子殿下与太子妃可真是一对璧人。"百姓纷纷交口称赞。

"可不是？"有人不住地点头，"太子殿下是真男儿，既能以国为重，还能将家人记在心里。"

慕微听着百姓的议论，心里舒坦了不少。一家人总算是团聚在一起，不再担惊受怕了。

燕昊进了皇宫，将慕微带到东宫，对她道：“微儿，这儿便是我长大的地方。”

东宫不大，慕微抱着孩子转了片刻：“这就是你的东宫？”她挑眉笑起来，“怎么觉着比我的院子大不了多少？”

燕昊脸上露出一丝尴尬：“那时候我不得父皇喜欢……”

忽然他有想流泪的感觉，父皇一直想立曹贵妃生的孩子为储君，只不过朝中老臣纷纷上书说要立嫡立长，他既是父皇的长子，又是皇后娘娘所出，自然该被立为太子。

为了让父皇喜欢他，他拼命学习本领，文才武功，乐器绘画，从来不肯有一丝停歇。那时他一心想着，若自己将本领练好了，父皇就会开心，会夸赞自己。可事实证明，父皇的心是焐不热的，他对自己永远是那般淡淡的，没有一丝亲热。

慕微见燕昊的表情有些变化，并不知道他想到了什么，只是能体会到定是勾起了往事。生活在皇宫里，实在不是一件容易的事。

“燕昊，皇宫里……真是那般难熬？”慕微小心翼翼地问了一句。她想到了大虞的后宫，那里有她的姐姐。

“微儿。”燕昊感觉到她语气里的犹豫，握住了她的手，“皇宫里的生活难不难挨，全在于是谁在里面住着，并不能一概而论。”

慕微低头想了想，说：“是，要看是些什么人在里边住着。”

“所以……”燕昊低声在慕微耳边道，“你不必这般担心，我心里不会有第二个女子。”

慕微抬起头，讶异地看着他：“你怎么知道我在想什么？士为知己者死，女为悦己者容，我只不过是想让你高兴罢了。”

燕昊微微一笑：“我们之间不会有别人。”

“好。”慕微深深地吸了一口气，抬起头来，眼中隐约有泪光。

过了几日，燕昊朝堂议事，史太傅提起登基的事：“太子殿下，现在四处已经平静，大虞兵马也基本被我们驱赶殆尽，可考虑登基的事情了。”

燕昊朝群臣看了一眼，微微一笑：“感谢各位大人心系故国，倾力相助南燕复国。只是父皇的遗体尚在大虞皇宫，我又如何能安心登基？”

听燕昊如此一说，群臣也想起了这件事。燕铣昏聩无能，被掳去大虞，听说早就不在人世了。

“太子殿下宅心仁厚，忠孝双全！”左大司马站出来，高声赞扬，“不知太子殿下准备如何取得先皇遗体？”

“现在大虞正在内战，我欲领军前往大虞，亲自杀去上京，将先皇遗体接回来。”燕昊扫视群臣，“各位大人意下如何？”

一位老臣涕泪纵横：“太子殿下决策英明，趁着大虞内战，咱们杀去上京，将大虞攻占，极好！”

燕昊心中苦笑，这位大人真是不知天高地厚，他之所以能复国，靠的还是慕乾的银子。现在南燕百废俱兴，每一两银子都该用到刀口上，哪有银子去肆意讨伐？

“你错了，我并不是去攻占大虞，只是去接回先皇的遗体而已。”户部侍郎薛大人道：“现在南燕国库空虚，正是需要发展民生、休养生息的时候，根本没有余钱去讨伐作战。”

朝堂里静悄悄的，谁也没有说话，都眼巴巴地望着燕昊。燕昊清了清嗓子，缓缓道：“现在大虞造反的慕大将军，乃我的大舅子，他曾拿出四车价值连城的金银珠宝，助我们复国。现在他已攻到离上京不远的地方，我决定出兵助他一臂之力，顺便将先皇的遗体迎回。”

燕昊将慕微的身世说了出来，朝堂上响起了嗡嗡的议论声。

“原来如此！难怪太子妃看上去高贵无比，竟然是这样！”有人啧啧称赞起来。

有些人则愤愤不平，慕乾送的四车金银珠宝正是从南燕掳掠去的，指不定里边还有自家的。有人小声道：“太子殿下，那慕乾可不止弄这一点点财宝过去。”

燕昊点了点头：“慕乾来信，说若我们派兵去助他，他便将从南燕掳走的财宝归还，众位大人觉得呢？”

“归还？”有人惊呼。忽然想起太子妃乃慕乾的妹妹，何必说别的话惹太子殿下不高兴呢？当即纷纷附议：“这法子使得，使得。”

“既是这样，那这事便定了！”燕昊看了看众人。不管他们怎么议论，自己定是要去给慕乾帮忙的，说出这个条件，也只不过是在堵他们的嘴罢了。

慕乾将那些贪官污吏的家都抄了一遍，搜出的银子足够他兴复南燕。燕昊想着，道：“我还要宣布一些升迁的事情，众位大人且听仔细些。”

文武百官听燕昊说起“升迁”二字，赶紧闭嘴不再说话，眼巴巴儿望着燕昊。

燕昊扫视群臣，暗暗咬了咬牙。

慕微最近的日子过得可谓精彩纷呈，不少贵夫人带着女儿拜访她，虽然没有直说，可话里话外都是新皇登基，她们的女儿可是要进宫做贵妃的。

其中左大司马夫人尤为恶劣，竟然还收买了宫女，妄想从现在开始就监督慕微的一举一动，好为以后女儿进宫做准备。

燕昊虽然在前堂议事，后宫里的事却没有丢下，得知慕微在宫中过得艰难，心中憋了一股子气，想着要好好整治这些人一番才行。今日，他便想借升迁的机会来敲打敲打这些人。

左大司马被降职了，他脸上一阵红一阵白，心中很不是滋味。

虽然燕昊将他转去做大司空，也是正一品的官，可手中的权力少了，这让他如何咽得下这口气？他一脸激愤：“太子殿下，臣自忖兢兢业业，从未有所懈怠，为何这般安排？”

燕昊淡淡一笑：“回家问你夫人便知。若是连内宅都不能管束，又如何能在外边做到公正公允？”

左大司马瞠目结舌，完全不明白自己的夫人究竟做了什么，心里烧着一团怒火，恨不能马上抓住他那夫人来问个明白。他回想再三，想起上次夫人进宫觐见太子妃的事情来：“太子殿下，贱内与小女并非有意顶撞太子妃，只是小女养得娇惯了些，这才不知天高地厚……”

“并不只是这件事，你回家问问你夫人，她还有些事没有与你说。”燕昊极力压制住心中的厌恶。女儿都还没有进宫，便想着要将手伸到深宫里来了，实在是可恨！

竟敢来算计微儿，本该杀的，只不过南燕刚刚复国，他还不想举起刀子杀人。

发落了左大司马，燕昊将柳润声提了上来：“我领军亲征，朝中一切事交由柳大司马，有什么事务必先问过他。”燕昊看了看站在一旁的柳润声，他圆胖的脸上有阵阵红色，显得十分激动，心中暗自发笑。柳润声追随他鞍前马后，也值当这份擢升。

“太子殿下，老臣定当尽心竭力做好自己分内的事，替太子殿下分忧！”柳润声心中的感激无法用言语形容。

接下来燕昊宣布提拔陆凝香为镇国将军，众人大吃一惊："哪有女子当将军的？太子殿下，. 万万不可！"

"昔日在凤凰山，是陆小姐日日操练军士，还要抽空打猎挣银子，她父亲为国战死疆场，她承继父亲遗愿，上阵杀敌，协助我一道将大虞兵马赶出南燕，难道还不能胜任这一职？"燕昊看了唧唧歪歪的老臣一眼，也不搭理他们，直接将陆凝香宣了进来，"凝香，现封你为镇国将军，掌精兵十万，你可敢接此任？"

"太子殿下敢下令，凝香就敢接任！"陆凝香站在那里，朝那几个正在议论的老臣看了一眼，哈哈一笑，"谁云女子不如男？我陆凝香一定会替太子殿下带好这十万精兵！"

两人纯粹在一唱一和，谁也没有理会那帮老臣。燕昊又将一些年轻的朝臣提拔上来，他们久居那些老臣之下，受尽打压，现在得了晋升的机会，个个惊喜，誓死要为太子殿下效忠。

将人事安排妥当，燕昊这才放下心来，回后宫将事情与慕微说了下："微儿，我带兵去支持你兄长，你在江都等我回来。"

"不。"慕微摇了摇头，"我要跟着你，还有晨儿也一道过去。"

"微儿，我是去打仗，不是去游山玩水。"

"不管你在哪里，我都会在你身边，燕昊，带我去。"

她的眼神里有一股倔强，就那样看着燕昊。

"好，我们一起去。"燕昊点了点头，"我们三个人要在一起，不分开。"

过了一日，南燕大军开拔，燕昊带着慕微，领军直奔大虞而去。

彼时，大虞士兵还在酣梦之中，没想到慕乾会夜袭，他们慌乱地拿起刀枪应战，只是没想到后边忽然多了一队精兵，潮水般席来。

"快，放信号出去，让凉州守军增援！"大虞统帅大惊失色，吩咐手下赶紧通知凉州守军前来救援。凉州刺史到城墙上一看，见慕乾军营里只有小半帐篷里有灯火，大半都是黑的，心中一喜，这可是个好机会！凉州刺史赶紧调兵遣将："速速前往叛贼军营，这正是大家建功立业的好机会！"

凉州刺史城头督战，派手下亲信领五万精兵出城偷袭，慕乾的军营驻扎在离凉州城不过三里远的地方，凉州士兵很快便扑到了他们的军营前。还没弄清怎么一回事，就听"扑通、扑通"的声响，前边的战马忽然陷落到一条壕沟里，马上的将士还没来得及打量周围，旁边便伸出了许多长枪，将他们戳了个透心凉。

后边的军士见前边情况有异，不由得停住了脚步，胆怯地望着前边点灯的军营，不敢再贸然前行。忽然，一声巨响，铜锣声“当当”地响了起来，号角声呜呜震天，一群士兵举着大刀、长枪向他们冲过来。

“不好，有埋伏！快撤！”前边的人大喊起来，急忙调头就跑，不少人在逃跑途中被踩踏在地，还来不及哼一声便没了气息。

凉州刺史正在城楼上看着，见那边厮杀声阵阵，脸上浮现出满意的笑容，可转眼间，便见士兵潮水般朝城里涌过来，惊得瞪圆了眼睛。等他看清楚是自己的人马往回撤时，方知中计，赶紧喊道：“快些关城门！”

守城的士兵见自己兄弟回来，正准备迎接，听到刺史大人下令关城门，众人不忍心。关了城门，便意味着出去的五万人再也回不来了，可是不关城门，自己的性命也没有保障。

“快，快关城门！”守城门的将领见手下犹豫，气得声音打战，“你们想寻死不成？”

两扇沉重的城门缓缓关上，那些扑到城门边的军士大声哀号：“放我们进去，放我们进去！”哭喊声十分凄凉，门后的将士心中惶恐。

到处都是哭喊声，火光冲天而起，寂静的夏夜充斥着仿若来自炼狱的呼喊声。

“你等速速放下刀枪，投降于我，我必保你们平安！”头顶传来一个炸雷般的声音。众人看过去，一位穿着银色盔甲的年轻将军，手执长枪，正在喊话。

“是慕大将军！”众人纷纷惊呼，见他一身银色盔甲闪闪发亮，天神一般。那些大虞军士纷纷放下兵器，双膝跪倒，口中喊道：“慕大将军，我们愿归顺于你！”

号角声慢慢平息，慕乾指挥部下将凉州城里的五万军队收缴了兵器，归到自己麾下。再转眼看那边，厮杀声也慢慢小了，看来燕昊已与他的十万兵马会合，将二十万大虞军士给围歼了。

天明时分，慕乾与燕昊终于见面，慕乾拍了拍燕昊的肩膀。

燕昊点了点头，两人相视一笑。

“微儿她……现在过得可好？”慕乾想起了慕微，“你们的孩子也有两个月了吧？我这做舅舅的还没给见面礼呢。”

“微儿与你外甥都来了。”燕昊看着慕乾目瞪口呆的模样，不由得哈哈一笑，“你又不是不知道，我拿微儿没办法的，她非要跟来。”

慕乾笑眯眯地点头。

见燕昊意气风发，一副有妻有子万事足的样子，慕乾忽然想起了赫连毓，心中一阵惆怅，赫连毓注定是得不到微儿的心了，只能伤心一辈子。

太阳慢慢从东方升起，凉州城外一片狼藉。慕乾望了望凉州城墙，城墙修得很高，里边守军应该不多，要考虑如何将城门打开才是。

慕乾看了看城墙："燕昊，你说这城墙有多高？"

燕昊抬头看了看："应该五丈左右。"

慕乾点了点头："嗯，没错。"大虞每一座城墙的高度规格都差不多，只是根据州郡大小以及当地收入情况而定，一般都不会高过五丈。

“那……”燕昊脸上浮出笑容，“你纵身一跃，能飞多高？”

慕乾笑着与燕昊击掌："三四丈总该是有的。"

“城高五丈，那你岂不是到中间便会跌下来？”燕昊微微一笑，“可还有别的主意？”

“你瞧。”慕乾指了指高高的架子，“看到那个没有？”

燕昊眼睛一亮点头道："妙哉！"

这个像秋千一样的架子足有两丈多高，悬着两条长长的铁链，上头有一块宽宽的木板，横着能站五六个人。慕乾跳到木板上，朝燕昊一招手："来，咱们荡秋千。"

慕乾笑着飞身上了那木板，秋千旁的军士只觉得新奇，抓着链子摇晃起来。秋千越荡越高，几乎与那横杆成了一条直线。这时。慕乾大喊一声："燕昊，起！"

两人飞身而起，如两只鹰隼一般飘到了空中，在空中翻了个身，又飘飘然落到架子旁的大树上。下面的人几乎不敢相信自己的眼睛，两人在空中的身姿翩然，实在好看，动作如行云流水一般，没有半点儿停歇，一气呵成。

“好！”大家纷纷鼓掌喝彩。

燕昊看了看那秋千架子，笑了起来："慕乾，你点子实在太多，怎么想到了用秋千架子？"

“我一直在琢磨，这凉州刺史是个孬种，无论我怎么叫骂，他都不开门，想来想去只能智取。所以在等你来的这段时间里，我让人做了这个架子。”慕乾笑着朝下看了一眼，忽然眼前一亮，完全顾不上与燕昊说话，从树上飞身而下，“微儿！”

慕微抱着燕凤晨，在几个人的拥簇下走过来。战场上竟然出现了女眷，众人皆疑，不知道是谁家的女眷。

“微儿！”慕乾飞奔到慕微面前，一把拉住她的手，不住地打量，咧嘴笑道，“你瘦了，不过精神还好。”

“哪里瘦了，我倒觉得胖了许多呢。”慕微将燕凤晨递给慕乾，“快看看你的小外甥。”

燕凤晨乌黑溜溜的眼睛盯着慕乾，忽然咯咯笑起来，手脚不停地晃动，似乎要慕乾逗他玩耍一般。慕乾不知道该怎样带孩子，只能小心翼翼地将他抱在怀里，只觉得全身软绵绵的，跟没有骨头一般。

“微儿，他好小啊。”慕乾低头瞧了瞧燕凤晨，他似乎有些不乐意，朝他撇了撇嘴，忽然哇地哭了起来，“这是怎么了？怎么了？”慕乾有些发慌，举起手来想拍打孩子的背，又怕因自己力气大会将他弄伤。

李妈妈凑过来看了一眼：“慕大公子，小皇子尿尿了。”

慕乾低头一看，手腕上湿漉漉的，幸得是盔甲，尿全顺着铁甲流到了地上。李妈妈将燕凤晨抱过去，几个人齐齐动手，给孩子换尿片。

小孩子打了个呵欠，慕乾大为惊奇：“这么吵的地方，他也能睡着？”

慕微抿唇一笑，细心地将襁褓整理好：“昨晚你们夜袭敌军军营，他可一直睡得香，只是中间醒了一回。”

“这小子，真是临危不惧，有乃舅之风！”慕乾看着燕凤晨的小脸蛋，心里头高兴地道。这时，燕昊过来：“难道不是有乃父之风？”

两个大男人面对面，鼓着腮帮子，如池塘里的青蛙。慕微看着好笑，将两人扯开：“这事争什么争？你们都是大英雄，晨儿是小英雄！”

慕乾嘻嘻一笑：“看在微儿的分儿上，我不与你争。”

燕昊也点了点头：“嗯，我也不与你争，咱们去商议商议，今晚该如何安排。”

月亮升上了天空，照得地上白亮一片。

“嗖——”，就见几道人影飞身而上，中间一人戴着金色的面具，月色照着，发出冷冷的光。

“将铁链荡起来！”慕乾低声吩咐。底下士兵抓住铁链，齐心协力地将秋千越荡越高。几道身影如断了线的纸鸢，轻飘飘地朝凉州城内飞去，如月夜里划破天际的流星，倏忽而逝。

第五十章 恍如隔世

城墙上守夜的士兵正扶着长枪不住地打盹儿，几道黑影飘飘然便到了他们跟前。

还没来得及出声，就听“咔嚓”几声，几个守夜的士兵已经被扭断了脖子。慕乾在他们身上摸了摸，找到了钥匙，匆匆换上了那几人的外衣，从城墙上走下去。

城墙下并没有人，只不远处有着数点灯光，那是轮值的士兵歇息的地方。城门后堆着一堆沙包，将城门堵了个严实，慕乾低低咒骂一声，与御风、齐敏他们，将沙包扛到一边。

燕昊与那戴着金色面具的人也翻身上去，与慕乾一道，搬起沙包来。

每次直起身子，燕昊便觉得那人在打量自己，心中有一种怪异的感觉。这人究竟是谁？为何自己觉得很是熟悉，好像在哪里见过一般？只是现在情况紧急，来不及多想。

只是他的身形很像一个人，燕昊忽然有一种莫名的激动，是的，真的很像他。

他不是已经死了吗？尸体被悬挂在苍州城头，这是大家都看到的。燕昊脑子里乱哄哄的。如果他没有死，那苍州城头的尸体又是谁？

沙包终于被挪走，众人长长地舒了一口气。忽然，传来一阵脚步声：“是谁在那里？”

燕昊探头一看，见五六个人正朝这边过来。他抓出一把柳叶镖，用力掷了出去。那几个人喊叫几声，扭了两下，倒在地上。“快，试下铜钥，看看哪一把能打开！”燕昊看到灯火处似乎有人知晓了这边的情况，催促道。

戴着金色面具的人走上前，从腰间抽出一把匕首，寒光四射，匕首往下一划，就听“当”一声，那把大锁便被削断。

“开门！”他低喝一声。燕昊反应过来：“赫连毓，是你！”

慕乾将门打开，嬉皮笑脸地看了燕昊一眼：“现在还不是认亲的时候，赶紧堵住门口，莫让敌军来抢城门。齐敏，快些发信号！”

就听“嗞嗞”几声，一个红点飞上天空，一朵艳丽的焰火在天空绽放。

“不好了，城门被人打开了！”有人狂喊，“快来人，叛军夜袭了！”

一群士兵往城门赶过来，还没到门口，就被弓箭射得连连后退。这时，就听马蹄声纷至沓来，还有整齐的脚步声，他们一看，只见城门大开，外边如潮水般涌进了数不清的人马。

“快撤！”众人纷纷转身狂奔。

可是，晚了。

凉州之役结束得很快，从入城到攻占凉州，不过半个时辰。凉州刺史当晚被杀，刺史府变成了慕乾的帅府。

“赫连毓，是你！我不会听错你的声音！”燕昊激动地看着赫连毓。对面那人一身白色长袍，戴着黄金面具。

慕乾拍了拍赫连毓的肩膀：“我早叫你将面具取下，你不听，其实熟悉你的人一看便知是你。”

赫连毓慢慢将面具取下，露出一张苍白的脸。他望着燕昊，脸上没有流露出任何神色：“燕昊，咱们又见面了。”停了停，他低声问，“微儿……还好吗？”

“她很好。”燕昊心潮起伏，慕微曾以为是她间接将赫连毓害死，所以不想嫁给他，现在赫连毓还活着，燕昊真是又惊又喜，微儿总算不用那般伤心自责了。

“她好，那就好。”赫连毓点了点头，脸上有一丝疲倦，“我歇息去了。”

“赫连毓，你别走，我想问你一件事。”燕昊上前一步，拦住了他。

赫连毓平静地看了他一眼：“微儿的孩子是你的。”

燕昊的脸倏地红了几分，他摇了摇头：“我不是要问这件事，我是想问，你想不想见微儿？”

赫连毓身形一晃，怔在那里，他疑惑地看了燕昊一眼：“我能见到微儿？”

“那是自然。”燕昊点了点头，“你想不想见她？”

赫连毓看了他良久，这才轻轻点了点头。

慕微坐在梳妆台前，想到昨晚慕乾与燕昊一起出门，她一直忐忑不安。如今听说已将凉州拿下，她才放下一颗心，抱着孩子与李妈妈一道进了凉州刺史府，安安稳稳地睡了一觉。

今日早上起来，她便觉得有些心慌，也不知道为什么。大概是换了睡觉的地方，有些不习惯吧。她呆呆地坐在那里，拿镜子照了照，并未发现有什么不妥的地方，脸色白皙粉嫩，可一颗心依旧跳得厉害。

身后响起了脚步声，镜子里出现一角白色衣袍。慕微拿着镜子往上一照，看到一张金色面具，不由得莞尔一笑：“燕昊，你怎么又将这面具拿出来了？”

燕昊没有回答她，只是站在那里，盯着她。屋子里很是寂静，慕微有几分奇怪，她转过身来，微笑着望过去：“燕昊……”才喊出这个名字，她心中便是一惊，慌乱的感觉更明显了几分。

她紧盯着那张金色面具，盯着面具后的那双眼睛，忽然额头上汗珠涔涔：“我是在做梦吗？”她掐了掐自己的手，生疼。

不，这不是梦，不是梦！

慕微站起来，定定地望着面前这个人，艰难地吐出三个字：“赫连毓。”

“微儿……”赫连毓缓缓取下面具，望着面前的慕微，有一种想流泪的感觉。这么久没有见到她，她还是这般美，明眸皓齿，唇如春花。

“赫连毓……”慕微喃喃，眼泪珠子般滴落。

“微儿，我很高兴你还记得我的模样。”赫连毓伸出手来，想要去抚摸慕微的头发，还未伸出去，又停了下来，怔怔地看着她。

她是燕昊的妻子，他们有了孩子，自己还有什么资格抚摸她的头发？赫连毓站在那里，一只手捏着面具，一只手停在半空。风将他的长袍吹起，不住地在脚边晃动。

慕微再也忍不住，奔到赫连毓身边，一把握住了那只手，眼泪从脸庞淌下：“你还活着，你还活着，真好，真好。”

阳光从门口照进来，将她的眼泪映得发亮。赫连毓看着她蒙眬的泪眼，心情渐渐平复："微儿，别哭，我这不是好好的吗？"

"我以为再也见不到你了。"慕微的眼泪没有止住，反而落得更急更快，"齐敏说是我害了你，我心里真是难过，恨不得自己死了，让你活转过来。每日里，晚上做梦便梦见你的模样，看见你穿着紫色衣裳，抱着梅花朝我走来，身后却白茫茫的大雪。"

"微儿，你的失魂症好了？"赫连毓听到慕微这般说，惊喜地道，"你还记得以前的事？"

"是，我全部记得。"慕微伸手抹了一把眼泪，"赫连毓，是我对不起你。"

"不，是我不好，我不该强行将你束在身边。微儿，你没有怪我，我已经很开心了。"赫连毓温柔地看着慕微，脸上带着释怀的笑容，"你与燕昊两情相悦，就该好好在一起，我本不该介入你们之间。"

"赫连毓……"慕微的眼泪又流了下来。她觉得她这辈子从来没有像今日这般哭泣过。赫连毓实在太贴心，他怕自己太难过，将责任都揽到自己身上。分明是她太自私，只想着自己的感受，没有顾及他，他却轻描淡写地将她的过失一笔抹去。

"微儿，别哭了，再哭眼睛肿了便不好看了。"赫连毓朝她微微一笑，"你还记得吗？小时候你老是喜欢问我，你美不美，那时候你就那般爱美，现在怎么不爱惜自己了？快些将眼泪擦干，莫要再哭了。"

"好。"慕微吸了吸鼻子，摸出帕子擦了擦眼泪，"赫连毓，你一辈子都是我的好兄长，就如我大哥一般。"

"好，我是你的好兄长。"赫连毓笑得风轻云淡，心却如刀割一般，转过脸去，悄悄将眼角的泪弹去。

"太原王！太原王！太原王！"震耳欲聋的声音激越高昂，直上云霄。

凉州城外，旗帜飘飞，十万大军肃立，手中刀枪闪着寒光。城楼上，戴着金色头盔的赫连毓，潇洒英武，如华庭玉树。

原以为太原王死了，没想到竟然死而复生，威风凛凛，如天神降临。

"太原王！太原王！"这是发自内心的喜悦，还有深刻的归属感。跟着慕乾往京城出发，打着为太后娘娘、太原王报仇的口号，可究竟心中不踏实，毕竟慕乾姓慕，不姓赫连，而现在有了太原王，他们便安心了。

“出发！”太原王一挥手，大军便开拔，马蹄阵阵。

“赫连毓，你看。”慕乾看着大军前行，朝赫连毓挤了挤眼睛，“我早就叫你快些露面，你却迟迟不愿，今日可看见盛况了？”他撇了撇嘴，装出一副伤心的模样来，“亏得我一路上掏心掏肺地对他们，可他们见了你，便将我抛到脑后了。”

赫连毓看着慕乾，神色郑重道：“慕乾，若得了江山，我与你共享之。”

“不不不。”慕乾赶紧摆手，“我只不过是在与你开玩笑呢。”

“可我没有开玩笑。”赫连毓脸上有一丝执拗，“我说的是真心话。”

“我会尽力辅佐你，可共享江山什么的，还是算了。”慕乾再度摆手，“我可不想被人骂有狼子野心。”父亲慕华寅只不过是骄横跋扈一些，就被赫连铖猜忌，最后落得那般下场。自己与赫连毓虽说是好友，可谁知道以后会怎么样。

慕乾朝赫连毓笑了笑：“现在说这些还言之甚早，咱们赶紧跟上队伍吧。”

两人催马前行，一路向北而去。

拿下凉州，后边几个州郡便势如破竹，很快，离京城就只有三十里地，慕乾下令安营扎寨，大军歇息。

刚将军帐搭起来，亲卫压着一个三十多岁的男子走了进来：“王爷，慕大将军，这个人一直在军营外偷窥，属下将他捉住，他直嚷着说是宇文太傅府的家仆，有紧急事情求见王爷。”

赫连毓打量了那人一眼，见他穿着葛布衣裳，瞧那模样，像是个农夫，一脸的灰尘，似乎几日没洗脸一般。

“你找我可有什么事？”

“我是宇文太傅家的管事，当年王爷娶我们家七小姐时，是小的放的喜炮。”那人挺了挺胸，举起衣袖擦了擦脸，然后将绑腿解开，从里边拿出一封信来，“我家老爷写给王爷的。”

亲卫接过信，抖了抖，没发现什么可疑的东西，这才将信交给赫连毓：“王爷请过目。”

赫连毓看了一眼信，脸上渐渐露出惊疑之色，将信递给了慕乾：“你瞧瞧。”

慕乾接过信匆匆看了两眼，也大吃一惊。宇文太傅在信里说他已联系了虎贲军与守城的兵马司，等赫连毓一到上京城外，便会有人将城门打开，迎他们进城。

"你怎么看？"赫连毓看了看慕乾，声音里有些犹豫。他已经做好了打恶仗的准备，没想到竟然有可能长驱直入，让他不由得怀疑起来，似乎伸了个拳头出去，却打到棉花上。

"先去请燕昊过来，咱们商量一下。"慕乾的神色也有些凝重。这可不是小事，若宇文太傅真心想投靠赫连毓，倒还好，可要是一个陷阱，那损伤可是致命的。

管事的见有副将出去，有些局促不安，眼珠子溜溜一转："王爷，慕大将军，你们莫要怀疑，我家老爷是真心想投靠王爷的。"

"你又如何知道你家老爷的真心？"慕乾笑了笑，"谁不知道你家老爷是皇上的心腹，专门给他出谋划策的。"

"我们家七小姐可是王爷的侧妃，她思念王爷过度上吊自尽了。她极得我们家老太爷、老夫人喜欢，个个都悲伤不已呢。"那管事说着，从胸口处摸出一个小包来，"这是我们家七小姐的簪子，是王爷送她的及笄礼，老夫人要我拿给王爷看。"

一支琉璃簪子，赫连毓低头看了看，似乎见宇文如眉戴过。他本对宇文如眉无好感，见她三番五次想要伤害慕微，更是心中不喜，可现在得知了她的死讯，心中却又有些不舒服。

燕昊与副将一起走进来，脸上却没有什么惊讶之色。他在南燕举兵复国，不少州郡都是冲着他归顺的，他不费一兵一卒便将城池给拿下。现在听说宇文太傅要献降，他不觉得怪异，目前局势有利于赫连毓，赫连铖控制的范围逐渐缩小，那些官员想要转了阵营寻富贵也不是不可能。

"你们说的那个太傅大人，为人可否狡猾？可是那种见利忘义之辈？"燕昊笑了笑，"若他素日里就是这样的人，那这事便该是真的。"

"我们家老爷，狡猾得不能再狡猾了！我们这些做下人的，私底下都说他是一条老泥鳅呢。"那管事的抢先说道，"现在皇上暴虐，动不动就拿朝中官员开刀，人人自危，都想找退路呢。"

慕乾听了这话哈哈一笑："我看你与你们家太傅大人一样，是个狡猾角色。"

随即，他命人将那管事的带走看管起来，三个人又将这事分析了一番。宇文太傅生性狡猾，又最会趋利避害，他见赫连铖气数已尽，想找新主子，这也未尝不是他心中的真实想法。

上京的虎贲军不过十万，而现在赫连毓领军四十万，加上燕昊的十万人马，只要上京城门一开，这五对一的实力，可以直接将虎贲踏平。

“即便赫连铖想将西北守军调过来，凑到五十万，可西北路途遥远，一去一回差不多一个月，远水救不了近火，咱们不用畏惧。”慕乾拿着宇文太傅的信，捏成了个纸团，看了看赫连毓。赫连毓点了点头。

慕乾吩咐身边副将：“召集各位将军，明日攻打上京！”

第五十一章 大势已去

赫连铖一起来便觉得有些不舒服，头重脚轻。

他用力地咳了咳，可是没有发出声音来，嗓子里就如被火烧着一般。

“来人，给朕更衣。”他扯着嗓子喊了一声。外边奔进来一个瘦小的身影，佝偻着背，“皇上，你要起来了？”

面前站着的是江六，赫连铖觉得奇怪：“江六，怎么是你？他们呢？”给他更衣的都是一些年轻的小内侍，什么时候轮到江六了？赫连铖暴喝一声：“都死哪里去了？快来给朕更衣！”

江六“扑通”一声跪倒在地，眼中含泪：“皇上，皇上……今儿您起迟了，宫里的人听说叛军已到城下，个个惊骇，都收拾东西跑出皇宫了！”

“什么？真是要反了！”赫连铖听了心中气愤，拍着床便要起来，“速速给朕更衣，朕要去杀尽这些狗胆包天的奴才！”

江六将赫连铖的衣裳拿过来，手都有些发抖，几滴浊泪从眼角落下。他服侍赫连铖二十余年，没想到……他心里暗自叹息，不知道叛军今日会不会攻破城池。

赫连铖拔出宝剑，怒气冲冲地出去。日头刚刚升起，但他的心里如一团火在燃烧，使得全身都燥热起来。他沉着脸朝宫外走去，看到有两个宫女在门口张望，过去手起剑落，一道寒光闪过，那宫女还没来得及说话，一股血箭从脖子喷出，将一旁的宫女喷得满脸是血。

“啊……”那宫女尖叫起来，提起裙子便想跑，赫连铖追上去，挥剑一砍，便将那宫女的胳膊砍了下来。

御花园里的内侍宫女们见赫连铖拿着宝剑气冲冲地过来，忍不住尖叫起来：“快跑，快跑！”

这时，皇宫一侧隐隐约约有马蹄声逼近，宫人们更是惊慌失色：“叛军打过来了！”

赫连铖提着宝剑茫然地停下脚步，四周都是纷乱逃跑的宫女内侍，昔日那些见着他便下跪呼喊万岁的人，此时惶惶如丧家之犬一般在为自己找出路。

赫连铖看了看朱红的宫墙，怎么可能会这般快？他不相信，不相信！不是说昨晚叛军才到上京城外吗？怎么今日便进了城？这京城十万虎贲军，还有各处调来的二十万人马，难道就没能抵挡住赫连毓？

不可能！不可能！他提起宝剑，上边的血滴落，明黄的衣裳上溅落的血深深地刺激着他：“杀！朕要将他们都杀光！”

一路杀过去，赫连铖杀得十分兴起，到了朝凤宫门口，已累得连拿宝剑的力气都没有了。他站在朝凤宫门口，看了看里边，一片宁静。

赫连铖拖着宝剑一步步走进去，主殿的门敞开着，里边隐约有几道身影。

见有人，赫连铖兴奋起来，他大步踏上台阶，走了进去。

主殿里，慕瑛端端正正地坐在那里，她梳着百鸟朝凤发式，穿着盛大的吉服，显得格外端庄雍容。很明显她细心梳妆了，洁白的肌肤上晕着淡淡的胭脂，眉毛修得细细，眼含春水，嘴唇格外娇艳。

“你，竟然还没走？”见到这样的慕瑛，赫连铖不由得一愣，心里渐渐平静下来。慕瑛今日打扮得如此庄重，庄重里含着妩媚，让他有些不敢相信自己的眼睛，在这样的时候，她还有心思去打扮自己？

“皇上，臣妾是你的皇后，还能去哪里？”慕瑛缓缓站起来，嘴角带着微微的笑容。她目光落在赫连铖的手上，他的手里握着一把宝剑，上边滴着血。

赫连铖的眉头皱起来，深深地皱在一处。

面前的慕瑛犹如一朵妖娆的花朵，在这暗淡的天色里明艳夺目。他忽然想起很多事情来。时光如一条河流，将一切都无情地带走，他与她的过往，就如河水中的浮沫，浪一拍，瞬间就不见了踪影。

他还记得她进宫的那日，梳着一个双鬟髻，乌黑的头发里别着一对琉璃蝴蝶簪，穿着艳红的衣裳，看上去喜气洋洋。这让他平添了几分怒气，他拿脚踩她，折磨她，看着她的小脸皱得像一张被揉乱了的纸，心里就格外高兴。

后来，他们在一起了，她成了他的皇后，可他们之间依旧很扭曲。她怕他，就如一只耗子躲在见不得光的角落里。今日，她穿得这般盛大，笑得无比明艳地来迎接他，似乎感受不到危险。

“你不走？难道你不知道叛军已经打过来了？”赫连铖身子簌簌发抖。他觉得自己已经没有力气将宝剑举起来了，否则他会一剑砍下去，将她那纤细的腰肢砍成两截，他要看着她躺在那里，嘴角流出鲜血。

“叛军打过来又如何？臣妾是你的皇后，自然要与你同生共死。”慕瑛朱唇微启，露出洁白的牙齿，如珍珠一般在那抹艳红中闪烁。

“共生死？”赫连铖一怔。一路杀过来，那么多妃嫔跪在地上苦苦哀求，让他不要杀自己，她却说得如此轻松，共生死——她是打算与自己一道赴死不成？“你……”他疑惑地看了她一眼，“难道不想活？”

叛军是由慕乾指挥的，她是慕乾的姐姐，肯定会得到赦免。可瞧她的神情，似乎打定了死的主意，这让赫连铖心中有一种奇妙的感觉。

慕瑛轻轻笑了笑，坚定地摇了摇头：“不，臣妾不是不想活，臣妾只是想陪在皇上身边，皇上生，臣妾便生；皇上若不在了，那臣妾活着还有什么意义？”

赫连铖笑了起来，声音格外苍凉。其他妃嫔，谁不是争先恐后地想要离开这座皇宫？唯有她，却将自己打扮得如此庄重，等着死亡的降临。

“皇上，臣妾想问你一个问题。”慕瑛朝赫连铖走近了一步，那巨大的尾披慢慢移动着，如一只孔雀展开的尾翎，华彩熠熠，让这阴暗的宫殿里忽然亮了起来。

“什么？你问。”赫连铖迷惑地望着慕瑛，发现今日的她美得实在出奇，让他几乎不能直视。

“皇上，你有没有喜欢过臣妾？”慕瑛站在赫连铖面前，深沉地看着他的脸。脸颊通红，眼睛里闪动着狂热的光。

“喜欢？”赫连铖一怔，良久，才轻轻地“嗯”了一声，“其实朕一直喜欢你，很久以前就喜欢上了，只是朕不愿告诉你而已。”

慕瑛的脸上渐渐有了光彩，她有些惊喜地抬高了声音：“皇上，这是真的吗？你真的喜欢臣妾？”

赫连铖点了点头："是，朕不骗你。"

眼泪从慕瑛的眼角慢慢流出，晶莹剔透，嘴角却露出一丝微笑："皇上，臣妾死而无憾了，你动手吧。"

她闭着眼睛站在赫连铖面前，那模样淡定从容，还带着一丝满足。赫连铖看了看那张白玉般的脸，咬了咬牙，举起了宝剑。

这时，"嗖"的一声，从主殿外射进来一支白羽箭，射中了他的身体。

赫连铖摇晃了下身子，宝剑从手中脱落，整个人往前边扑去，扑到了慕瑛的肩头。

"姐姐！"慕乾气喘吁吁地奔进来，自己若是再来迟一步，就要见不着姐姐了。

慕瑛没有抬头，只是抱着赫连铖，眼泪滴落到他的脸上："皇上……皇上……"

"快将皇后娘娘扶好！"慕乾朝站在一侧的陈姑姑喊道。

陈姑姑打量着慕乾，心中悲喜交加。她跟着慕瑛进宫时，慕乾才三岁，现在长得这般高大，长得可真像老爷，又有些像夫人。

陈姑姑上前将慕瑛扶住："娘娘，别伤心了，大公子来救你了，一切都会好起来的。"

"救？我要谁来救？"慕瑛露出一丝冷笑，伸手就要去拔头上的簪子，被陈姑姑一把捉住手："娘娘，万万不可！"

慕乾皱着眉看了看自己的姐姐，他与她不是很熟悉，这么多年也就是她手铸金人时见过她，可在心里，那根血脉的纽带却是怎么也斩不断的，无论如何，他也要让她好好地活下去。

"将皇后娘娘好生安置。"慕乾叮嘱道，用脚踢了踢赫连铖的尸体。他的眼睛瞪得很大，但眼白颇多，看上去仿佛藐视一切。是他杀死了父亲，杀死了慕府上下三百多人，这血海深仇今日终于亲手得报。

慕微是下午才被接进京城的，她没有回慕府，而是与燕昊一道住在别馆。燕昊去皇宫寻找燕铣的遗体了，她无事可做，只能抱着孩子在池边欣赏水中各色的鱼儿。正看得出神，来了一群宫女，领头的是一个姑姑道："慕二小姐，慕大公子请你进宫去，说皇后娘娘想见你。"

再见到慕瑛，慕微才恍然惊觉时间已经过去了太久。

慕瑛靠在那里，脸色苍白，一双手按在肚子上，眉头皱得紧紧，嘴角不住地扯动，发出一丝丝喘息。她的身边跪着陈姑姑，正在哀哀哭泣：“娘娘，你这又是何苦？”

“姐姐，我来了。”慕微站在慕瑛面前，看着她难受的样子，心中很是难过。她抓住慕瑛的手：“姐姐，你怎么了？”

“二小姐，娘娘……吞金了！”陈姑姑抹着泪道。

“啊？”慕微大吃一惊

“慕微，你别假惺惺地关心我！”慕瑛睁大了眼睛，望着慕微冷冷一笑，“我现在落得这般下场，还不是你给害的？”

“姐姐……”慕微看着慕瑛面带冷笑，难过极了，“姐姐，咱们是同胞姐妹，为何要说这些话来伤了彼此的心？”

“我宁可没有你这个同胞妹妹，你这红颜祸水，为了你，这天下死了多少人！”慕瑛忽然来了精神一般，朝慕微吼叫起来，脸上格外狰狞，“若不是你，赫连毓不会举兵，皇上不会死，那些士兵不会死，我……也不会死！”她反手将慕微抓住，长长的指甲似乎要刺到她的肉里去，“要死的是你！你若早死了，那么一切就都不会发生了！”

慕瑛的声音忽然变得尖锐，她抓着慕微的手腕疯狂地摇，可又因肚里的疼痛不得不将手放开：“你为什么不去死？为什么不去死？”她双眼盯着慕微，嘴唇灰白一片。

慕微心中一阵发凉，慕瑛对她的指控似乎是真的，若不是她，赫连毓不会举兵，也不会有那么多将士伤亡，皇宫里也不会到处躺着横七竖八的尸体。全是因为她，为了保护她，赫连毓冲冠一怒，天下有多少生灵涂炭。

她呆呆地站在那里，一动也不能动，直到慕乾过来，将她护送出去：“微儿，你别想太多，这不关你的事。”

慕微的泪一滴滴落下来。

慕瑛并没有熬过去，当晚便过世了。

慕微赶过来时，只见到慕瑛的尸身。她惊骇地盯着慕瑛白里透青的脸，震撼得一句话也说不出，只是在那里瑟瑟发抖。

“微儿，别难过。”燕昊将慕微搂在怀里，轻轻拍打着她的背，“她这样走了也是一种解脱。”

赫连毓背着手站在那里，看着慕瑛的尸身，心中也是难过得说不出话来。他与慕瑛很是熟悉，四岁时便认识了她。他看着她与赫连铖一路走来，走得十分辛苦，到最后，两人却做了同命鸟，最终，她还是追随着赫连铖去了。

慕夫人也被接来了，见到慕乾与慕微，欢喜得流泪，可见到慕瑛的尸身，却又难过得说不出话来。她想着被杀的夫君、儿子，还有慕府的三百余人，眼泪怎么也止不住。一时间，屋里哭声此起彼伏。

过了几日，赫连毓便在群臣的拥戴下坐上了龙椅，登基大典只等选出黄道吉日便举行。

赫连毓成为新皇后面对的第一件事便是如何处置先皇与先皇后。群臣以为赫连铖如此对待高太后，又这般迫害赫连毓，只怕会落得不好的下场，没想到赫连毓却命人将其隆重下葬，安放皇陵。

“皇上果然是个仁心的！”大臣们交口称赞。

赫连毓坐在龙椅上，心中有说不出的难受。这张龙椅，他从未想过，没想到命运却将他推到这上边来。这一路走来，他走得太艰辛，也有太多的人为他付出，母后、他的亲卫、战场上死去的士兵……

第二件事，便是封慕乾为大司马，加封太原王，另赐辅国公之爵位。群臣听到圣旨，也不觉得有什么不对，毕竟慕乾忠心耿耿辅佐着赫连毓登上这九五之尊，给他这些荣耀也是应当的。

“封慕大司马之妹慕微为护国公主，下月嫁南燕皇上……”内侍尖细的声音响起，朝堂里一片议论。群臣简直不敢相信自己的耳朵。这慕微，不是赫连毓的妻子吗？那时候他为了保护她，挟持了赫连铖，这才举兵造反，为何现在竟然封她为护国公主？

赫连毓听着大殿里的议论之声，喉咙里苦涩一片，半句话也说不出来。他多么想将她封为自己的皇后，与她携手共赏大虞秀丽江山，可他不能违背她的意愿。放手让她与燕昊在一起，他自己——不还有个死去的宇文如眉吗？封她做皇后，算是满足她的心愿了吧。

喜欢她，便是要让她过得好，只要她比自己过得好，那自己也该觉得开心。赫连毓坐在龙椅上，嘴角浮出一丝笑容来。

第五十二章 我心如故

“皇上，微臣以为，迎娶大虞的护国公主不妥当。”史太傅一副痛心疾首的模样，“皇上难道忘了正是慕乾带人将咱们南燕给灭的，生灵涂炭，究其源头，就是那慕乾！”

朝堂上一片肃静，群臣里有人偷眼打量燕昊，见他似乎很是不快，心中不由得替史太傅担心。

“史爱卿，朕且问你，若朕现在命你去攻打大虞，你去还是不去？”燕昊极力压制着自己的情绪。

“臣……自然会去。”史太傅觉得奇怪，上阵杀敌，难道不该是武将们的事？派他去，明摆着是要他去送死。

“那大虞皇帝派慕乾领兵，他还能反对？攻打南燕并不是他的本意，为何要迁怒于他？再说，他已协助大虞新皇将赫连铖诛杀，替朕找到了父皇的遗体，也算是南燕的功臣。”燕昊的话一句接一句，史太傅难以抵挡，只能低头唯唯诺诺。

“皇上，史太傅也只是为皇上考虑周全，免得天下百姓对皇上失望而已。”左大司空走出朝臣，恭敬道，“皇上，我南燕佳丽众多，为何一定要迎娶大虞女子为后？百姓得知南燕皇后竟是大虞人，定会不服气，难道我南燕便没有旁人不成？”

“南燕佳丽再多再好，却不是朕想要的，这要谁做皇后乃朕的私事，又与天下百姓何干？”

“皇上，臣以为皇上的亲事自然该皇上做主，与旁人无干。”陆凝香大步向前，“左大司空，莫非你想左右皇上？”

这帽子扣得大，左大司空双腿打战：“臣不敢。”

“既然不敢，那就择出黄道吉日。”燕昊扫视群臣，“可还有异议？”

众人小心翼翼地擦了下额头，没想到燕昊忽然这般强硬，原先瞧着总是一副温润如玉、和颜悦色的模样，看来将来的这位皇后娘娘可是他的逆鳞，谁都不能去捋。

众人从朝堂出来，拥簇着史太傅与左大司空：“史大人，左大人，你们何必自讨没趣？我们曾在江都城外见过那位将来的皇后娘娘，那可是艳冠群芳，你们还是快些打消了念头吧。”

有人咻咻地笑着：“安心地等着吧，以后皇上广选后宫，总会有个妃位的，就看谁更厉害，能抢个贵妃之位了。”

南燕将聘礼送了过去，赫连毓得知慕微九月十八便要成亲，心中不满：“哪有这般急的？现在都七月二十了，如何能在一个月里备好嫁妆？哼，燕昊这厮，也实在太着急了些。”

慕乾瞧着赫连毓的模样，心中好笑，低声劝道：“皇上，那燕昊自然是心急，谁让皇上这般优秀，他是不放心哪！”

赫连毓不满意地看了慕乾一眼，他如何能体会自己内心的痛苦？虽然这些日子他尽力在说服自己，慕微只是他的妹妹，自己应该欢欢喜喜地送她出阁，可真到了这个时候，忽然觉得心里慌慌的。

以后再也见不着微儿了，赫连毓握紧了手，心中一酸，眼前忽然模糊起来。

九月的南燕，山峦青翠。慕微站在船头，眺望着明镜一般的秋水，望着愈来愈近的江都城墙，心中激动，终于要见到燕昊了，终于要回到他与她共同的家。

九月十八，燕昊与慕微大婚，当日江都城内家家户户张灯结彩，普天同庆。

帝后婚后和谐，小皇子聪明伶俐，不到三岁便被立为太子。

“皇上，这立太子的事何其重要，可要慎重啊！”朝中有人递折子，力劝燕昊慎重对待，“小皇子才三岁，如何就能被立为太子？总得到六七岁才能考虑。”

三岁的孩子能看出什么来？现在瞧着聪明，以后就不好说了……这大逆不道的话自然不敢说，只能绕着弯儿来劝了。

新婚第一年，皇上与皇后如胶似漆，根本没有提起过选秀这码事。第一年大家还能理解，年轻人嘛，才成了亲，好得跟蜜里调油一般，所以群臣也很识时务，谁都没提选秀之事。

第二年，帝后如胶似漆。

等，再等一年，指不定皇上就开始厌弃皇后，想要选秀了。

第三年，帝后依旧如胶似漆，每日同起同睡——还带着小皇子燕凤晨。

这下大家就看不懂了，富贵人家都还有个三妻四妾，这皇上却只有皇后一个！而且皇上回宫还要与皇后娘娘一道带着小皇子玩耍，皇上还将小皇子抱在膝上教他念书，而皇后娘娘只是笑嘻嘻地坐在一旁看着。

群臣沉不住气了，有人嘀咕：“咱们也该与皇上提提选秀的事了，怎么能只有一位皇后娘娘呢？”

“可不是？难道皇上就只得一个小皇子不成？”史太傅义愤填膺，“皇后娘娘独宠，这可不是个法子！”他那女儿再不送进宫就要变成老闺女了，今年都十八啦，本想给她好好寻一门亲事，可偏偏她谁都看不中，一心想进宫：“世上再也没有比皇上更英武的男子，女儿只嫁皇上！”

史太傅被磨得没法子。

左大司空从大司马被贬为大司空，心中一直不悦，总想从别的地方扳回来。琢磨来琢磨去，不如将自己的女儿送进宫去，若能做上贵妃，自己的面子也有些光彩。

史太傅本不屑于和左大司空联手，可看来看去，现在也没别的援手。他想了又想，还是得找左大司空。

大殿里站了十几位朝臣，为首的是史太傅与左大司空，手中拿着一本奏折：“皇上，现在有一件大事，我们想了又想，不能再拖下去了。”史太傅弯腰行礼，说得极其缓慢。真的不能再拖了，再拖，他的女儿便要老了！

“什么事情如此迫切？”燕昊见史太傅一脸诚挚，挑了挑眉毛。

“皇上，旧例三年选秀一次，今年可是第四年了。”左大司空开口，“旧制不可违，皇上，也该考虑这件事了。”

“是是是。”后边几位官员也赶紧开口。

“朕已经有了皇后，如何还需选秀？”

“皇上，这选秀也是为皇上的子嗣考虑，皇后娘娘至今只生太子一人，皇上不觉得膝下冷清？再说了，皇上选秀，也是南燕民心所向，希望皇上多子多福。”史太傅将早就想好的话说了出来。他身后的官员都连声附和。

“朕现在就告诉你们，朕不会选秀！”燕昊脸上如结了寒冰一般，“朕与皇后，是要一生一世一双人的，这南燕的后宫不会有别的妃嫔，朕这一辈子，只有皇后一个！”

众人怏怏地退了出来，脸上全是沮丧的神色。

一时间，朝野上下都对这件事议论纷纷：“皇上也太宠皇后娘娘了些，现在皇上就只有一个太子，如何能不选秀！”

“皇后娘娘是大虞人，她是有意来毁掉咱们南燕皇室的，你看看她，嫁给皇上四年了，才只生了一个太子……况且，这太子还不知道是谁的呢。”有人声音压得极低，“皇后娘娘曾经嫁过大虞现在的皇帝，当年是太原王妃呢！”

“哟，这都是些什么事儿啊！”有人不住地摇着头，“红颜祸水，红颜祸水啊！”

柳润声无可奈何地走进玉泉宫。

对于皇上与皇后之间的感情，他是清楚得不能再清楚，可现在形势逼人，他也不能不听从群臣的建议。

想来想去，也只能从皇后娘娘这边入手了，若能让她意识到这事的重要性，让她去劝皇上，这样一切便能迎刃而解。

“娘娘，柳大人来了。”小内侍恭恭敬敬地禀告了一声。慕微从织布机旁站起身来，朝柳润声笑了笑：“柳大人，请坐。”

“娘娘，现在已经不需要娘娘亲自织布了，娘娘何必还如此劳作！”柳润声朝慕微行了一礼，看了看织了一半的布匹，有些感慨。燕昊即位之时，南燕国力空虚，慕微向他提议，要开源节流，勤俭治国。为了带头做好这件事，慕微脱下华服，换上棉布衣裳，又命人抬了织布机到玉泉宫，学会了纺纱织布。

柳润声对于慕微这一点，甚是佩服，总觉得一个出身高贵的小姐，现在又贵为皇后，能躬行做这些粗活，实在令人敬佩。

经过几年休养生息，南燕的国力已逐渐好转，也不用慕微亲自去做这些事情了。

“柳大人，这几年本宫也习惯了，每日不织布反而觉得有些不舒服了。”慕微笑了笑，“柳大人，可是有什么为难事要与本宫说？”

“娘娘慧眼如炬。”柳润声行了一个大礼，“老臣来找娘娘，是因为现在朝野上下议论纷纷，都在议论皇上不选秀的事……”

慕微的心沉了沉，这事情果然没完，就连柳润声都被卷到这里来了。

“老臣是知道娘娘与皇上的感情，可皇上不选秀，不合旧制，现在朝野都在议论，说娘娘红颜祸水，误国殃民……”柳润声长长地叹了一口气，眼中也是无奈。

柳润声自己没有小妾，却有个通房，是他夫人给安排的，他只觉得夫人细心体贴，也没觉得有什么不妥。相对于南燕那些官员来说，他已是异类，而作为高高在上的皇上，竟然只守着皇后娘娘一个，那可怎么了得？

慕微脸上没露出半分别的神色，心中却是奔腾汹涌。就连柳润声都来劝她了！别的人她也不觉得有什么，可柳润声不同，他一路跟着燕昊，是燕昊最信任的人。可即便是他，也在劝自己，让她主动提出要燕昊选秀！

慕微的喉间一阵发紧，说不出半句话来，耳边又传来柳润声有些忐忑的声音：“娘娘……”

慕微没有说话，只是抬起头来看了柳润声一眼，看得柳润声有几分羞愧，用袖子遮住了脸：“娘娘，老臣告退。”

血，漫无边际的血朝她汹涌地涌过来，极目所望，只有一片红色。血色里，伸出许多枯瘦的手臂，凄凉的声音在她耳边萦绕：“救救我，快救救我！”

那声音实在凄惨，一点点钻进她的耳朵。慕微惊恐地睁大了眼睛，那只手慢慢地沉了下去。她的面前只有一片血海，除了红色，她再也看不到旁的颜色。

慕微站在那里，只觉得双脚发软，脚下似乎有一个万丈深渊，只要她挪挪脚便会坠落下去。

“娘娘！娘娘！”

慕微一把抓住了秋月的手，低声喊：“救我，救救我！”

秋月吃惊地睁大了眼睛，她一边伸手轻轻拍打着慕微，一边朝宫女们吩咐：“快点上安息香。”

一缕白烟从熏香炉里袅袅升起，甜甜的香味充斥了整间屋子。那安息香素日里很有作用，只要点上一块，慕微便睡得沉稳，可今日全然无效。

“啊！”一声尖叫，慕微忽然坐了起来，睁大了眼睛，大口大口地喘气，见秋月守在身边，才逐渐放松下来，“秋月，我这是在哪里？”

“娘娘，你在自己的宫里啊。”秋月心疼地看着慕微，见她大汗淋漓，赶紧拿帕子给她擦汗，“娘娘，你这是怎么了？”

“血，我看到了无数的血，像一片海一样，我听到有无数人在我耳边号哭。”慕微脸色雪白。梦中的一切实在太令人惊恐了，她再也不想回到那一幕里去。

“娘娘，你是不是思念慕大司马他们？娘娘，奴婢也经常梦见父母与兄嫂被杀的情景，十分可怖。”

慕微长长地叹了一口气。慕家被灭门已有七年了，她成为南燕皇后也有六年，可依旧忘不了那一幕惨剧。她按着胸，喘了喘气：“我要去普安寺为我的家人做道场，为他们念《往生咒》，愿他们在极乐世界能获得永远的安宁。”她想了想，又叹息了一声，“皇上举兵复国的时，有不少士兵也死在战场上，我也该替他们做场法事，愿他们英灵安息。”

秋月点了点头。

普安寺坐落在江都城外的一座山里，每年香火鼎盛。

普安堂当日便开了水陆道场，听着那些高僧讲道念经，慕微心中渐渐有了一丝惶恐，闭了闭眼，忽然想起姐姐慕瑛死前对她说过的话。她还记得慕瑛疯狂的神色，声嘶力竭地喊道：“我宁可没有你这个同胞妹妹，你这红颜祸水，为了你，这天下死了多少人！若不是你，赫连毓不会举兵，皇上不会死，那些士兵不会死，我……也不会死！要死的是你！若你早死了，那么一切就都不会发生了！”

慕瑛的喊叫那般凄然，如一把尖刀刺着她的心。她将慕瑛的话极力隐藏在心底深处，不去回想，可总会不由自主地想起她的话来。自己真是红颜祸水？

赫连毓举兵，战死沙场的士兵，都是因她而亡?

原本以为已经淡忘，可听那高僧讲经布道，往事涌现出来。

慕微听得恍恍惚惚，一直想着因果循环之事，心中如压着一块大石头。等道场停歇，她站起来，深深地吸了一口气，说："秋月，扶我去归思庵。"

归思庵的庵主满脸笑容地迎了出来："娘娘。"

"我要剃度。"慕微看了看她，轻轻吐出几个字。

第五十三章 浣春而归

“皇上，普安寺那边来人送信，说皇后娘娘要在归思庵剃度出家！”外边内侍的声音听上去都快要哭了，他踉跄地跑着，大声朝里边喊，“普安寺的僧人在主殿外等着皇上召见呢。”

话还没说话，房门猛地开了，那内侍立足未稳，直直地跌倒在地。

“你再说一遍！”燕昊瞪着跪倒在地的内侍，心中发颤。微儿要剃度出家？这怎么可能？昨日出发时她还巧笑晏晏，怎么一转眼便要剃度出家？

“普安寺来送信的僧人真是这般说的，皇上快去瞧瞧吧。”那内侍匍匐于地，簌簌发抖。

燕昊一脚将他踢开，大步走了出去，命人牵出金翼翻身而上，往宫外冲去。

一路狂奔到归思庵，燕昊翻身下马，狂奔到大殿。大殿里，当中几尊菩萨金光闪闪，看上去威严无比。

大殿正中，蒲团上端端正正地跪着一个女子，长长的青丝未绾，如一匹光滑的缎子披在她的双肩。

“微儿！”燕昊大步奔上去，一把拉住了她，“微儿，你这是怎么了？为什么要剃度出家？”

慕微没有说话，眼眸低垂，脸上很是平静。

燕昊大惊失色，慕微这模样，莫非是中邪了不成？他猛地摇了摇她：“微儿，你看着我！”

“皇上。”慕微努力地挣扎了一下，“皇上，我需要宁静，我要在这山间古庙里青灯缁衣了此余生。”

“为什么？”燕昊眼中全是心痛与责备，“你出家，那我呢？我呢？”

慕微含泪看向燕昊，低声道：“皇上，我出家后你可再立一位皇后。我现在已经厌倦红尘，只想安安静静地在这里过一辈子，还请体谅我。”

“不！”燕昊站起来，指着站在角落里发抖的庵主，“你若敢给娘娘剃度，那你……”

燕昊的话还没说完，那庵主便“扑通”一声跪倒在地：“皇上饶命！”

慕微轻轻叹了一口气：“皇上，你何必为难她？剃度是我自己的主意，与她无关。这些日子，我只要闭上眼睛，就会看见一片血海，那是因为我造下了太多杀孽，需要我念经吃斋才能洗净。再说了，”她冲着燕昊微微一笑，“臣妾嫁给皇上快七年了，至今只得晨儿一个孩子，现在朝廷上下都在议论。皇上不如放了慕微出宫，再大选秀女，另立皇后，这样也可为皇上开枝散叶。”

“你说的是什么话！”燕昊用力地将慕微拥在怀里，“微儿，杀孽怎么会是你犯下的？这是冥冥中早有安排，即便不是因为你，赫连毓还是会举兵造反，他的母亲高太后早就安排好了一切，难道你不知道？微儿，不要再这般执迷不悟！”

燕昊见慕微没有反应，“噌”地一下站起来：“微儿，你若要落发为尼，那好，我现在就去普安寺剃度出家，以后日日在那里守望着这归思庵！”燕昊大步走了出去。

南燕出了大事。

皇后娘娘要在归思庵落发为尼，皇上跑去普安寺请求剃度为僧。

柳润声带了一干文臣武将到普安寺来劝燕昊：“皇上，万万不可，即便皇后娘娘要出家，您也不能跟着她一道出家呀！”

“你们若能劝她打消这个念头，朕便答应回宫。”燕昊坐在那里，脸上没有半分表情，“全是你们这帮人给逼的，皇后娘娘只生了太子又如何？纳不纳妃，这是朕的家事，与你们何干？由得你们来置喙？”

柳润声一张老脸臊得通红，带了群臣去了归思庵：“娘娘，还请劝皇上回宫吧，国不可一日无君啊！”

慕微沉默不语。柳润声无奈，只得带群臣在普安寺与归思庵之间住下来，不住地在燕昊与慕微两处来回奔波。

月亮在乌蓝的天幕里挂着，春山里有鹧鸪的啼鸣之声。慕微站在那里，晚风吹得裙袂飘扬，如林间仙子。

忽然，有悠扬的埙乐之声幽幽咽咽地传来。

“燕昊……”慕微再也忍不住，喃喃道。

“微儿！”

慕微惊愕地回头，见燕昊就站在身后。

“你……”慕微咬牙切齿。

“我就在这下边的山地里。”燕昊一把将慕微抱住，“微儿，你还是舍不得我，是不是？”

“燕昊，咱们隐居吧，就如你原来说的，结庐山林，耕田织布，两人快快乐乐地在一起。”慕微将头埋在燕昊怀中，“我一点儿也不想再在皇宫里住下。”

“我答应你。”燕昊摸了摸慕微的头发，“这是多年前我给你许下的承诺，咱们一道实现它。”

一封书信送去了大虞，慕乾得信后大惊，带着陆凝香赶到南燕。

“燕昊，微儿，你们这般做，太任性了吧？”慕乾见到久别的妹妹、妹夫，实在疑惑，好端端的，怎么竟起了归隐之心？

“没什么不好，我们只想找个宁静的地方，抛却红尘，终此一生。”燕昊点了点头，“慕乾，晨儿就拜托给你了，他年纪尚小，你还得下一番功夫好好教导他才是。”

慕乾愁眉苦脸：“燕昊，我还有一堆儿女等着我去教导呢。”

“哥哥。”慕微看向慕乾，“微儿求你了。”

“你们真是……”慕乾叹了一口气，“到外边玩玩就回来，别玩太久了！”

过了几日，燕昊在朝堂宣布身子不适，不能胜任皇上之位，退位为太上皇。燕凤晨继位；退位前封慕乾为持国王，在新皇十六岁前代为监国，朝中大事须悉数请示持国王。

朝堂大为震惊，可燕昊决心已下，无论朝臣如何说，他都不予理睬。

凤凰山，青翠依旧，山花开得格外旺盛，山腰上的两进屋子已经修葺一新。

燕昊拉着慕微的手走在小溪边，溪水清亮。小溪边有一丛秋芙蓉，下边曾埋过一个翡翠手镯。

“微儿，你手上的翡翠手镯，曾经被埋在那丛秋芙蓉下边。”燕昊握住慕微的手。那手镯已被修补，隐隐可见断痕，可依旧没有损坏它那流光溢彩的华美。

山风吹拂，草丛中一对璧人，相依相偎，在蓝天白云下，笑看流年似水，回想以前的点点滴滴。

国破山河在，城春草木深。

乱世离殇，一曲笙歌。

空山唯闻鹧鸪语，清风明月浣春归。

番外 赫连毓

清凉寺里，一群和尚围着赫连毓，愁眉苦脸。

方丈看着跪在蒲团上的赫连毓，手在发抖：“皇上，万万使不得，使不得啊！”

皇上竟然想要出家！这让清凉寺上上下下都慌了手脚。皇上说来此拜祭在战乱中死去的士兵，为何现在却改口要剃度出家？莫非是受了南燕那位皇后的影响？

大殿外跪着一群大臣，个个呼天抢地：“皇上，您不能不为大虞百姓着想啊！”

赫连毓转过头来，脸上有一种说不出的冷漠。

赫连毓刚刚即位时，起用了慕乾做辅国公，慕乾对他不用自称为臣，也不用行大礼，两人见面就如寻常朋友一般，朝堂上还设了一张椅子，只是慕乾从来没有坐上去过。

对这种情况，群臣早有不满，只是慑于慕乾的文治武功，谁也不敢多话。大虞在赫连毓与慕乾的共同治理下，倒也很快兴盛起来，一切都步入了正轨。大虞与南燕也开放了互市，两国之间通商贸易，互通有无，和睦融洽。

群臣没法子议论慕乾，大家便将目光移到了赫连毓的后宫。赫连毓追封了宇文如眉为庄敬皇后，可再也没有纳妃嫔。群臣纳闷，皇上竟如此思念庄敬皇后？为了她，还准备终身不娶了？

众人上书力劝赫连毓要广选后宫，为皇家开枝散叶，可赫连毓根本就不理，无论多少人上奏折，他都不回应。

一年过去，两年过去，到了第三年，大虞的臣子们再也按捺不住，纷纷进言：“皇上，这后宫空虚，如何是好？皇上膝下无子，以后这万里江山要交给谁去承继？”

赫连毓微微一笑：“诸位爱卿不必担心，到时候自然会有太子。”

群臣看着赫连毓，只觉得莫名其妙。到时候自然会有太子？到时候，是哪个时候？

大家按捺住心中的疑惑，继续等下去。

这一等，又是三年，众人在朝会上又提起太子之事。赫连毓望了一眼众人道：“朕的太子，已经快五岁了，诸位爱卿不用担心。”

皇上没有妃嫔就有了太子？群臣都很疑惑。

“皇上，这册立太子可是要有仪式，昭告天下，皇上打算什么时候行太子册立大典？”

赫连毓垂下眼帘：“朕与辅国公商议后再说。”

退朝以后，慕乾到后宫对赫连毓说：“皇上，你可不能坑我，我们家阿大、阿二可不想做太子。”赫连毓说的那个五岁太子，分明是指他的那对双生子。慕乾看了赫连毓一眼，他也实在痴情，微儿都嫁给燕昊快七年了，他却依旧是孤家寡人。

“慕乾，你难道不愿帮忙？”赫连毓皱了皱眉，“我说过要与你共享天下。”

“这个可万万使不得。”慕乾摇头，“皇上，我认为你该选个皇后了。”

赫连毓瞥了慕乾一眼，心中暗道，我的心思，难道你还不知道？

“皇上，我知道你对微儿用情至深，可现在微儿已经嫁人了，你又何必苦苦纠结？这般执念，会活得痛苦的。”慕乾望着赫连毓，不知道该怎么劝他。

赫连毓颓然地坐下来，摸进怀中，那里贴身放了一个锦囊，里边有几瓣小小的指甲，如玉白的莲花。

曾经用尽一切办法想要忘掉她，可她的一颦一笑却越来越清晰。

午夜梦回，经常梦到自己骑马站在河边的芦苇丛里，燕昊带着她站在船上，他的手伸出去，只差那么一点点就能够到她，可始终就差那么一点点，他只能眼睁睁地看着那条船愈行愈远。

“微儿……”痛苦的泪从眼角滑落。

全是他的错，才一擦肩，便失去了一辈子。

“慕乾，我意已决，你那对双生子，送一个给我做儿子。”赫连毓看着慕乾，眼里充满了恳求。

“皇上，这事儿，再说，再说。”赫连毓眼里流露出的哀伤让慕乾不忍拒绝，一溜烟儿便逃之夭夭。

他回到家与陆凝香一说，她倒是很支持，只是不住地叹气：“皇上也太可怜了些，反正咱们有几个儿子，送一个给他也无妨。”

陆凝香一连生了四个娃，全是男孩，第一胎还是双生子，喜得慕夫人眼睛都眯成线：“我们慕家是该多添丁才是，太冷清了。”一边说着，一边流泪，她又想起了慕坤来。

陆凝香赶紧安慰她：“母亲别伤心了，以后慕家会兴旺发达的。”

她抬眼看了看慕乾，说：“你难道不觉得皇上可怜？他这一辈子对慕微念念不忘，你是慕微的兄长，难道不该为皇上膝下无子承担些责任？”

“怎么推到我身上来了？”慕乾皱着眉头叹了一口气，“我也没想到皇上竟会如此痴情。”

两人嘀嘀咕咕了一阵子，也将这事给忘了。半年后，燕昊来信，让他们去南燕替他教导燕凤晨，顺便代为监国，惊得慕乾直了眼睛。这大虞与南燕的皇上都是怎么了？一个个脑袋抽风，而且一个个还将他当劳力使唤！

慕乾心中惦记着慕微，不知道出了什么事，带着陆凝香急急忙忙地往南燕奔去。出发前，赫连毓闯到辅国公府，说：“留个儿子给我。”

陆凝香将阿大、阿二往前一推：“皇上瞧瞧，想要带谁走？”

赫连毓感激地朝陆凝香一笑，对慕乾点了点头：“你媳妇比你大方多了。”

他带走了阿大，给他取了个新名字，赫连玮。

这一举动又引起了轩然大波，群臣这才知道，皇上去年说的五岁儿子，实则是要将慕乾的儿子养在名下。

“皇上，这怎么行？万万不可啊，皇室血脉岂能混淆？皇上若真想过继，先皇的孩子里挑一个便是。”一干群臣苦苦哀求。

日日都有人上奏反对立赫连玮为太子，赫连毓听得烦，索性躲去了清凉寺：“既然朕连这点儿权力都没有，朕这个皇上不如不当！”他看了一眼清凉寺方丈，笑了笑，“还请大师为我剃度。”

群臣在大殿外大喊："皇上，不可，万万不可！""既然你们过来请朕回宫，那你们便去准备册立事宜，一个月后，朕要立赫连玮为太子！"

一个月后，册封大典如期举行，六岁的赫连玮被立为太子。

"父皇，你为何选我做太子？"赫连玮由赫连毓牵着，慢慢地走在御花园里。

赫连毓蹲下身子，看了看他。慕乾与陆凝香的这对双生子很是奇怪，一个长得像父亲，一个长得像母亲。赫连玮的眼睛生得与慕微的极像，他才看一眼便做了决定，他要阿大做自己的儿子。

"因为你的眼睛又大又亮，看上去很聪明。"赫连毓朝他笑了笑，"玮儿，你会是父皇这一生里最宝贝的孩子。"

赫连玮伸手抱住了赫连毓的肩膀，小声在他耳边道："我也喜欢你，父皇。"

图书在版编目（CIP）数据

浣春归 / 烟秾著. — 北京：中国华侨出版社，2016.7

ISBN 978-7-5113-6159-2

Ⅰ. ①浣… Ⅱ. ①烟… Ⅲ. ①长篇小说—中国—当代 Ⅳ. ①I247.5

中国版本图书馆CIP数据核字（2016）第167447号

浣春归

著　　者：烟　秾
出 版 人：方　鸣
责任编辑：月　姝
封面设计：仙　境
排版制作：刘珍珍
经　　销：新华书店
开　　本：700mm×980mm　1/16　印张：37　字数：655千字
印　　刷：北京盛通印刷股份有限公司
版　　次：2016年8月第1版　2016年8月第1次印刷
书　　号：ISBN 978-7-5113-6159-2
定　　价：59.80元（全二册）

中国华侨出版社 北京市朝阳区静安里 26 号通成达大厦 3 层　邮编：100028
法律顾问：陈鹰律师事务所
发 行 部：（010）82068000 传真：（010）82069000
网址：www.oveaschin.com
E-mail：oveaschin@sina.com